不成形的王座

3 最後凡塵羈絆（下）完

The Last Mortal Bond

CHRONICLE of the Unhewn Throne

BRIAN STAVELEY

布萊恩・史戴華利——著　戚建邦——譯

未成形的王座

❸ 最後凡塵羈絆〔下〕

目次

32

穿越坎它回到傳送島，再從那裡傳入辛恩禮拜堂寧靜塵封的地下室，這一切都很容易。難的是要如何說服長拳不要跟過來。薩滿似乎認為自己能大搖大擺地走進千樹大殿去要求答案，然後在得不到答案時直接動手撕人。就凱登的瞭解，長拳或許真做得到，他並不打算質疑痛苦之王的力量。

話說回來，有些問題不是單靠力量就能解決的，這似乎就是其中之一。天知道艾黛兒把崔絲蒂藏在哪裡，天知道是誰負責看守她，如果厄古爾大酋長突然手持長劍，帶著皮衣底下若隱若現的傷疤出現在王座大廳，他們會有何反應。長拳或許是神，但對自身力量之於這具肉體的極限缺乏認知。

「艾黛兒不會和祢談。」凱登堅持道。「她憎恨祢，她已經和祢對抗一整年了。」

長拳冷冷一笑。「是她的戰士在對抗我的戰士，這可不是一回事。」

「祢以為面對面會比較容易合作？」

「痛苦能軟化舌頭。」

「而當她舌頭軟化時，」凱登回答。「崔絲蒂會出什麼事？要帶祢進入黎明皇宮一定會被好幾十個人看見，坎它室外有守衛站崗，他們會趕在祢之前通知艾黛兒。祢還沒割到她的皮膚，她就已經把崔絲蒂送出城了。」

薩滿厭惡其中的邏輯，不過還是明白了。

「給你一天時間。」長拳說，把這些話當成匕首般攤在他面前。「在一天內從你姊姊口中問出答案，然後回來。如果你沒回來，我就親自走一趟。」

薩滿無須把之後的事情說出口。

♛

坎它島正值黑夜，星星如冰角般閃閃發光。而在安努，午後的太陽高掛天際，黎明皇宮的涼亭籠罩於金光之下，在兩旁的柏樹旁灑下長長的影子。時機不錯。艾黛兒已經離開千樹大殿，凱登在她書房裡找到人時，她正在處理一疊文件。

「凱登。」她從面前的文件抬頭看他，然後踢開椅子說道。艾黛兒的黑眼圈很重，她要在一小時內登上王座，頭髮卻還是鬆散地垂在臉旁。就某方面而言，這沒什麼好驚訝的，統治分崩離析的帝國會令人身心俱疲。但艾黛兒十分熟悉壓力，她過去一年都在逃亡和作戰，遇過的危機不比凱登少。現在她看起來如此疲憊，表示事情出錯了，嚴重到足以讓她動搖。她幾乎變了個人，聲音依然有力，不過近乎尖酸刻薄。「你終於決定回來了，我還以為你放棄了整個安努實驗。」

他搖頭。「我沒有放棄。」

艾黛兒輕笑。「看在英塔拉的份上，如果我瞭解你到底想做什麼，我會覺得更欣慰。」

凱登回頭看了一眼。他姊姊書房那扇沉重的雕刻大門關得很緊。他回過頭來，打量她的燃燒之眼，試圖解讀那兩道變幻不定的火焰。曾有英塔拉的祭司宣稱能在火眼中看見景象——未來或真相。凱登凝視姊姊的虹膜，沒有看出任何蛛絲馬跡。火焰就是火焰，冰冷明亮，完全無法解讀。

「崔絲蒂在哪裡？」他輕聲問道。

他有考慮用更迂迴的方式詢問，但不確定他有那個時間和技巧這麼做。崔絲蒂多失蹤一秒都是風險。如果凱登無法從姊姊口中騙出真相，或許能用嚇的。沒錯，他的問題似乎讓艾黛兒嚇了一跳，她瞪大眼睛，無聲地屏住呼吸。

「死了。」她在一下心跳後回應，皺起眉頭。「我不會為吸魔師哀悼，但我知道她和你很親近。我為你的損失感到遺憾。」

演技不錯，演得很棒。凱登沒有理會她的話，目光停留在她身上，在她對面的椅子坐下。

「她沒死，妳用其他女人調包了，妳為了掩飾她失蹤的真相而殺害的女人。」

艾黛兒面無表情地緩緩搖頭。「我怎麼辦得到？」

「我不知道，不過無所謂，重要的是妳把她從安全的監獄中帶走。」

凱登最後一絲疑慮也隨著他姊姊的反應消散了。儘管她極力掩飾，臉上還是有上百個小地方洩露了真相。

「你為什麼這麼在乎，」她停頓了一下，繼續問。「一個草菅人命的吸魔師？」

凱登不理會她的挑釁，最後一次考慮接下來要說的話，考慮透露真相的風險。不管他和艾黛兒在回安努後分享了多少事，她還是在騙他，瓦林的事，或許還有十幾件他尚未察覺的事。她不信任他，他肯定也不信任她。她沒有繼續想要撕裂共和國，但那並不表示他們站在同一陣線，差得遠了。如果還有其他選擇，他會採取其他做法，但他看不見其他選擇。

「她不是普通的吸魔師。」他終於回答。「正如長拳是梅許坎特的肉身一樣，崔絲蒂體內藏有席娜。」

艾黛兒張嘴欲言，隨即閉嘴。一段很長的時間裡，她就這麼看著他，眼睛警惕地瞇著。凱登直視她的目光，平撫自己的脈搏，靜靜等待。他的說法很古怪，他可以想像艾黛兒的笑聲，她的奚落，她會拒絕透露失蹤吸魔師的下落。那之後該怎麼做？他可以回去找長拳，說自己失敗了，打開安努的大門，把他姊姊獻給痛苦之王，希望薩滿的野蠻儀式能夠逼出真相。那是條殘酷的道路，但他們似乎已經來到所有道路都很殘酷的時刻，所有道路都通往冰冷、陰影和懷疑。

「好吧，」艾黛兒終於輕聲說道，打斷他的思緒。「那真是一場天殺的災難。」

她的眼中沒有不相信或嘲諷的意味，只有一股深不可測的疲憊。

「妳相信我？」

艾黛兒失笑。「基於兩個理由。首先，編造這種故事太瘋狂了；其次，很合理。」

「什麼合理？」

「符合伊爾·同恩佳冒的風險。」

凱登搖頭。「伊爾·同恩佳？」

「那是他的主意。他想她死，非常想。」

「那他，」凱登問，恐懼油然而生。「冒了什麼風險？」

艾黛兒指向自己的胸口。「我。皇帝。他不惜犧牲我的性命，我在安努的地位，我為他和他的軍階背書。為了殺死那個女孩，他不惜犧牲這一切。」

為了殺死那個女孩，凱登默默複誦。恐懼的冰爪抓過他背脊，他將那股情緒從體內抽離。

「但妳沒殺她。」

艾黛兒伸手揉臉。「沒有。」

「為什麼不殺？妳明明不知道真相。」

「我不須要知道。伊爾·同恩佳想殺她到願意拿我冒險，還用我兒子的性命威脅我。」

凱登揚起一邊眉毛。「桑利頓在他手上？」

這問題令她臉色一僵，唇角咧開，彷彿想要低吼或尖叫。她雙手握拳放在面前的桌上，在難以忍受的壓力下顫抖著。在十幾下心跳的時間裡，她保持那個姿勢，幾乎一動不動，像座充滿憤怒與痛苦的無聲雕像，受困在凱登一輩子都在學著擺脫的情緒之中。接著，她努力撕去體內某樣東西，她閉上雙眼，深吸氣，屏息，吐出。再度睜開眼時，那對燃燒的虹膜前淚光爍爍。

「對，我兒子在他手中。」

安努人視厄拉為諸神中最溫柔的神。在雕像和畫像中，愛之女神總是睜著又大又黑的眼睛，張開纖瘦的手臂，彷彿要擁抱疲憊憔悴的人們。男男女女向諸神禱告，包括卡維拉和麥特，但他們最常對厄拉禱告，也最虔誠，彷彿祂是位老朋友或慈愛的父母，擁有體諒與無盡的憐憫。

但他們錯了，凱登看著自己的姊姊想。

愛的殘酷真相盡在那幾個字裡，在她說出那幾個字的顫抖語氣中：*我兒子在他手中*。

不論女神所提供的溫柔有多少，都必須將其與這個事實放在天平上：恐懼和絕望。愛的懷抱中暗藏利刃，只有不會失去心愛之人的人才會將之視為慈悲。

「我很遺憾。」凱登說。

即使在口出此言的同時，他都懷疑這話有多可信。伊爾．同恩佳抓走姊姊的兒子，導致諸多不便，也很危險。當然，凱登不樂見這種情況。但是遺憾？哀傷？他有那種感覺嗎？

彷彿在回應這個疑問般，艾黛兒搖頭。

「我是笨蛋。」她說，聲音像磨鋼的砂一樣粗。「我以為他待在北境比較安全。」

「他當然不會傷害孩子。」

艾黛兒凝視凱登，彷彿他失心瘋。「伊爾．同恩佳是瑟斯特利姆人，如果你對崔絲蒂的看法沒錯，而我開始認為你是對的，那他就是想摧毀我們所有人。你認為他會不忍心割斷一個小喉嚨嗎？你認為他會有絲毫遲疑嗎？」

她顫抖，說不出話。

「那妳為什麼不照做？」

艾黛兒搖頭。她攤開拳頭，凝視雙掌，彷彿努力回想曾經捧過的東西。「我想我至少可以對抗一下。」

凱登打量她。不管她之前想對他說什麼謊，此刻她說的話都無比真實。她赤裸裸的表情沒有預謀，所有欺瞞算計終於在這一刻被一掃而空。她一年前或許有和伊爾．同恩佳合謀，搞不好此次回城還與他繼續勾結，但他們不再合作了。她對肯拿倫的恨意完全是多年來在雪地和山區受教的凱登無法理解的。

他緩緩點頭。「那好吧。我們來對抗一下。崔絲蒂在哪裡？」

艾黛兒抬頭看他，眼中充滿恐懼之火。

「她走了。」他姊姊低聲道。「逃走了。我失去她了。」

凱登久久沒有回應。他沒有用邏輯去思考，腦中只糾結在一個詞語上：失去。很奇怪的一個音節，微不足道的聲音，能夠蘊含這麼多意義。「失去」可能是指一個人穿越黑暗的樹林，離開既定的道路；「失去」可能是指失敗，不管是在死了上千人的戰場上，或是在棋盤上所有棋子安安靜靜地排列出無可挽回的最終部署；「失去」也可能單純表示東西不見了，有可能暫時不見，也可能再也找不回來。

「怎麼回事？」他終於問。

艾黛兒搖頭。「魔力源。我把她安置在凱潔蘭的宅邸中，她吐出阿達曼斯……」

「不。」凱登說。「那樣不夠。那不是崔絲蒂的力量，那是席娜的力量，席娜只會在肉體面臨致命危機時才會出現。」

「有致命危機。」艾黛兒面露困倦。「崔絲蒂告訴守衛她把阿達曼斯吐了，還給他們看。他們慌了，對她動手，凱潔蘭派了六個人看守那扇門，只有一個活下來。」

凱登觀察艾黛兒。她在說實話。

「我得走了。」他說。

「去哪？」

有那麼一瞬間，他考慮把一切都告訴她，關於坎它，關於迷失在雷鳴不斷海域中的小島，還有位附身人體的神在那裡等他。她剛回安努時，他們之間的隔閡是如此難跨越，現在變得十分稀薄，他只要三言兩語就能擊潰它。他們姊弟可以一起對抗肯拿倫，就像他曾經想和瓦林一起做的那樣……

瓦林。

慢慢地，他搖頭。

艾黛兒看著他。「你本來要告訴我。」

「本來。」

「但你還是認為不能信任我。」

「這和認為無關，我知道不能信任妳。」

艾黛兒伸手遮住燃燒之眼。這個動作喚醒凱登心中一段陳年記憶，童年的景象，他和瓦林一起玩捉迷藏，想起小男孩竟然會愚蠢又瘋狂地相信，只要遮住眼睛，自己就會消失，彷彿只要看不見找你的人，你就不會被看見。

艾黛兒，妳到底不想讓我看見什麼？

當她終於放下雙掌時，目光宛如火焰之心。

「我殺了瓦林。」

這話不合理到讓凱登覺得像是用別國語言說的。即使當他的內心翻譯完成，將那些字通通連在一起，聽起來還是毫無道理可言，彷彿她宣稱自己熄滅了太陽。他張口欲言，然後阻止自己，後退，迷惘，進入辛恩那種聆聽觀察的古老之道。

「他在安特凱爾塔上守株待兔。」艾黛兒繼續解釋。她凝視著兩人之間的空氣，彷彿完全忘記凱登的存在，彷彿在和自己說話。「他突然出擊殺了弗頓，然後想殺伊爾・同恩佳。我當時認為我們需要肯拿倫拯救安努，所以我慌了。我撿起一把匕首插入他肋骨之間。我殺了他，我看著他跌落……」

她說不下去了。

凱登努力重現當時的場景，在塔頂放置必要的角色，讓他們開始動作，然後檢視他們的內心——大部分是艾黛兒的內心，試圖瞭解她做了什麼，怎麼做的，為何而做。一開始他看不出來，他的腦袋像隻鮮艷的鳥般一直重複沒有意義的音節：兄弟、謀殺、為什麼。他壓抑那個聲音，研究塔頂，同時觀察他姊姊，她正看著自己記憶中那可怕的場景。

她沒有受過凱登的訓練，沒有能力拋開哀傷，沒有能力撫平迷惘的銳利邊緣，她必須和這段宛如鐮刃般卡在體內的記憶共存，在記憶越陷越深時加以掩飾。凱登就算背叛了一整個世界的兄弟也未必能感受到同樣的痛苦。辛恩拔除了那種感覺，不過他也不確定那算好事還是壞事。

「你打算怎麼做？」艾黛兒終於問，目光再度回到他身上，雙眼火熱得似乎要燃燒殆盡。

「我打算阻止伊爾・同恩佳。」他輕聲說道。「妳也是。」

他告訴她一切，解釋坎它、辛恩訓練、死亡之心、伊辛恩、長拳對安努的恨意，以及自己與薩滿達成的奇特協議。艾黛兒終於對他吐實，於是他也交出自己的真相。

世人尊重真相的模樣很奇特，所有人似乎都想獲悉真相，彷彿那是純正無瑕的商品，一顆明亮公正的完美寶石。男人和女人對於真相的定義或許不同，但不管是祭司、妓女、人母或僧侶，所有人提到真相都會滿懷敬意，甚至虔敬。似乎沒人發現真相可以多卑躬屈膝、扭曲，及醜陋。

33

葛雯娜向來認為《韓德倫兵法》中有一段話應該獲得更多重視，其實不算是一整段話，就只有幾個句子：改變是危險的。調換堡壘圍牆上的守衛，更換囚犯的牢房，臨陣換將……在每一種情況下，都會有一個瞬間，有時不過是一個心跳的時間，一切都會鬆懈下來，完全沒人掌控狀況，必須趁那個時機出擊。

葛雯娜正在等那個時機。

拉蘭的惡棍沒過多久就把塔拉爾的木桶推進倉庫。葛雯娜看不見。她依然被拉蘭的法術定在半空中，而吸魔師沒有給她轉頭的自由，但她能感覺到木桶在外面石地上滾動，木桶板在抗議每一下顛簸晃動。她聽見木桶撞上倉庫坡道的聲音，然後撞到了門檻，順勢滾上平坦的地板，最後停在她右手邊。

快到了，她心想，同時思索幾種可能的情況。法術令她動彈不得，但她的肌肉可以抵抗無形的束縛。她繃緊肌肉進行測試。最要緊的就是隨時準備出手。

如果要闖出拉蘭的陷阱，就必須在接下來幾分鐘內動手。葛雯娜是唯一有能力掙脫束縛的人，塔拉爾還不知道出了什麼事，而快傑克……她聽見他在自己身後喘息。她最後看見飛行兵時，他渾身僵硬跪倒在地，脖子上抵著一把匕首，一副準備赴死不想反抗的模樣。即使是現在，她都能聞到他身上湧出的恐慌，那股臭味讓她想吐口水。

又一個能加入清單列表的錯誤行為。

如果活下來，她就可以自己寫一本能和《韓德倫兵法》相媲美的兵書。她會稱之為《犯錯與隨機應變：如何從爛攤子中記取教訓》。現在看來，快傑克本人的愚蠢行為就可以寫滿一整章的篇幅。要在所有人開始揮動武器時照顧他可不容易……

不。她將注意力轉回自己身上的束縛，和正在準備武器的三名守衛上。傑克的問題等她先脫身再說。

「那裡，」拉蘭警覺地舔舔舌頭，看向葛雯娜身後的新桶子。「弓箭指向木桶，裡面的吸魔師沒有我強大，但除非受到藥物控制，不然還是很危險。」

葛雯娜就指望他這種想法。拉蘭或許很強大，但並非所向無敵，他沒辦法同時應付所有情況。凱卓標準程序會從一開始就分開囚犯，但拉蘭不能那麼做，或不願意那麼做。他不信任那些士兵，不認為他們能和真正的凱卓對抗，於是他們全都待在同一個空間。如果拉蘭要先處理塔拉爾，至少會有幾秒鐘的時間沒辦法顧到葛雯娜。

「你們三個，」吸魔師朝圍住葛雯娜的士兵揮手指示。「圍近一點，但要小心。我要放她下來了。」

話音剛落，葛雯娜周身的空氣便鬆了開來，彷彿有條隱形繩索被割斷。她開始慢慢地沉向地面，最接近的守衛迫不及待上前一步，舉起劍。

「不要太靠近！」拉蘭叫道。「你們不是來和她打架的，你們是要在我處理吸魔師時看好這個可惡的婊子。」

沒錯，葛雯娜在腳掌觸地時克制笑容。只要看好這個可惡的婊子就行了。

接著，當拉蘭把注意力和法術轉向塔拉爾的木桶，當守衛舉著劍不確定該怎麼安排位置時，葛雯娜猛地展開行動。她以手掌瞄準劍刃平面，架開距離最近的劍，拍擊時有點偏差，鋼鐵劃過皮膚。不過痛沒關係，她已經闖入那個混蛋的防禦範圍，一拳打爛他的氣管。

她衝向倒下的屍體，單手將屍體扛上肩，彷彿那是頭沉重的羊，隨即轉身，甩動屍體，讓其他兩名守衛慌忙間的攻擊都打在屍體身上，卡在骨頭裡。葛雯娜拋下屍體時，插在上面的劍也同時脫離了困惑士兵的掌握。她一指插入近身士兵的眼裡，在他慘叫時退開，然後出腳踢碎另外一名士兵的膝蓋。對方朝她撲去，她往旁邊一跨，拔出他的腰帶匕首，高高舉起，奮力拋出，看著匕首朝拉蘭的喉嚨旋轉而去。

她只花了幾下心跳的時間就解決了守衛，但幾下心跳也足夠拉蘭將她再一次鎖在空中，擊碎她的頭骨了。所以即使那把匕首正飛向拉蘭，即使他呆滯的雙眼睜大，葛雯娜都還是在等他的致命一擊，她無力阻擋、會擊碎生命的一擊。

是黃花救了她。她挑釁他喝下的那幾口黃花茶。黃花茶或許給了吸魔師力量，卻也令他動作遲鈍，再加上藥物影響變得呆滯，他的反應就是普通人面對死亡時的基本反應。他沒有攻擊，沒有反擊，僅以最古老的自保動作揚手抵擋。匕首在他臉前數呎外撞上隱形牆，順著地板滑開。

「還有四個人，」葛雯娜大叫，轉向塔拉爾的木桶和旁邊目瞪口呆的士兵，彎腰去拔屍體身上的短劍。「弓和劍……」

話沒說完，屋頂已經塌在她身上了，至少她感覺是如此，彷彿很重的東西從高處砸在她的腦袋和肩上。她膝蓋一彎，身體癱倒，頭撞上地板，黑暗自視線範圍外襲來。

拉蘭口齒不清的憤怒咆哮聲充斥在她耳中。「……殺了妳，夏普。我要拿妳的血去餵浩爾那棵爛樹……」

她強忍著痛楚和噁心，嘗試掙脫吸魔師的束縛，找出法術的弱點。上方除了空氣外什麼都沒有，但她就和躺在廢墟底下差不多，幾乎無法呼吸。

她倒地時面對門口，是快傑克所在的方向。飛行兵依然跪在地上，雙手綁在身後，被匕首抵住喉嚨。看守他的士兵顯然受到驚嚇，心神不寧，被突如其來的殘暴景象嚇得動彈不得。飛行兵可以輕鬆滾開，踢飛匕首，起身開始戰鬥，但傑克完全沒有嘗試。他盯著葛雯娜，雙眼圓睜，面露恐懼，雖然肩膀在掙脫束縛，卻只是出於動物的本能，而非真的想要掙脫。

葛雯娜想要叫他跑，但體內的氣息只夠呻吟。她透過眼角餘光看見動靜，發現拉蘭走了過來，丟掉黃花杯，換上一把裸劍。

「妳以為妳能忤逆我，夏普？」

她想要吼些惡毒挑釁的言語，卻只能發出混雜口水的呻吟，於是閉緊嘴巴。

「我本來打算折磨妳，」拉蘭繼續說。「問出一點我想知道的情報。」他滿足地揚起匕首在兩人之間揮舞。「不過現在呢，我要為了妳剛剛做的事情折磨妳，我要一直折磨妳——」

沒等他把話說完，塔拉爾木桶外的鋼環就折斷了。那個聲音在密閉的倉庫中迴盪，宛如頭顱碎裂般清脆，緊接著，木桶板裂開，木頭被炸得粉碎，爛成尖銳的木屑混在穀粒中，朝上方和外側飛散。塔拉爾汗流浹背、鮮血淋漓、雙眼大張、牙齒外露，宛如某種可怕的怪物破殼而出。他拍開身上的碎屑，踉蹌起身。

面對他的士兵連忙退開。其中一個退得太快，被絆倒在地，手中的劍也丟了，像螃蟹一樣從吸魔師身旁爬開，手忙腳亂地想要找回他的腳或自由，或兩者皆是。塔拉爾朝他上前一步，半舉腰帶匕首，然後注意到另一個威脅——他視覺盲點中的女人也在後退，不過邊退邊舉起平板弓，匆忙透過箭矢瞄準。他試著轉身……

太慢了，葛雯娜想要尖叫。

剛剛掙脫木桶聲勢驚人的塔拉爾，此刻動作緩慢又笨拙，彷彿忘記腳要怎麼移動一般。他和葛雯娜一樣，在木桶裡待太久了，他還能站著，還能戰鬥，顯示他意志堅定，但沒辦法靠意志把知覺逼入半天前就已經麻痺的雙腳，也無法用意志把血液灌入缺血的肌肉中。塔拉爾想轉身面對另一名敵人，才轉到一半就摔倒了。這一摔卻救了他一命。

平板弓已經瞄準他的胸口，但士兵扣下扳機時慌了，將武器往後拉。塔拉爾跪倒時，那支箭矢恰恰掠過他頭頂。他瞪大雙眼往前一撲，動作實在醜得不像話，在格鬥場上只有一年級學員才會這麼幹，但塔拉爾不是一年級學員，和那些拿木劍亂砍的小鬼不同，他正為所有人拚命。他一手抓住已經擊發的平板弓，從女人手中搶過來，然後對準她的臉揮下。一下、兩下、三下，又快又狠，直到她的腦袋轉向背後，癱垂在斷掉的脖子上。

這樣已經足夠阻止拉蘭繼續前進了。在不夠他背誦四分之一頁兵法書的時間裡，他六個手下已經死了四個。一個趴在地上想爬離現場，另一個在看守快傑克的士兵沒在看飛行兵，而是看向散落在地的屍體，和滲入饑渴乾木板裡的鮮血。

塔拉爾看向葛雯娜。他看不見束縛她的法術，但似乎很清楚當前狀況，於是轉身將血淋淋的平板弓對準拉蘭。以攻擊而言，這樣做不算什麼，雖然塔拉爾瞄得狠準，但如果另外一個吸魔師腦袋清楚的話，就有辦法擋下箭或直接側身閃過。拉蘭卻放開葛雯娜，空手揮舞，伸出手掌，用剛剛對付匕首的法術阻止平板弓。

葛雯娜深吸口氣，感覺被壓垮的四肢又有了生機。

「他不能……」她試著說，然後咳嗽起來。

「我知道。」塔拉爾撿起地上的劍，向對面的牆壁走去，遠離葛雯娜。她緊握著自己偷來的劍，搖搖晃晃地起身，朝反方向繞圈，強迫拉蘭挑選目標，不給他用一個法術攻擊兩人的機會。拉蘭眼看他們越跑越遠，齜牙咧嘴地瞪大雙眼。葛雯娜考慮拋擲匕首，但她之前已經嘗試過了。

謹慎的時候到了，該是解決此事的時刻了。

她上前一步，盯著拉蘭，用眼角餘光注意塔拉爾的位置。他們沒有必要交談，並肩作戰得夠久就不需要用語言取得共識。她又上前一步，再一步。接著，在她和他一起進逼前，拉蘭大吼一聲，奮不顧身地揮動手臂。這道法術如一條長鎖鏈連著大錘頭，無聲無息地掃過倉庫。法術首先擊中塔拉爾，打得他騰空而起，撞上牆壁，接著在四分之一下心跳後擊中葛雯娜。

她的肋骨撞上木箱箱角。她感覺到骨頭斷裂，但經常有人帶著斷骨作戰。她推開痛楚，轉過身來——這一回她可以移動，不過有點像是在近乎結冰的水裡跋涉——看見拉蘭跌跌撞撞地衝向倉庫大門。他的速度比葛雯娜印象中快，但是話說回來，他也比葛雯娜印象中輕了有一百磅。不過這麼做還是讓他滿頭大汗。她聽見他的呼吸聲，氣喘吁吁，近乎痛苦。她繃緊肌肉，試著舉劍破除法術的影響，好繼續展開追逐，但拉蘭已經抵達門口，然後消失。

幾下心跳過後，法術粉碎殆盡。葛雯娜從木箱上爬起來，往門口走了幾步，才意識到有人在對她大叫，反覆吼叫同一個字：停下！停下！

是最後那個守衛，匕首抵在快傑克脖子上的那個。他錯過趁亂溜走的機會，只能驚慌失措地輪流看著葛雯娜和塔拉爾。他在搖頭，手在發抖，刀刃刮過傑克脖子上的鬍碴。他沒劃出血痕，還沒，但顯然害怕至極，隨時都可能不小心割斷飛行兵喉嚨。

「停下。」他又說了一次，語氣哀求，聲音幾乎細不可聞。

傑克臉色發白。他嘴巴半開，彷彿想要抗議，但又不記得該怎麼做。葛雯娜心中湧起一股厭惡之情。她和塔拉爾努力奮戰，雖然落入對方手中，但依然在奮戰，傑克卻沒有動，連提高音量都沒有。看守他的士兵已經淹沒在自己的恐懼中，就連第一天受訓的菜鳥學員也能打倒他，偏偏飛行兵還是跪在地上。

而這，就是妳該帶黛兒卡來的原因。葛雯娜冷冷想著。

要是其他日子，她會想丟下飛行兵不管，帶塔拉爾去追拉蘭。然而，醜陋的真相在於，她依然需要他。計畫直接墜入糞坑，但話說回來，計畫的本質就是如此。他們還是有機會贏，但要贏就需要安妮克和其他人。這表示他們需要有鳥去接人。這表示他們需要傑克。

她將目光從懦夫轉移到看守他的人身上。

「放他走。」她緩緩說道。「我就不殺你。」

「不要再過來了！」士兵堅持，匕首用力壓住傑克的喉嚨。飛行兵脖子上留下一道血痕。他閉上雙眼。

葛雯娜無視警告。「如果你殺了他，我就會挖出你的雙眼，插在我的匕首上餵你吃。我不擅長討價還價，但這筆交易不難抉擇。放開我的人，我就讓你走出那扇門。」

士兵驚慌地偷看身後一眼，透過明亮的四方形門口看向空曠的門外。拉蘭逃走了，但葛雯娜強壓下自己的不耐煩。在任何戰鬥中都有個很重要的環節，就是選擇戰鬥的對象和時間。選擇要救誰，選擇讓誰死。

放慢腳步，她對自己說，把事情做好。

「你打算怎麼做？」她問守衛。

對方面露驚恐。「我怎麼能信妳？」

「你不能。」葛雯娜冷冷回應。「現在我數到一。」

「什麼？」

「一。」

士兵將傑克推倒在地後拔腿就跑，跌跌撞撞地衝向門口。一時之間，他只是陽光下的一道陰影，所有細節都在強光前模糊不清。葛雯娜等他第二隻腳跨越門檻，然後擲出匕首。匕首正中他肩膀中間，他哀鳴一聲，摔在坡道上。

傑克瞪著她。「妳說……」

「我說他能活著出門。」葛雯娜回道。「他活著出門了。現在給我起來。」

飛行兵只是看著她。

她轉向塔拉爾。「帶他走。我沒辦法背他，要是不能騎鳥，我們就死定了。」

她大步走到門邊，停住，在突如其來的強光下眨眼。傑克的守衛奮力爬下坡道，朝向自己的死亡邁進，在木板上留下大片血跡。葛雯娜看他一眼，隨即偏開目光，掃視東方的區域。

拉蘭的堡壘根本不是獨立的堡壘，而是沿著島緣排列成L型的六棟建築。她剛剛逃出的倉庫建在內陸，遠離大海，是在L型短邊的末端。數十步外有間開放式的小棚屋，棚屋再過去是一間像是穀倉的大型建築，葛雯娜認為是鳥房。L型的長邊沿著靠海的懸崖而建，那些易於防守的厚石建築，由約莫葛雯娜兩倍高的石牆環繞。

吸魔師已經消失在圍牆後。她聽見一些命令和提問的喊叫聲，士兵匆忙行動準備迎戰。她嘴角緊繃。就算扣掉她在倉庫裡殺的那些人，外面也至少還有兩打拉蘭的手下。從她能聽到的聲音來看，整個堡壘似乎暫時陷入混亂中，但要不了多久那些白痴就會搞清楚情況，跑出來亂揮武器，到時候就變成二十幾人對三個人。

「有何計畫？」塔拉爾輕聲問道。

他站在她身後半步，摟著傑克的腰。飛行兵看起來沒有受傷，但他渾身癱軟，沉浸在自己的恐懼中。

「鳥房。」她說，伸手指向圍牆外的低矮穀倉。

原先的計畫需要更多等候和匿蹤，更少戰鬥和逃亡。不過不管計畫更動多少，一切的重點還是在凱卓鳥身上。而想要弄到凱卓鳥，就必須找到鳥哨。

奎林群島上的每隻鳥都受過訓練，只會針對特定音頻做反應。少了那種訓練，整個猛禽指揮部都會陷入混亂，凱卓鳥會在空中亂飛，完全無法回應飛行兵的召喚。鳥哨是很簡單的解決方式，比人類的嗓音大聲，也更精準，小到可以收進口袋，或用細繩掛在脖子上，且幾乎無法摧毀。那些鳥哨將奎林群島上的日常作息變得單純，而在戰鬥中，那種刺耳的哨音遠比人類的吼叫尖銳，足以穿透兵器撞擊和大火焚燒的聲響，在關鍵時刻呼喚巨鳥降落，拯救士兵的性命。這一年來，那些鳥已經習慣了拉蘭的士兵，但只要有正確的鳥哨，牠們還是會接受新騎兵。

葛雯娜剛到奎林群島受訓時，她覺得鳥哨是缺失，是弱點。「萬一士兵遭擒呢？」她問。「萬一敵人奪走鳥哨，叫鳥下去呢？」

跳蚤挑眉。「然後幹嘛？」

「叫鳥過去，爬上天殺的鳥背，開始殘殺不該殺的人。」

「爬上去？」男人問，揚起濃密的眉毛。「妳還記得第一次看見凱卓鳥的情況嗎？妳會知道要怎麼爬上去嗎？」

畢竟，那就是關鍵。凱卓習慣對抗不是凱卓的敵人，習慣從天而降，無聲無息地割斷喉嚨，然後消失在巨大的翅膀後。他們沒必要制定對抗其他凱卓的策略，也沒必要防範他們——直到現在。鳥房裡向來都有放備用鳥哨，掛在鞍具和桶帶旁，每個鳥哨也都會標示對應的凱卓鳥。

至少在凱卓自相殘殺前，猛禽指揮部是這麼做的。拉蘭會怎麼做沒人知道。葛雯娜本來希望有時間四下打探，萬一鳥房沒著落還能繼續尋找，但希望是面虛弱的盾牌，打從拉蘭的惡棍開始敲打她的木桶後就已經粉碎。

或許鳥哨根本不在鳥房，但有件事情很明顯，他們三個站在戶外，命懸他人之手。史卡恩島的岩地上幾乎寸草不生，也沒有樹，沒有任何能提供掩護的東西。不管有沒有鳥哨，鳥房都是掩體，而他們很快就需要掩體了，一部分原因是拉蘭的手下肯定會開始放箭，不過最主要是因為天上有巡邏的凱卓鳥隊。

葛雯娜抬頭看向天空，很快就看見慵懶地沿著小島盤旋的凱卓鳥，位於約莫百步上方，在小島以北的半里外。凱卓鳥和鳥爪上的士兵都沒注意到島上正在發生的衝突，八成是在巡邏海面，如果真的有在巡邏的話。一整年沒人反抗的暴虐統治不太可能讓日常巡邏人員保持警覺。儘管如此，他們並不需要提高警覺就能注意到拉蘭圍牆內的混亂場面，也能看見三個混蛋困惑地站在空地上。

「鳥房離堡壘很近。」塔拉爾指出。

「鳥哨在那裡。」葛雯娜說，開始奔跑。「萬一凱卓鳥發現時，我們還在外面，我們就死定了。」她轉向傑克。「你還能駕鳥嗎？」

他目光空洞地望向她。葛雯娜甩了他一巴掌。

「你說你辦得到，混蛋，現在我要知道，你還能駕鳥嗎？」

即使嘴裡這麼問，她心裡已經開始努力修改計畫。她有十幾種選擇，但全都不樂觀。

傑克凝視她。「很抱歉。我不……」他搖頭。

「喔，見鬼了。」葛雯娜啐道。「先去鳥房，去那裡爭取時間。」

他們勉強趕到。天上的巡邏隊在他們開跑後就發現了他們，轉向過來觀察，然後俯衝下來。

又跑幾步後，箭雨開始落下，堡壘和鳥爪兩邊都有。拉蘭的狙擊手沒辦法和安妮克比，但距離並不遠，四周都是箭，鋼箭頭在岩石上擦出火花。

葛雯娜一腳踢開鳥房的門，把塔拉爾推了進去，這時一支寬箭頭在離她腦袋數呎外的石頭上發出「鏘」的一聲。她撲向門內，翻滾蹲地，塔拉爾立即關上大門，然後也半跪下來大口喘氣，放下傑克。葛雯娜扣住飛行兵喉嚨，拉他起身。

「開始作戰的時刻到了，你這坨大便。你再僵住一次，我們就丟下你不管。」

飛行兵的目光慢慢聚焦在她臉上。片刻過後，他顫抖點頭。

她還想說點什麼，事實上，想要扁他一頓，但沒有時間。

「去找鳥哨。塔拉爾——守門。」

吸魔師不需要她下令，已經從角落拖出一個木箱，體積大到足以拖慢任何企圖闖入之人。葛雯娜讓他去處理，轉身面對陰暗處。窗戶照射進來的光線並不充足，但她不需要光線。

數十條飛行皮帶和鞍具掛在牆壁的鐵鉤上，飛行網整整齊齊掛在屋椽上晾乾，強化過的貨桶沿著一道牆壁放了兩排，在那之上的架子放滿各式各樣的飛行器材：訓練眼罩、托鉤、縫合工具和防濕衣。總之，所有必要的器具，除了鳥哨。

茅草屋頂外傳來凱卓鳥的叫聲。鳥叫宛如火熱的匕首般破空而來。葛雯娜心裡有一部分畏懼那種聲音，那是訓練永遠無法擺脫的童年陰影。

傑克突然轉頭。「蘇拉卡。」他說。

葛雯娜逼開自己的恐懼。「她是巡邏鳥？」

他點頭。

「好吧。」葛雯娜說。「那對我們有何意義？我們的計畫？」

飛行兵閉上雙眼，微微顫抖地吸氣。「牠很強壯。」他終於回答。「可靠。」這段對話似乎為男人帶來活力，又或許只是因為他們身處掩體中，短時間內不太可能有人殺得了他們。

「那其他鳥呢？」葛雯娜問。「會不會已經來了，在什麼地方休息？我們可以不靠鳥哨就騎上鳥嗎？」

傑克緩緩搖頭。「大概不行。這個時候，除了蘇拉卡和去虎克島搬貨的那隻鳥以外，其他鳥都在獵食。我們原定計畫是要晚點再偷鳥的。」

「我他媽的知道那個。或許你沒在留意，剛剛發生了很多不該發生的事情。」

外面的吼叫聲變大了，不但更大聲，也更有組織。葛雯娜朝窗口走了幾步，冒險看了堡壘一眼。滿臉憤怒的拉蘭站在他的圍牆外，身體搖晃，依靠枴杖而立，正在對手下大吼大叫。他們距離約莫二十五步。葛雯娜沒有費心計算人數。二十個？三十個？太多了。不過他們還沒有進攻。還沒。有幾個人看向南方。她聽見一下清晰尖銳的哨音，然後又一下，再一下，是那種遊走人類聽覺邊緣的刺耳哨音。

「鳥哨在他們手裡。」傑克輕聲說道。「他們在召喚鳥。」

餵食凱卓鳥的屠宰場位於南方數里外。葛雯娜在拉蘭堡壘的圍牆後看不見那座肥沃的小島，但能想像那些巨鳥正棲息在血淋淋的地面上，鳥喙將羊撕成碎片。

「牠們聽得見哨音？」她問。「這麼遠？」

「當然聽得見。」飛行兵順著她的目光看向窗外。「或許有——」

葛雯娜打斷他。她已經迅速推斷出結果了，雖然她其實沒必要這麼做。

「我們失敗了。」她說。這話令她心痛，但沒有下一句話痛。「必須撤退。」

傑克搖頭。臉上浮現不肯定的神情。「我可以——」

「我們要撤退。」葛雯娜吼道。

塔拉爾嚴肅地打量她。「怎麼撤？」

她比向門口。「殺出去。跑到懸崖邊，跳下去。」

吸魔師搖頭。「崖底有岩石，葛雯娜。我們不可能活下來。」

「這裡不行。」她說。「東北方，這座島的另外一側，那裡通往大海，懸崖也比較低。」

「還有五十步。」

「你可以練習你的燕式跳水。」

「不。」傑克說。他的聲音很輕，但是出乎意料地堅決。

葛雯娜轉頭看他。「你喜歡可以留下。」

他搖頭，棕眼在黑暗中顯得很大，恐懼地看著窗外，但已不像之前那般震驚。

「還有別的辦法。」他說。

葛雯娜又看了窗外一眼。另一隻鳥從西南方的虎克島飛來，在午後陽光前形成背光翱翔的黑影。牠的背上有一名飛行兵，爪上抓著一綑木桶。

「太棒了。」葛雯娜啐道。

塔拉爾順著她的目光看去。「我們不可能在有兩隻凱卓鳥的情況下衝到島的另一端。」

「一隻都不太可能跑過。」葛雯娜吼。「但我們只剩下這條路。」

「不。」傑克又說一次。「還有別條路。」

有一瞬間她想再揍他一次，不光是甩巴掌，而是出拳頭，出一百拳，狠狠捶在他臉上和肚子上，打得他捧腹閉嘴。反正少了他還能跑得更快一些，如果非死不可，她也不想死在懦夫身旁。然而，他的語氣中有一種讓她不寒而慄的堅定，一種之前所沒有的冷酷決心。

「說。」她說。「快點。」

他張嘴欲言，然後閉嘴，搖頭。「沒時間了，是阿拉拉。」他跑向門口，將擋在門邊的木箱用力推開。

「傑克……」葛雯娜開口。

飛行兵不理會她，開始推開生鏽門閂。

「傑克！」

話沒說完，他已經推開門走出去。他一動也不動地站在陽光和鋼箭頭的反光之中，接著朝西跑，讓鳥房保持在他和拉蘭的士兵之間。葛雯娜咒罵一聲，開始追，但塔拉爾揚起一手。

「等等。」

她看著吸魔師。「等什麼？」

「妳說我們該帶他來。」

「對，我錯了。」

「或許沒錯。」

「他比腐爛的牛肉還沒用，塔拉爾。從掉入拉蘭的陷阱到現在，他什麼也沒做。」

「他現在開始做事了。」

葛雯娜看著她的同伴。

塔拉爾直視她的雙眼。「妳說我們可以信任他，那就信任他。」

她猶豫了，接著轉頭面對窗戶。飛行兵宛如雕像般站在距離懸崖數十步的地方。巡邏鳥蘇拉卡位於東邊，在鳥房另外一側，那裡看不見他，至少暫時看不見，不過很快就會暴露了，而那塊光禿禿的岩石上完全無處可躲。葛雯娜越過傑克，從遠方的天際線中看見阿拉拉的輪廓。巨鳥逐漸接近，爪子上抓著大批貨物卻仍能以高速飛行。

「情況一出錯，」葛雯娜冷冷說道。「我們就跑。」

塔拉爾只是點頭。

阿拉拉在四分之一里外丟下貨網。巨鳥尖叫，舒張鳥爪，接著，出乎葛雯娜意料，牠順勢翻滾顛倒。那是數週前她和快傑克來偵查堡壘時見過的動作，不過這次鳥背上有個飛行兵，而這突如其來的動作讓士兵滑落鳥背。他努力抓緊，撐了一下心跳的時間，拚命掙扎，然後失敗，直墜而下。巨鳥剛飛上島，飛行兵就摔向下方岩石地。片刻過後，慘叫聲和撞擊聲傳入葛雯娜耳中。

她說：「神聖的浩爾呀。」同時阿拉拉振翅擺尾，恢復了平衡。

快傑克沒有畏縮，沒有逃跑，在伏低身軀時揚起一手。她看不見他的臉，但能從他的動作感受到從未有過的自信與篤定，彷彿他終究還是凱卓兵，一直以來都是凱卓，她只是沒有發現而已。接著巨鳥落到他身上。

「結束了。」葛雯娜喃喃說道，五內翻騰。「他死了。」

她看不見那裡的情況，但唯一的可能只有死亡。飛行兵向來不擅長疾抓上鳥的動作，畢竟他們通常都在鳥背上，小隊其他成員才有必要在匆忙間抓住皮帶，而且還得有皮帶可抓才行。阿拉拉身上配置的是載貨的裝備，不是運送人員的裝備。鳥低空掠過的速度超乎葛雯娜想像，爪子的角度也不對，是準備攻擊的前傾式，而不是適合上鳥的後仰式。她沒辦法看穿那堆灰塵和陰影，但有一個事實十分明顯，傑克搞砸了疾抓上鳥，而且結局很慘烈。

「速度太快了。」她吼道。「媽的太快了。」

就連跳蚤也不可能在那種速度下上鳥，速度再減一半都不可能。人類的手臂、手掌和肩膀只能承受一定的力道，葛雯娜只看得到窗外那塊狹窄區域和之後的石頭及大海，沒看見傑克。她接受那個事實，然後拋到腦後。

「走吧。」她說，朝塔拉爾揮手。「他分散了敵人的注意力。」

吸魔師和她一起來到門邊。

「我們向北跑。」葛雯娜繼續說。「利用棚屋和倉庫掩護，避開凱卓鳥，如果有必要……」

然而，塔拉爾似乎沒有在聽，他看著東方的天空，伸手遮蔽陽光。

「神聖的浩爾呀。」過了一會兒，他喘著氣說。

葛雯娜順著他的目光看過去，以為會看見蘇拉卡繞回來，壓低高度，讓爪上的士兵射箭或投擲碎星彈，又或是阿拉拉伸長恐怖的爪子撲來。她確實看見了那隻大金鳥，但牠並沒有俯衝攻擊他們，牠在爬升，奮力爬升，翅膀猛振。而抓在牠爪子上的是快傑克。

「神聖的浩爾呀。」葛雯娜同意，不知道自己是不是真的看見她以為看見的景象。凱卓鳥隨時都會用爪子抓走牛羊，那是牠們獵食的方式。葛雯娜見過巨鳥的爪子插入成年母牛體內，在一陣慘叫聲中將牛抓走，就像牠們的小型遠親抓野兔或老鼠一樣輕鬆。阿拉拉幾乎是以同樣的方式抓起快傑克，但和那些血淋淋的慘叫牲口不同，飛行兵似乎毫髮無傷。事實上，他看起來像在……在爬，掙脫巨鳥的控制，靈巧順暢地在鳥爪上移動，然後在凱卓鳥越飛越高時爬離鳥爪。

「妳有見過……」塔拉爾開口。

「沒有。」她說，然後覺得這值得再強調一次。「沒有。」

那種故事就算從跳蚤嘴裡說出來也不會有人相信。從前萊斯總說快傑克是奎林群島上唯一比他高明的飛行兵，但他沒提過這個。葛雯娜從未考慮過讓鳥直接用爪子抓住士兵的可能性。第一次嘗試就有可能是最後一次，士兵可能會被撕成肉條，成為大膽又愚蠢的實驗終結。

不過傑克不是肉條，他還活著，甚至爬出了鳥爪。他一手抓著鳥，身體向後仰，就像水手從欄杆上越過一樣，只不過下方不是海浪，而是空蕩蕩的空氣，和底部堅硬的石頭。接著他跳了。

一時之間，飛行兵彷彿靜止在空中，展開雙臂，受困在巨鳥攀升的速度和他自己無法對抗的體重間。就在這一瞬間，阿拉拉放聲尖叫，轉身縮翅側身下墜，在空中翻轉。傑克伸手抓住之前固定另外那名不幸飛行兵的鞍具，輕鬆得彷彿漂浮在海面上一般。那個動作很隨興，幾乎堪稱慵懶。傑克拉近身子，整個貼在鳥背上，接著，在黎明之王再度翻正時，坐至定位，雙腳塞入鞍具的皮帶中。整個過程不到五下心跳的時間。葛雯娜在奎林群島上長大，和每天都在幹不可能的事的人一起受訓，而眼前的畫面依然是她這輩子見過最震撼的景象。

「好吧，」她說，目不轉睛地看著。「很高興我們帶他來。」

「伏低！」塔拉爾大叫，從旁撞倒她。

幾呎之上，葛雯娜腦袋剛剛所在的位置多了支箭插在門框上晃動。看來拉蘭等不及了。她連滾帶爬地遠離敞開的門口，回到未必比較安全的鳥房內。塔拉爾俯身越過她，幾支弓箭和弩矢撞上門邊的石塊。弓箭手已經包圍了他們，自鳥房東西兩側逼近，尋找攻擊的角度。

「我們受困了。」吸魔師喃喃說道。

葛雯娜打量弓箭手，然後搖頭。「不，沒有。我們現在有鳥了。」

接著，彷彿應召而來般，阿拉拉落在拉蘭的手下身上。前一刻弓箭手還在穩步前進，謹慎進逼，在開闊空地上以強勢火力相互掩護。接著巨大的陰影遮蔽陽光，巨鳥獵食的叫聲劃破午後的空氣。這一回，當凱卓鳥自地面上方一步的高度掠過時，那些爪子確實劃破血肉，割過肌肉和人骨，殺死一名士兵，又抓起兩名士兵在鳥爪中捏爆，把屍體丟在乾土地上。

附近拉蘭的手下嚇得衝向鳥房。葛雯娜刺穿第一個人的喉嚨，踢中第二個人胯下，然後眼睜睜看著塔拉爾的劍迅速下沉，打爛那人的頭顱。葛雯娜把劍拋到身後，一手抓起一具屍體，拖入鳥房，免得擋路。

「關門。」她放下屍體吼道，抓起快傑克推開的木箱，在塔拉爾關門時拖回原位。「再來一箱。」她指著木箱咕噥著。「再兩箱。」堆高三箱後，她把屍體上的劍插入箱子後方的木地板上，加以固定。

「這樣撐不了多久。」塔拉爾說，邊後退邊打量那道屏障。

「喜歡的話可以弄座吊閘。我要去找制高點。」

即使渾身痠痛，即使疲憊不堪，她還是輕鬆從光禿禿的牆壁爬上房椽。塔拉爾在下面皺眉，做了一個輕彈的小手勢，讓插入木地板的劍沉得更深，直沒至柄。他踢了踢劍，似乎很滿意，這才跟著爬上去。等他站上房椽時，葛雯娜已經在香蕉葉屋頂上砍出一個洞。

「等等，」塔拉爾伸手拉她手臂。「傑克在上面，但是另外一隻鳥也在，蘇拉卡。」

「那就讓他殺了牠，」她繼續砍刺堅固的屋頂。「那是我們帶他來的原因，不是嗎？等疾抓上鳥的時刻來臨，我打算準備好。再說，擋住了門，但還是有一整支部隊的箭在破門。」

話才剛說完，第一支鋼頭矢已經射中下方木柱，不久後又有兩支射來，接著一切陷入混亂。拉蘭的手下沒打算撞門，甚至沒費心接近到能在陰影中看見目標的距離，只是對準鳥房狂射，希望能夠幸運命中。那不算什麼戰術，不過在敵人受困又擁有數量優勢的情況下，也的確不需要什麼戰術。

「他們沒用炸藥。」塔拉爾說。

「還沒。」葛雯娜冷冷回應。「我打算在他們點燃引信前離開這裡！」

她猛力揮出最後一劍，清光了屋頂大洞旁的乾葉。從洞口望出去看不見任何巨鳥。

「來吧。」葛雯娜喃喃說道。她奮力擠出洞口後，低頭看向塔拉爾。「讓開一點。我或許得回來，而且很快。」

吸魔師點頭，沿著木椽移動。

她爬上傾斜的屋頂，沒過多久就找出那兩隻鳥。蘇拉卡位於北方低空，距離近到葛雯娜能看見鳥上士兵的長相。他們就著安全皮帶往外湊，企圖看清上方的景象，但是失敗了。就和其他凱卓一樣，他們沒有受過如何應對上方攻擊的訓練，但現在快傑克和黎明之王就在他們之上。

金凱卓鳥在另一隻鳥的斜後方大展雙翅。接著，在葛雯娜的注視下，牠尖嘯一聲，收攏翅膀，宛如落石般衝向蘇拉卡。蘇拉卡察覺到危機，在空中低頭轉身，但牠體型只有黎明之王的一半，位置又低，鳥爪上還載著四名士兵。阿拉拉狠狠撞上去，一爪扯下牠背上的飛行兵，另一爪劃過牠的右翼。

鳥爪上的士兵尖聲慘叫。他們看不見鳥翼上的情況，但很清楚當前情況，也知道如果蘇拉卡沒辦法掙脫的話會是什麼下場。蘇拉卡拚命掙扎，但阿拉拉緊抓不放，巨喙插入牠頸部，展開凶猛的撕裂攻擊，一下接著一下，直到鳥喙鮮血淋漓。傑克在鳥背上大叫，不過距離太遠，葛雯娜聽不清楚他喊了什麼。兩隻巨鳥迅速墜落，衝向小島。

「放開，」她吼。「放開。」

最後關頭，黎明之王照做了，甩走另外一隻鳥，展開雙翼，在距離地面幾步遠處拉平飛起。蘇拉卡卻沒飛起來。牠一隻翅膀虛弱無力地拍擊，另一隻翅膀癱瘓了，唯一能做到的就是在半空微微翻身，然後落地。距離延遲了撞擊聲，但葛雯娜看見巨鳥的胸腔被自己的體重壓爆。見過巨鳥隨風翱翔的模樣，很容易就會忘記牠們比十幾匹馬加起來還重。蘇拉卡一蹶不振，壓扁身下的人。牠抽動一下，微微舉起殘破的翅膀，然後再也動不了了。

天上，黎明之王的叫聲響徹雲霄。

葛雯娜回頭查看。拉蘭的士兵還沒發現她已經上了屋頂。大部分人和她一樣，都盯著北邊天際的暴力場面。阿拉拉脫離纏鬥後，他們就開始撤退，一開始很慢，接著拔腿狂奔，跑向拉蘭的安全堡壘。機會渺茫，但凱卓很擅長抓住渺茫的機會。

「現在，」葛雯娜說，轉回去看金凱卓鳥。「來吧，傑克——帶我們離開。」

她一點都不想嘗試傑克版的疾抓上鳥，他們應該有時間讓鳥短暫著地。阿拉拉的爪上沒有皮帶，但她和塔拉爾可以在鳥爪上撐回虎克島。鳥轉而向南，朝鳥房飛來，葛雯娜伸手把塔拉爾拉上屋頂。然而，當他們兩個都站上屋頂時，她發現巨鳥並沒有要來接他們，高度太高了，還飛往西南方。葛雯娜眼看傑克飛出島緣，掠過海面，越飛越遠。

「他去帶人。」塔拉爾輕聲道。

「或逃跑。」葛雯娜回道。

他有很多逃跑的理由。儘管傑克和他的鳥造成巨大傷害，儘管他們在空中展現了絕對的掌控力，拉蘭手下還是有二十幾名士兵，持有弓箭和炸藥的士兵。如果拉蘭有辦法集中注意力施展法術的話，他本身的法術或許就足以箝制黎明之王，將巨鳥擊落。況且他們還有其他凱卓鳥，拉蘭已經召回牠們了。葛雯娜隱約能看見巨鳥的身影，幾個朝北而來的小黑點。

「他不是要逃。」塔拉爾說，指向安妮克和其他凱卓等候的小島。「他去接人。」

葛雯娜透過齒縫吸氣。「時間緊迫。」她喃喃說道。「如果其他鳥抵達時，鳥哨還在拉蘭手中，那我們就慘了。不管傑克和他的鳥有多行，都沒辦法一次應付五隻鳥。」

她目光在天空、海浪和拉蘭堡壘之間游移。在經過一輪毫無紀律的猛攻後，吸魔師終於做出聰明的決定，將手下召回堡壘。畢竟，再多等一會兒就能派出五支凱卓鳥小隊，從地面攻擊葛雯娜和塔拉爾沒有多大意義。葛雯娜站在鳥房頂上，這裡可以清楚地俯瞰圍牆後方的庭院。

「凱卓鳥能在裡面降落，有掩護的地方。如果牠們成功降落，我們就輸了。」她深吸口氣，回頭看了逐漸遠去的阿拉拉一眼，本想在腦中計算飛行角度和時間，但後來放棄了。「我們必須強攻正門，闖入堡壘。」

「傑克帶其他人來後機會比較大。」

「沒時間了。等他們趕來，拉蘭已經讓五隻鳥升空，我們的人根本連降落的機會都沒有。」那是很惱人的真相，但是必須面對。她低頭看向屋頂的大洞，然後一腳跨入，墜落十二呎，在低呼聲中落地。肋骨的劇痛透胸襲來。塔拉爾比她聰明多了，他先落在木椽上，然後才跳下去。

「門。」葛雯娜說，皺眉爬起身。「打掉鉸鏈。」

塔拉爾看著她，然後點頭。葛雯娜推開木箱時聽見鉸鏈在無形力量下折斷的聲響。

葛雯娜兩手抓住門。門板很重，但是當拉蘭的手下開始在門上插滿箭矢時，她會很感激這扇門板的分量。

「拿那個。」她朝通往閣樓的木梯點頭。

塔拉爾揚起眉毛，將一把劍插入劍鞘，空出手來拿木梯。

葛雯娜看著他。「準備好了？」

「我們有一扇門和一個穀倉木梯可以去進攻堡壘，我怎麼可能沒準備好？」

即使滿臉瘀青，即使頭皮流血，即使他們很可能會死，塔拉爾還是在笑。

葛雯娜也以笑容回應。「我這些年來還以為你不懂幽默呢。」

「無妨，我這些年都認定妳是個婊子。」

「婊子，嗯？看我的。」

她走出鳥房，斜舉木門板，心跳如雷，步伐沉重。她聽見塔拉爾緊跟在後，就著門板掩護，呼吸沉重但穩定。她能聞到他的味道。不管他之前是怎麼說的，他聞起來都像是準備好了。第一輪弓箭插入門板，讓她踉蹌了一下，但她站穩腳步，在胸口湧出的吼叫支持下再度前進。

她無從得知自己前進的方向，也不打算在箭雨中頭探查看。她試著直線奔跑，結果還是斜著撞上圍牆，力道猛到門板邊緣都被撞裂，而她則一頭撞上木板。門板上插滿了箭，在他們的瘋狂衝刺中，箭矢就像大雨般落下。然而，在如此接近堡壘的距離，這堵牆其實為他們擋下了大部分的攻擊。

塔拉爾把木梯靠上石牆。石牆有十幾呎高，木梯不夠高，不過那也要等她真的爬到梯頂才須要擔心。

「上。」吸魔師說。「我可以讓門飄在妳頭上幾下心跳的時間。」

葛雯娜點頭，放開沉重的木門。門沒有砸下來，而是飄在幾步之上，隨風搖晃，然後撐住，宛如她私人專用的活動屋頂。

「別讓那個天殺的東西掉在我頭上。」她邊叫邊開始爬。

又有幾支箭加上至少一塊石頭落下。門板在攻擊下抖動，不過繼續撐著。葛雯娜回頭看，底下的塔拉爾滿頭大汗，正氣喘吁吁地盯著她頭上的木板。

「上。」他吼。

她剛抵達梯頂，一手抓住牆緣，吸魔師立刻呻吟一聲，整扇門板像被風吹掀般墜了下來。葛雯娜從圍牆上俯瞰庭院。兩名拉蘭的守衛從圍牆上的窄步道衝過來堵她。她刺穿第一名守衛的喉嚨，在他倒地時拔出劍，擋下第二名守衛的攻擊，同時掃視庭院。底下至少有二十名士兵，半數持弓，所有弓都瞄準她。賈卡伯・拉蘭站在士兵中間，大部分體重都倚在枴杖上。他臉頰上的傷口在流血，但他在笑。

「妳完了，夏普。」他說。「妳是個沒用的冒牌貨，妳死定了。」他看向他的手下。「射腳。我要留她活著受罪。」

葛雯娜矮身進入第二名守衛的攻擊範圍內，一手繞過他脖子，將匕首插入喉嚨，然後把他擋在自己身前，充當人肉盾牌。

「還沒完。」她叫道。

拉蘭向泥土吐了口口水。「隨意射擊。」

幾名士兵擔憂地互相對看。顯然謀殺虎克島上的無辜百姓是一回事，要殺害自己人，要殺害過去一年一起生活、吃飯、受訓的人就有點下不了手了。

「領導無方，」葛雯娜叫道。「下令殺害自己人。不過，嘿，你也不是真的指揮官，對吧？」

「領導，」拉蘭嘶聲道。「是下達困難決定的能力。我並不期望妳能瞭解。」他轉回去對手下吼。「最後放箭的人就死。」

*這麼快就講完了？*葛雯娜在拉弓聲中心想。

箭矢在一陣濕潤噁心的聲響中插入士兵體內。男人輕哼一聲，被自己的血嗆到，企圖掙脫，但葛雯娜緊抓著他，即使當他停止掙扎也不放手。她等第一輪箭矢盡數放完，在短暫的休止中推開屍體，跳下窄牆。

她重重落在硬土地上，翻滾起身，期待看見箭頭迎面而來。她必須將距離拉得更近才有機會使劍。拉蘭的手下有太多弓了。*這場仗打不贏*，她心想，雙眼盯著吸魔師看。對方看著她笑。*拜託，浩爾，讓我被打倒前挖掉他臉上的笑容。*

然而，在她衝到他面前之前，在吸魔師開口之前，在任何人放箭之前，一道巨大的身影掠過堡壘對面的圍牆。是一隻鳥，但似乎比一般鳥更大，那雙金翅膀寬如天空，遮蔽陽光，陰影蓋過整座庭院。鳥身下方，六名凱卓兵用臨時繩索掛在鳥爪上，那是葛雯娜的凱卓兵，她訓練的，或說嘗試訓練的士兵。他們各個瞪大雙眼，充滿憤怒和恐懼，指節發白，緊抓住亂七八糟的皮帶，同時他們還抓著另一個人，像小男孩一樣嬌小，看來幾乎要脫離鳥爪，只靠其他人的手緊抓支撐，整個身體傾斜到幾乎要掉下去——是安妮克。她雙手化為殘影，眼睛堅若磐石，拉弓射箭，拉弓射箭，拉弓射箭，弓弦彈放的聲響淹沒在阿拉拉震耳欲聾的叫聲中。

34

長拳站在坎它圈外，小島邊緣，距離懸崖僅有半步之遙，背對凱登看向西邊浪潮，彷彿能夠看穿眼前的景象，看穿世界的弧線，一路看到安努——如果安努真的在那個方向的話——看見黎明皇宮，還有正在發生的事情。陣陣熱風吹拂而來，吹動長長的金髮，威脅著將其推入海浪之中。薩滿並不把海風放在心上，分開雙腿，手臂抱胸，看起來和旁邊的古老傳送門一樣屬於這座小島的一部分，根深柢固，不可動搖。

凱登安靜上前，薩滿轉過身來，目光冰冷地瞪向他。帶鹽的海風吹過兩人之間。

「你失敗了。」長拳過了一段時間說。

在空無境界外，這句話或許會有點傷人，但凱登通過傳送門後仍保持著出神狀態，而在空無境界中，長拳的指控只是在陳述事實。

「對。」他回答。

薩滿繼續打量他，然後轉身，背對大海。

「我自己去。」

「沒有意義。艾黛兒沒有隱瞞，她確實劫走了崔絲蒂。」

「那她在哪？」

「逃了。」凱登回道。

長拳搖頭，掛在脖子上的骨頭項鍊輕輕撞擊胸口。

「那我們換個方法解決。」

「換什麼方法？」凱登問。

「在瑟斯特利姆人找到她前殺了他。」

很魯莽的計畫，如果這也算計畫的話。伊爾．同恩佳不在乎厄古爾或安努，不在乎凱登、艾黛兒或王座，他的目標是諸神，讓諸神進入他的攻擊範圍，而現在長拳打算滿足他的心願。或許薩滿擁有足夠的力量接近瑟斯特利姆將軍並殺了他……又或許一切都是陷阱。

「祢不能殺他。」凱登說。

薩滿再度轉向凱登，咧開嘴，看不出是憤怒還是在冷笑。「你是在質疑我的力量？」

「那不是力量的問題，問題在於計畫。不管祢怎麼看待瑟斯特利姆人，祢都很清楚伊爾．同恩佳的能耐。祢知道他做事有多仔細。如果只要走進他的營地就能殺他，祢幾個月前就已經殺了他，讓厄古爾人蹂躪安努了。」

長拳齜牙咧嘴，不過沒有回應。

「祢知道這些是實話。」凱登繼續小聲說下去。「如果現在去殺伊爾．同恩佳，踏進他的地盤，祢會輸。他會摧毀祢附身的肉體，切斷祢與世界的連結。」

「你是在說你瞭解一個素未蒙面的傢伙在想什麼？」

「要知道別人在想什麼有很多方法。」凱登回答。

妳在想什麼呢，崔絲蒂？他心想。妳在想什麼？妳躲去哪裡了？

他閉上雙眼，緩緩透過肉眼難察的動作脫離空無境界，從無拘無束的空無進入年輕女子的內心。起初，她的思緒空間混沌未明，難以解讀。凱登拋開不耐，讓自己發揮想像力，不理會身旁高大沉默的長拳，接著，慢慢地，就像春季第一株溫暖盲目的嫩芽，崔絲蒂的心靈開始在他心中成長。

很長一段時間裡，這段貝許拉恩都只是情緒變化，大量的憤怒和受縛遭囚的痛苦。凱登不清楚崔絲蒂童年過得如何，但她這兩年都在苦難和背叛中度過。世界殘害或拋棄了她，她的女神背叛她，她父親也是，而影響她最深的就是來自母親的背叛。崔絲蒂甚至無法和他們對質：席娜待在她內心深處，安南夏爾強壯的手臂把她父母都送去人類無法觸及之地。

我就想去那裡。人類無法抵達的地方。在世界邊緣，我誰也不是的地方……崔絲蒂的想法在凱登心中綻放。

接著，宛如吸魔師的法術般神奇，她的話化為實體，幻想的場景變得真實，變成他的記憶。崔絲蒂的聲音曾在數週前的陰暗囚籠中，在藥物影響下神志不清地說出類似實話的言語：盡可能遠離你這座天殺的皇宮。我母親以前常提一個地方，安卡斯山脈陰影下的綠洲旁有座小村落，死臨地外緣。她以前常說，那是離這個世界最遠的地方。我會去那裡，那座村落，那就是我要去的地方……

凱登猛地睜開眼。

這算不上什麼線索，甚至算不上直覺，只是幾句在藥物控制下說出悔恨和憤怒的言語。儘管如此，當他讓自己進入女孩的情緒洋流之後，這些話就顯得很合理。莫爾西方的荒原基本上就是她能力所及距離安努最遠的地方；另一方面，那裡也是能讓她抓住母親的零星回憶，莫潔塔在所有背叛展開之前，於親密時刻中告訴她的事情。

凱登轉向長拳。

「她要去安卡斯。」他說，對自己斬釘截鐵的語氣感到驚訝。「前往那裡的綠洲，位於死鹽地外緣。」

薩滿目光如炬。

「你怎麼知道？」

凱登搖頭，難以解釋。「她告訴我的。」

「她告訴你她要去哪裡，而你忘記了？」薩滿語氣很低沉，也很危險。「還是你在幹蠢事。你以為對我撒謊後還能活下來？」

「我沒撒謊。」凱登回答。「也不是蠢事，沒有忘記。人類內心裝有超乎我們限度的東西，她的話就留在那裡，安安靜靜躺在我心中，像放在遭人遺忘的閣樓裡某本闔起來的古籍中。我不知道我心裡有些什麼，花了一些時間才找出來打開它。」

海鷗在天上盤旋，乘著大海的濕氣攀升。這座島或許位於世界的中心，又或許完全脫離世界。凝視著海洋，很容易相信那些波浪會無止境地延伸至四面八方，沒有安努，沒有帝國，沒有厄古爾人……只有海洋緩慢的起伏、島上雜亂的草皮，還有凱登身邊那個高大蒼白的身影，一個為了容納神而被掏空的男人。

「她為什麼要去安卡斯？」長拳問。

「因為她想去空曠美麗的地方，永遠沒人找得到她的地方。」聽起來和任何希望一樣合理。「我們必須先趕到那裡。」

「你打算把一切賭在這個預感上？」

「不是預感。」

長拳轉向他，一根手指抵住凱登下巴，抬起，銳利的指甲勾在下巴後，緩緩順勢上抬，力量強大到將凱登的腳整個提離地面。那種痛宛如烈焰灼燒，壓力簡直要令他窒息。凱登很想伸手去抓住那條疤痕滿布的胳臂，但他忍住了，等著痛苦之王說話。

「如果你騙我，」長拳終於咬牙切齒地說。「或如果你猜錯了，我就把你當魚一樣剖開。我會把你的肺握在手裡，在你的慘叫聲中把它們當成風箱。」

「如果我說謊，」凱登奮力說道，每一個字都說得很痛苦。「或猜錯，那我就會死。我們全都死定了。」

藍眼又凝視他一下心跳的時間，接著凱登往下掉，摔在石地上，朝海的方向滾去，在懸崖邊數吋前才停下來。長拳看著他，彷彿好奇他會不會摔下去，發現他沒摔落後，薩滿緩緩點頭。

「那我們就去安卡斯。」

凱登用力搖頭。「還不到時候。」

厄古爾人瞇起雙眼。

「我們只有兩個人。」凱登搖頭說。「世界很大，我們需要幫手。」

「伊辛恩。」長拳想了一下說。

凱登點頭。「他們可以走傳送門，至少其中一些能。」

「如果瑟斯特利姆人派兵追殺那個女孩，我們也需要有自己的部隊。」

凱登眨眼。「如果伊爾·同恩佳此刻有收到任何消息，崔絲蒂就已經死了。只有基爾知道真相，基爾和艾黛兒。」

薩滿凝視他。「你敢冒這麼大的風險賭肯拿倫對此一無所知？你不是剛剛還在告誡我說他有多聰明？」

「好吧，」凱登說。「這是另外一個原因。受過獵殺瑟斯特利姆人訓練的人，或許派得上用場。你一開始加入他們就是為了這個，對吧？」

「原因之一。」薩滿輕輕點頭。「我們帶獵人一起去。」

凱登深吸口氣。「外加一個。」他平靜而堅定地說。「倫普利·譚。」

薩滿臉色一變。「那個僧侶是叛徒，他殺自己人。」

「他是為了幫我逃命。」

「沒錯，他也為了此事被關。」

「那就放他出來。」

死亡之心充滿鹽和腐魚的味道，陳腐、岩石、煙、血和尿的味道。那股臭味不光是在鼻子裡聞到，還會沾染在皮膚和舌頭上，摩擦肺部，滲入毛孔，讓人感覺這輩子都不可能擺脫它。凱登當然記得那股臭味，因為他在伊辛恩堡壘中被囚禁過幾週，但記憶是會漏水的容器，是有污垢的鏡子，即使對辛恩僧侶而言也並不完美。這個地方，其冰冷、古老、殘酷無情的存在，以一種記憶無法企及的方式欺壓上身。

另外還有那些伊辛恩。他們的恨意幾乎能觸碰得到。長拳命令他們不得亂來，但抵達後長拳立刻消失在某條側廊中，把凱登丟給兩個他認得的人，譚被抓走、崔絲蒂利用伊克哈・馬托爾的慾望擊碎他的那天，出現在坎它島上的男人。不管長拳如何指示，伊辛恩都懷恨在心，當他們一前一後帶凱登沿著走廊前往監獄時，他很難不去懷疑回來這裡是不是個嚴重的錯誤，很難不認為自己穿越堡壘的石道不是為了救譚，而是淪為俘虜。

當伊辛恩終於在一扇沉重的木門前停步時，凱登懷疑那間牢房是準備關押他的。恐懼抓撓著他冷靜的邊境，讓他很想回到空無境界裡。他努力壓下那股慾望，基爾的警告在他腦中迴盪。

「快點。」比較高的伊辛恩說。「霍姆想在天黑前離開。」

凱登不知道身處死亡之心的伊辛恩如何分辨黑夜與白晝，不過他點了點頭，那兩個人隨即離開，留他一個人自己找路回去。

儘管他們叫他快，凱登還是在原地站了很長一段時間。手中的提燈滋滋作響，不純淨的燈油不情願地燃燒，忽明忽滅。凱登把燈放在地上，但沒有伸手去抬擋門的鋼條。整件事情突然變得過於簡單。如果他一句話就能放走他的烏米爾，為什麼之前都沒提出這個要求？為什麼要把掩護他逃走的僧侶留在寒冷漆黑中凋零，或面對更糟的處境，在他從前口中的弟兄的匕首前受苦？

就某方面而言，執著在這件事上感覺很奇怪。世界上充滿了因凱登而受苦的人，成千上萬人因為他所做的決定而挨餓、受難或死亡。不過倫普利．譚和那幾萬人不同，不是某個疲憊不堪的書記用墨水寫在書冊上的抽象文字，不管凱登變成什麼樣子，他至今還能活著，從阿希克蘭的大火到死亡之心，還有之後的一切，全都要歸功於倫普利．譚。這是他尚未償還的債務。

然而，如果譚有教過他任何事，肯定就是感情用事完全沒有任何意義。

凱登能拋開自己的罪惡感，把它隔離在內心深處某個陰暗偏僻的角落裡，也是僧侶嚴厲課程的成果。當凱登終於抬起鋼條，拉開囚門時，他心裡沒有任何感覺，沒有罪惡或恐懼，什麼都沒有。他終究還是拋開了情緒，不顧基爾警告進入空無境界，用空無武裝自己，踏入黑暗之中，面對訓練他的男人。

一開始，凱登以為自己走錯牢房了。盤腿坐在牢房中央的人看起和倫普利．譚一樣高，但實在太瘦了，形容憔悴，深色的皮膚緊緊綳在肌肉和骨頭上。他赤身裸體，凱登看見他胸口和胳臂上隆起的處處疤痕，那是梅許坎特刻在肉體不完美人皮紙上的古老經文。倫普利．譚為了維持辛恩傳統，向來都剃光頭，眼前的人卻披頭散髮，長髮及肩，遮住滿是鬍鬚的面孔。凱登印象中的男人不復存在，取而代之的是個皮包骨。不過當囚犯終於開口時，他聽得出那確實是譚粗啞堅決的聲音。

「笨蛋才會回來。」

凱登在空無境界中思考這話的意義。

「世界變了。」他回道。

譚搖頭。「你被變動的表面蒙蔽。不管波濤多洶湧，河流本身還是一樣的。」

「什麼意思？」

「這地方很危險。」

「到處都很危險。」凱登低聲回答。「安努很危險，黎明皇宮也很危險。我回來是因為非來不可。」

譚終於抬頭看他。燈火在他黑眼中閃閃發光。他伸展四肢，緩緩起身。

「為什麼？」

解釋情況所花的時間比凱登預期得短。他覺得剖析帝國瓦解、諸神回歸、人類存亡之秋、眼看全人類如臨深淵等事應該要花更多時間才對，但在空無境界裡，一切都只是時間軸、事實、觀察和推論，數百萬人可能會死就和死氣沉沉的推論沒什麼兩樣。凱登把這些事實當成是奇特甲蟲的標本一樣釘在板子上，放在兩人之間。

譚看起來一點都不驚訝，也不擔心。他默默聽著，在燈火照耀下宛如囚室的石牆般文風不動。凱登說完後，他還是不動，站著凝望黑暗十幾下心跳的時間，然後開口。

「你相信此事。」

凱登點頭。「我信。」

「如果弄錯了？」

「弄錯什麼？」

「一切。如果這些神根本不是神呢？」

凱登打量他們之間的空間。「我有聽過席娜說話，而梅許坎特……」

「你聽他們講，就假設他們是神。」

「祂們通能過坎它，力量強大。」

「瑟斯特利姆人也能通過坎它。」譚反駁。「瑟斯特利姆人也有吸魔師。」

「長拳跟伊爾．同恩佳開戰——」

「看起來像開戰。」僧侶插嘴。

凱登眨眼。「北境死傷無數。」他過了一段時間說道。「超過數千人。這場戰爭絕非幻象。」

「死人對瑟斯特利姆人而言毫無意義。」

「那為什麼？」凱登問。「為什麼要製造假象？」

譚直視他的雙眼。「為了摧毀我們。」

凱登搖頭。「不合理。基爾在幫忙阻止伊爾．同恩佳，長拳在我提起之前都不知道崔絲蒂或席娜的事……」

「別再聽他們說話，別再看他們的臉。看看世界的現況，看看他們製造的後果。」

「我一直在看。你被關在黑暗中的這段時間，我每天都在看。」

「那你就是被光蒙蔽了。」

凱登凝視前任老師的身影。譚完全沒有離開過牢房中央，身後沉重的牢門依然開著，但僧侶連看都沒有看門一眼。如果有什麼值得提的，他似乎完全不把突然獲釋放在心上。

「蒙蔽我什麼？」凱登問。雖然身處空無境界，他卻覺得自己又變回侍僧，急著回答烏米爾的問題，企圖追上邏輯的蹤跡，但不斷失敗。

「他們全都是瑟斯特利姆人。」譚回答。「伊爾．同恩佳、長拳、基爾和崔絲蒂。他們是瑟斯特利姆人，他們攜手合作，而且快贏了。」

凱登搖頭。「不。」

「伊爾．同恩佳和長拳表面上是敵人，但他們在摧毀誰？」譚讓他想想這個問題。「他們在摧毀你。」他終於說。「摧毀我們，人類。聽聽你告訴我的話：長拳幾十年前就控制了伊辛恩，化名為血腥霍姆，逐步晉升，最後統治死亡之心和其中的人。但他有利用這裡的力量去對付伊爾．同恩佳嗎？他沒有。」

「伊爾．同恩佳控制了你的王座，然後幹了什麼？去和長拳打一場勢均力敵的仗，死傷慘重的戰爭，偏偏他們兩個都活了下來，大部分時間都待在遠離戰場的地方。崔絲蒂和基爾說服你從內部分化安努，殺害無以計數的平民，然後，當崔絲蒂遭囚後，朗．伊爾．同恩佳想辦法劫獄。他們彼此衝突，吼叫佯攻，但受苦的始終只有人類，死的只有人類。」

僧侶安靜下來，但空無傳來震動，在凱登四周，在凱登體內，如無形的大鐘撼動他的骨頭。這種說法聽起來很不可能。過去一整年的事件都圍繞在長拳和伊爾．同恩佳的衝突上，在一個附身人體的神和企圖殺神的瑟斯特利姆人之間。但話說回來，這話凱登是從哪裡聽來的？基爾，另一個瑟斯特利姆人。不管他如何聲稱效忠安努，不管他如何宣稱對人類好奇，當初凱登都是在伊辛恩地牢中找到他的。

他真的是被囚禁在這裡嗎？

如果長拳以血腥霍姆的身分統治死亡之心，基爾就有可能是長拳安排的，兩人可能合謀，確保凱登帶著瑟斯特利姆顧問回到安努，說服他摧毀整個帝國的基礎，而這個帝國長久以來負責守護不讓瑟斯特利姆人回來的古老傳送門……

「不可能。」凱登喃喃說道。然而，即使在這麼說的同時，這話聽起來也不對勁。

他心裡湧現基爾下棋時的模樣。瑟斯特利姆人花了很多時間獨自下棋，和自己對弈，在光滑的棋盤上放下一個又一個的棋子，每個都輕輕發出喀啦聲響，黑子、白子、黑子、白子。凱登也會玩那種棋，所有人都會玩，但基爾的玩法很奇特，毫無邏輯。歷史學家屏棄傳統的攻擊陣勢，習慣採取高深莫測到宛如自殺的步數：單一棋子深入敵陣，缺陷明顯的混亂陣型，漫無目的的攻擊，彷彿為了失敗而生。凱登總是要到最後才能看出真正的形勢，才能看出黑白雙方從一開始界定的目標。

「他們耍了你，凱登。」倫普利．譚輕聲道。「我們全都被耍了。」

這話就這麼凝結在空氣中很長一段時間，宛如四周的石塊般冰冷。凱登研究著基爾的臉，在記憶的微光中，那張面孔清晰靜止，然後是崔絲蒂的臉，再來是長拳的。薩滿的憤怒是否都是裝出來的，花了上千年淬煉而成的演技？崔絲蒂的哀傷是否都是假的，恐懼和痛苦都是精心策劃的假象？在空無之中，此事似乎很有可能，絕非無稽之談。一段時間過後，他脫離出神狀態。

他在空無之外感覺赤身裸體。冰冷。一道寒意襲體而來，而情緒則在體內深處，介於肌肉和骨頭之間移動，恐懼和困惑宛如劇毒般焚燒。凱登很想溜回空無境界，但他推開那股慾望，尋找自己去探視崔絲蒂時的感覺，當她觸摸他，當她哭泣或慘叫時的感覺。

悔恨，他發現。他感覺到悔恨，還有另外一種不一樣的感覺，一種無以名狀的溫暖困惑。

「不。」他緩緩說道。

譚只是看著他，漆黑的雙眼在亂髮後反射火光。

「你錯了。」凱登又說，想起第一天晚上在帳內絕望無助啜泣的崔絲蒂，想起那雙紫眼中的恐懼，以及對於派兒在修道院上方的山道殺害法朗．普魯姆時所發出的怒氣。「有些東西是裝不出來的。」

譚終於回道：「相信自己瞭解瑟斯特利姆人，瞭解他們的想法，瞭解他們的能力，是很危險的事。我半輩子都在研究瑟斯特利姆人，我還是不瞭解他們。我們的心智無法瞭解。」

「那你為什麼認為你瞭解崔絲蒂，或長拳？特別當你被困在這裡時。」

譚搖頭。「我沒有自稱瞭解他們，我只是在解讀世界的事實，你告訴我的事實。」

「外面的世界所發生的事實並不能代表全部真相。」凱登回想崔絲蒂在阿希克蘭那天晚上伸出雙臂摟他的模樣，在阿塞爾淚流滿面的模樣，在牢籠中少數她似乎真的有看見他的可怕時刻。

「要知道真相還有其他方法。」他小聲地說。

「不，」譚說。「沒有。所謂『其他的方法』都是希望和恐懼的遮眼布。拿掉遮眼布，世界就是唯一的真相。」

「並非總是如此。」凱登搖頭回答。「並非全部如此。我回到的世界裡充滿謊言。」

「那些謊言也是真相。」

一絲惱怒掠過凱登冷靜的表面。

「我開始質疑古老辛恩悖論的價值。」

「這不是悖論。鐵匠製劍，這是事實。騙徒說謊，這是事實。唯一真實的東西就是事物的本質。」譚緩緩走向石牆，然後以掌貼壁。「我對建造這間牢房的人一無所知，是男是女是老是少都不清楚，但我知道這是間牢房。」

「崔絲蒂沒有把我關進牢房，而基爾助我逃出牢房。」

「世界比一個眼睛遮住的王子大多了。」

「而基於你剛剛聽說的事情，你認為他們把全世界變成一座牢房。」

譚冷冷搖頭。「不是牢房，是屠宰場。」他瞪大黑眼看著凱登，然後繼續說道。「你看不見他們在想什麼，就算用貝許拉恩也沒辦法。你只能看見他們曾經做過的事，他們導致的結果。這就是阿希克蘭的僧侶試圖教你的東西，但你已經不是見習僧了，現在你必須為盲目付出代價。」

凱登看著譚身後，看向牢房對面的牆角，他很容易就能想起崔絲蒂縮在這樣的牢房裡，滿臉傷痕，為了逃出來弄得指甲染血的模樣。那是在做戲？實在不可能。

比歡愉女神降世更不可能嗎？一個聲音在他耳邊低語。

終於，凱登搖頭。「想要確認此事只有找出崔絲蒂。」

譚沉默如石。

「我需要你幫忙。」凱登繼續說。

「幫忙救他們，還是殺他們？」

「不管怎麼做，總之得先找出他們。跟我來，幫我找出崔絲蒂，我們也要找出伊爾·同恩佳。等你看到她，看到長拳，你再告訴我，你是否依然認定他們是瑟斯特利姆人。」

譚朝已經完全開啟的門口移動。水從石牆上滴落，透過自己的方式標記時間。

「如果真相和我說的一樣呢？」

凱登打量從前的烏米爾，試圖解讀難以解讀的表情。「那幸好，」他終於回答，聲音很輕。「我身邊有個長期接受獵殺瑟斯特利姆人訓練的人。」

35

瑟斯特利姆人為什麼要在死鹽地那種乾裂的地方建造坎它，理由已經隨風化為塵土，或被土地吞沒了。太陽高高掛在晴朗無雲的天上，將土地烤得堅若磐石。為數不多的植物發育不良，長滿尖刺，顏色棕到和地面差不多，彼此之間相隔甚遠，彷彿離得太近就會窒息。凱登驚訝地發現，這裡竟然有下過雨的痕跡，明顯的雨水溝道和飛濺的泥土在白得發亮的岩石底部結成一層硬殼，但就連那些痕跡也被利刃般迅速消失的水流切割、刻鑿、刮得又刺又利。

坎它本身聳立在一道人造深溝裡，傳送門兩側被烤乾的土上有明顯的斧鑿痕跡，但坎它本身沒有一絲刮痕。

「伊辛恩有在打掃？」凱登問。

長拳點頭，但不理會傳送門。薩滿已經爬出洞口，雙眼凝望著西北方的地平線。土地一望無際，四面八方都像鐵鍋一樣平，但在視線邊緣，安卡斯山的尖端隆起於地平線上，在刺眼的藍天下呈現血紅色。那個方向能看見一座綠洲，位於懸崖的傍晚陰影中，棕色土地之間一片棕櫚樹圍繞綠地，住著幾十戶牧人和獵戶。如果凱登沒有解讀錯的話，這裡就是崔絲蒂的目的地。他已經在心中重複最後那次談話的沙曼恩上百次了。

我會前往某個地方，她抓著牢籠欄杆說，盡可能遠離你這座天殺的皇宮。我母親以前常提一個地方，安卡斯山脈陰影下的綠洲旁有座小村落，死鹽地外緣。她以前常說，那是離這個世界最遠的地方。我會去那裡，那座村落，那就是我要去的地方……

他一點也不懷疑這些話。他聽得清清楚楚，彷彿崔絲蒂就站在旁邊對他說，他可以看見她說話時扭曲的表情。問題在於該如何解讀。她是真的想找到這座綠洲，藏身此地，還是另外一個空泛的期望，只是想找個人跡罕至的偏僻地點？如果是那樣，來此找她就毫無希望。她有可能在任何地方，在體內藏有女神時四下流浪，完全無法尋找，只要一個強盜動刀就可能摧毀全人類。

「為什麼選在這裡？」薩滿伸手遮眼，一邊打量著強光曝曬的土地問道。長拳奇怪蒼白的皮膚會在這種烈日下冒泡，但本人毫不在意，只關心遠方的高山。

凱登搖頭。「不是這裡。」

「那些山，」長拳回道。「我瞭解。但為什麼，為什麼她會想來這裡？」

「這裡人跡罕至。」凱登回答。答案其實更複雜，但他不確定自己是否知道該如何表達。

長拳搖了搖頭。「世界上有很多人跡罕至的地方，就連你們那座大城市裡也有沒人會去的洞穴和空地。」

「她母親來過這裡一次，我認為她想看看母親見過的景色。」

薩滿皺眉。「這個女孩，她向來實話實說，不會說謊嗎？」

凱登希望自己知道這個問題的答案，不光只是關於崔絲蒂。譚的疑慮還在他耳中迴盪：他們耍了你，凱登。我們全都被耍了。當然，他成功說服僧侶暫且別下結論，幫忙一起找人，直到得知更多內情。譚此刻位於東方某處，率領能穿越傳送門的伊辛恩走另一座建在莫爾東方的坎它。他們希望能夠找到崔絲蒂的足跡，追蹤她，如果不行，就想辦法攔截伊爾．同恩佳。

先決條件是崔絲蒂確實正往此地前進，以及肯拿倫擅離北境前來獵殺她。一切都出於貝許拉恩加上絕望的猜測，但那是他們所能想出最好的計畫，而任何計畫都比枯坐在安努或死亡之心等著朗．伊爾．同恩佳收網來得好。

「崔絲蒂沒理由說謊。」凱登片刻後說。「她在牢裡時不可能知道幾週後會身獲自由。」

薩滿朝乾裂的地面吐口水。「但是一旦獲釋，她就會想起這段對話。她有可能去任何地方，就是不會來這裡。」

「不，」凱登說，回想關於崔絲蒂的回憶。「她受到藥物影響，已經神志不清。那是瑣碎的話題，完全無足輕重，她不會記得那種事。」

「這條線索很薄弱。」薩滿說。「如果線索斷了，我們就會遠離真正重要的地方，沒有辦法盡快趕回去。」

凱登點頭，再度轉身去打量坎它。他們從死亡之心通過大海中的無名小島抵達此地，本來從安卡斯趕路過來要兩、三天的地方，他們只走了短短十幾步。這種旅行的速度十分驚人，各國國王會為了得到這種力量殺人，皇帝也是如此。不過這樣還不夠。這裡是最近的傳送門，但是距離綠洲還有上百里，前提是他們找得到綠洲。

「祢沒辦法，」凱登凝望著拱門說。「再造一座坎它出來嗎？」

長拳轉向他。「你不瞭解你在問什麼。」

「不，我不瞭解。坎它是瑟斯特利姆人建造的，而祢比瑟斯特利姆人更強。」

「坎它不是瑟斯特利姆人建造的，就像星星之間的虛空也不是他們建造的。」凱登搖頭。「這是……什麼意思？坎它從一開始就存在？」

「坎它不是石頭或鋼鐵。」長拳回答。「不是東西，不是這個世界的一部分。」拱門閃閃發光，那種銀灰色光澤在刺眼的日光下黯淡得有些詭異。透過拱門看過去，凱登只能看見同樣龜裂的地面，半岩半土。

「我不知道那是什麼意思。」凱登說。

「你們的世界就像一面牆。」厄古爾人回答。「瑟斯特利姆人在牆上打洞，但那些洞並非那面牆，洞裡的東西也不是瑟斯特利姆人建造的。」

「而祢不能再打個洞出來？」

「那樣做摧毀了他們，」長拳說，語氣就如四周的荒原一樣平板冷酷。「徹底摧毀殆盡。我沒必要涉足無名者的領域。」

薩滿的語氣中出現某種新的東西，凱登分析不出來。過了一會兒，彷彿出於某種默契，他們目光同時離開坎它，轉向西邊的小山峰，希望能在那裡找出體內蘊藏女神的女孩，並希望他們找到她時，她還活著。

♛

急迫感芒刺在背，但他們移動的速度就只能這麼快。長拳走得很急，凱登難以想像身體竟然會這樣背叛自己。一年前他能跑步穿越骸骨山脈，在艾道林士兵的追殺下連跑好幾天。然而，這一年來他經常坐著，每天都在議會廳裡爭論，而不在渡鴉環奔跑，這使得他現在手腳痠軟、氣喘吁吁。薩滿很不耐煩。他們整整走了一天一夜，充分利用低矮的胖月亮和美妙的涼爽天氣，接著又走了一整個白晝，只有在吃凱登肩膀袋子裡的乾水果和肉時才會停下。第二天結束時，就連神也被迫承認肉體上的弱點，於是當太陽西下時，他們在一望無際的平地上搭起粗糙的營地。

當晚冷得厲害，卻沒有東西能生火。凱登就著水袋喝了一大口水，把行李放在頭下躺好。他曾在骸骨山脈度過上百個更難熬的夜晚，本以為自己會倒頭就睡，從步出坎它後就一路奔波的身體卻冰冷僵硬，開始發痛。腳上的綁腿勒得太緊，他伸手去揉時覺得肌肉硬得像石頭。他揉了一會兒肌肉，然後放棄，重新躺下，讓痛苦透體而過，在寒夜中增加暖意。

長拳沒有躺下，盤腿而坐，凝視西北方，雙手交疊在大腿上。這個姿勢很眼熟，凱登半輩子都是這樣度過的：盤坐，唸經，畫畫，調節呼吸。不過，厄古爾酋長沒有唸經，沒有畫畫，姿勢中具有某種凱登難以言喻的感覺，似乎並不平靜，反而隱現掠奪者的氣勢。長拳雙眼睜開，星空下的目光明亮銳利。

凱登看著對方，不安感宛如一條焦躁的蛇在體內糾纏。自從他前往魏斯特開始，僧侶教導他的沉著冷靜就常常派不上用場。每當他接觸空無境界，空無就會在他指間流竄，幾乎抓不住。即使進入出神狀態，他還是能感受恐懼和希望，像是低到聽不見的音頻震動。他可以在舌根處嚐到自身的絕望，是一種過度成熟近似腐敗的味道。

大部分時候，薩滿都不會理他，目光直視地平線，大步走過龜裂的土地。然而，每當長拳轉頭看凱登時，他就會感到一陣恐慌。空無境界提供解脫之道，但凱登沒有忘記對方輕易粉碎空無的情景，毫不懷疑長拳想要的話就能心隨意轉，再度粉碎空無。與大酋長一起上路感覺像是獨自走在這片乾燥的土地上，旁邊跟了一隻崖貓。凱登的身體想逃，但逃避毫無意義，反抗也是。他能做的就是保持安靜，希望不要引起對方注意。於是凱登保持安靜，盯著龜裂的地面，將注意力從宛如夏季蒼蠅般到處亂竄的幾十個問題轉移到不必用腦的肢體動作上。

不過此刻沒有什麼事可以分散他和薩滿的注意力。黑夜吸走了大地上的色彩和輪廓，將棕色的平地和紅色的遠山變成灰黑色的平面。星星無聲地綻放光芒，但卻無關緊要，毫無意義。在盯著星空看了很長一段時間過後，凱登偏開頭。長拳只是一個輪廓，一道從四周的黑暗中刻劃而成的黑影。凱登看不見對方的臉，這樣比較容易交談。

「他是誰？」

長拳沒有立刻回應。接著伸指劃過自己胸口，彷彿劃開血肉及其下的骨頭。

「我附身的這具肉體？」

凱登點頭。

「不重要。」

「祢可以自由挑選？」

「當然不行。」神回答。「人類的心靈狹隘且骯髒，我要擠進去就和你要擠入裝滿岩石的木桶一樣。」他語氣轉為冷酷。「席娜的做法很愚蠢，強行擠進一個尚未做好準備又自我膨脹的人體內。」

風掃過碎石地，彷彿地上都是穀粒，彷彿有什麼值得拯救的東西，能拯救的東西。

「尚未做好準備？」凱登問。

這一回，長拳伸手指向雙眼中間的一點。「你們人類有可能挖走一塊本性。有可能，但很少發生。我占據的就是那塊空洞。」

凱登眨眼。「空無境界。」

「那是曲解。」長拳低吼。「是嘲諷。我所描述的空間並非來自你們空洞的真言和無止盡的打坐。」

「那是怎麼樣？」

「奉獻、崇拜、禱告和犧牲。最虔誠的信徒會放棄部分自我。這個人，透過對我的熱情信仰，把自己變成我的軀殼。」

凱登打量靜止不動的大酋長，然後轉頭凝望繁星點點的北方夜空。長拳的話很像辛恩會說的話——空無、空間——但其中還包括了長拳所謂的熱情。

「崔絲蒂，」凱登終於說。「她在席娜神廟中長大，她被訓練去服侍……」

「不是所有會禱告的女人都是女祭司，」長拳說。「如果她對女神虔誠，真的虔誠，席娜就不會受困在她過度人性化的污染牢籠裡。」

一顆流星在夜空中劃出白疤。

「情況會怎麼樣？」凱登問。「如果伊爾．同恩佳抓住崔絲蒂，如果他殺了她，我們會有什麼感覺？」

薩滿沒有回答，也沒有動作。凱登不禁懷疑自己是否有把話說出口，還是只是在腦中想到而已。長拳回答時並沒有轉頭，彷彿這話是對著夜空和地平線說的。

「女神之死會讓你們的痛苦之杯滿溢出來。」

凱登皺眉。「那不正是祢要的嗎？祢占據這具軀體，跟安努開戰，將祢的苦難散布到瓦許和伊利卓亞各地。」

「我占據這具軀體是為了讓世界重返正軌。」

「充滿殘酷與暴力的世界，代表苦難和屠殺的瘟疫。」

長拳緩緩搖頭。「你們帝國才是瘟疫，它扭曲了你們的本質。席娜和我附身瑟斯特利姆人，創造了美妙的東西。我們把人類變得更好，從體內釋放極樂與苦難兩種強烈的情緒。我們提供了這個禮物。」

「禮物？」凱登問。「什麼禮物？」

「世界的禮物。就像男人戴著厚皮手套摸女人一樣，瑟斯特利姆人什麼都感覺不到。我們拿掉了手套，讓你們在世界上行走，並能在世界穿越你們身上時感受世界。瑟斯特利姆人滅亡後的數千年間，人類都赤身裸體生活在樹林中，你們穿越平原時既美麗又血腥。接著安努奪走了那一切，強迫你們閉嘴、變醜，讓你們退化為奴隸。」

「奴隸比在血腥祭壇上屠殺小孩還糟嗎？比阻止強暴無辜百姓還糟嗎？」

長拳大笑，笑聲像來自遙遠地平線上的雷鳴。「人類城市的暗巷裡充滿孩童屍體的臭味。你們的田野裡到處都是被強暴的女人，她們擁抱強暴的記憶，彷彿那些都是會滋長的綠苗。他們受苦受難，但是苦難之中毫無榮耀可言。你們奪走一種神聖的事物加以褻瀆，變成政府機關和法律的問題。」

「安努的政府機關和法律是為了保護人民。」

「你們的政府機關和法律都是遮眼布，是避而不看的方法，視而不見的手段。你們永遠都在染血，遠比厄古爾人和魏斯特部族加起來更多，卻對苦難毫無敬意。皇帝輕揮手指，一整個民族的人就淪為劍下亡魂。商人支付一堆硬幣，上千人就淪為奴隸。活在豪宅中的有錢人根本不知道奴隸的名字，鐐銬鎖上後，就不再去看他們的臉，對手中的熱血一無所覺，聽不見奴隸慘叫，也不會做任何避免慘叫的事。這些暴行之中毫無音律可言。」

凱登覺得自己在黑夜的汪洋中拔錨啟航。長拳談及音樂與暴力，讚美與褻瀆，雖然令人困惑但又迷人，那種語言宛如獨一無二的景觀，是如四周的含鹽平地一樣漆黑，會令人迷失的地方。安努並不完美，凱登非常清楚這一點，但肯定比上百個相互爭戰的軍閥蹂躪這片土地和活在上面的居民要好。難以計數的安努奴隸若被放在天平上，肯定不會比被從母親的懷裡抓出來殺害的嬰兒更重，不會比慘遭閹割、截肢、嘲弄、屠殺的戰敗部隊重，不會比因為不同語言、身穿不同的服飾、在不同的祭壇上祭神而慘遭滅絕的國家重。放在天平上，安努肯定比之前的政體強，也比長拳企圖帶回來的那種世界好。

但話說回來，凱登對安努又瞭解多少？他對世界瞭解多少？他的童年與世隔絕，生活在富麗堂皇的黎明皇宮中，之後又是生活在山羊和渡鴉都比人多的偏遠山區。關於唐班、席亞、莫爾或路吉凡，他完全不瞭解。漁村和伐木小鎮，羅姆斯戴爾山脈的礦坑營地和席亞的稻米梯田，他或許能在地圖上指出它們的位置，但也就只知道這些了。他對於生活在那裡的人瞭解多少？他怎麼知道安努的司法、和平、繁榮不光只是小時候從自吹自擂的官員和書記口中聽來的回音？

他雙掌貼在身旁的硬土上，彷彿實質的土地能為動搖的思緒提供地基。他試著專注在高山的輪廓上，但在逐漸深邃的黑暗中，他很難肯定地平線上有哪些是地面，哪些是烏雲。水手藉由星象導航，但這裡的星象和阿希克蘭大不相同，熟悉的星座在天上的位置都很奇怪，再說，星星也會移動。

「如果祢相信，」他終於說。「如果祢認為我們所受的苦難不夠，沒有沉浸在他人苦難的喜悅裡，那為什麼要在乎崔絲蒂出什麼事？席娜會出什麼事？」

這段交談就是從這個問題開始的，而他又問了一次，彷彿透過回到最初，透過重新開始，就能再度找回迷失的道路。

薩滿首度轉頭凝視他。「席娜是你們本質的來源，她和我。沒有她，你們會粉身碎骨，在岩石上摔成百萬片碎泥。整個八度音階會就此消失。少了希望，我還能維持多少痛苦？少了愛的承諾，能有多少恨？當一切只剩下痛苦時，痛苦又算什麼？」

凱登試著弄清楚對方所表達的意思。「希望和愛。」他語氣遲疑。「是奧雷拉和厄拉的領域。新神——」

「少了我們，他們什麼也不是。」

「祢們的孩子——」凱登才剛開口，就被長拳再次打斷。

「你的語言是小到裝不下真相的箱子。」

「什麼真相？」

「我們不是這具軀體。」薩滿回答，手指觸摸胸口所在的陰影處。「我們不是從其他動物雙腿之間擠出來的動物。女人可以和十幾個男人性交，產下十幾個小孩，然後死去。從她體內出生的血肉並非她的血肉，孩子會在她死去後繼續存活。但我們不是這樣。」

凱登發現自己屏住呼吸，於是悄無聲息地慢慢吐氣。當他再度吸氣時，喉嚨和肺臟湧入冰冷的空氣。他可以把體內那股近乎荒蕪的黑暗想像成非人的孩童，和血肉一樣沉重，偏偏不是血肉，和黑夜一樣寒冷，和已死之物一樣僵硬。

「如果新神不是祢們的子嗣，」他問，聲音幾乎細不可聞。「那算什麼？」

「我們夢中的事物。」長拳回道。

凱登搖頭。「不可能。祂們真實存在。祂們在向瑟斯特利姆人開戰期間曾附身在人類身上，就和祢現在一樣。」

「夢是真的。」

「但祢說新神只是祢的一部分？依照祢的命令行事？」

「你夢到的東西會追隨你的慾望嗎？噩夢中的怪物會臣服在你的意志下嗎？我們那些子嗣遵奉自己的本性，但依然是我們的夢。」

「少了祢們，」凱登慢慢說，這話令他皮膚上的毛根根豎起。「少了祢們，祂們會死亡。」

「死亡。」長拳啐道，這晚首次顯露出憤怒和輕蔑。「那個收集骸骨的傢伙管不到神。」

「但新神還是有危險。」凱登堅持。「伊爾．同恩佳威脅祢和席娜，就等於是威脅祂們？」

薩滿微微側頭。「少了作夢的人，夢就不復存在，至少不會強大到足以接觸你們世界，豐富你們心靈。」

「那就是伊爾・同恩佳的目的。」凱登說。「如果他摧毀祢，我們就會再度變成瑟斯特利姆人。基爾說的沒錯。」

「你們會變成瑟斯特利姆人，或發瘋。」

「那如果祢活下來，」凱登問。「但崔絲蒂沒有呢？我們會怎麼樣？」

「你們是木偶，全部都是。我們掌握你們的牽線。你們能在世界上行走，是因為牽線處於平衡——厄拉和麥特，卡維拉和黑奎特。」

「如果伊爾・同恩佳打破平衡呢？」

「想像一個斷了線的木偶，」薩滿說。「不停扭動，掙扎移動，慢慢被自己糾纏在一起的斷線給勒死。」

♛

凱登終於睡著後，夢到硬如鋼繩的牽線纏住自己的喉嚨。他醒來發現有場沙暴自南方而來。一開始，他以為那是出於自己的想像，天空依然清澈，無情的太陽宛如湛藍天空上的明亮眼珠。天氣不太可能出現變化，但偏偏事實擺在眼前，南方有座高聳的棕牆，速度快到他們幾乎沒時間搭帳篷。

帳篷架好後，長拳起身，齜牙咧嘴地瞪著沙暴。狂風吹翻薩滿的頭髮和獸皮。「死鹽地的居民說這叫『浩爾的鞭笞』。最猛烈的沙暴會摧毀整支商隊。」

凱登嘴裡還有沙土的味道，舌頭粗粗硬硬的。「我們有帳篷，祢說帳篷能應付這個。」

長拳的藍眼轉向他，目光熱切，幾近瘋狂。「我不是在擔心我們。帳篷撐得住，不過風暴有可能困住我們一週以上。但那個女孩若真如你所說的在往西前行，毫無準備地遇上風暴，那瑟斯特利姆人根本不須要找到她，風和沙就會剝光她的皮肉。」

36

此地接近哈格河源頭，水流急促，又白又冷，自高處的冰川谷流下。瓦林記得在幾年前的訓練中學過這些，也在猛禽指揮部的地圖裡見過。經歷無盡的歲月，河水在東西河岸間沖刷出深深的河道。哈格河沒有安特凱爾的黑河那麼寬，也不能和匯流處的白河相比，但是寬到足以形成一條邊界。更重要的是，水流夠猛。

他早在一天之前就已經在馬匹穿越濃密松林所發出的噪音下聽見水流聲，滾動翻騰的激流。一開始就只是耳朵發癢，有可能是出自想像的輕微震動。然而，隨著距離逐漸靠近，水流聲轟隆作響，蓋過樹林中其他聲音，像是所有跑過樹枝的松鼠、啄木鳥和發出鼻音的豪豬通通靜默，彷彿牠們全都死了。

那個聲音帶回了視覺的記憶：河水撞擊河床上房屋大小的巨石，水花濺到上空五十呎高。他能聞到河的味道，以及潮濕晨間空氣中的片岩和鐵的味道。艾爾加德聳立在西方的峭壁上，該城本身就像是座山，深色的石頭堆上青天。那座城市原先是座堡壘，一座守護尼許東北邊界的城堡。隨著時間過去，隨著戰爭消弭，城堡外圍形成了一座城市，穿越羅姆斯戴爾山道或前往北方貴族領地的商人集散中心。此地已經兩百多年沒遇上戰爭，但瓦林上次見到那座城市時，它看起來依舊是座堅固的堡壘，城牆完全沒有窗戶，還有許多箭孔面對下方的河道。

河道上橫跨過一座橋。多年前，瓦林的訓練官曾花一整個早上對學員講解那座橋，說明它建造的方式、弱點、對該城的經濟價值……瓦林大部分都忘了，但有一點還記得，最基本的重點：那座橋是勞溫以北唯一能渡哈格河的地方。占領那座橋就能守住瓦許西南角。

從河岸下游傳來的戰鬥聲判斷，瓦林不是唯一上過那堂課的人。他此刻的位置距離哈格河尚有一里遠，藏身在林邊陰影中的最後幾株冷杉間，但即使在這種距離，他還是能聽出金鐵交擊聲和馬蹄將土地踩成泥巴的轟然巨響，以及數千人將心中的憤怒、困惑和痛楚透過怒吼、吶喊、尖叫等方式發洩而出的聲音。他在北地森林的寧靜中生活太久，幾乎忘了戰場上震耳欲聾的噪音。

瓦林任由那些聲音透體而過，試圖找出其中的架構，在紛擾的音浪之中找出秩序。有時候隻字片語會突顯出來，宛如海上風暴拋上沿岸的石頭——命令、哀求、臨死慘叫。所有人都在河邊，但聽起來厄古爾人的火力集中在戰場北方和東方，他們似乎想往西推進。

「橋。」瓦林低聲說道。「馬背民族想要攻占橋。」

跳蚤咕噥一聲，開始在行李中翻找。片刻過後，瓦林聽見望遠鏡伸長時的金屬摩擦聲。

「把全世界交給兩個人，」紐特說。「他們還是會為了爭奪一小塊土地拚得你死我活。」這話很冷酷，但如果下方的戰事有令他不安，瓦林都沒聽出來，也沒從他身上的氣味中聞出來。警語家很臭，向來都很臭，渾身都是硝煙味、濕羊毛和汗味。

「我擔心的是安努人殺的人似乎不夠多。」過了一會兒，跳蚤說。

瓦林閉上雙眼，進一步沉浸在戰場的聲響中。從安努人驚慌失措的叫聲聽來，北境軍團快輸了。瓦林聽出軍團戰鼓針對同樣的部隊發出相互衝突的命令：固守、撤退、挖掘掩體。顫抖的低沉鼓音被更響亮的節奏蓋過，那是尖銳的武器交擊聲，以及害怕之人和垂死之人的慘叫聲。他可以想像他們被逼到河岸邊，被迫退上那座關鍵橋梁的模樣。

「一週前，戰場還在東邊的丘陵高處。」跳蚤冷冷說道。「情況有變。」

在拉爾特西北角開打本身就很不尋常。長拳一開始進攻帝國的路線遠比現在直截了當，目標是越過黑河接近大草原，然後直搗拉爾特的中心。然而，在安特凱爾受挫後，長拳失蹤了，包蘭丁接手指揮，撤回厄古爾部隊，一路退到黑河北方的冰凍荒原。他們在那裡推進的速度很快，朝西越過灌溉下游濕地的水源，最後抵達羅姆斯戴爾山脈邊緣。那裡的碎石坡道和千湖茂密的樹林一樣不適合厄古爾馬奔行，而伊爾・同恩佳率領北境軍團在那裡與之交戰。根據胡楚和跳蚤的說法，雙方勢均力敵，已經好幾個月沒有進退。冬季對雙方部隊都造成損傷，但安努軍有來自艾爾加德的補給線，而厄古爾人必須在深及胸口的雪地中獵殺鹿、麋鹿和河狸。

「我以為厄古爾人虛弱到無法全面推進，」瓦林說。「太餓了。」

「確實如此。」胡楚回答。

「他們能把安努軍逼退到哈格河，顯然沒有那麼虛弱。」

「其實只有幾里地。」

「很重要的幾里。」跳蚤說。「在此之前，雙方爭奪的只是岩石和砂礫。現在他們在爭奪重要的據點。這是安特凱爾之後第一場關鍵戰役。伊爾・同恩佳犯錯了。」

這話令他們陷入沉默。聽著震耳欲聾的馬蹄聲、遊牧民族的呼喊聲、帝國軍猶豫不決的命令聲，瓦林試著想像朗・伊爾・同恩佳，肯拿倫兼瑟斯特利姆人犯錯的模樣。在見識過安特凱爾之役後，他認為可能性不大。

「我的族人不可能攻下那座橋。」胡楚說。「安努人大幅強化過橋的防禦工事。」

「不須要占領橋。」跳蚤回道。「他們不打算渡河。至少我不會渡河。如果能把安努人封鎖在艾爾加德裡，封鎖在西岸，他們就能從哈格河東岸直接南下，一路通往安努。」

「千湖會擋住這條河。」瓦林說，努力回想地理細節。

「算不上。」跳蚤回。「有一道高地分隔河道。我們目前就在高地的外緣。高地大部分都不足一里寬，不過還是能讓厄古爾人迅速騎馬趕路。他們只要幾天就能趕到安努。」

「而軍團沒有防守南方道路？」瓦林問。「他們如何布署？」

他可以聽出戰場的現況，但看不見，無法解析那堆混亂聲響令他抓狂。

「布署得很爛。」跳蚤說。「如果聚集兵力阻止厄古爾人南下，他們就沒有足夠的人手去守橋，也沒辦法守住艾爾加德。保護橋和城市，通往安努的路就無人防守。」

「犧牲一座城總比整個帝國好。」瓦林說。

「他們似乎不同意。指揮部隊的人派了一隊人馬趕往南方道路，但是人數不足。剩下的人都在橋上或西岸，厄古爾人動不了他們的地方。那裡非常適合防禦，但防禦的重點搞錯了。」

「你們的戰爭領袖呢？」胡楚問。「朗・伊爾・同恩佳？」

「肯拿倫似乎失蹤了。」跳蚤過了很久才回答。

「失蹤了？」瓦林問。這話感覺像是艾黛兒的匕首再度插入腹中，一種冰冷殘酷的背叛。

他們是來找包蘭丁的，打從一開始就是如此計畫，但現在來到戰場邊緣，距離北境軍團一里之遙，瓦林發現這段漫長旅程中的每一步，即使是沒在思考的時候，甚至是睡覺的時候，他內心的一部分一直繞著一個影像轉，他雙眼完好時所看到的最後一個畫面：伊爾．同恩佳的劍，以及劍後他的臉。瓦林很想殺掉包蘭丁，迫不及待地想，但殺死吸魔師只是個開端。一旦屠殺展開，他就沒有理由停手，在伊爾．同恩佳還活著的時候沒有，艾黛兒還活著的時候沒有……

瓦林發現他在發抖，他雙手握拳緊抓馬轡，強迫自己放慢呼吸，放穩呼吸，直到停止發抖。終於開口時，他的聲音好像生鏽的鋼鐵般蒼老。

「他在哪裡？」

「不見了。」跳蚤簡單回應。

「不是你看不見的人就是不見了，」胡楚說。「他有可能躲在城裡，或在和部屬開會。」

「不。」瓦林深吸口氣，品嚐空氣。要在尿騷味、泥巴味、屎味和血腥肉塊的氣味中隔離出一個人的味道幾乎不可能，但他還是十分肯定這個結論。「跳蚤說的對，伊爾．同恩佳不在這。所以厄古爾人才有辦法西進打到這裡。」

席格利發出氣惱激動的聲音。她在馬鞍上轉身，比向某樣東西，半下心跳過後，她美妙的茉莉體香飄散空中，完全不受戰爭的臭味影響。

「我身邊這個完美無瑕的女士想要指出一點，」紐特說。「即使肯拿倫跑了，我們要來殺的人還是在場。」

「他在場。」跳蚤輕聲同意。「他在場。」

瓦林毫無意義地把頭轉向北方，睜開雙眼，從一片漆黑望向另外一片漆黑，彷彿那樣做有任何好處。

「在哪裡?」瓦林問。「他在做什麼?」

「包蘭丁在做他向來在做的事。」小隊長回答。「站在戰場外的高處，撕裂人體。」

「他在制高點?」瓦林問。

「沒錯。位於我們西北方約莫半里外，河谷東岸最適合指揮的位置。在那座高地上，一切盡收眼底。」

「他不是要把一切盡收眼底，他是要讓所有人看見他。讓安努人見證他殺害囚犯、剝皮、挖心、用針線刺穿他們的眼睛。他要讓安努軍恐懼，要讓厄古爾人敬畏，那是他凝聚力量的方式。他在安特凱爾就這麼幹過。」

「為什麼?」胡楚問。「他要拿那股力量做什麼?」

瓦林怒攤雙掌。「我不……」

「橋。」跳蚤說。

「我的族人攻不下橋。」胡楚又說一次。「就算有吸魔師，他們還是無力占領。」

「包蘭丁不想占領橋。」跳蚤冷冷說道。「他要摧毀橋。」

瓦林側耳傾聽。有個聲音突然出現，他們抵達戰場時還沒有的聲音，那是石頭刮裂石頭的低沉聲響。一開始，裂石聲間隔很長，有點像是能力不足的人試圖引爆凱卓炸藥。接著，間隔時間縮短，裂石聲逐漸響亮，音頻也開始轉高。

「他在拆橋。」跳蚤說。

片刻之後，橋梁倒塌，聳立數百年的石橋在不自然的壓力下緩緩哀鳴崩塌。盲目讓瓦林不必去看在崩壞中墜橋之人、被巨石移動困住壓扁的士兵、被盔甲的重量拉下河面的人，或壓在石頭下緩緩溺死的人。他看不見，卻聽得清清楚楚，甚至聽得見個別的人聲：最悲痛刺耳的慘叫聲。有些人很快就死了，生命頃刻消失，其他人撐得比較久。

「我們必須行動了。」跳蚤的語氣中毫無敬畏，也沒有哀傷或憤怒。我們必須行動。那是事實，僅此而已。

「橋……」瓦林開口。

「……沒了，或快沒了。這邊結束後，包蘭丁就會攻向防禦南方要道的那些可憐混蛋。」

「除非我們搶先殺了他。」胡楚說。

「辦不到。」跳蚤回道。

席格利開口，紐特翻譯。「他魔力滿貫，我們無法近身。」

瓦林感到胡楚怒不可抑，然後又忍了下來。

「我們回樹林，」她說。「等他通過，從後方突擊。」

「不好。」跳蚤說。「紐特，加入戰線。命令半數防禦南方要道的安努軍撤回我的位置。幫我找傳信兵，至少兩個。」

爆破大師話也不回，踢馬上路。

「有什麼不好的？」胡楚問。「我們來殺吸魔師，重點是要殺了他，他的血在哪裡流乾都無所謂。」

跳蚤不沒理會她。「席格，」他語氣沉穩冷靜。「妳能在這裡守到天黑嗎？」吸魔師重新確認只有她知道的戰力，沉默了很長一段時間。瓦林能感覺到太陽照在臉上。陽光已經低垂，再過約莫一小時就要黃昏了。席格利必定有以手語回應，因為跳蚤哼了一聲。「很好，別死了。」

她嘶聲說了幾個音節。

「要死守時，我會告訴妳，現在不是那種時候。」跳蚤吩咐。「幫我們爭取時間，但是不要犧牲性命。」

女人和紐特一樣沒有回應，調轉馬頭衝向北方。

「你的吸魔師改變不了什麼。」胡楚說。「我的族人會擊潰那道戰線，他們會把你們的士兵當草一樣踩扁。」

跳蚤搖頭。「席格利或許沒有包蘭丁那種力量，但她幹這行很久了。既然她說能撐到天黑，她就能撐到天黑。我們的工作是要善用這段時間。」

「怎麼善用？」胡楚大聲問。

「南方有任何箝制點嗎？」瓦林問。「有可能堵住他們的地方？」

「我們邊騎邊談。」跳蚤說。「等那兩個人抵達後。」

「那兩個人？」瓦林問，然後側耳聽。片刻過後，他發見有兩名傳信兵接近。他能透過戰場噪音聽見他們的腳步聲和喘息聲。他們在跳蚤身前數呎外停步。瓦林聞出他們謹慎的態度，比汗水和鮮血的味道還強烈，除了謹慎，還有打從骨頭裡滲出的疲憊。

「傳信兵？」跳蚤問。

「我們是。」其中一人回答。「我是賈．成。這位是烏里。」他遲疑。「你是……」

「只是個想要掌控戰局的士兵。」跳蚤回答。

「你們——」

「凱卓。」名叫烏里的傳信兵插嘴。「你們是凱卓，對不對？」

「對。」跳蚤說。

突然之間，希望降臨。瓦林幾乎能嚐出那股味道，在寒風中濃郁黏稠。

「凱卓來了？」成問。「有多少……」

「就我們了，抱歉。」跳蚤說。「帶四匹馬，火速趕往安努，告訴坐在王座上或待在王座附近的白痴說厄古爾人要殺到了。他們有幾天時間備戰，最多幾週。」

那名傳信兵也不簡單，震驚的表情只維持了一下。「我該說是誰下達的命令？」

跳蚤嗤之以鼻。「是誰下達命令已經無所謂了，是不是？重點在於厄古爾大軍即將殺到。」

「瞭解，長官。」

「我要把話說清楚——就是你們了。」

傳信兵遲疑。「我們，長官？」

「你們兩個就是最後的傳信兵。我不會告訴你們要如何做好你們的工作，但是要記住，你們每多休息一刻，代價就是更多安努人的性命。沒有其他人會傳達這則軍情，沒有鳥，沒有其他騎兵。就是你們了。」

「瞭解，長官。你們呢？」

「我們？」跳蚤問。「我們會和你們同行一段時間。」

「然後？」

「好了，到某個時間點，我們會停下來，調轉馬頭，開始作戰。」

♛

南行的路程宛如酷刑。瓦林隨時都要應付可能會把他掃下馬背的低樹枝，但至少他們前進的速度比走路快上一點。哈格河和東森林之間的高地全部都是草地，寬闊到足以讓馬奔馳，不過他的坐騎雖然比任何安努戰馬跑得更穩，瓦林還是覺得自己在馬鞍上晃來晃去。看不見前方的土地讓他無從預測坐騎何時會調整動作。

而他很快就發現，看見得少就表示聽見得多。他們尚未離開安努殘破的戰線一里外，包蘭丁已經下令進攻。他當然聽不見吸魔師的聲音，但沒必要聽見，在那種距離下，厄古爾人和安努人，殺人的和被殺的人，憤怒和恐懼，全都融合成同一道聲音，只有金屬交擊聲能突圍而出。從其他人的描述判斷，安努軍似乎連第一輪衝鋒都撐不過，但隨著瓦林朝南疾行，遠離戰場，他開始聽見混亂之中融入了群馬慘叫聲。那表示安努軍還是有在傷害厄古爾人，在努力阻擋他們，就算只能撐一下子也好。戰況激烈，但似乎沒有跟著他們過來。

警語家於一里後趕來會合。

「帶了一半兵力。」他說。

「另外一半呢？」跳蚤問。

瓦林聽見警語家聳肩，發出硬羊毛刮過皮膚聲。「垂死。人總有一死。」

「席格利？」

「正讓將死之人撐久一點。她會撐到天黑。」

「很好。」跳蚤回道。「回去找南下的安努軍，和他們待在一起，讓他們徹夜疾行，明天早上和我們會合。」

紐特輕吹口哨。「這些士兵不是凱卓，沒有受過我們的訓練，所有人都有崩潰的臨界點。」

「他們可以晚點崩潰。此時此刻，他們就是唯一擋在厄古爾人和安努之間的部隊。解釋給他們聽，承諾戰後可以獲得錢納利海岸的地產。」

「我們沒有地產能分給他們，」紐特說。「很遺憾。」

「無所謂。」跳蚤回答。「此戰結束後，不會有士兵留下來瓜分那些地產。很遺憾。」

警語家竊笑，彷彿那是個很棒的笑話。「好的謊言比真相更加耀眼。」

「當然，」跳蚤回道。「總之要讓他們持續移動。」

胡楚在警語家離開後於馬鞍上轉身。

「厄古爾人也會趁夜趕路。」她說。「必要時可以趕上那些士兵。」

「但沒有必要。」跳蚤說。「包蘭丁或許能夠直搗安努，但就連厄古爾人也沒辦法不眠不休趕路。他沒理由在距離數百里遠時就冒險趁夜趕路。」

他再度踢馬疾行，片刻過後，瓦林跟上。

「有何計畫？」他問。

「計畫？」跳蚤回。「我以為我和傳信兵說話時你就聽到了。我們往南騎一段路，然後折返，開始作戰。」

「對於一個偉大的戰士而言，」胡楚說。「這個計畫似乎很蠢。」

「是啊。」跳蚤說。「好吧，我會淪落到這個地步可不是因為我很聰明。」

♛

跳蚤果然有計畫。經過一夜策馬趕路，在馬鞍上吃乾鹿肉，只有換馬時才停下來後，他們在第二天早上通過一條淺溪。小隊長渡河後下令停馬。一時之間他們只能聽見溪水沖刷石頭、馬兒疲憊的喘息和士兵經過數小時趕路後在馬鞍上伸展痠痛肌肉的聲音。

「這裡是哪裡？」胡楚終於問。

「堡壘。」跳蚤回答。

「看起來像廢墟。」

「等你們族人抵達時，歡迎妳站在草地中間迎接他們。」

瓦林喚醒在島上鑽研戰役的塵封記憶，試圖回想這個鳥不生蛋的地方怎麼會有堡壘。

「從前留下來的？」他猜測。「拉爾特還是獨立國家的年代？」

「密爾頓最北邊的堡壘，特別建來對付北方蠻族用的。」

「你怎麼知道在這裡？」

「我很多年前就記下了這附近的地圖。」

「我們還真走運。」

跳蚤聳肩。「算不上，我記下了所有地圖。」

瓦林凝望黑暗。

「猛禽指揮部有幾百張地圖。」

「對，」跳蚤說。「超難記的。」

瓦林轉向南方面對古老堡壘。盲目在這種情況下更令他難受。在人群中，可以運用其他感官，能聽見別人接近，聽見他們的呼吸或心跳，能聞到恐懼、希望和困惑。然而，在這裡，面對殘破的石牆，除了風聲外什麼都聽不見，除了石頭冰冷的氣味外什麼都聞不到。

「守得住嗎？」他問。

「不可能。」

「那為什麼……」

「我們不是要贏，而是要爭取時間。這座古牆能撐一天，如果運氣好的話搞不好兩天。要騎馬穿牆可不容易。」

「牆有何重要？他們為什麼不繞過？」

「西邊有河，」胡楚回答。「東邊看起來像沼澤。」她的語氣聽不出對這種地形有何看法。

「沒錯。」跳蚤同意。「還有包蘭丁不會想在後方留下一座充滿敵軍的堡壘。」

「充滿敵軍？」瓦林問。「我們有多少人，一百個安努軍在趕來途中，加上十幾個胡楚的厄古爾人？」

「不，」女人說。「這可不是我們的戰爭。你們的懦弱帝國殞落對我而言毫無意義。我們是來殺安努吸魔師的，不是和我自己族人開戰。」

「那就去殺他。」跳蚤回答。

胡楚大怒。「我們的協議——」

「——有效。」跳蚤低聲道。「得先好好打一仗。不打仗的話，包蘭丁就沒有理由取用魔力源，而我們就沒辦法接近他。」

「分散注意？」胡楚難以置信地問道。「不會有用的。即使在戰場上，吸魔師都時刻警惕。如果能從身後捅他一矛，他早就死了。」

「我心裡想的不是用矛。」跳蚤回道。「比較像是爆炸。他不可能針對所有攻擊自我保護。直接在他腳下引爆飂鼠彈或許就能幹掉他。」

空氣中瀰漫胡楚懷疑的氣味，宛如熟透的水果般甜膩。「如果你有……那些裝置，如果你有辦法製造爆炸，為什麼早幾個月不拿出來用？」

「形勢不對。」瓦林說，儘管看不見依然能看穿跳蚤的戰略。「想要讓爆炸發揮效用，你必須知道包蘭丁什麼時候會出現在哪裡。之前戰線太長，時機太難拿捏。」

「沒錯，」跳蚤同意。「還有就是我們確定他會前往的地方都有厄古爾大軍圍繞。我不認為他們會任由我們在營地中央埋炸藥。但是這裡，一切都在我們的掌握之中。我們知道時機，也很清楚地點。」

「山丘。」胡楚說著，在馬上轉身，指向瓦林看不見的方向。

「山丘。」跳蚤同意。「高度足夠讓他看見戰局，並被人看見。他會把俘虜抓上去，開始屠宰他們，希望從厄古爾人和安努人身上取用更多力量。但那就表示，」他轉向胡楚繼續解釋。「我們需要有人駐守圍牆，必須正式開打。不這麼做的話，他就沒理由爬上山丘，我們就只能把幾塊草皮炸飛五十呎。就這樣。」

胡楚一時沒有回應。瓦林聽見她身後其他厄古爾人在馬背上坐立難安的聲音。

「好吧。」她終於說。「我們在這裡和你們並肩作戰，在這裡對克維納獻祭，但你要殺了吸魔師。」

直到她調轉馬頭，用厄古爾語對厄古爾人下令，率領他們往南前往堡壘開始備戰後，跳蚤才轉向瓦林。

「她會背叛我們嗎？」他問。

瓦林猶豫了一下，回想胡楚的一切。「不會，」他終於回答。「她自尊心太強。」

「我們把很多東西賭在一個女人的自尊心上。」

「我當初在大草原上俘虜她時，她直視我的眼睛告訴我，如果不殺她，她會獵殺我。」

「愚蠢。」

瓦林緩緩點頭。「或許。但勇敢。」

「勇敢往往和愚蠢脫不了關係。」

瓦林搖頭，試圖看清現況。「她恨包蘭丁。在她看來，他是……一切神聖事物的反面。」

跳蚤哼聲表示：「足以讓她變成叛徒嗎？」

「她不認為那是背叛。厄古爾人的指揮或職責理念和我們不同。」瓦林回想胡楚殺死忤逆她的厄古爾戰士，毫不遲疑或遺憾地劃開他們喉嚨的模樣。「對胡楚來說，結果才是重點，過程不重要。如果要殺包蘭丁必須對抗其他厄古爾人，她會動手，畢竟他們向來都不是和平相處。我看不清楚很多事，但我可以告訴你，她會站在堡壘牆上作戰。」

跳蚤吸吸牙齒，往地上吐口水。「那你呢？你能作戰嗎？」

瓦林深吸口氣。他的手掌突然冒汗，安特凱爾的鮮血和死亡爬回他的視線。他再度聽見那些慘叫聲，男人和女人被殘暴分屍、活活燒死、壓扁在房屋底下、被河水溺斃。

「我會作戰。」他終於說。「我會作戰。」

37

低矮狹窄的帳篷又熱又黑。帳篷內充滿加工不良的毛皮臭味和汗臭味，帳外的砂礫用上百萬隻小爪子刮過皮帳。風聲呼嘯，企圖吹開壓住帳角的岩石。帳篷遮蔽了穿透風暴而來的微弱光線，讓人幾乎無法分辨晝夜，所以凱登和長拳不分日夜都在近乎全黑的環境下呆坐或睡覺，就連呼吸聲都被風暴蓋過。

一段時間過後，凱登開始覺得帳篷外的世界已經不復存在。安努和阿希克蘭，死亡之心和魏斯特，都和夢境沒什麼兩樣，作夢和清醒的界線也越來越難分辨。長拳拒絕交談，拒絕做任何坐著凝視西北方以外的事，一股沉默的壓力充斥在帳內的漆黑中。有幾次，凱登夢到自由走動，夢到推開皮帳簾，步入風暴中。每次他都被風沙嗆個半死，然後再度於漆黑的帳篷中驚醒。

一週後，風暴終於平息，當他雙腳顫抖步出殘破的皮帳時，突如其來的光線宛如尖刺般插入他眼中。一時之間，他除了站在原地困惑地面對陽光外，什麼都不能做。不管先前風暴有多猛烈，現在都沒留下任何蛛絲馬跡。四周依然荒涼寂寥，鮮艷的藍天宛如鼓皮般緊繃在上。凱登深吸口氣，享受清新的空氣，在磨傷刺痛的胸口灌注早晨的沁涼，然後發現那代表什麼意義。

「她還活著。」

長拳點頭。「暫時如此。我們必須加快腳步，趕在瑟斯特利姆人之前找到她。」

凱登凝望西方鐵鏽色的山峰。「我們無法肯定他正在追殺她。」

「我們肯定。」長拳回道，指向東南方，他們來時的方向。

凱登瞇眼。地平線上有片像煙般的沙塵出現在藍天前。

他搖頭。「又是沙暴？」

「人。」長拳回答，揹起行囊。「朝坎它前進。」

凱登看著那些小污點，真希望自己有凱卓那種望遠鏡。「那有可能是任何人。」

「是伊爾．同恩佳，或他的手下。」

「但崔絲蒂又不是要往坎它走，她甚至不知道坎它在哪裡。」

「他在棋盤上所有區域派兵。那個，」長拳伸長手指指向那片塵土。「並非他的矛頭，那是要阻擋我們離開的圍牆。」

凱登緩緩點頭。他見過來自雪維安三角洲的蛇，某個有錢的錢納利商人送給父親的禮物，凱登和瓦林都對那條蛇十分著迷。蛇身約有二十呎長，像凱登胸口一樣粗，是一隻由鱗片和肌肉組成的怪物。儘管身軀龐大，那條蛇殺害獵物的手法卻很緩慢，會將獵物緊緊纏繞。凱登曾見那條蛇吞食一隻八百磅的大母豬，牠輕輕纏住母豬，在母豬每一下慘叫時，進一步縮身纏緊。

那條大蛇的武器就是耐心，透過等待殺死獵物，慢慢取得進展，拒絕讓步。凱登發現伊爾．同恩佳的棋也是這麼下的，派兵守住坎它就是這個用意。他不會急衝而上想一舉擒獲崔絲蒂，伊爾．同恩佳沒有任何會造成錯漏的匆忙之舉，他會慢慢進逼，緩緩纏緊，摧毀所有逃生之道，以及所有可能幫助她的人，一直壓縮、一直壓縮，直到她完全走投無路，窒礙難行。

「然而，」凱登緩緩說道。「他不會平白無故跑來世界這個角落，不可能把部隊派往所有地方，不可能橫跨兩座大陸。他是在跟蹤她，或跟蹤我們。怎麼辦到的？」

長拳嘶吼一聲。「無所謂。我們搶得先機，那才是重點。想要持續超前，我們就必須跑。」

於是他們跑。

跑了一天，跑了一夜，加上第二天早上，途中只有停下來拿凱登那個鬆垮的水袋喝水，然後再把爆汗過後僅存的水分尿光。當他們停下來時，凱登必須竭盡所能才能不倒下。

長拳或許是神，卻是受困人類軀體中的神。儘管薩滿手長腳長，肌肉結實，但身體狀況卻比凱登還糟，似乎昨晚跑到有點瘸腿，從步伐來看，有條肌腱不對勁。根據在阿希克蘭生活的經驗，凱登認得那種傷，知道再這樣下去只會越來越僵，進一步影響行進的步調，最後只能拖著腳走。長拳必須休息，但沒時間休息了。

山脈在凱登剛步出坎它時看起來只是西方天際的小紅齒，現在近得在夕陽下將半片大地籠罩在陰影中。陰影裡有個小村莊坐落在蘆葦環繞的水池間，崔絲蒂的綠洲或許距離不遠，不過他們並不清楚該往哪個方向找。如果凱登和長拳繼續西行，黎明前就能抵達峭壁，然後呢？轉北？轉南？他們可能浪費幾天的時間搜尋錯誤的區域，而東方的塵土正小聲提醒他們，已經沒有幾天的時間了。

最後是伊爾・同恩佳自己的錯誤拯救了他們。凱登看見足跡時，傍晚清涼的陰影已經降臨大地。一開始，他幾乎錯過它們。他拖著沉重的身體仰賴慣性前進，同時腦中努力判斷眼睛究竟看見了什麼。又走了十幾步，他終於減速停步。他肺如火燒，呼喚長拳，疲憊地示意薩滿等一下，他則慢慢折回去，彎腰在乾裂的地面上搜尋。

知道要找什麼後，足跡就變得十分明顯。死鹽地不像阿希克蘭，地是土地，不是岩石，就算陽光把地面曬得乾硬，還是會留下腳印，尤其當腳印尖銳，不是獸掌或獸蹄，而是利爪時。

阿克漢拿斯，凱登心想，凝視著土地上的刮痕。

他希望自己看錯了，希望那些印子並非足跡，或其實只是其他動物留下的足跡。問題是這裡沒有其他動物，沒有那種動物。凱登幾乎能看見它們的附肢軀體在骸骨山脈花崗岩架上快速移動的模樣，能聽見它們介於人類聽力邊緣的尖叫聲。阿克漢拿斯外表很像蜘蛛，大型犬體型的蜘蛛，除了數十顆長在附肢關節處的血紅大眼之外。他記得初次見那些眼睛時噁心想吐的感覺，彷彿他的身體瞭解心靈面對的恐怖真相：阿克漢拿斯並非貝迪莎的作品，不是自然出生，而是被創造而成，是瑟斯特利姆人在數萬年前製造出來獵殺人類的怪物。

「什麼？」長拳繞回來問，汗濕的長髮垂在肩膀上，目光堅定，在夕陽下宛如星光，但呼吸凝重、氣喘吁吁。

凱登指向地面。

「問題的答案。崔絲蒂往這裡走。」

薩滿檢視那些足跡，然後搖頭。「這些足跡不是那個女孩留下的。」

「當然不是。」凱登冷冷同意。「不是她的。這是伊爾．同恩佳派去追蹤她的阿克漢拿斯留下的。」

這樣很合理，唯一合理的解釋。阿克漢拿斯不可能潛入英塔拉之矛，但這怪物有可能潛伏在安努城內，有可能在站哨。崔絲蒂逃走時，它會發現，而伊爾・同恩佳也會發現。崔絲蒂或許逃過了所有人類的追捕，但瑟斯特利姆人的怪物與人類不同，阿克漢拿斯不需要實質上的蹤跡，不需要人的腳印或氣味。譚解釋過這點，感覺好像是上輩子的事：蜘蛛可以感應自我。它們在追蹤的就是那個。即使崔絲蒂翻山越嶺、飄洋過海，這種怪物還是能跟蹤，必要時會跟著她穿越整座大陸，然後伊爾・同恩佳就會趕來。

♛

他們在東方天際開始出現魚肚白時抵達那座綠洲和蘆葦茅草小村落。凱登在一座沙丘頂端看見二、三十間小屋的輪廓，在搖晃不定的高草間就和陰影差不多，大部分依水而建。他轉頭望向東方，追兵的塵土比之前更近了，看來伊爾・同恩佳的士兵同樣連夜趕路。當凱登和長拳為了在黯淡的月光下尋找淺淺的足跡被拖慢速度時，他們的追兵卻以穩定的速度直奔而來，最多只落後兩里。隨著黎明照亮東方天際，凱登看見黑暗的身影在清晨的高溫下閃閃發光。

他瞇眼，試著看清更多細節。「譚和伊辛恩呢？」

長拳沒有回頭。「迷路了。死了。無所謂。」

死了。凱登想像倫普利・譚死去的模樣。辦不到。

片刻過後，他拋開那個想法，深吸口氣，屏在刺痛的肺裡，然後吐出。「時間不多。」他比向綠洲。「我們去找崔絲蒂，然後離開。看要去哪裡。」

薩滿呼吸凝重，氣喘吁吁，但換上了獵食者的笑容。「不。」這個音節透露暴戾之氣，接著說：「我們動手殺人。」

凱登搖頭。「我們只有兩個人，加崔絲蒂也才三個，我們不能動手。」

厄古爾人笑容變大，露出完美的牙齒。「不算動手，我會摧毀他們。」

突然間，凱登又回到茉莉殿中，胸口起伏，傷口灼痛，困惑地看著滿地屍體，然後轉身發現崔絲蒂站在那裡，眼神古老而空洞，雙手緊握成拳，讓人錯以為她用自己的雙手扯出那些氣管，打爛那些頭顱，一次一個。

「祢的魔力源……」凱登開口。「祢能取用？」

「我怎麼會需要魔力源？有痛苦的地方就有力量。」長拳回答。「每間茅舍裡都有苦難，每個生物跳動的心臟裡都有不幸。」

凱登看著自己的身體，試著評估小腿和大腿上的痠痛、幾十處宛如隱形尖刺插入膝蓋的刺痛、他的腳踝，以及長滿水泡的腳底。他痛苦，不過他經歷過更大的痛苦。

「這裡的痛苦夠了嗎？祢能取用的痛苦？」

「這裡？」長拳瞇起雙眼左顧右盼，好像這時才發現他們身在何處，直至此刻才察覺東方和南方的沙漠，還有聳立在西方的高山。「我並不是這具身體，有慘叫的地方就有我。這個事實為什麼到現在還沒在你心裡紮根？」

「祢不須要接近魔力源。」凱登緩緩說道。這種情況很恐怖，沒有弱點的吸魔師，沒有常見的短暫缺陷。那似乎不可能，但話說回來，當他回想崔絲蒂的情況時，感覺又很合理。不管身處何種環境，她都能在需要的時候取用她的力量，彷彿全世界都是她的魔力源，彷彿她不管身在何處都能把手伸入那股魔力之中，而魔力就會泉湧而來。

「要熄滅那些生命，」長拳繼續說，毫不在乎或沒有察覺凱登的震驚。「只是舉手之勞。」他揚起一手，透過拇指和食指之間打量東方，好似伊爾・同恩佳因為距離而顯得渺小的士兵都只是許多蠟燭燒黑的燭芯。凱登等著對方捏緊手指，盯著遠方的身影，不知道他們會拖多久才死。然而，片刻過後，薩滿搖頭放下手。

「不。」

凱登感到一陣奇特的欣慰感透體而過。那些士兵很危險，他們殺過人，還會再殺人，會一路殺向崔絲蒂，直到割斷她喉嚨為止。沒有長拳的力量，此事將會演變成賽跑，一場賭注很高的賭局，賭他們能先找到女孩並警告她，然後逃跑。凱登應該要感激薩滿擁有那種力量，但是當對方說出那句話時——有慘叫的地方就有我——他突然感應到一段奇特的景象，彷彿心被撕開，攤得和世界一樣大。他看見上百萬人在本身的痛苦中扭曲，不管有沒有流血，不管有沒有慘叫，不管有沒有死亡，每個人的痛苦都是一條紅線，宛如活體組織般在世界的面孔上持續鼓動。他看見所有可怕的絲線都被薩滿握在手裡，痛苦與力量融為一體。想要贏，想要生存，他們就需要那股力量。但有個問題持續困擾著凱登：就算我們贏了……然後呢？

凱登的目光從薩滿轉向逼近的士兵。

「祢在等什麼？」

長拳一手指向荒蕪的沙漠。「戰爭領袖和他們在一起，那個想要除掉我的渺小生物。」

「伊爾．同恩佳。」

薩滿微笑。「我要他。他不是什麼好樂器，但我要聽聽他在被我分屍時發出的聲音。」

「萬一他不在呢？」

「他為這一刻準備數千年，他會來的。」

凱登緩緩點頭。瑟斯特利姆人不太可能把最後一擊交給其他人執行，這表示謀殺父親，還企圖謀殺他，並顛覆整個安努帝國的男人，離這不過一里，身邊只有幾十名護衛。

「那我們去找崔絲蒂。」他說。「找出她，然後呢？」

「然後，」薩滿回道。「我就讓那個渺小的瑟斯特利姆人知道，向神開戰是什麼意思。」

長拳之前的疲態一掃而空，呼吸平緩、穩定，神情迫切，接著，突然開始以獵人追逐獵物的速度奔跑。過了一會兒，凱登跟上，雙腳顫抖，步履蹣跚。

38

艾黛兒坐在寫字桌前，不過沒在寫字。她昨晚和妮拉和凱潔蘭爭論到很晚，回到天鶴塔頂的臥房後，連衣服都沒換就倒在床上陷入昏睡，直到午夜鑼響時才醒來。她還想繼續睡，但睡意就像崔絲蒂一樣難以掌握。艾黛兒腦中浮現女孩的面容，那雙紫眼受到藥物影響依然毫不順從，她語氣平靜卻又絕決得可怕：你們這群老謀深算的混蛋將會互相殘殺。

就算那女孩只是個普通吸魔師，她逃走依然是場災難。然而，根據凱登的說法，她是女神的宿主，席娜在凡間的肉身。這種說法感覺不可能，卻和伊爾・同恩佳對於長拳就是梅許坎特的說法，還有肯拿倫願意犧牲艾黛兒換取對方性命的事實不謀而合。凱登顯然很相信他前幾天告訴她的故事，如果那些都是真的，艾黛兒讓那個女孩逃走很可能會導致人類滅亡。

她咒罵一聲，起身走向通往陽台的門，拉開門閂，把門推開。夏夜晚風拂過她的肌膚，吹起她的秀髮，然後又任其飄落。她本來打算寫點什麼，或處理一些堆積在辦公桌上的雜務，但她卻只是坐著，坐了半個晚上，沒有點燈，也沒打開墨水瓶，在黑暗的臥房中透過陽台門看向整個世界的黑暗。

根據凱登所述，「坎它」是一種傳送門，從一個地點前往另外一個地點的神奇通道。他可以從安努一步跨入席亞，就像艾黛兒從一個房間走去另一個房間。她原本不相信，認為如果真的有，父親肯定會把這種祕密告訴她，會訓練她使用坎它，就像他訓練她去做其他事一樣。父親卻從未提過關於統治帝國的關鍵，整個馬金尼恩家族的大祕密，這讓她感覺既殘酷又毫無意義。接著凱登帶她去看了。

坎它看起來其實不像任何東西，只是安努某個貧民窟裡一間廢棄辛恩禮拜堂地下室的一座奇特拱門。它看起來完全不像消失種族的遺產，也不像種族屠殺戰爭中最可怕的武器。坎它看起來只是某件古怪建築師的愚蠢作品，直到凱登雙眼冰冷如寒冬星辰，踏入門內，直接消失。

「我不會回來，」他說。「不會馬上回來。」

他確實沒有馬上回來。

這本應值得欣慰，畢竟他是去尋找崔絲蒂的，利用傳送門去追蹤並抓回那個吸魔師。如果成功了，如果他帶她回來，他們就還有希望能阻擾伊爾．同恩佳，拯救諸神及數百萬名仰賴諸神的男男女女。賭注大得荒謬，大到任何人類心智都難以理解，但艾黛兒發現自己並沒有真的在為那數百萬人著想，她所考慮的並不是人類，不是安努，不是她弟弟，不是妮拉，不是李海夫，她只在乎一張臉，她兒子的面孔，那雙小小的燃燒之眼和胖嘟嘟的手掌。不過，有個事實令她害怕，就是她發現自己腦中關於兒子的記憶已經開始褪色。

又一件我無法掌握的事，她在凝望門外的夜空時心想。

她在黑暗之中計算自己的失敗：父親、母親、兒子，一個弟弟死了，另一個暫時身處她永遠無法通過的傳送門後。她無法控制住本來可以牽制北境戰線的將軍，而據她所知，北境戰線也即將崩潰。她是搶回了家族的王座，但這又是為了什麼？她每一天想做的好事，想為安努帶來的安全與和平，全部都像泥土般自手中分崩離析。部分原因在於議會，但如果是其他更強勢睿智的皇帝，肯定有辦法馴服那群混蛋，用計操弄他們去做對大眾有益的事。別的皇帝可以做到她做不到的事。

另外還有她的奇蹟，她的祝福，她皮膚上那些代表女神聖恩的紋路。艾黛兒伸手觸摸那些漩渦狀的疤痕。在永恆燃燒之泉那日之後，她相信了，人生中第一次她真的相信英塔拉不只是一個名字、一段神話、一個用以奠基他們家族統治權的故事。人民說她是先知，而當女神的告誡在她耳邊迴響時，她接受了那個頭銜，當成護甲穿在身上，進行她的正義之戰。不過那個正義已經漸漸消失，在弗頓死時，在瓦林死時，在她原諒殺害父親的凶手時。現在先知的頭銜感覺太過沉重、明亮、鋪張、空洞。

艾黛兒自稱代表她聽不見也不瞭解的女神發言，但世界上還有其他人，崔絲蒂和長拳，體內就住著他們的神。艾黛兒發表演說，接受火焰之子的膜拜，接受全安努人民膜拜，但那些話都是她自己說的。他們都是肉體凡胎，誰都會犯錯。她究竟是不是代表光明女神發言，她自己都不知道。一年前，她還以瀆神之名處死了一個男人。目睹被困住的烏英尼恩在炙烈光線下焚燒殆盡的感覺很棒，感覺很對。*那是正義之舉*，她告訴自己，*揭發叛徒和虛偽祭司，一個打著女神名號行一己之私的男人*。

*如果虛偽祭司應受大火焚燒，虛偽先知該受何等酷刑？*她冷冷地問自己。

在她想出這個問題的答案前，門外傳來一陣急促的敲門聲。她看了桌角的沙漏一眼，離黎明還有一個多小時。這個時候來打擾她肯定是很重要的事。她緩慢又有條不紊地拋開疑慮與恐懼，放入內心的抽屜，然後關上。或許她是個冒牌貨，或許有朝一日會有人來揭發她，就像烏英尼恩一樣被人燒死，無所謂，那並不能改變她有工作要做又沒有其他人能做的事實。

♛

等著她的是立法會議，看起來和立刻就要上陣打仗差不多。太陽還沒出來，但她抵達大廳時大部分議員都已經到場。她胃部一陣絞痛，彷彿剛剛的戰情是一塊她的身體拒絕消化的腐肉，但她臉上不動聲色。至少在這方面，她比議會中所有人都在行。

他們聚集在神選大殿中，這是議會在艾黛兒燒掉地圖及其上的展示台後另擇的議會廳。議員們沒有坐在大木桌旁，而是按領地或聯盟一群群聚在一起。所有人都在說話，少數幾位代表還對著他們表面上的朋友吼叫，高聲咒罵他們的敵人。幸好議會廳裡不允許比腰帶匕首長的武器，否則艾黛兒敢肯定此刻廳內已經染血。

照理說門邊應該有個傳令宣告她抵達現場，但不知道是因為混亂，還是時間太早，或是兩個原因都有，總之沒有傳令。於是，儘管身旁有火焰之子守衛，還是幾乎沒人發現她。她像個端著烤火果進來的奴隸，好處是這讓她有更多時間評估形勢，但其實也沒多少事須要評估。負責引領安努度過最黑暗日子的男男女女感覺既困惑又恐懼，艾黛兒也看不出他們有任何計畫能應付接下來的災難。

妮拉在艾黛兒觀察議會廳時出現在她身後。艾黛兒不知道是不是也有人去叫醒老女人，不過那不是重點。她現在人在現場，瞪著滿場議員，彷彿他們是一群闖入她家的豬玀。

「真是災難。」艾黛兒低聲說道。

「一直以來都是災難。」老女人說。「像是玻璃裂開沒人發現，直到某天整片粉碎。」

「伊爾・同恩佳沒說要離開前線？」

「沒有，他沒說。」妮拉回答。「妳以為我來的時候會跳過這種事情不說？」

艾黛兒強忍住內心的不耐。「有任何跡象——」

「如果有跡象，妳會看出來。現在，妳要繼續問蠢問題，還是想要處理問題？」妮拉拿枴杖朝混亂的會議廳一揮，差點戳到一個阿拉加特老議員的眼睛。男人的大鼻子救了他，但他還是往後閃躲，惱火地要找人理論，最後關頭認出是妮拉，轉向艾黛兒，一副張嘴要咬人的模樣。

他終於想出該說什麼，隨即大吼大叫。

「妳那個天殺的將軍背叛了我們！」

妮拉直接動手，順勢揮杖，正中男人的喉嚨。很難判斷他本來有沒有要繼續說下去，因為他半跪在地，摀著脖子大咳特咳。

「跟皇帝說話，」妮拉說，站在阿拉加特人面前。「要用適當的稱謂。」

「妮拉……」艾黛兒開口，接著住嘴。她沒辦法制止老女人，況且附近的人已經開始轉身。

他們瞪著她一下心跳、兩下心跳、三下心跳，然後問題——其實是要求——開始如浪潮般湧來。在一片混亂的喊叫聲中，根本不可能聽懂任何句子，但是重點很清楚——

妳為什麼讓……如果他是叛徒……沒警告……最嚴重的背叛……

當皇帝的時候到了，艾黛兒冷冷地想。

她無視所有喊叫，踏上巨大的木桌。有些事情要站在高處講，而當身邊沒有王座時，好吧，那就必須臨場發揮。她在皇宮裡通常都穿薄絲拖鞋，但在得知緊急軍情後，她決定換上作戰裝束，不穿開會時的服飾。除了嚴肅的上衣和開岔褲外，她還換上馬靴。現在她走向木桌中央，鞋跟在木板上踏出冷酷的節奏。

艾黛兒很想要提高音量蓋過喧囂，但她並非戰場指揮官，參加必輸無疑的吼叫競賽沒有任何好處，於是她等待著，緩緩轉身，確保和所有人目光接觸。接著她開始以正常音量說話，微微誇大嘴型，但沒有費心和人比大聲。

「今天稍早，」她開口說。「我收到北方戰況吃緊的消息。」開場白並不重要，反正也沒人聽得見，重要的是讓人看見她在說話。「我立刻趕來，」她繼續說。「因為這顯然非常重要。」

議員一個接著一個，然後是一群接著一群安靜了下來。少數幾位還在喋喋不休，艾黛兒看見包拉．包里還在對著大廳後方表達他的不悅，但大部分議會代表聽她說話的慾望暫時蓋過了說話給別人聽的慾望。艾黛兒稍作暫停，搖了搖頭，換上帝王的面具，感受雙眼焚燒。

當然，這一切都是在做戲。她雙腳發軟，除了更衣時喝了半杯塔茶外，她什麼都沒吃，而她的肚子翻滾不休。別吐，她暗自對自己說。別發抖。現在議員全都安靜下來，包括包里在內。當她終於提高音量時，她的嗓音清清楚楚傳開，彷彿是從不歸她所有的自信之石中雕刻而出。

「可恥。」她說著，伸手揮過大廳。

「妳沒資格——」有人開口。

「沒資格怎麼樣？」艾黛兒質問。「進入議會廳嗎？還是責備你們這種連小孩看了都覺得丟臉的行為？」

亞夫·摩斯一臉嚴肅地上前一步。「根據妳簽署的條約，光輝陛下，一生榮耀非凡的皇帝，妳沒有權力干涉議會的事務。政策是由本議會擬定，執行政策才是妳的責任。」

「那你們擬定了什麼政策？」艾黛兒問。她直視摩斯冰冷的目光片刻，然後緩緩轉而面對其他人。「請告訴我。因為很顯然我們的將軍失蹤了，厄古爾人抵達千湖以南，而身為負責採取行動的人，我迫不及待想要採取行動。」

「我們也才剛剛得知此事。」摩斯回答。「我們必須先弄清楚消息真假。我們要花足夠的時間全盤考量，此間的工作十分繁瑣，複雜到沒幾個人懂，光輝陛下。在戰況不明的情況下盲目衝鋒或許看似勇敢，但恐怕日後會讓人覺得愚蠢。」

有些人開始點頭附和。*他們只有在怪物抵達時才會攜手合作*，艾黛兒心想。*而我就是怪物。*

「我絕不會妨礙各位深思熟慮。」她攤開雙手，作投降貌。「然而，我剛到時，各位看起來像在打群架。」

「我們全都有理由激動——」摩斯說。

艾黛兒在他說完前接話。「你們沒有資格激動，安努沒有讓你們激動的空間。」她搖頭。「讓我告訴你們，你們是帝國的議員，是決定數百萬人命運的立法人。賣魚婦激動時可以尖叫，樵夫可以在北境營地中爭吵打架，商人可以一邊喝酒一邊抱怨，但你們不是賣魚婦，不是樵夫，也不是商人。」

她搖頭，讓大家想想她的話。這是很微妙的做法，一邊責備他們，一邊迎合他們的自尊。「坐在這張桌子旁的是你們而不是其他數百萬安努百姓的原因就是這個：你們比他們強。」

「至少我是如此希望。我希望你們在面臨危機時比醉酒的水手強，在其他人陷入混亂時保持理智。我希望進入議會廳時，能看見安努的領袖已經聚集此間，已經就坐，已經開始擬定計畫。我希望你們會因為我而感到不耐煩，不懂我為何還不出席，急著和我分享大致的應變措施。」她揚起眉毛。「我的希望不切實際嗎？」

議會廳中一片死寂。

接著包拉．包里擠過人群，嘴角抿起，伸手指向艾黛兒。

「我不會……不會……站在這裡，」他氣急敗壞地大叫。「我不會站在這裡聽從一個……聽從這個……坐上王座不到一個月的女人指責。」他顯然還想說更多更難聽的話，但不管他氣到什麼程度，艾黛兒終究還是皇帝，他至少還知道要克制自己。「我建議妳做好妳的工作，光輝陛下，我們也會做好我們的工作。」

「沒有問題。」艾黛兒比向沒人坐的椅子，邀請他們入座。「開始工作。我們可以先從傳信兵開始。他們在哪裡？」

「這裡，光輝陛下。」有人說，語氣疲憊但又堅決，發自大廳側邊。

議會成員不情不願地入座時，兩名傳達軍情的士兵迎上前來。他們兩個顯然都是安努軍團的士兵，年紀比艾黛兒猜想得大，都已經四十好幾，滿臉皺褶，像馬皮一樣堅毅，因為大半輩子生活在馬背上而顯得消瘦。他們帶著死亡的消息在大陸四處奔波，傳遞戰役輸贏、部隊行進方向、城鎮是否淪陷等訊息。有人挑選了兩名年長又經驗老到的傳信兵來傳遞最緊急的軍情。

「姓名？」艾黛兒問。

他們身體一僵，揚起指節，伸到眉毛旁，行了鮮少出現在黎明皇宮中的軍禮。「我叫賈・成，光輝陛下。」較矮的傳信兵回話。「他是烏里，綽號土狼。」

兩名傳信兵都目光直視正前方。

「你們的指揮官是誰？」

「簡・貝爾頓，十七軍團。」

「十七軍團駐守何處？」

「打從冬季以來就駐守在艾爾加德東北，光輝陛下。」

艾爾加德。她把兒子留在那裡，滿心以為他能安安穩穩待在殘破的城牆後。如果厄古爾人突破防線，他們第一個夷平的城市就是艾爾加德。她奮力拋開那個想法。

「你們離開時，該城狀況如何？」

賈・成首次遲疑地轉頭看向烏里。

「說。」艾黛兒不耐煩地說。「安努城內不流行遷怒帶來殘酷真相的人。」

「當然，光輝陛下，」傳信兵低頭回答。「當然。艾爾加德沒事，但哈格河的橋毀了。」

艾爾加德沒事。艾黛兒鬆了一大口氣，然後對於自己這種反應感到一陣噁心。不是只有她兒子的命才是命。

「你們部隊呢？」她繼續問。「北境軍團呢？」

男人皺眉。「還在，不過困在哈格河西岸。位置不對。」

這話讓整個議會廳的人開始大吼大叫。艾黛兒本想提高音量壓過他們，接著搖頭等待眾人安靜下來。喧鬧彷彿夏季風暴過境，最後變成竊竊私語和搖頭，會議廳中的人似乎都拒絕相信傳信兵的話。

會議廳終於陷入寂靜，呆滯而又脆弱的寂靜。

艾黛兒劃破寂靜，努力不要摧毀它。「完整回報。」

賈．成再度鞠躬，開始回報。

「我們整個冬季都在冰雪的幫助下阻擋厄古爾人——」

「我們不須要集結成冊的歷史，」艾黛兒打斷他。「從重要的事情說起就好，現在究竟是什麼情況。」

賈．成點頭，再次組織軍情，然後開口。「肯拿倫失蹤了，沒人知道他在哪裡。他交代眾將軍盡可能把厄古爾人擋在丘陵外，守不住再退回艾爾加德。我們的部隊作戰，但少了肯拿倫根本毫無勝算，幾乎是立刻就被逼退。沒人知道要如何對付大祭司。」

「大祭司？」蘭迪．海帝問，牙齒緊咬著沒點燃的煙斗。

「就是那個吸魔師。」賈．成說著臉色一沉。「凱卓叛徒。他名叫包蘭丁，但我們的人就叫他大祭司，痛苦大祭司的簡稱。照理說是長拳，厄古爾大酋長，統一那群嗜血野蠻人，但已經有半年沒人見過他了。不過大祭司……」他搖頭。「他無所不在。他本來跟疤湖東邊的蠻人在一起，然後突然消失一段時間，接著出現在西邊，企圖強行穿越羅姆斯戴爾山脈的丘陵。那裡的高山和森林間有條東西向的小徑，夠高夠乾，足供馬匹行走，晚冬以來最激烈的戰事都發生在那裡。我們不斷派遣兵力堵住那個狹小的缺口，但每隔一段時間就會折損數百甚至數千兵馬。」

「沒人能阻止大祭司，甚至沒人能接近他，而且他似乎每週都變得更強。厄古爾人只比野獸好一點，但當他領導他們時，他們會陷入瘋狂，好像得了狂犬病，迫不及待攻擊我們。我見過他們的戰士在弄丟武器後，爬上屍堆，撲向我們的士兵，連咬帶抓，大吼大叫，像動物般廝殺，直到被我們打死。」

「而有時候感覺馬背民族彷彿根本不算什麼。大祭司……」他頓了一下，黯淡的目光充滿恐怖的回憶。「他能讓河水燃燒。輕彈手指就能把牛一樣大的岩石丟入我們陣線。他能讓天空結冰，再敲碎，讓石頭大的冰塊墜落在我們部隊上。我看見一名中士的腦袋在頭盔中被打爛。他的臉……變成肉醬。」

士兵似乎把眼前的聽眾拋到腦後，目光集中在空無一物的地方，手掌在身邊痙攣性開闔，彷彿要抓住什麼永遠抓不到的東西。

「你總會看見大祭司，他會找個能俯瞰戰場的制高點嘲笑我們的弓箭手。他身後總拖著十幾個俘虜，有時候不過就是一些樵夫，但越來越常見到安努士兵，還穿著護甲的夥伴，然後他……會對他們做一些事。」

「做一些事？」艾黛兒問。她本來可以不要問的，她在北境的那幾個月裡，聽過很多包蘭丁的殘暴事蹟。然而，其他議會成員都震驚地看著士兵。戰爭在帝國邊境打了一年，現在突然近在眼前。賈．成的故事，一個月前他們很可能根本不關心或不相信的故事，突然變得關係重大。他們必須聽，艾黛兒心想。或許我也必須聽。自從妮拉突然出現在安努，她就一直沉浸在自己的恐懼和希望中。在計畫劫出崔絲蒂以拯救兒子時，她完全把戰爭拋在腦後。現在，突然之間，她就要戰敗了。

「我觀察過他一次。」賈．成繼續說，堅持要把話全說出來。「我親眼看見他抓起一個跟我體型差不多的士兵，然後……把他內臟都翻出來，而那個可憐的混蛋還活著。我看見他粉白色的肺臟起伏，一開始很有力，然後轉弱，更弱。祭司握著跳動的心臟一段時間，就跟你我握著顆蘋果一樣，然後交給那名士兵，逼他握著自己的心……他過了好久好久才死，而整個過程中我們的士兵都在作戰，努力不抬頭看，但都很清楚那座山丘上在發生的事。另外有一次，大祭司雙手捧著一顆人頭，讓他的寵物鷹啄那顆頭的舌頭、臉頰、眼珠……」

「別再叫他大祭司了。」艾黛兒終於說，打斷男人顫抖的聲音。「他名叫包蘭丁。他變態、扭曲、骯髒，但和其他吸魔師一樣，他只是個人。他有弱點。」她比向騎兵。「你和安努軍團其他人阻擋了他，不管他的小儀式有多邪惡，你們都阻止他入侵。」

「不，光輝陛下，」賈．成再度鞠躬，但語氣堅定。「是肯拿倫阻止了他。過去幾個月來，我們都被逼得很緊，但只要大祭司出現，肯拿倫就會到場。他不是吸魔師，但他看得清楚戰役，他看得清楚……」他不知道該怎麼說，越說越小聲。「我無法解釋他的天賦。」

不必解釋，艾黛兒心想。不必對我解釋。一直到安特凱爾塔頂那天，親眼見到伊爾．同恩佳指揮部隊，她才終於瞭解自己饒過了什麼樣的怪物。他擁有人類的外型，擁有人類的面孔和手掌，但當她注視那雙完全空洞的眼睛時，她並沒有發現任何人類的情感，只見到一種巨大無情的浩瀚，冷得如同最寒冷的冬夜，又像星辰間的空間般陌生。

「你的意思是說，」摩斯問。「你們的將軍擅離職守？」

「擅離職守？」賈．成的語氣彷彿這種形容和伊爾．同恩佳完全扯不上邊。「不，肯拿倫從未遺棄我們。」

烏里也在搖頭。

「但他失蹤了。」艾黛兒直言道。

他跑去哪裡？那是最關鍵的問題。

艾黛兒不相信將軍已死，完全不考慮這種可能。他度過漫長的歲月，度過無數戰爭和獵殺，絕不會墜馬而死，或被莫名其妙的一箭射穿眼珠。他還活著，這無疑的事實如同卡在她心裡的一塊石頭。如果他失蹤，肯定有他的原因，為了執行某個艾黛兒從未看穿過的陰謀。他此刻有可能在任何地方，據艾黛兒對當前情況的瞭解，他甚至可能和包蘭丁聯手。

她感覺像是盯著一本世界大書的孩子，勤奮不倦，笨頭笨腦地研讀看不懂的文字。伊爾．同恩佳創造出阿特曼尼人，這意味著什麼？他似乎執意要向他宣稱是痛苦之王的厄古爾酋長掀起一場慘烈的戰爭，這又是為了什麼？他想釋放崔絲蒂……

艾黛兒暫停，對賈．成比了個手勢。「什麼時候？」她問。

她勉強在喧鬧的議會廳中聽見自己的聲音，而傳信兵遲疑地搖搖頭，然後鞠躬走近。

「不好意思，光輝陛下？」

「肯拿倫什麼時候失蹤的？哪一天？」

「很難說，光輝陛下。肯拿倫向來都在前線移動，連夜從一個軍團趕往下一個軍團，在最需要他的地方突然出現，然後再度消失。我們原先以為他這次失蹤只是……我們無法理解的策略之一而已。」

「推算一下。」

他抿緊嘴唇，搖一搖頭。「肯定有……」他閉眼計算。「約莫十天前？」

艾黛兒緩慢而顫抖地吸了口氣。只是猜測，她對自己說。他才剛說過他無法肯定。但這種巧合似乎太奇特，太完美了。

同一天，艾黛兒心想。他在我們劫走崔絲蒂的同一天失蹤。

「然後呢？」她問。

「然後厄古爾人突破了丘陵。我們持續作戰，策略性撤退，但命令開始被洩露。當有越來越多人知道我們打算撤回艾爾加德，躲在橋和河，以及那些高牆之後，他們便失去作戰的勇氣——沒理由為了我們打算放棄的土地犧牲性命。」

「但如果部隊在艾爾加德，」艾黛兒說，對照記憶中的地圖。「厄古爾人和安努之間就沒有任何屏障。」

賈．成黯然地點頭。「貝爾頓指揮官很清楚這一點。他拒絕過橋，堅守哈格河左岸。」

「有多少人？」

「兩百人。」

議會廳陷入沉重而冰冷的死寂中。

終於，基爾開口。「兩百人，」他輕聲道。「對抗包蘭丁和整個厄古爾大軍？他們一個下午都撐不過。他們第一次衝鋒就玩完了。」

賈．成點頭。「貝爾頓做好赴死的準備。『我們的職責就是為了國家和家人作戰，不是躲躲藏藏。』他對手下這麼說。其他指揮官認定肯拿倫有所計畫，伊爾．同恩佳會想出辦法，就算部隊位於錯誤的河岸，他還是能夠在厄古爾人南進前阻擋他們。我當時在場，就在貝爾頓身後，他們勸他撤退，說違背肯拿倫的命令是叛國，貝爾頓只是聳肩。『肯拿倫來來去去，』他說，『但我的良心從未離開過我。』」

「後來呢？」艾黛兒問，深怕聽見答案。「貝爾頓指揮官和他手下怎麼了？」

賈．成緩緩搖頭。「我不知道，無法肯定。凱卓在戰役開始前就派我們南下。」

「凱卓？」艾黛兒焦急詢問。

這支部隊的名號在議會廳中掀起激動與困惑浪潮，過了好一會兒才平息。

「他們是凱卓，」傳信兵說。「四個人……」

「有鳥嗎？」

賈．成搖頭。「如果有鳥的話，他們大可以直接飛回來警告你們。烏里和我騎術精湛，但速度還是不能和凱卓鳥比。不，他們騎馬，與一小隊厄古爾人結伴，約莫二十幾人，和主力部隊分開的厄古爾人。我猜是叛徒，但不確定。負責指揮的人叫我們往南騎。我們本來打算留下，跟貝爾頓和其他人並肩作戰，但那個人，」傳信兵搖頭回想。「你不會想要違背他的命令。」

艾黛兒渾身冒出雞皮疙瘩。*四名凱卓。*瓦林死在安特凱爾，但他的隊員都活下來了。

「可以描述一下嗎？」她問。

賈．成再度望向烏里。土狼面色緊繃，表情恐懼。

「我從未近距離接觸過凱卓。」他終於說。「我希望不要再見到他們。他們全都不同，領頭個頭不高，膚色黝黑，旁邊有個很美的女人，她膚色白到不健康，嘴裡還沒舌頭。其中一個是瞎子，另外一個似乎少了半數牙齒。他們全都不同，但又全都一樣，他們不看你，但他們看穿你，彷彿已經看見你的死亡，只是在判斷什麼時候要讓死亡成為事實。」他顫抖著。「他們從樹林中毫無預警地現身，什麼跡象都沒有。他們的指揮官命令我們南下，告訴你們即將發生的事情。」

「我問他，他們要怎麼做。指揮官笑了笑，說他們要盡可能抵擋敵方，為南方那些白痴爭取時間備戰。」

「他們只有四個人，不算厄古爾人的話。」他舉起手指，瞪大眼睛，彷彿不敢相信自己在說什麼。「四個人，而他竟然說要抵擋大祭司和整個厄古爾大軍，彷彿那是什麼惱人的瑣事，造成不便的麻煩。」

艾黛兒試著弄清楚情況，卻失敗了。除了瓦林，她沒見過任何凱卓，也不知道姓名。對方口中的凱卓兵聽起來比瓦林小隊剩下的成員年長，但除了那一點外，沒有什麼其他重點。她將注意力放到更重要的問題上。

「厄古爾人此刻距離安努多遠？移動的速度多快？」

「我不確定，光輝陛下。」成回答。「凱卓——」

「假設凱卓失敗了。他們死了。」

「儘管如此，還是有很多變數……」

「估算。」

「我所做的估算——」

「——會比我們做的估算準很多。」她語氣不耐煩。「你知道你的敵人，你觀察過他們，對抗過他們。」

賈・成遲疑，回頭去看烏里，然後點頭。

「大軍整體，就算是厄古爾大軍，速度也比兩個人慢。我們只有在換馬時才會停下來，離開艾爾加德就沒有真的離開過馬鞍。」他疲憊搖頭。「如果他們加速趕路，或許已經在到安努的半途中，但那並非大祭司的作戰之道。他喜歡停下來，舉行那些變態儀式，感覺他喜歡享受他所導致的痛苦。」他皺眉。「我想他們還要四到五天。」

四到五天。這話宛如冰刀般刺穿艾黛兒。

議會廳再度陷入瘋狂，但這一次艾黛兒沒有維持秩序。幾個月來，厄古爾人一直攻打安努北境戰線。幾個月來，安努軍都成功擋住他們。戰況非常激烈，北地沼澤有十幾處整片染紅，但馬背民族每次進攻，都會被安努軍趕回去。威脅仍在，不過艾黛兒開始相信情況在控制之中。在與議會簽署協議後，她甚至允許自己期待統一的安努能夠一舉摧毀馬背民族。然而，現在厄古爾大軍再過五天就要抵達安努。

就在她坐在那裡，困惑和憤怒在她周圍發酵的同時，外面有男男女女正在慘死，犧牲在包蘭丁的劍刃和火焰下。

一切都發生在我策劃陰謀，為了再度見到我兒子而把力氣花在解救那個吸魔師的時候。

她很想吐。為了她辜負的那數萬百姓而吐，還有她自己兒子，如果他還活著的話。她再次審視自己的作為，每個選擇和決定。她在某一個時間點上犯了錯，或許犯了數十個錯，但她發現自己完全不知道究竟是從哪裡開始出錯的。事實上，不管她犯過什麼錯，不管她有多少缺陷，她都開始覺得自己無關緊要。她是皇帝，有一整支信仰虔誠的部隊認定她是英塔拉的先知，但她做過什麼？是伊爾．同恩佳抵擋厄古爾人和他們天殺的祭司，不是議會，不是艾黛兒，甚至不是安努軍，不算。一切的關鍵都在伊爾．同恩佳身上，而現在他跑了。

「五天。」她說，這話宛如湧入口中的膽汁。

「我們無從得知北方的情況。」摩斯說。「這樣估算很籠統。」

「我們目前的情報就是如此。」艾黛兒啐道。「只能依照當前的情報應變。伊爾．同恩佳失蹤，厄古爾人突破北境軍團，順著千湖南下。我親眼見過那些馬背民族，見過他們的手段。即使現在，我們說話的同時，他們都在傷害安努人，放火、強暴、撕裂、殺害我們宣誓要保護的人。此時此刻，有嬰兒——」她遲疑半下心跳，滿腦子都是桑利頓的臉，然後強迫自己說下去。「有嬰兒被掛在樹上吊死，赤裸的男人被插死在木樁上，開膛剖肚。」

她看見他們眼中滲出恐懼，彷彿「戰爭」這個單純的詞語是另一種語言的遺產，應該拿來解謎或爭論，永遠不是真正必須面對的東西。他們似乎直到此刻，開戰整整一年之後，才開始瞭解這個詞語所代表的意義。

「我再告訴各位另外一個事實，」她說，在他們恢復正常前繼續說下去。「那些馬背民族即將抵達此地，安努，這座城市，而此刻我們沒有任何兵力可以阻擋他們。」

「這個嘛，」凱潔蘭一邊打量議會廳，一邊輕拍胸口，對著震驚到說不出話來的人群說。「刺激到我這顆肥大的老心臟都快受不了啦。」

她看起來並不緊張，艾黛兒心想。她看起來準備好了，甚至有點迫不及待。

片刻過後，包拉．包里站起身來。「我們必須轉移議會，立刻轉移，將政府核心撤離……」

他的聲音被其他恐懼和否認的言語蓋過。

「……我們去東岸……」

「……席亞糧食充足。我們可以防禦……」

「……西北方的堡壘……」

恐慌宛如野火般從一個聲音傳到另一個聲音，越燒越旺，越燒越亮。艾黛兒聽見恐慌在四周擴散，感覺到空氣中充滿了炙熱和迫切。然而，她體內有樣東西不受恐慌之火影響，彷彿她的心臟已經被燒焦過，被幾個月來的戰鬥和恐懼燒到剩下殘渣。那股焦黑的寂寥中存在著奇特的安全感。她幻想自己站在廣闊的焦土上，世界在她身旁燃燒，其他人的吼叫聲不會令她害怕，只有令她憤怒。

「我們要留下。」她說。

沒人聽見，眾人仍陷在恐慌之中。

「我們要留下。」她又說，這次音量更小。

亞夫．摩斯站起身來，高呼安靜。他也失敗了。他短暫接觸艾黛兒的雙眼，然後偏開目光。

他們無法面對事實，她心想。他們都不願面對接下來的情況。伊爾．同恩佳跑了，議會分崩離析準備逃命，安努撕裂自己，而厄古爾人持續進逼，在身後留下戰爭和大火的世界。

「我要留下。」她過了一段時間後說，聲音輕到只有她自己能聽見。

39

事實證明，尋求正義遠比戰爭困難。

戰爭基本上就是一連串技術性的問題，是把活人弄死的問題。當然，戰術和戰略層面有各式各樣變化，武器和技巧也有差別，但基本前提是不變的：一天結束後還沒死，那就表示你做對了，其他可憐的笨蛋都做錯了。比方說賈卡伯．拉蘭，昨天葛雯娜在安妮克和其他凱卓掠過堡壘時不假思索地擲出匕首，一刀刺穿他的脖子。當真的動手時，一切似乎都很容易，微不足道。

葛雯娜從未真的喜歡殺人。她仍會作噩夢，夢見自己在厄古爾格鬥場上殺害安努人，恐怖夢魘令她在午夜夢迴時分渾身濕透，讓人有種熱血沸騰的錯覺。即便後來她在正規戰場上殺人，當她於清晨醒來和黎明初照之間的靜謐涼爽黑暗中思索這些時，仍感到難以忍受。她會看見在安特凱爾被刺死的馬背民族那雙淡藍色眼睛，在她的匕首劃過他肋骨時倏地睜大，然後失去光澤，宛如破碎的陶器般毫無生氣。她在夢中試著和他說話，對他大叫，勸他天殺的回家。

不過那些戰鬥的意義就在於，他們都是在作戰。就算是最血腥的戰鬥，特別是最血腥的戰鬥，葛雯娜都能仰賴憤怒、正義和訓練挺過去。即使當內心在戰陣上的瘋狂中顫抖，她的心跳還是會幫她撐下去。然而，此刻面對的情況卻截然不同。

約莫二十名男男女女跪在她面前，跪在聖橡樹下的軟土上。這些是拉蘭僅存的士兵，以及位於最後的曼絲和哈伯——叛徒。他們大部分都低著頭，避開葛雯娜和她身後凱卓的目光。眼看他們動彈不得、傷痕累累，很難想像只靠這麼幾個士兵，就輕易地以暴力統治奎林群島如此長的一段時間。

跪在最後的小鬼是和葛雯娜同梯受訓的學員，名叫烏莉的白皮膚女孩，專長是狙擊，但不算高明，在浩爾試煉前一年被退訓。她旁邊的中年人在低聲哭泣，淚水沖刷著臉上的污垢。他會時不時遲疑地揚起紅腫的雙眼，似乎期待葛雯娜會突然消失不見，又在每次看見她仍站在那裡雙手扠腰時，將身體縮得更小，彷彿被自身的恐懼挖空。整排隊伍的人都大同小異。

葛雯娜又看了他們一會兒，接著感到一陣噁心，抬頭仰望古樹的樹枝。聖樹彎曲的樹枝上沒有樹葉，而是掛了上萬隻蝙蝠。牠們會在黃昏時振翅高飛，獵食夜行動物，將獠牙插入鳥或野獸體內痛快暢飲，並在黎明時回到棲息地。葛雯娜腳下的土地被蝙蝠嘴裡滴下的血泡軟，在她的靴子下滋滋作響。這棵巨大的橡樹不需要陽光，只靠樹根吸收血液裡的養分。

那個老混蛋今天可以大快朵頤了，葛雯娜冷冷地想，目光回到綁在面前的俘虜身上。

正義。聽起來是很高貴的詞語，乾淨又明亮。正義淪落到這種地步感覺很奇怪——在嗜血的大樹下大量放血。就某方面而言，直接割斷他們的喉嚨還比較輕鬆，但那並非伸張正義。正義允許被告人發聲、解釋，或哀求。那就是此事會如此難受的原因。

「妳，」葛雯娜咬牙切齒地指向烏莉問道。「妳幫賈卡伯．拉蘭辦事？」

女人眼瞼抽動。她張開嘴巴，露出凌亂的牙齒。言語似乎已經遺棄了她。

「她當然有。」克拉吼道，上前來到葛雯娜身邊。「他們都有，妳和我一樣清楚。我們把他們拖出拉蘭天殺的堡壘時，妳也在場。跳過這堆狗屁，殺了他們，一了百了。」

葛雯娜轉頭看向對方。所有新任凱卓中，克拉是最會讓她聯想到自己的人，聯想到浩爾試煉前的自己，逃離奎林群島前的自己。她心裡有一部分很同意克拉的話，想拔出雙劍，如同置身戰場般大開殺戒。

「現在是在審判。」她面無表情地對克拉說道。

女人光頭下的血管突起。「去妳的審判。這群混蛋獵殺我們好幾個月。」她從腰帶上拔出匕首。「他們一直在謀害我們，殺害虎克島上的居民，姦淫擄掠。現在妳還想聽他們辯護？妳要給他們機會解釋？」她搖頭，冷酷的黑眼瞪著囚犯。「不，如果妳不想動手，就讓我來——」

葛雯娜反手一掌把她打倒在地。女人翻身伏低，放聲怒吼。儘管嘴角滲出鮮血，還是沒有放開匕首。

*她日後會成為高強的戰士，*葛雯娜暗自想道，*如果她能壓抑那股怒氣的話。*

其他凱卓動也不動地凝神觀看，不確定該如何看待克拉的挑釁和葛雯娜突然出手。塔拉爾揚起一邊眉毛，但葛雯娜大力搖頭。必要的話，她可以毆打克拉一整天，但不希望有此必要。她感覺得到背上雙劍的重量。她沒有伸手去拔劍。

「等審判完畢，」她直視克拉的雙眼說。「妳可以告訴我，我有沒有輕饒他們。等審判完畢，妳可以告訴我正義有沒有獲得伸張。如果妳認為我背叛了妳或猛禽指揮部，歡迎妳使盡全力追殺我。」她抬頭望向其他凱卓。「你們都一樣。等審判完畢。」

「現在，我們要審判他們，如果你們打算阻擾，我發誓，不管你們的屁股夾得有多緊，我都會把靴子踢進去，一直踢到你們閉嘴為止。猛禽指揮部有一套處理這種情況的程序，我們要依照程序辦事。」

克拉對著樹下潮濕的土壤吐血。「猛禽已經毀了。」

「是啊。」葛雯娜回答。「但現在又回來了。」

我不知道。

審判中最常聽到的說法就是這句話，透過各式各樣的變化發聲——慘叫、啜泣、哀求。

我不知道有人在虎克島殺人。

我不知道該相信誰。

我不知道他殺了那些工人。

我不知道他炸沉那些船。

我們是凱卓……

我們只是士兵……

我們為安努而戰……

我不知道……

我不知道……

我不知道……

有些人一看就知道在說謊，每次開口都不敢直視葛雯娜。不可能所有人都對奎林群島上一整年的暴行一無所知，不過有些人似乎真的不清楚情況，不瞭解他們怎麼會被人綁在血樹下。

「我們當然有殺人。」一個半張臉布滿胎記的瘦子說。「這是凱卓的工作。我們是士兵。」

「問題在於，」葛雯娜咬牙道。「你殺的是誰，為何而殺。」

他困惑茫然地搖頭。「我們聽從命令。不知道——」

「再說一次不知道，」葛雯娜輕輕回道。「我就割了你舌頭。」她豎起拇指比向身後，比向克拉、快傑克和其他人。「他們也來自阿林島，他們和你們一樣是退訓學員。賈卡伯・拉蘭企圖命令他們，但他們知道真相，拒絕奉命。很多人因為拒絕執行你們樂意執行的命令而死。」

對方只是看著她說：「他們是叛徒。」

幾小時候，當她終於割斷他喉嚨時，他還是這麼說，還是不肯相信。

到最後，他們殺光所有拉蘭的士兵，有幾個是葛雯娜親自動手，一部分原因在於她有必要鞏固她在此事中所扮演的角色，另一部分是要給其他凱卓兵豎立榜樣。「我們不是在復仇。」她在第一具屍體倒地時說。「我們在伸張正義。下手乾淨俐落，不然就和他們一起去死。」

行刑沒花多久時間，那個事實就和鮮血一樣令葛雯娜作噁。他們應該要花更多時間的，把二十幾個男女變成肉塊應該更困難一點才對。她拋開那個想法，將注意力放在曼絲和哈伯身上。她把他們留到最後，一方面是要讓他們看看背叛給他們自己帶來的下場，另一方面是因為葛雯娜不知道該說什麼。畢竟，他們曾試圖對抗過賈卡伯・拉蘭，和其他人一樣承擔過風險和度過艱困的時刻……

「為什麼?」葛雯娜輕聲問道。

她以為曼絲會尖叫，哈伯會破口大罵，打從進入浩爾大洞之後，他們就一直是這種反應。然而，兩人此刻都默不吭聲。儘管雙手都被繩子綁在身後，曼絲依然靠在丈夫身邊，而他則調整姿勢，讓她把頭靠在他肩膀上。葛雯娜在凝視這對夫妻時發現，她從未在地洞的火光外見過他們。他們在陽光下顯得更衰老困頓。就連在黑暗中十分強勢的哈伯，顯然都已經過了最適合作戰的年紀。曼絲看起來不再害怕了，她疲憊的黑眼很認命。

「不必裝模作樣，」哈伯看著葛雯娜喃喃說道。「我們都知道此事會如何收尾。」

「我要知道原因。」葛雯娜又問。

她以為哈伯不會回答。他偏開頭，嘴唇輕抵妻子的頭，她的灰髮與額頭交會的位置。曼絲閉上雙眼，輕輕微笑。葛雯娜第一次見到那個女人微笑。一段時間過後，哈伯嘆氣，轉回來面對葛雯娜。

「妳自認為瞭解善惡，瞭解對錯，瞭解正義和背叛。」他聳肩。「我不知道，或許妳真的瞭解，不過我可以告訴你一件妳不瞭解的事：愛。」

他搖頭，彷彿他對自己的話也感到驚訝。

「我為曼絲什麼都肯做。我認為妳的愚行會害她受傷，會害死她。我只是在保護她。」

「你錯了。」葛雯娜說，強壓下湧上喉嚨的石頭。

他再度聳肩。「這點現在很明顯。當時不明顯。」

「但……」

「我解釋完了。」他搖頭道。「那不是可以解釋的東西。」

他偏開頭。他的妻子抬頭與他對視，笑容燦爛。

「我很抱歉。」她說。

「我也是，我的愛。」他輕聲回應。

他們溫柔接吻了很久，無視葛雯娜，無視所有人，那一刻全世界只剩他們，無拘無束，自由自在，彷彿明亮冷酷的正義之劍沒有等在一步之外。

♛

「如果我再也不必這樣做，那就太好了。」葛雯娜說。

塔拉爾點頭，為她的木杯倒滿酒，然後遞回去給她。

行刑完畢後，葛雯娜在海裡度過一整個下午。她繞著夸希島和虎克島外圍游了三圈，直到她終於覺得鹽水已經洗清她的皮膚、頭皮、手指甲裡的血腥，直到她雙臂不再顫抖，完全被疲倦所取代為止。當她終於步出海面，來到凱卓指揮部旁的海灘時，塔拉爾和安妮克都在岸邊等她。狙擊手一手拿著木酒杯，另一手竟然不是拿弓，而是看起來像骨頭的長杖。塔拉爾腋下夾著一個小木桶。

「拜託哪位告訴我，我們要大醉一場。」葛雯娜在甩開身上的海水時說。

「我們要大醉一場。」塔拉爾說。

葛雯娜望向安妮克，然後低頭看著酒杯，一共有三個杯子。「印象中妳不喝啤酒，妳總說酒會影響妳的準頭。」

安妮克聳肩。「那是在演練或在執行任務的時候。」

「幾乎等於隨時隨地。」

「今晚不是。」狙擊手說。「再說了，我就算喝掉半桶酒，也絕對比方圓五百里內任何人射得還準。」

塔拉爾輕笑。「妳在吹牛嗎，安妮克。」

「是事實。」

「那是怎麼回事？」葛雯娜指著白杖問。

「凱卓骨。」安妮克說。「比木頭硬，也更輕。所有凱卓狙擊手都會在浩爾試煉後打造自己的弓。我一直沒機會這麼做。」

葛雯娜看著她。「請告訴我，妳沒有為了弄把稍微好一點的弓就殺了一隻我們僅存的鳥。」

「在倉庫裡拿的。而且這把弓會比之前的好很多，不是稍微好一點點而已。」

塔拉爾只是搖頭，葛雯娜試著想像那是什麼意思。

「妳覺得有極限嗎？」她終於問。「妳想在多遠外殺人？」

狙擊手皺起眉頭，似乎在思考一個荒謬的問題。「沒有。」

他們整個傍晚和前半夜都待在碼頭的防波堤上。葛雯娜往海裡丟石頭，安妮克用腰帶匕首處理骨弓，塔拉爾則在她們喝完後幫忙倒酒。一時之間，他們彷彿能把他們火化的叛徒屍體、損失的夥伴、伸張的正義拋到腦後。他們彷彿有辦法遺忘一切，相信自己還是在逃避爛任務的學員，好像喝完這桶酒，跌跌撞撞地走過凹凸不平的防波堤時，會發現以前的猛禽指揮部依然還在，人們仍在格鬥場、大餐廳和軍營進進出出。他們能碰到瓦林和萊斯，或跳蚤、甘特和黑羽蜚恩。他們會為了開小差而輪夜哨，但那就是最慘的情況了，沒人會要他們處理大事，解決生死問題。那是指揮部的責任。

問題是現在我們就是指揮部了，葛雯娜心想，凝視著虎克島的火光在黑水上反射的光芒。

「怎麼會這樣？」她醉醺醺地大聲問道。

「怎樣？」塔拉爾問。

葛雯娜揮手比向四周，試著表示夸希島、奎林群島、整個亂七八糟的世界。「這一切。」

「是怎樣？」吸魔師說著，頂頂她身側。「妳一年前沒想到會指揮整個猛禽？」

「我沒有指揮。」葛雯娜抗議。

「妳在指揮。」安妮克說，眼睛沒離開過她的弓。

「太瘋狂了。」

狙擊手只是聳肩。

「安妮克說的對。」塔拉爾的聲音很清醒，很溫和。「根據凱登的說法，妲文・夏利爾逃出生天，如果還活著的話，會在魏斯特。而我們在這裡。」

「那你指揮呀。」葛雯娜說。

吸魔師搖頭。「妳是小隊長，妳負責指揮。」

「我不想。」

「妳想不想有什麼關係？」安妮克問。「我們是士兵，做必要之事，想不想無關緊要。」

「真令人欣慰。」

「我又不是在安慰妳。」

「我知道，安妮克。」葛雯娜說。她又往海裡丟了一顆石頭。石頭消失，水花被無情的海浪吞沒。三人身後的猛禽軍營裡住了十七名終於成為正式凱卓的退訓學員，他們在對抗賈卡伯．拉蘭的戰鬥中存活下來，但那絕對不會是最後一戰。

「他們會希望他們沒離開過阿林島。」葛雯娜喃喃說道。

「或許會，」塔拉爾說。「或許不會。」

安妮克從口袋裡拿出一條弓弦，凹彎剛做好的弓身，綁上弓弦。她又拿出一支箭，一路走到防波堤尾端。葛雯娜看著狙擊手一聲不吭地搭弓，拉弦，朝月亮放箭。羽箭在月光下攀升，比任何正常箭飛得更高，高到難以置信，然後落在視線範圍外。

「好了，浪費一支箭。」葛雯娜說。

安妮克聳肩。「偶爾射點射不中的目標也不賴。」

塔拉爾輕笑。

片刻過後，葛雯娜喝光最後一口啤酒，把酒杯放在石頭上。「好了，我們有五隻鳥，那表示五支小隊。」

「人數湊不齊。」塔拉爾說。

「那就湊不齊。今晚就開始收拾炸藥、武器、黑制服，天一亮我們就升空。」

吸魔師挑眉。「我們要去哪裡？」

「需要我們的地方。」葛雯娜回答。「我們要去打仗。」

40

村子外緣寬敞畜欄裡的結實矮馬，在凱登和長拳經過時緊張嘶鳴。

牠們聞出我們不對勁，牠們知道事情不對勁。他心想。

煮食火堆的煙與泥巴和茅草的潮氣混雜在一起。十幾間茅草屋外的火堆飄起扭曲的炊煙，在空中滯留片刻，然後被山上吹來的暖風打散。身穿寬鬆褐袍的男女正在照料那些火堆，在煤炭上煮魚和芭蕉。他們默默看著兩名陌生人走近，飽經風霜的黝黑面孔沒有透露任何情緒，沒有提高音量，沒有質問，也沒有歡迎。

「就算崔絲蒂真的在這裡，」凱登喃喃低語。「要找出她也需要時間。」

「不需要多久。」長拳回答。「只有幾間小茅屋。」

「至少二十幾間。她可以躲藏半個早上，特別當本地人打算幫她時。要找——」

「我們不找。」

凱登還沒來得及問，兩個小孩已經奔向他們，喋喋不休地說了一堆怪話，然後和燕子一樣迅速折返，對凱登看不見的朋友或夥伴大叫。他們最多不過五歲，一男一女，可能是兄妹，黑髮黑眼，棕皮膚因為在土堆中玩耍而顯得更深，看起來和羅姆斯戴爾山脈到魏斯特之間所有村落裡的小孩一樣。

抵達村落的中央廣場後，凱登和長拳發現最大間的茅草屋外聚集了一群人，全都警惕地盯著他們看。其中有兩名男人手持斧頭，在山谷中砍雪松的那種斧頭，還有一名女子手握一把長匕首，刀身沾著羚羊血，那隻羚羊的半截內臟就掛在十幾步外的樹枝上。這些是工具，不是武器。村民可能只是在晨間勞動時被突然到訪的外來者驚動。不過，他們看起來有些戒備，當凱登面露微笑時，沒有人以笑容回應。

「我們在找一個女孩，」他說。「年輕女子，黑髮，紫眼，美貌驚人。或許十分疲倦。」

他很想把話都說出口，警告這些村民即將有士兵到來，他們訓練有素，並且會為了找出獵物放火燒村，不是靠兩把斧頭和一把剝皮刀就能唬住的人。但這樣的警告幾乎會和襲擊本身一樣引起混亂，如果崔絲蒂在這裡，他可不想在接下來的混亂場面中再度弄丟她。

「你們有見過嗎？」

沒人說話。凱登打量他們的臉和手。他清楚看見他們眼角緊繃、嘴角抽動、指節發白。有個女人朝另外幾間茅草屋瞥了一眼，然後像被火燒到一樣連忙回頭。凱登心跳加速。他強迫心臟放慢。崔絲蒂在這裡，這點顯而易見，他們只需要讓她出來。

「我們是她的朋友。」他舉起雙手說，掌心朝外，做出投降貌。

現場安靜了一段時間，接著頭上盤著高頭巾的男人走上前來。這人約莫在三十五到四十歲之間，瘦瘦的，袍緣底下露出赤腳。即使在清晨的微光中，凱登也能看出他肩膀和手臂上強健的肌肉，以及手背上的疤痕。

「這裡沒有人。」他操著不標準的安努語道，語氣出奇輕柔，宛如吹過茅草的微風。

凱登壓下皺眉的衝動。「拜託。」他說。「她有危險。」

男人直視他的雙眼。「我們這裡有句諺語：小心南方的沙、西方的雨、北方的消息、東方的陌生人。」他抿唇望向天際。「我沒聽到消息，沒看到沙或雨……」他若有所指地轉向凱登，然後看向長拳，沒有繼續說下去。

凱登望向身後。矮樹遮蔽了伊爾．同恩佳士兵揚起的塵土，但他們肯定就在近處，還在持續靠近中。

「我們知道她在這裡。」凱登說，轉向人群。「又或許最近來過……」

他話沒說完長拳就迎上前去。薩滿一直走近到離說話的村民僅一個拳頭的距離，並在對方不太確定地後退時，再度逼近。這個動作讓凱登聯想到多年前在黎明皇宮裡見過的一種舞蹈，只不過此時此刻沒有半點趣味性，也沒有任何調情的意味。厄古爾人比村民高出一個頭，必須彎下脖子低頭看對方。

「什麼……」瘦男人開口，舉起雙手。

長拳豎起一根手指往前一比，逼對方閉上嘴。凱登原先以為薩滿不收回抵住下頷的手指是為了阻止對方說話，接著他看見鮮血，看見男人身體抽動，在長拳手指上揚時雙腳離地而起，下巴下的皮膚和肌肉被刺穿。一下心跳過後，手指出現在他張開的嘴裡，下排牙齒後，舌頭底下，向外彎曲，宛如刺穿魚下巴的吊鉤。村民身體抖動，不由自主地抽搐，但沒有退讓或反抗，彷彿被突如其來的攻擊嚇到，除了在厄古爾人的彎手指下扭動外什麼都不敢做。

凱登上前欲言，被一個女人的尖叫聲打斷。手持匕首的女人在其他人目瞪口呆時挺著武器跌跌撞撞跑過沙土地，小巧的五官中充滿恐懼與憤怒。長拳瞪了她一眼，微微一笑，然後噘起嘴唇，彷彿要給她一個飛吻。她又跑了兩步，接著長拳吹一聲口哨，高頻的哨音劃破她的尖叫，女人直接癱倒，匕首落在碎石上。薩滿眼看著女人在地上抽搐，除了她自己的痛苦外，突然什麼都看不見。她抓住自己的耳朵，雙掌緊緊擠壓兩邊腦側，彷彿要阻擋那尖銳的口哨聲，身體蜷縮成一團，指間滲出鮮血。

長拳不理會掛在手指上的男人，轉向他嚇壞了的鄰居。

「女孩在哪裡？」

十幾個村民拔腿就跑，宛如受驚的兔子衝入灌木叢。剩下的人愣愣看著，嚇得六神無主。其中一個男人開始啜泣。

「不，」凱登說，揚起手掌，彷彿他有能力阻止此事一樣。「我們沒有必要這麼做。放開他，讓他——」

「你忘記了風險，」長拳轉向凱登。「風險遠比這些小人物高多了。」

長拳的藍眼轉為深灰，看起來近乎墨色。凱登突然間莫名想起瓦林。他推開那段回憶，將心靈扯回現實。

「他們不是敵人。」

「我沒說他們是。」長拳將注意力轉回掛在手指上的男人。那個村民全身抽搐。「厄古爾人會將此視為至高無上的榮耀。」

「他們不是厄古爾人。」凱登說。

「沒錯，所以在這裡，這只是權宜之計。」長拳望向群眾。「帶女孩出來。立刻。」

接著，彷彿回應薩滿的話般，一扇茅草屋的門突然開啟，崔絲蒂從門後的陰影步入黯淡的陽光中。她的紫色眼睛熾烈地閃耀著太陽的反光之火，她伸出一隻手臂，掌心朝上，彷彿打算捏碎長拳一般。

「住手。」她說。一時之間，凱登也分不清這道命令是來自崔絲蒂，還是她體內的女神。然後他看見她臉上的恐懼，看見她的腳在發抖。所以不是女神，只是女孩。她轉頭緊盯著凱登，憤怒、背叛、絕望的恐懼在她眼中燃燒，接著她轉向長拳，推開擋在面前的人群。

「我在這裡。」她說。「我在這裡。這些人什麼都沒做，只是在幫我，在沒人願意幫忙時藏匿我。別動他們。」

長拳沒有說話，看也不看就把村民丟開，對倒地扭動的人視而不見，雙眼凝視崔絲蒂，咧開嘴唇露出利齒，腦袋後仰，透過鼻孔深吸口氣，然後在嘶起的嘴唇之間吐出——

「席娜。」這個名字一開始聽起來像是蛇在嘶嘶作響，收尾音輕如吹氣。長拳再一次搖頭。「席娜，妳怎麼會迷失在這種東西體內？」

崔絲蒂面露恐懼，但沒有逃避。凱登發現她從來都不曾逃避，在阿希克蘭沒有，在骸骨山脈沒有，在阿塞爾或死亡之心也都沒有。

「我知道祢是誰。」她輕聲道。

薩滿搖頭。「妳不知道我是誰，妳的心智無法承受真相。」

「那席娜呢？」崔絲蒂問，伸手輕敲她的腦側。「你是為席娜而來，對吧？你們兩個來此就是為了席娜。」她繼續說，手比向凱登。「把祂挖出來？好吧，我猜那表示我的心智大到足以容納祢那個天殺的妻子。」

「妻子。」薩滿似乎覺得這個名詞很有趣。「她不是我妻子。妳只見過她一點本性而已。」

崔絲蒂張口欲言，卻說不出話。接下來的事情發生得太快，凱登只能抓住一些片段：一下細微的風聲；微風拂過他耳邊，彷彿有隻小鳥輕快飛越；某樣東西照到晨光，反射出光線；長拳轉身快如殘影；薩滿顫抖著，隨即失衡；一道鮮血灑落地面。

那一瞬間，細節拒絕成形。凱登看見匕首的刀柄，看見厄古爾大酋長向前傾倒，但他的心難以理解這個動作所代表的意義。一直以來，他們都在試著解救崔絲蒂，試著接觸受困在她體內的女神。

但我們都看錯重點了。

凱登在長拳翻倒的同時轉身，尋找偷襲的人，突然間很肯定伊爾・同恩佳的手下趕路的速度超乎預期，又或許他們透過某種方法搶先抵達村裡，設下了埋伏。正當他糾結於遇襲的細節時，空地旁人頭高的茅草分開，一名持矛的男子走了出來。

不，不是矛，是納克賽爾。

倫普利・譚站在十幾步外，透過難以解讀的堅定目光打量正在流血的厄古爾大酋長，那是凱登在阿希克蘭多年生涯中記得清清楚楚的目光。長拳單膝跪倒，呻吟著想掙扎起身，又摔了回去。那把匕首不長，但在薩滿身側直末至柄，深到足以穿透肺臟，甚至插入心臟。凱登上前擋在長拳和譚中間。

「你毀了我們。」

年長僧侶緩緩搖頭。「我早就告訴你了，你身後的那傢伙不是他所宣稱的身分。」

「祂是神。」凱登說。「你殺了祂。」

凱登聽見身後處傳來喘息聲，長拳還沒死，但很快就會死。村民目睹了意外來襲的暴力血腥場面，全都目瞪口呆，有個女人還吐了出來。而剛剛被長拳吊在空中的男人仍在地上抽搐，輕聲哀鳴。

「他是瑟斯特利姆人。」譚說，步入空地之中。「就和伊爾·同恩佳一樣。」

「不，」凱登回答。「我在死亡之心就對你解釋過了……」

「你只有畫出自己的錯誤。」僧侶一邊走近，一邊搖頭。「這個傢伙，」他繼續說，壓低納克賽爾矛對準長拳。「派我們穿越坎它，步入陷阱，屠殺我們。數十名伊爾·同恩佳的手下持弓持劍在對面等著。」

「伊爾·同恩佳派士兵埋伏所有坎它。」凱登說。「他在獵殺長拳，不是和長拳合謀。」

「那當你穿越死鹽地的坎它時，」譚問，輕揮納克賽爾，彷彿在測試武器的平衡感。「他的手下在哪裡？」

凱登瞪大眼睛，不確定該怎麼回應。阿希克蘭的冰冷記憶湧上心頭，坐在岩架上、在蜿蜒山道上跑步、企圖抹除最後一絲自我的歲月。譚透過上百種方式教導他上百次：心靈是火。吹熄火，否則它會遮蔽你的視線。

「朗·伊爾·同恩佳和長拳，」譚繼續斬釘截鐵地說。「剛剛摧毀了伊辛恩。除掉了最後一個還記得遠古戰爭的組織，透過偽裝成敵對雙方勢力達成這個目標。」

譚的推理就像一個人在砌石牆：這是事實。這是事實。這是事實。整個世界唯一重要的東西就是事實。凱登伸手去推那面牆，用他自己的邏輯為鐵撬攻擊個別磚塊。文風不動。伊爾・同恩佳釋放崔絲蒂，崔絲蒂和長拳通過坎它。儘管嘴上說得漂亮，長拳從未直接攻擊過肯拿倫。

「不，」崔絲蒂雙眼綻放紫光。「你錯了。」

譚轉頭看她。「現在這個傢伙出面保護他們，讓真相宛如天空般清澈。睜眼看清楚。」

睜開雙眼，清空自我的盲目。經過半輩子的努力，凱登已經掌握了辛恩之道，但那為他帶來什麼好處？譚的牆牢不可破，但一面牆並非世界。

「當然，」凱登輕聲說道。「還有其他方法能得知真相。」

僧侶搖頭。「那是狂熱分子和傻子的蠢話。」

他將怪矛的矛尖指向凱登胸口。凱登感覺到冰冷的灰金屬觸碰他的皮膚。

「讓開。」倫普利・譚低聲說。

凱登低頭看向矛尖。他不可能對抗他從前的烏米爾。譚在骸骨山脈獨自摧毀十幾隻阿克漢拿斯，在凱登逃出死亡之心時阻擋伊克哈・馬托爾和他手下的伊辛恩。這個僧侶手持納克賽爾時是凱登見過最致命的戰士，而凱登自己連把武器都沒有。他不能動手，但也不能就此讓步，任由譚展開攻擊。

「不。」他說。

譚雙眼陰沉，難以解讀。「你應該待在阿希克蘭。」

「阿希克蘭毀了。」

「你很適合當僧侶。」譚縮回矛。「但這個世界不適合僧侶。」

他要殺我。恐懼和憤怒衝擊凱登的鎮定，宛如丟在鐵桶裡溺水的貓。凱登折斷牠們的腦袋，一隻、兩隻，利用譚在山上冰冷灰藍色的天空下教他的快速意念來控制情緒。隨之出現的冷靜冷如冰川，遠比人類的一切掙扎更加古老，烏米爾送給最後一名學徒的最終禮物。無所謂，風低語道。無所謂。這話似乎有點不對勁，但凱登在其中挑不出錯誤。

倫普利．譚張了張嘴，想再說點什麼，最後的要求，最後的訣別，接著身體一僵。他嘴裡吐出的並非言語，而是鮮血，宛如嘔吐物般又熱又稠，血多到凱登只能愣愣看著它染紅飢渴的土地。譚半彎腰，腳步不穩，鮮血從他牙間湧出，沿著下巴流下，彷彿有把隱形刀從體內剖開他，一刀劃破他的腸胃到心臟。突然噴出這麼多血理應令他直接倒地，但譚屹立不搖，依靠他的納克賽爾，但還站著，雙眼凝視著凱登身後。

凱登轉身看見長拳坐在地上，匕首依然插在身側，但伸直疤痕滿布的手掌對準倫普利．譚，似乎在捏拳，扭轉，彷彿那些長手指正握著人的內臟，而不是空氣。臉上怒不可抑。

譚呻吟，聽起來像是石頭相互摩擦。他耳中冒出鮮血，還有眼眶，但他上前一步，又一步，完全無視凱登，無視鮮血和痛苦，他的目光，他整個身體都朝失血重傷的薩滿逼近。長拳吼叫，使勁握拳，譚跪倒在地。

「你完了，僧侶。」薩滿說。只聽見一下木頭折斷的聲響，譚開始抽搐，渾身顫抖。他的骨頭，長拳折斷他的骨頭。這個事實讓凱登的胃都快跳到嘴裡。薩滿張嘴微笑，鮮血染紅白牙。

「你的末日到了。」

但他的末日沒到。

難以置信的是，譚不知道透過什麼方式重新站起來，搖晃了一陣，然後跌跌撞撞地前進，一步、兩步、三步，直到他進入能攻擊厄古爾大酋長的距離。凱登眼睜睜看著這一切，迷失在驚奇的寧靜之中。譚緩慢痛苦地舉起納克賽爾。

長拳汗流浹背，汗水的光澤和鮮血混在一起。長拳皺眉，吼叫，然後再度轉動手掌。譚雙腳絆住，摔倒在地，但還是舉著納克賽爾。薩滿睜大藍眼。

「結束了。」譚嗆著鮮血說道。「我要了結你。」

在半下心跳的時間裡，兩個男人都一動也不動，宛如畫像般靜止。蒼白的吸魔師歪斜坐倒，一手撐地，另一手舉在面前。黑皮膚的僧侶跪在地上，雙手將矛舉在頭頂，彷彿那是把裂骨錘。兩人臉上都是血，在晨光中明亮耀眼。整個畫面宛如黎明皇宮中的壁畫，或掛毯。

或沙曼恩，凱登心想，凝視著靜止不動的畫面。

那感覺像是事情已經結束，他只是在回憶過往，彷彿一切都發生在許久許久以前。晨風轉弱，烏雲靜止，好似被釘死在天上。

凱登步入那個靜止的場景中。他抓住凝止在半空中的納克賽爾冰冷光滑矛柄，從烏米爾顫抖的雙手中取下。那很容易，容易到可怕。譚虛弱的掌勁比小孩還弱，手腕和手臂的骨頭全都碎光。凱登不知道他怎麼還拿得起那把武器。

「你不能殺祂。」凱登喃喃說道，跪在僧侶旁，某種無以名狀的感覺攫住了他的下巴。「祂是神，我們的神。」

譚將目光扯離長拳。他迷惘地看向四周的土地、小屋、茅草、綠洲靜止的水面，最後停留在凱登身上。這一次他張開嘴，卻什麼也沒說出口。他咬牙，深吸口氣，然後弱如微風般吐出一個字：「……錯……」

沒有上下文，沒有說明錯的是誰，是凱登，或長拳，還是譚自己。凱登開始回話，開始抗議，但僧侶的目光已經離開他，掠過村落，掠過樹枝，看向遼闊的天空，深不可測的藍，冷酷無情的空無。前一下心跳，倫普利．譚還在，一個搖晃殘軀的凡人……下一個心跳，他就不在了。

驚慌失措的村民終於陷入混亂。凱登無視身後的喊叫聲，凝視著譚的臉……

不，他提醒自己，語氣宛如冬石般冰冷。不是他的臉，再也不是了，只是肉和骨。他輕輕闔起剛剛還是眼珠的圓球，然後偏開頭，從死人回到活人之間。

長拳已經翻倒在地，還在呼吸，但嘴角都是血，沿著下巴流淌。凱登小心地翻找出插在身側的匕首。他完全沒有在戰場上治傷的知識，但見過綿羊和山羊死去的情況，他自己就曾親手殺過上百回。長拳受傷，傷勢嚴重，在凱登面前大量失血。

這個想法過於龐大，於是凱登將之拋到腦後，專注於當前局勢。士兵正在趕來，他們在東方某處，會持續逼近。更迫切的問題在於那些村民，之前被僧侶的攻擊嚇得六神無主的村民，現在如豺狼般圍著他們繞圈，大吼大叫，手指長拳，那個片刻前還以暴力箝制他們的人。他們想要殺死長拳，但恐懼令他們裹足不前。獅子將死，但還沒死。

那股恐懼或許能幫我們爭取一百下心跳的時間，凱登心想，看著那些人。不會更多了。

「能動嗎？」他看向關著馬的圍欄問道。「能騎馬嗎？」

長拳轉頭看著凱登的雙眼。凱登以為會看見屬於人類的情緒，痛苦或恐懼，但薩滿的目光中沒有任何人性。開口時，聲音聽起來並不像是重傷之人，像是讓人受傷的人。

「不行，匕首還在體內就不行。」

長拳強迫自己起身。接著，薩滿像小提琴家拿起琴弓一樣，緩慢謹慎地一手抓住體內匕首的刀柄，然後緊緊握住。薩滿閉上眼睛，拔出匕首，但臉上的表情並非痛苦，而是全神貫注，彷彿正在分辨極度美妙又遙遠的音樂。匕首離體後，傷口湧出鮮血，隨著每下心跳噴灑而出，浸濕衣衫，積聚在地。長拳沒有理會，而是轉向譚的屍體。

「他一直隱藏到最後，但你的僧侶體內蘊含音樂。你們人類大部分都會在我折斷骨頭時崩潰。我希望有讓他美妙的音律維持久一點。」

「他死了。」凱登說。「他不重要。我們必須離開這裡。」

他邊說邊留意身後。村民還在繞圈，其中一人半舉斧頭，彷彿在測試斧頭的重量。就連沒拿武器的人都捏緊拳頭。

長拳慢慢跪了起來。太慢了。凱登抓住他的手肘，猛力將人扯起來，然後尋找崔絲蒂。女孩站在幾步之外，她輕擰身上的沙漠袍，沒有上前的意思。凱登對她吼，叫她上馬，要她逃命，隨即住口。吼叫唯一的效果就是讓村民更快展開暴行。他吸口氣，整理思緒，然後轉向村民。

「有士兵正在趕來。」他說。「他們會在太陽升上樹梢前抵達，然後殺光你們。」

這話是警告，不過不只警告他們。他必須靠嘴離開村子，而且他需要崔絲蒂跟他走。他不能抓女孩走。或許有辦法在她的尖叫聲中拖她走上一里，甚至兩里，但肯定不可能躲開伊爾·同恩佳手下的追殺。如果他們想逃走，她就必須知道有誰會來，還要相信他說的話。

「剛剛發生的事情是錯的。」凱登說，比向剛剛被長拳刺穿喉嚨正在地上抽動的男人。很難判斷他有什麼問題，他的傷肯定很痛、很難受，但那樣無法控制地扭來扭去卻有其他原因。他身旁的女人耳朵還在流血，而薩滿根本碰都沒碰到她。「那樣不對，是錯的，我們會糾正。」

長拳側身一抖。凱登轉身，深怕會看見厄古爾人死在自己腳邊，失去對這具肉體的掌控權。結果，凱登驚訝地發現，薩滿竟然在笑，低沉緩慢的笑聲，幾乎算是低吼。

「糾正什麼？」薩滿問，伸出血淋淋的手比向那對男女，兩者顯然都迷失在他們本身的痛苦中。「我點燃了他們心中一把火。我不會捻熄。」

「他們什麼都沒……」

「他們什麼都沒做。」長拳同意，肉體雖然搖搖欲墜，但聲音強而有力。「他們一輩子平淡無奇，我讓他們歌唱。」

崔絲蒂怒氣沖沖地擠過來。「祢會害死他們。」

「不，」薩滿說。「我從未弄壞過樂器。」儘管身側傷勢嚴重，還是費勁地看了譚的屍體一眼，然後微笑。「幾乎從未弄壞過。」

凱登事後回想，讓村民失控的應該就是那抹微笑。他們完全不瞭解出了什麼事，他們怎麼可能瞭解？但其中兩個村民就像離水的魚，被人丟在地上掙扎到死，而他們知道是誰丟的。後排有人開始尖叫，凱登認為是個女人，接著前排的人如浪潮般襲來。

他們要殺祂。凱登心想。他們要了結祂。

他拉扯薩滿的手臂，但長拳就像釘在地上一樣，宛如從岩床裡雕刻而成的雕像。

「跑。」凱登吼道，手卻被厄古爾大酋長掙脫。

自從遭譚偷襲以來，這是長拳第一次站直身子，面對憤怒的村民，揚起一手，向外甩指，彷彿要甩開掌心的鮮血。那個小動作幾乎堪稱優雅，卻像一堵牆般擊中無名村落的村民。他們的血肉在隱形籬笆前撕裂，骨頭粉碎，尖端刺穿皮膚。突然間，茅草間的陰影中冒出上百隻黑翼沙漠鳥，在尖叫聲中一飛衝天。村民也在尖叫，男女老幼都在尖叫，然後摔倒，用殘破的手掌抓自己身體，彷彿體內埋著滾燙的煤塊，彷彿他們寧願死也不要讓那些東西待在體內。

只有崔絲蒂不受影響。

「為什麼？」崔絲蒂問，朝村民走去，半跪而下，伸出雙臂，像是要把他們所有人擁入懷中，幫他們自痛苦中解脫。

「為了他們打算對我們做的事，」長拳回答，朝向那堆可怕的肉體點頭。「我讓他們自己的怒火反噬其身。」

「祢攻擊他們。」崔絲蒂尖叫。

凱登搖頭。他心裡有一部分和她一樣震驚，但他忍住那股情緒，拋到一旁。現在不是震驚的時候，想要逃命就不是，想要生存就不是。他望向東方，看穿最後幾間茅草屋，天色亮到呈銅色的位置。他看到士兵的身影了，數十名士兵翻越高地而來，距離約莫一里。

他伸手指向他們。「崔絲蒂，那些是伊爾・同恩佳的人，他們已經西行數日了。」

她將目光自腳邊的屠殺移開。士兵的身影很小，但是清晰可見。當她開口時，聲音細不可聞，說出她似乎不得不說的同一句話：「為什麼？」

「為了妳。」凱登說。「為了妳體內的女神。」

「他們怎麼知道？」她問。「你告訴他們……」

「阿克漢拿斯。在骸骨山脈追蹤我們的大蜘蛛。」

崔絲蒂失聲嗚咽，聲音尖到瀕臨崩潰。

「我們得走了。」凱登堅持。

「這些人。」崔絲蒂抗議，轉向地上的村民。

凱登搖頭，不看他們的臉。「我們幫不了他們。」

「不，」她說。接著她語氣更為堅定，指向長拳胸口。「我不會隨他去任何地方。」

凱登打斷她，被自己的冷酷語氣嚇到。「妳在擔心這些人？」他問，比向村民的殘軀。「妳擔心偏僻沙漠裡二十幾條人命？妳體內有個女神，崔絲蒂。長拳也一樣。如果你們不活下來，兩個都是，這裡死的人就根本不算什麼。如果你們沒活過今天，所有人都活不過今天。」

崔絲蒂的神情變了，在兩種恐懼之間轉換。她凝視凱登一段時間，然後轉頭看向長拳。薩滿蒼白的額頭變成死灰色，藍眼在眼眶中燃燒，彷彿得了熱病。

「祢能阻止他們嗎？」凱登問他。「就像祢對……」他比向還在抽搐的村民。

薩滿腦袋側向一旁，彷彿在聽自己的心跳聲。「解決不了全部，」他終於說。「這具身體很虛弱，還在失血。」

「祢能治好嗎？」凱登問。「用法術縫合自己的傷口？」

「不行，不允許這種事。」

「誰不允許？誰在阻止祢？」

「天地間的規則。世界不是我打造成的，這具肉體無法治療自己。」他轉向崔絲蒂，舌頭舔過嘴唇。「然而，這女孩體內的女神，她只要輕輕彈指就能治好我的傷。」

「不。」崔絲蒂說著，後退一步。「絕不。」

「崔絲蒂不是席娜，」凱登說。「她不能召喚祂。」

長拳皺眉。「那我們就逃。」最後那個字在薩滿嘴裡聽起來像是詛咒，彷彿如此投降比生命流失更難受。

「祢逃不了。」崔絲蒂啐道，語氣有點挑釁，又帶點得意。「帶著那種傷逃命，祢肯定會失血致死。」

長拳打量她。儘管士兵逼近，還是毫不驚慌。「妳怎麼可能在體內有祂的情況下還是什麼都不懂？」

「我知道祢快死了。」崔絲蒂吼道。

「快死，」薩滿回道。「和死了不一樣。」

薩滿撇頭不看女孩，朝躺在半步外遭人遺忘的染血匕首比了個手勢。匕首如尖喙猛禽般飛入手中。長拳優雅地用手指夾著匕首，打量鋼刃，彷彿在解讀刀身上的失落刻文。接著匕首開始綻放幽暗的紅光。長拳噘嘴吹氣，似乎想把快熄滅的火吹旺。就那一口氣，紅光轉為黃褐色，接著變成炙熱金光。薩滿微笑，拿光刃貼上傷口。凱登聽見鮮血烤焦的滋滋聲響，聞到烤肉的味道。正常人都會痛到崩潰，但長拳並非凡人，算不上，不但沒有崩潰，反而抬頭挺胸，正享受歡愉，通體舒暢。接著拋開匕首。

「快點。」長拳說著，比向西方。「山裡有座坎它，士兵和阿克漢拿斯沒辦法穿越坎它。」

凱登瞪著長拳。「伊爾．同恩佳已經占領了坎它，譚是這麼說的，我們也親眼見過。」

長拳搖頭。「他動作得比我們更快才行，那個方向沒有塵土。」

「多遠？」凱登問。

「一夜一日。」

「祢撐得住？」

長拳低頭看著自己的身體，彷彿看著一件正打算丟掉的舊袍。「這具肉體很虛弱，不過還有些力氣。他早在我附身之前就已經騎馬很久了。」

「我不跟你們走。」崔絲蒂輕聲道。

凱登朝她伸手，但她縮身。「只有這條路。」

「我可以留下。」她輕聲道。「照我自己的方式死去。」

「這算妳的方式嗎？」凱登問。

崔絲蒂咬唇。

凱登指向東方，指向士兵。「這是他的方式，伊爾．同恩佳的。打從妳離開席娜神廟開始所發生的一切都是因為他，如果讓他在這裡找到妳，他就贏了。」

她搖頭，嘴唇微啟，難以抉擇，注視著凱登。

「那我呢？」她輕聲問。「我怎樣才算贏？你一點也不在乎這個，對吧？」

「此時此刻，」凱登回答。「能夠多活一會兒……就算贏。而要多活一會兒，我們就必須往西走，現在就走，在我們和危險之間拉開距離。」

長拳粗曠的笑聲劃破接下來的沉默。

「喔，危險無所不在。」

凱登轉頭注視薩滿火熱的目光。「什麼意思？」

「伊爾・同恩佳還沒率領手下占領山中坎它是有原因的。」

「什麼原因？」

「要抵達坎它，我們必須通過顱誓祭司的堡壘。安南夏爾的祭司不清楚情況，但瑟斯特利姆人的傳送門距離拉桑伯不到一天距離。」

41

就艾黛兒印象所及，安努內城的城牆一直都是情侶常去的場所，而非戰士出沒之地。當然，她從未到過此地，直到現在，畢竟古牆並非公主該去的地方。不過她聽說年輕情侶會在牆頂寬敞的步道上牽手散步，輕聲細語談情說愛，欣賞著兩側的城市街景，或躲進城牆之間的老守衛塔，善用那裡的陰影。甚至還有句俗話：走完整座牆。說這句話的人通常都會一邊眨眼一邊露出淘氣的笑容，而這話和死去已久的哨兵孤獨巡哨一點關係也沒有。

數百年前，那座城牆是安努城的外牆，特利爾的士兵為了抵擋北方的入侵者而建造的石牆。那是北方被納入帝國版圖之前的事，在拉爾特、尼許、布利塔的國王和女王失去世襲頭銜和腦袋前的事，在他們的後裔眼看國土被安努吞沒之前的事。之後，士兵就轉而向北或南或西方發展，掀起全新的戰爭，城市也開始成長，超越城牆的範圍。艾黛兒研究過古代地圖，起初只有幾棟房子，就像船身上的藤壺，接下來數十年乃至於數百年間，房子越蓋越多，直到安努城有三分之一的城區都蓋在城牆之外，神殿、廣場、市集、大街，整座城區成為數十萬人的家園。

艾黛兒站在特利爾某座守衛塔上時心想，這種戰爭用的建築能徹底成為談情說愛的場所，其實可以用以評斷安努的成功。而讓它再度重返戰場，則能評斷我的失敗。她暗自補充。

她凝望城市的同時，火焰之子在城牆北邊奮力摧毀房屋和市集，逆轉數百年的發展，拆掉打鐵舖和馬廄，將神殿轉化為其構成元素，石塊和木梁，再豎起那些材料，成為大街小巷的屏障。任何有價值的東西，任何能為入侵部隊提供一點好處之物，都被他們放火燒光。巨型焦炭堆在每座廣場和每條街道中央燃燒著，以油膩噁心的濃煙玷污溫暖的夏日空氣。

但奇怪又可怕的是，艾黛兒在這些摧毀的行動中找到一種詭異的決心。一年之前她絕對不會相信會發生這種事。那時候，摧毀半座她自己的城市，簡直算是最慘烈的失敗，最可恥的屈服。現在仍是，但至少指揮這次守城行動是她能做的事。

崔絲蒂脫離了她的掌握，凱登和伊爾．同恩佳都已經在下她無法理解的棋局中最後幾步棋，這是一場關乎世界未來走向的競賽，偏偏艾黛兒毫無用處，毫無必要，甚至更糟，她完全不知道該怎麼拯救諸神，或阻止瑟斯特利姆人。但突然之間，那一切似乎都無所謂了，至少沒有之前那麼重要，因為厄古爾人來了，要來摧毀安努。議會解散，大部分議員都逃跑了，這表示防禦城市的責任落到她頭上，而要扛起這項責任，她就必須眼睜睜看著士兵摧毀安努。

此舉有其必要，但十分令人不適。此刻她眼前有一群衣衫襤褸的男人衝出一條巷子，手上捧著好幾綑上好布料。艾黛兒不知道他們打算拿那些棉布和絨布做什麼，他們自己八成也不曉得，只知道安努城有大片城區將被焚毀，接下來發生的事情——暴力、掠奪甚至自殺，全都是打從艾黛兒下達命令時就註定會發生的。

「光輝陛下。」

她轉身看見李海夫站在塔階頂端，一手僵硬行禮，另一手放在劍柄上。從他手上的鮮血來看，那把劍不久前才出鞘過。儘管抬頭挺胸，火焰之子指揮官還是看起來很疲倦，黑眼圈十分明顯，向來一塵不染的制服上沾上許多煤灰，指節和手臂上也多了不少傷疤。

艾黛兒一看到他就神經緊繃。「又有？」

他點頭。

「好吧，」她說。「我們走。」

男人有些猶豫，顯然在軍事紀律和發言慾望間掙扎。「沒有必要，光輝陛下。」他終於開口。「不用每次都去，那樣冒險沒意義。火焰之子負責撤離居民和防禦事宜，也能負責行刑。」

「你們確實可以。」艾黛兒回答。「但這些人有資格得知此時的狀況和這麼做的原因。他們有資格聽我說。」

「聽妳說會讓他們在被我們套上絞刑索絞死時高興一點嗎？皇帝本人從城牆上下來，向他們解釋他們做錯什麼，對他們來說有任何意義嗎？」

「我這麼做不是為了受刑人，」她輕聲道。「他們已經選擇了自己的路。我這麼做是為了其他人。」

指揮官搖頭。「那對他們有什麼好處？」

「活下來的機會。」

艾黛兒在馬背上打量這座平淡無奇的廣場，兩間老闆可能競爭了一輩子的烘培店，一間裁縫店，三間酒館，一座貝迪莎小神殿。這種廣場在城內超過上百座。等到晚上，附近所有房屋都會被焚毀。艾黛兒雖然對於城內人口有所瞭解，仍難以估計此舉將會摧毀多少條人命，拆掉那些柚木房屋會瓦解多少夢想、撕裂多少家庭。此舉有其必要，卻難以估量傷害，無法真正算出損失。

她身後的東邊，一股油膩的煙霧已然升空，她可以在火舌怒吼聲中依稀聽見聳立百年的建築龜裂崩塌淪為廢墟。而西邊，她尚未抵達的街道上傳來嘶吼、慘叫聲和鋼鐵交擊的尖銳聲響。更多人民開始抵抗，這表示那場行刑將不會是最後一場。

火焰之子已經以違背艾黛兒命令的罪名處死了二十多人。他們該要舉行審判的，但沒有時間了。任何攻擊執勤者之人都要處死，屍體丟進坍塌的房子中，隨木頭和泥灰一起燒燬。任何教唆反抗的人都會被拉到艾黛兒面前吊死，這種做法令她作噁，但包蘭丁和厄古爾人攻陷安努的想法同樣令她作噁。這就是她現在的人生：在不同程度的作噁之間選擇。

她咬緊牙關，轉身面對聚集在廣場上的群眾。火焰之子已經執行任務好幾天了，帶領一群被徵召的奴隸和勞工進行殘酷的工作。在那之前，凱潔蘭的地下情報網絡早已將消息傳開：古牆以北的房屋都要拆光，帶上你的家人和所有能攜帶的財物離開這裡。

現在面對艾黛兒的三、四百名群眾看起來很憤怒、害怕、困惑。一個女人用包巾把嬰兒綁在胸口，一手抓著隻倒吊的雞，看不出來她是想要救雞還是殺雞。那隻雞三不五時會無力地拍拍翅膀，彷彿已經接受牠自己的命運。大部分人都帶著行李，抱在胸口、掛在背上，或垂在鬆垮的手臂下。有個老人握著十幾隻狗的繩子，沒有帶上其他東西，沒有他或狗能吃的食物。艾黛兒下令將碼頭上數百座倉庫改成臨時避難所，但那裡沒有空間能容納狗。她不知道誰會告訴老人，不知道誰會殺死那些狗。

那些狗在地上嗅來嗅去，而所有人都盯著她看，敬畏中夾雜憤怒。他們住在遠離黎明皇宮的地方，大部分沒見過馬金尼恩家的人和他們的燃燒之眼。在安努這種規模的城市中，人民可以在不離開自家方圓半里之內的情況下過一輩子，艾黛兒對他們而言就像傳說，是想像裡的角色，而非真實存在的人物。現在她出現在這裡，疲憊、冒汗、坐在馬背上，準備宣布他們所知的一切都將遭受摧毀，企圖守護家園的人將會被處以死刑。

她將目光從人群轉向跪在廣場中央的囚犯，由十幾名火焰之子看守。囚犯共有六人，其中兩人慘遭毆打，滿臉是血，腦袋垂向一旁，要不是身後有士兵扶著，他們早已倒地。那些士兵筆直凝視前方，是軍事紀律的化身，但艾黛兒看見他們指節瘀青，護甲染血。她不知道跪在地上的囚犯是否該打，或許他們攻擊火焰之子，已經有數十名士兵為了驅趕安努暴民而受傷，又或許他們除了拒絕奉命外什麼都沒做。艾黛兒發現自己很希望知道可以怪罪於誰，是士兵還是人民，也很想知道是誰起的頭。

但妳知道，不是嗎？她冷冷地想著。不管這裡是什麼情形，當初起頭的人都是妳，是妳下令淨空街道的，是妳命令士兵拿刀劍去對付只想保住家園的人民，他們只想抵抗摧毀他們熟知一切的行動。

「我們在打仗。」艾黛兒提高音量，隔絕她心中其他聲音。「我們在和厄古爾人打仗，而我們節節敗退。」

「我沒看到厄古爾人。」人群中有人大叫。「只看見這群混蛋在焚城。」

「這群混蛋是在準備應戰。」艾黛兒回答。「厄古爾人已經突破北境軍團的防線。我們講話的同時，他們正在騎馬衝向我們的城市。古牆外的房屋都將成為他們的護盾，掩護他們的行動，幫他們照料傷兵。如果我們不摧毀這個區域，城內其他區域就有危險，而我可以向各位保證，如果他們占領安努，我們全都會死，在難以想像的痛苦中死去。」

「我們？」人群中有人喊道。「妳會乘最後一道潮水出航，跑去其他宮殿躲起來。」

一年之前，艾黛兒的父親掌權時，沒有人敢說這種話，但這一年來安努已經大亂了。

皇帝的權力只是幻象，一直以來都是。皇帝擁有皇宮，擁有皇宮守衛，擁有發誓守護皇族的艾道林護衛軍，以及安努軍團，當然還有英塔拉的燃燒之眼，一切都在鞏固馬金尼恩家族的神權統治。這一切都不重要了，真的不重要。

那就是所有權力的核心。權力表面上看來是統治者擁有的東西，她擁有的東西，她從人民手中奪走的東西。這個表面是個假象。權力是人民賦予的，自願賦予，即使他們不知情，即使他們厭惡這麼做。每綑布料都繳稅的富商，每天在鐐銬中過活的奴隸，讓稅務官搜船的水手，即使收到荒謬瘋狂的命令也不願抗命的士兵——是這些人賦予統治者權力，宛如犧牲獻祭般自願奉上。

艾黛兒讀過的史書已經夠多了，卻仍無法理解這點，就連最偉大的史書作者似乎都無法解釋這種現象。這些作家提出了各種可能的解釋：或許人民害怕混亂和暴力，或許他們蠢到不懂得反抗，或許他們過得太開心，滿足現狀，也可能過得太淒慘。不管上千萬人民為了什麼放棄自由，歷史也一再清楚地告訴後人：人民會順從……直到他們不順從為止。

艾黛兒在無數典籍中讀過這一點：當整個民族彷彿從一個集體夢中醒來，不再將自己的權力拱手相讓的那一刻。有時候，引爆點十分明顯，例如一場謀殺或飢荒，但通常起因都很模糊，爭議不斷。說真的，那些起因似乎無關緊要，有東西導致權力的表象出現裂縫，裂縫擴散，分歧，最後裂縫深到所有人都看得見，然後整個龐然大物就會分崩離析。走到那個地步，就會死很多人，數百萬人，包括一開始起身反抗統治者的人。

*這就是反叛的開端。*艾黛兒打量群眾，懷疑現在會不會就是她的統治徹底粉碎的時刻。

「妳要燒燬我們的家園，」旁邊有人咆哮。「然後，等厄古爾人殺到，妳就會消失，跑去安全舒適的地方，把我們留在灰燼裡。」

牢騷已經延續夠久了。艾黛兒身邊的李海夫在馬鞍上改變坐姿，伸手摸了摸插在劍鞘中的長劍。她聽見身後的火焰之子準備展開衝突，輕輕握住將軍的手腕，一邊拉他一邊說話。

「你錯了。」她說。「沒有別的地方可逃，沒有安全舒適的地方。全世界都在燃燒，就算沒在燒，我也會待在這裡。厄古爾人殺到時，我會站在城牆上，儘管我不是戰士，但必要時，我也會作戰。」

「如果牆垮了呢？」

艾黛兒點頭。「那我就撤回城內，躲在閣樓和地窖裡。夜間出沒，在敵人的食物中下毒，割斷他們的喉嚨，攻擊他們的馬。當糧食運不進來，船隊無魚可捕時，我會吃老鼠，會睡在地上。我會作戰到他們殺了我為止，之後，我會變成鬼，在他們夢中作祟，爪子撓過他們的皮膚，讓他們看見影子就會害怕。我不會離開安努，就算死了也不走，因為安努是我的。安努是我的，安努是你們的，不管有多少大軍殺到我們面前，我都不會走。」

她稍作停頓，胸口起伏，空氣在肺裡燃燒，大腿在馬鞍旁顫抖。她目光在人群中游移，等著有人繼續對她吼叫，等暴民最後決定撲上來。然而，他們沒有，死寂宛如巨石般聳立在廣場上。

「我會對抗厄古爾人，」她輕聲說道。「我會殺厄古爾人。」接著，她慢慢地轉向六個萎靡不振、非吊死不可的人。「我會殺掉所有危害作戰的人。」

她強迫自己換上堅決果斷的表情。膽汁從她喉嚨中湧出。

她告訴李海夫，她從城牆下來是為了警告活人，但那並非事實，並非完整的事實。她其實有點期待他們會暴起反叛。她每次都幻想數千隻手掌抓住她，將坐在馬鞍上的自己拖到石板地上殺掉。那是懦夫的想法，但每當士兵扯緊絞刑索時，她都會被那個想法吞噬：如果她死了，如果暴民把她分屍，她就不必再面對群眾，不必面對接下來發生的每一件事。

42

不可能，凱登心想。

他們大半個白天都在沙漠馬背上朝西前進，遠離綠洲，穿越遼闊的沙漠，進入安卡斯第一座山丘。然而，隨著山勢漸陡，變成懸崖和峽谷，疲憊的馬匹開始步伐不穩。

「我們必須徒步前進。」長拳呻吟道。

不可能成功。凱登可以在沙漠上走幾里路，在沙漠外圍或許能走十里，依靠疲累的雙腿蹣跚前進，但是在山區？血紅的懸崖聳立在他們面前，數千呎高的岩壁直竄鮮藍色的天際，峽谷打斷崎嶇的高牆，提供少數通往後方高山的通道。但就連那些峽谷也很陡峭，沒有被暴雨沖刷的地方更是充滿巨石。這裡的地形對精力充沛的健壯跑者都是挑戰，而他們三個絕對稱不上精力充沛或健壯。他們必須在峽谷中前進一日一夜，先決條件是要長拳認得路，能躲過伊爾．同恩佳派的士兵追殺，還能避開顱誓祭司在通往拉桑伯要道上駐守的守衛。

或許一年前，我能像個僧侶一樣在這種地勢上奔跑，但我現在不是僧侶了。譚把話說得很明白。凱登無奈地想著，專注在大腿的疼痛上，還有每跨一步都痛得更厲害的腳踝上。儘管如此，他們若是不跑，背後追兵的刀劍就會撞上來。於是他們繼續跑。

烏米爾慘死的記憶在凱登搖晃爬谷時一直揮之不去，宛如心頭芒刺，比他膝蓋和腳掌的痛楚還痛的胸痛。他可以像譚訓練的那樣拋開那個想法，可以進入空無境界光滑冰涼的走道，但這麼做感覺不對，像在逃避。那股突然想要擁抱痛苦的需求很奇怪，彷彿長拳一直以來說的都是對的，彷彿痛苦是一種崇高的事物，彷彿空無境界所承諾的輕鬆逃避確實是一種褻瀆。

凱登望向長拳，不知道對方能撐多久。儘管薩滿雙腳顫抖，移動的速度卻很快，身側的傷口已經燒合並被遺忘。至於崔絲蒂，凱登一年前就曾見過她在疲憊不堪的情況下穿越骸骨山脈，而現在她精力充沛，遠比凱登更適合踏上這段艱難的西向旅程。

儘管如此，在奔跑途中，他還是發現有股奇特的力量回到體內，從前那些爬山峰和跑渡鴉環的日子開始激盪這具肉體的記憶。痛楚並未消退，但他逐漸習慣痛楚，彷彿疲憊是他遠行許久後回到的家園。一開始幾乎令他崩潰的步伐越來越容易忍受，雖然他的身體在賣力奔跑下抽痛，但隨著太陽爬到頭頂，凱登很驚訝地發現自己有辦法跑上一整天。

當他們抵達懸崖，開始沿著河床上爬，攀登碎石，掙扎向上，爬過水邊茂密的荊棘叢時，他發現自己也能繼續移動，甚至越爬越快。當他回頭望向底下的峽谷時，偶爾也能看見士兵的身影，至少二十來人，在後面的隘道上吃力前進。大部分時候，他盡量不回頭，將目光保持在眼前的地面上，將目標侷限在跨出的下一步。

他完全沉浸在自身的動作中，幾乎沒注意到已經抵達山峰間的鞍部。沙岩峽谷開始變窄，窄到只有肩膀寬，然後變成無法通行。他徒手攀岩，發現自己正低頭看著另一側山壁，一座平滑寬敞的山谷，由大片紅色、黃色、金色巨石組成。他不假思索地加大步伐，放鬆手臂，從荊棘叢和碎石間挑選了一條路開始下山。

崔絲蒂的叫聲使他猛地停住腳步。一開始他以為出了什麼差錯，讓伊爾·同恩佳的士兵追了上來，於是連忙止步。然而，當他轉身時，崔絲蒂並沒有在看他們來時的方向，而是指向長拳。薩滿還在奔跑，但跑得歪七扭八，似乎沒在注意腳下的地面，目光空洞望向遠方地平線，或是某個只有長拳自己看得見的景象。沒日沒夜奔跑就連健康的人都吃不消，長拳身體本來就不太健康，傷口雖已高溫燒過，仍十分嚴重，蒼白的皮膚下凝聚紫血。在凱登和崔絲蒂緩慢前進時，厄古爾人正在逐漸逼近死亡。

「我們必須休息。」凱登說著，停下不停顫抖的雙腳。「喝點東西。」

長拳似乎沒聽見他說話，繼續跑著，跌跌撞撞下坡，最後被凱登抓住手臂。薩滿的體重差點讓兩人倒地，終於停步時，也只能顫抖著雙腳靠在凱登身上休息。崔絲蒂跟上來，無聲疲憊地搖頭，然後彎下腰，雙手撐膝，胸口在乾燥的空氣中起伏。

「得休息了。」凱登又說。

崔絲蒂沒在看他，事實上，她似乎完全沒在聽他說話，但凱登還是對著她說。在這漫長的一天中，主導權已經轉移。打從魏斯特開始，薩滿就拿無聲的痛苦與瘋狂當成明晃晃的尖刀舉在凱登頭上，還是一把只要彈指之間就能砍落的利刃。即使在譚偷襲之後，在他們離開綠洲和村莊的幾個小時中，長拳都是這個小團體中無庸置疑的領導者。

現在不是了。那具身體裡依然有神，但梅許坎特似乎被虛弱的肉身逼得不再吭聲。

祂從未有過這種感覺，凱登看著厄古爾人想。凡人終究一死是很單純的事實，但祂從未體驗，或說不曾在凡人體內經歷死亡。

「我們……」崔絲蒂喘著氣，輕輕舉手，揮向他們來時的方向。「……不能停，他們……」她越說越小聲，只剩下喘氣。凱登轉身，伸手遮擋正午陽光，看向他們爬上來的峽谷。他沒看見士兵，但其實視線範圍不到四分之一里，呼嘯而來的山風聲中，除了自己喉間的喘息聲外什麼也聽不見。

「坎它在哪裡？」凱登轉頭詢問長拳。薩滿沒有回答。凱登伸手握住對方的肩膀。「坎它還有多遠？」

深不見底的藍眼緩緩聚焦。厄古爾人首先看著凱登，接著轉而打量安卡斯山的紅岩壁峽谷。

「那個方向，」長拳終於說，指向西南。「那裡有座側谷。入谷，然後往下。」

凱登凝視崎嶇的地勢。光從這裡就能看見幾十道峽谷，一座由縱橫交錯的沙岩組成的迷宮。所有峽谷遲早都會往下，但只有一條通往坎它。

「我們怎麼判斷是哪座峽谷？」凱登看著南方問道。「我們要找什麼？」

「石柱。」話音剛落，長拳彷彿受到自己的話驅使，拔腿就跑。

「什麼石柱？」凱登繼續問，但薩滿沒有轉身。崔絲蒂回頭看，疲憊地搖搖頭，跟了上去。

凱登起初並沒有跟上。他努力調節呼吸，看著兩道身影衝向陡峭的山坡。隔著一段距離，他們看起來很像人，金髮的厄古爾人和黑髮女孩，兩個人都跌跌撞撞、筋疲力盡。從這裡看不見長拳皮膚上的疤痕或眼睛，看不出崔絲蒂的驚人美貌，他們就和逃離戰爭的難民沒什麼兩樣，數百萬人中的兩張平凡面孔正在努力活下去。

看起來一點也不像神，凱登看著兩人心想。*那兩個人怎麼可能是神？*接著，在那個想法中生

出了另外一個更加黑暗的想法：那兩個人怎麼可能活下去？

他們逃出剛剛那座小村莊已經是個奇蹟，爬到山上來也是。然而，突然之間，那些奇蹟變得微不足道，和即將到來的戰鬥無法相提並論。就算長拳毫不費力就解決掉全村的人似乎還是不夠，而當凱登的目光自退入安卡斯大迷宮的兩道身影上移開時，一個宛如東方塵土般稀薄的想法還是掠上心頭：我們贏不了。

絕望直逼而來，如鉛重，像是裁剪合身的外套貼上他的皮膚。他在阿希克蘭也不曾感受過絕望。如果有的話，那只不過是一個回聲，一種骨頭上的倦怠，一種他已經學會識別並避免的思維遲緩。當時，他尚未完全悟出辛恩之道，不瞭解大部分人類一生都在承受的灰色壓力。即使在安努，在共和國的架構分崩離析中，或與議會毫無意義地角力時，他也不曾感到如此無助。

或希望，或仇恨。伊爾．同恩佳背叛了凱登，艾黛兒也是。但他們是棋子，是在棋盤上包圍、攻陷、移除的棋子。即使面臨凱登的失敗，他的死亡，甚至是所有人類的滅亡，也只是清晰而無色，如同冬日窗玻璃上刻上的霜花。

然而，自從接觸長拳後，他的情緒似洪水般澎湃洶湧，憤怒和恐懼沖刷著他，猛烈地撞擊著所有理智的思維，像是捲入洪水中的木頭般擊打所有理性的想法。他感覺自己變回小孩，迷失在情緒的洪流中，順著不是他所造成的暗潮無助漂蕩。唯一的出路是空無境界，所以當他站在高高的山鞍上，四周都是懸崖峭壁，風撕扯著他的衣物和臉，雙腿在他身下顫動時，他擺脫了情感，滑入空無，得以再次自由呼吸。

身處空無之中，他看著長拳和崔絲蒂帶著埋在兩人殘軀中的神拚命往南跑。

如果那兩人遭人摧毀？凱登在清涼明亮的空無境界中想。真的有那麼糟嗎？

他緩緩轉頭，目光自逐漸遠離的身影轉移到下方的大片峽谷上。兩隻老鷹無聲無息地在天上盤旋，展開雙翅一動不動，藉由看不見的遠方風勢攀升。那些老鷹追隨牠們自己的古老規則，毫不在乎愛或絕望。還有山峰本身，刻劃自遠比人血更深邃的紅岩，由遠比人手強大的力量，從黃、白、褐色的沙岩中打造而出。那些高山怎麼會在乎女人、男人，以及他們所依賴的神？天空怎麼會在乎？太陽怎麼會在乎？

如果全世界都是如此呢？

他的心裡不受控制地浮現一大片寧靜的空間，高山的岩石，岩石後方的大片土地，朝西朝南一路延伸到海洋，整個世界空蕩蕩，山丘、河流、岩石從未遭受人類染指玷污。沒有房屋，地上沒有斧鑿痕跡，沒有石頭被開採，沒有橫跨土地的道路，沒有大船，也沒有小舟。

那樣會很糟嗎？

直接讓道會有多難？他打量裂口及山谷。四分之一里外有座山峰，宛如針頭般的陡峭岩石。他在骸骨山脈爬過類似山峰，峰頂會有足夠的空間讓人坐下來研究峽谷，看著太陽傾斜，而伊爾．同恩佳的士兵將會跟隨阿克漢拿斯展開最後的屠殺。到時候，長拳和崔絲蒂會在南方很遠的位置，幾乎脫離自己的視線。肯定遠到凱登聽不見兩人的慘叫。在空無之中，他不會在兩人死時感到絲毫情緒。之後呢？他會從空無進入更遼闊的空無，宛如天空一樣寬敞的空無境界。他甚至不須要努力爭取。

這就是基爾警告我的情況，有一天我會就這麼離開。

他還記得自己在不久之前仍對此有所警覺，但現在凝視著它，他卻不記得為什麼要警覺了。全世界都將面對遠比寧靜死寂更可怕的命運。此時此刻，安努各地的士兵都在舉劍殺人，長滿水痘的小孩在哭泣，在睡夢中流血，男人偷竊，女人偷竊，累積閃閃發光的財物，每當有人接近時就大吼大叫。為什麼不直接走入山峰？

凱登深吸口氣。空氣在肺中清爽明亮。接著，他聽見南方傳來叫聲。他目光慢慢離開空蕩蕩的空氣，看見了崔絲蒂，宛如遠方的幼苗般纖細，雙手舉在頭上揮舞向他示意。她的聲音輕如細絲：「……跟我來。拜託。拜託快點。」

那條絲線，那根最細的羊毛，簡直什麼都不是，但它還是扯動了他心靈的某個角落。慢慢地，他吐出清爽的空氣，放開空無境界，再度承受起自身希望與痛苦的壓力，然後提步向南，跟隨神虛弱無力、跌跌撞撞的腳步。

♛

他們不需要擔心錯過石柱的問題。安卡斯的地貌充滿了石頭，被風化成奇形怪狀的龐然大物，大石盤、風蝕成人臉輪廓的石塊、腰身細如黃蜂卻能保持平衡的巨岩。但即使有如此多形形色色的石頭，那些石柱還是相當醒目。它們位於一座峽谷入口兩側，前段只是自然生成的斜坡，差不多就是地上一條裂縫，沒走多遠就變深變寬消失在陡峭的石牆中。石柱就和附近其他石頭一樣受到風力吹蝕，從原本完美的圓柱變成不平整的形狀，但兩根都很高，至少比凱登高五倍。在炙熱陽光的照射下，他只能勉強看出柱身上刻的文字。

「那是什麼？」他問。

沒人回答。凱登轉身時剛好看見搖搖欲墜的長拳伸出一手，接著癱倒在地。崔絲蒂低呼一聲，不過沒有靠近的意思。凱登回頭望向北方。雖然很難肯定，但他似乎有聽見石頭撞落後墜下數百呎，摔碎在下方岩架上的聲響。他走到薩滿身邊，不穩地跪了下來。

「我們趕到了。」他說著，指向高聳的石柱。

「進峽谷。」崔絲蒂問。「坎它在哪裡？」

長拳沒有回話，呼吸短淺急促，皮膚白若死灰，額頭冒汗，滿頭金髮貼在頭皮上。

「這具肉體。」薩滿喘著氣說。「快不行了。」

崔絲蒂瞪著對方，困惑與憤怒在臉上交戰。「祢治好了傷口。」她反駁道。

長拳搖頭。這個動作很無力，彷彿頸部所有肌肉突然鬆弛。「我燒合皮膚，讓血不會流出，但沒有止血。」

長拳無力伸手，在背心上亂摸，彷彿手指難以握拳，彷彿忘記了該怎麼抓住東西。凱登拉開衣服，然後停下動作。乾掉的血塊自薩滿皮膚上脫落，但那並非傷勢最嚴重的部分。長拳說的沒錯，火熱匕首燒合了傷口，但是體內的出血積聚在腋下到腰部，從胸口中央堵到背部。薩滿蒼白的皮膚鼓起，上半身的骨頭和繃緊的肌腱看起來不過就是一大袋血。

長拳快死了，凱登發現。*我們有沒有抵達傳送門都無關緊要。長拳已經要死了。*

驚慌不斷抓搔他的心靈角落，像隻腳被陷阱卡住的老鼠。凱登開始專注於內心，用心靈手指夾住那股恐懼，然後壓碎。抓搔聲沉寂了一會兒，又再度出現，比之前更大聲，更堅決。空無在向他招手，但他推開空無。

「我們能怎麼做？」他問，伸手輕戳薩滿的傷口。

「你們？」長拳挑眉。「什麼都不能做。人類的醫術治不了這種傷。所有凡塵的器具都解決不了。」說完，轉向崔絲蒂，但咳到說不出話，大量鮮血咳濺在胸口。血變多了，多非常多，似乎體內某個重要器官裂開了。終於停止抽搐時，長拳下巴上垂了一條粉紅色的痰。好不容易能開口，只說了一個名字，幾乎細不可聞：「席娜。」

崔絲蒂凝視長拳。接著，在瞭解對方的意思後，彷彿挨了一巴掌般畏縮。「我沒辦法……」長拳半舉雙手。凱登看不出是在哀求，還是因為肌肉微微抽搐。

「這具軀體不行了。」長拳說，上翹的嘴唇露出門牙，接著又低喊了一次。「席娜。」這次不單純喊女神的名字，而是在呼喚，透過兩具肉身的禁錮呼喚，透過崔絲蒂的心靈之牆喚入席娜為自己挖出的狹窄空間。

凱登一手輕扶薩滿的後腦杓，彷彿這樣可以阻止對方的生命隨著鮮血流出體外。他轉頭看回崔絲蒂，期待看見女孩神情轉變，聽見女神以其難以忽視的渾厚嗓音說話。他幾乎覺得此事無可避免，當前情況已經危急到足以令女神現身，就像之前幾次一樣。然而，崔絲蒂的眼神依然屬於自己。她臉上閃過的表情，她無聲悲痛的嘴型，她皺起的眉頭……凱登見過那些表情，見過很多次。女孩很憤怒、困惑，並且害怕，但她還是她自己。至於她體內的女神，他完全看不出端倪。

「我們必須引祂現身。」凱登說。他們已經別無選擇，其他選擇已經被剝奪了，已經無關緊要了，只有這個選擇留了下來。

崔絲蒂嘴唇顫抖，後退了一步。

「唯一的方法……」

「……就是傷害妳，」凱登說。「我知道。」他們沒有時間了。凱登一小時前的漠不關心已經徹底消失，在空無境界外無法對抗本身情緒，令他著急得想吐。心臟一下下撞擊他的胸腔。他把薩滿的頭放在石頭上，站直身子，伸手去拔腰間的匕首。「席娜會回應，」他盯著崔絲蒂的雙眼說道。「會現身。向來如此。」

崔絲蒂再退一步。

「沒用的。」

「有用的，以前成功過，在天鶴塔，那次妳刺傷自己——」

「我本來打算自殺，那是逼得席娜必須現身的原因。席娜彷彿能聞出我的意圖，聞出真正的威脅。我們之間的高牆就只粉碎過那一次。」

長拳呻吟，發出類似動物的低吼。

凱登搖頭。「現在沒有其他選擇了，崔絲蒂。如果長拳死了，我們就完了，全人類都完了。妳所愛的人——」

「誰？」她大叫，宛如大斧般劈開他的話。「我愛誰？」

凱登瞬間就看出自己所犯的錯誤。

「我父母死了，」崔絲蒂大聲道，語氣介在吼叫和啜泣之間。「而他們活著的時候拿我去交易。他們賣掉我了。」

「妳父母出賣妳。」凱登點頭。他朝她走出一步，她又後退一步，一種基於鮮血和不信任而練成的舞步。「那難道就表示全世界的人都該受苦嗎？」

「受苦？」她難以置信地問，伸指比向躺在地上藍眼無神望向天空的長拳。「那才是他們受苦的原因，是一切苦難的根源！而你卻打算救這個人，為此想要殺了我。」

「不是救長拳，是救人類。」

「人類，」她以近乎耳語的聲音說。「關我什麼事？」

沒時間了。凱登計算兩人之間的距離，計算手中匕首的重量。薩滿在他身後顫抖，背部弓起，順從於那殘缺身軀的某種命令。小心，凱登對自己說。小心，時機稍縱即逝。他需要崔絲蒂感到害怕，極度害怕，但女孩說的對，她體內的女神似乎只有在極端暴力的情況下才會現身。他要做到什麼地步才能誘發這種需求？刀要插多深？

長拳呻吟著。凱登回頭看了一眼。就一眼，短短一瞬間，感覺已經太長了。崔絲蒂雙腳在恐懼的驅使下輕盈無比，衝過他身邊，穿越雙石柱，跑下峽谷，深入陰影中。凱登立刻拔腿追了上去，衝刺了十餘步後停止奔跑。他聽見她逃跑的腳步聲。他覺得自己能追上她，但峽谷有多深？然後呢？刺傷她？用刀子刺向她的喉嚨，把她拖回來？他不能殺她，不能為了救神而摧毀另一個女神。崔絲蒂和他一樣清楚此事。如果席娜願意現身，此刻不早該現身了嗎？席娜不該在長拳呼喚自己名字時就擠開她嗎？

凱登轉身。薩滿縮在他身後的地上，突然間看起來很渺小，彷彿死亡已經將其縮小了。

我可以把長拳揹到坎它，凱登想。

他不知道那樣有什麼用，或許只需要把人帶回死亡之心……伊辛恩是軍事組織，知道該怎麼治療這種傷，就算那是因為他們很擅長造成這種傷。

希望渺茫，薄如指甲，但總比把長拳留給烏鴉和自北方而來的士兵要好。

希望的邊緣比鋼鐵銳利。凱登想起辛恩的古諺。

他從未如此強烈地感受到這種情緒。奇怪的是，數千年來竟有無數男女歌頌它；奇怪的是，全世界有這麼多供奉奧雷拉的神殿。那一刻裡，凱登自身希望的重量，似乎遠比仇恨、憤怒或最黑暗的絕望還要恐怖。

揹著長拳走下峽谷時，他能清楚看到崔絲蒂留下的足跡。但這些腳印並不重要，重要的是扛在肩膀上的重量、讓凱登知道薩滿還在呼吸的起伏胸腔、威脅著他每一步都即將絆倒的腳痛，以及對抗腳痛的意志。他揹著長拳走過一里又一里，跟隨崔絲蒂的足跡穿越長期曝曬的石頭和堆滿沙的河道。他越往下走，峽谷裡就越暖，然後變熱。乾燥的空氣隨著每一口呼吸刮著他的肺，嘴唇也開始乾裂。聽見河水翻騰聲時，他還以為自己幻聽，在沒水的地方想像水聲，但是再走一百步後，他從狹窄的側谷走出，站在一座寬敞的岩架上，下方一百步外有條白浪滾滾的河流通過。

崔絲蒂的足跡朝右方一道在石地上開鑿出來的台階移動，但凱登沒急著追過去，他調整了一下肩膀上的薩滿，接著聽見那個聲音。

那種感覺太過奇怪，導致他完全忽略開頭的幾個字，直到他站在原地調節呼吸時，才開始瞭解話中含意。

還有一個辦法。

一開始，他以為是長拳在和自己說話，於是屏住呼吸，等著對方再度開口。他只聽見轟轟水聲、輕風吹過峽谷的低沉呻吟，還有上方傳來的石頭撞擊聲。回聲扭曲了距離，以至於他無法確定追趕者是遠還是近。再度聽見那個聲音時，凱登忍不住顫抖，發現那不是透過耳朵聽見的聲音，不是在乾燥的空氣中傳遞的平凡聲音。那個聲音發自他的腦海。

還有一個辦法。

凱登可以感覺到那種語言，就像迅速爬到山峰時耳中出現的壓力，或是塞在心裡的一塊石頭，很小，不會痛，被河流沖刷到表面平滑，但分量足以擠開其他東西。他反射性地開始抗拒。那個聲音削弱為細微的氣息，但他還是聽得出其中的意義。

*屈服，*那個聲音低聲道。*服侍。*

是長拳——同樣冷淡的信念，同樣的肯定，同樣的節奏——但又不是長拳。那些音節在凱登耳中剝離了厄古爾口音，消磨掉所有語氣，彷彿根本不是文字，只是文字的概念。

倘若不服侍，你將無法存活。所有人都會死。

壓力再次襲來，比之前更強大，在心靈中展開，一朵美麗的花，明亮如日，迅速綻放。一顆即將孵化的蛋，堅決的喙敲裂光滑的蛋殼。凱登感覺得到蛋殼分裂、粉碎，劃開他自己的思緒。他伸手扶住谷壁，站穩腳步，閉上雙眼，感覺墜入無底黑暗，彷彿全世界都變成一口井，而那個聲音自井底傳來。

你可以超越自己。凱登燃燒之眼的影像浮現。超越這具皮囊。另一個影像，這一次來自遠方，一條可憐兮兮的身影跪在沙石岩架上。他過了很久才發現那個縮成一團的凡塵生物叫什麼名字：凱登。這兩個字很耳熟，但是感覺並不重要。可憐的小男人背上扛著一道光芒耀眼到觸眼灼痛的身影。

你可以成為這個，只要屈服。耀眼的身影說。

一股宛如寒火般的灼燙感劃過心靈。

一股慾望，彷彿飢餓一週後般強烈，想要燃燒的慾望。

沒錯，讓你自己燃燒，我會接管這具軀體，讓它成為神。那個聲音說。

一道沖天大火，宛如正午天空般湛藍、神聖、難以忽視。

沒錯，沒錯。神說。

但那個聲音底下出現另一個聲音，宛如昨日微風般細微，難以揚起塵土，屬於凡人，註定滅絕。反抗。

心靈是火，心靈是火。心靈是火。這個聲音堅持。

接著，心中聽見這句話的部分，認出那句諺語的部分，依然是凱登自己的部分，低聲回應：吹熄火。

他睜開雙眼。頭頂的太陽已經移位，光與影的分隔線彷彿用鑿子刻劃而出，落在他的臉上。

長拳還活著，在他耳邊虛弱呼吸，但體內的神幾乎陷入死寂。

「祢想占據我。」凱登大聲說。他的聲音聽起來很奇怪，像石頭一樣乾澀。他的舌頭腫大。「想奪走我在自己心裡的地位。」

只有這個辦法。

那個聲音還在他腦中，不過比之前虛弱，彷彿點燃第一道火的燃料已燒盡。

「我不是祭司，」凱登說。「我和祢此刻附身的厄古爾人完全不同。我從未崇拜過祢，你自己也解釋過，我的心靈不曾做好準備。祢不能進來。」

除了崇拜還有其他辦法。遭受玷污的辦法，但一樣是辦法。

接著，神彷彿透過可怕的多重聲道對他說話，凱登聽見對方幾天前所說的話：*你們人類有可能挖走一塊你們的本性……*

「不，」凱登搖頭說，再度看見崔絲蒂眼中的困惑和自我厭棄，第一次瞭解那種感覺。「不能為了這種事。」

你若不屈服，瑟斯特利姆人就贏了。

凱登從肩上抬起厄古爾大酋長，奮力撐著軟癱的軀體平放到岩架邊緣的石地上。長拳閉著眼睛，透過染血的嘴唇發出刺耳的喘息聲。這人瀕臨死亡，但話說回來，那是什麼意思？長拳，如果真的叫長拳，在肉體被神占據之前就已經死很久了，就算沒死也消失了，融入神的心靈之中。

*長拳獻出自己，你也必須如此。*神說。

凱登試著想像那種情況。和辛恩追求的自我毀滅不太一樣，有點接近，但更糟糕：扭曲，轉變為某種凶狠又不朽之物，一個充滿鮮血和尖叫的生物。要變成那樣還不如消失，最好還是直接抹消存在。

除非……

崔絲蒂抗拒了神。似乎沒人瞭解那是怎麼回事，但她抗拒了女神，接納女神，然後又把女神鎖在心靈某個遺忘的走道上。她在身懷席娜時保有自我，而她沒有受過空無境界的訓練，沒有花多年時間研究自我心靈的形狀和動作。如果她能找出辦法，或許他也可以。

垂死之神在凱登開口前看出他的想法。

不，別想關我。梅許坎特說。

凱登腦中再度出現壓力，企圖把他逼出來。

屈服。

凱登冷冷搖頭，奮力反抗。這一次很輕鬆，毫不費力。神越來越虛弱，在世界中凋零。

你為什麼想要繼續當自己？能夠演奏音樂時，你為什麼想當長笛？

「我知道祢的音樂。」凱登回答。「我聽過。」

他能看見人們被焚燒，看見安努被痛苦帝國取代，男人、女人和小孩被鐐銬拖至上萬座祭壇慘叫流血。他看見他們身上掛著自己的苦難，被迫拖在身後，宛如巨石扛在肩膀上，直到徹底崩潰。他看見坐在王座上統治一切的是他自己，但又不是他自己，而是一個戴著他臉皮的神。

「不，」他搖頭說道。「不。」

那這具肉體將會死亡，我的影響力會消失，你就會崩潰，全人類會崩潰。少了我，你們沒辦法生存。

「不會。」凱登說。

他將視線轉向內在，研究心靈的形狀和空間。辛恩教他步出自我情緒的邊界，在缺乏歡愉和痛苦的情況下對自己提出建言。空無境界除了空蕩蕩的空間外還算什麼，世界最大的海洋下一個完美的圓球氣泡？他不能步入出神狀態，以免陷入已經成癮的冷漠中，但他不必進入自我虛無就能挖開一部分自己。他的心靈中有足夠的空間容納他和神的心靈：崔絲蒂就是證據。

要清出那塊空間十分簡單，他從前就已經做過上千次，但要待在那塊空間之外就難多了，要活在日漸累積的焦慮中，不能潛入空無境界。空無會呼喚他。

「好了。」凱登說。「我不要當祢的奴隸，但可以帶祢走。」

沒有回應。神的心靈一片死寂。

我太遲了，他心想，在長拳胸口找尋心跳或呼吸的跡象。這人在我呆立爭辯時死了。

接著，宛如一把劍狠狠插入劍鞘般猛烈，神出現了。凱登在那股巨力下轉身，迫切地伸手壓住雙眼，很肯定自己犯了什麼錯，把自我割讓給梅許坎特。他等待痛苦浮現，接著慢慢意識到他完全不痛。他站直身體，打量厄古爾大酋長的屍體。長拳死了，黯淡的藍眼呆呆望著天。

凱登謹慎地審視內心。他可以感覺到神的心靈棲息在體內，明亮，出奇鋒利，但沒錯……插在鞘裡。

我不會當你的奴隸。遠比世界古老的東西咆哮著。

當凱登終於回應時，他大聲說話，彷彿對石頭和天空說話，對峽谷的斜坡說話，對某樣不是他自己的東西說話。

「祢別無選擇。」

這也是辛恩教他的：凝視超越情緒的事實。他能困住神，囚禁神，只要建立起適當的牆壁，放下適當的鎖鏈，確保痛苦之王掙扎時不會斷裂就行。

43

任何戰鬥開打前都會經歷等待。在暴力的瞬間，瓦林的殺人技巧不亞於任何人，但在漫長的準備過程中，他完全迷失在自我的盲目裡。他能聽見胡楚和她族人在東方某處樹林裡砍樹，能感覺到他們拖著巨木去堵住古堡壘大門和門道屏障時引發的地面震動。他能聞到男男女女身上的汗味、馬的汗沫，以及剛砍倒的冷杉散發的甜膩樹脂味。他感覺到周邊的一切，即將到來的暴力宛如夏季風暴般凝聚，但完全無法備戰。

趁厄古爾人忙碌時，他沿著舊石牆走了一圈。從陸地與哈格河交會的西方堤岸到東邊的塔樓共計一百零八步，塔樓再過去的地面長滿青苔，變得濕軟，軟到他膝蓋都快沉進去。古密爾頓人瞭解地形，這點無庸置疑。數百年後，這裡依然是作戰的好地方。

堡壘本身又是另一回事。瓦林徒手就能挖出石頭之間的泥灰。大部分石牆都有十呎高，足以阻擋馬背民族，但當他爬到牆頂道時，鬆脫的石頭會在腳下搖晃。半數幫助守方抵擋弓箭和長矛的壁壘都坍了，只剩下一些石塊可供躲藏，能夠提供的守護有限。他輕輕一推就推開一塊石頭，聽著石頭順著石牆北面滾落墜地。開打之後，他們或許能拿幾塊石頭丟到厄古爾人身上，但那樣會進一步摧毀石牆，就像把自己的手臂扯下來當棒子甩一樣。

石牆每隔三十步就有一座塔樓。最初，塔樓能為弓箭手提供更遠的射界，充當指揮官的制高點或傷兵的庇護所。現在，塔樓都垮得差不多了，牆上到處都是阻礙通道的亂石，而那些通道在激戰方酣時對守方非常重要。瓦林不能建造屏障或挖戰壕，但可以清理城垛，於是他一個早上就在忙那個。抬得起來的石塊就放在坍塌的壁壘上，那些石頭至少能拿來砸人腦袋。有些石頭重到抬不起來，但瓦林還是盡量把它們推開。

他忙到肩膀痠痛，雙手染血，即使在塔樓可以通行後他還是繼續工作。不這麼忙碌，他就得坐在正午的黑暗中乾等。當他出腳踢開最後幾塊碎石時——就算是雞蛋大小的石頭也可能把人絆倒或弄傷腳踝——安努軍終於趕到。他在部隊位於一里外時就聽見他們靴子重踏地面的聲響，隨著他們逐漸接近，他開始聞到被血和汗浸濕的羊毛味，以及皮革和磨亮鋼鐵的味道。還有恐懼。安努士兵渾身散發出的恐懼。

很難想像他們竟然還能移動。那種程度的恐懼理應擊垮他們，軟化雙腳，讓他們在厄古爾人趕往南方時倒在馬蹄下的地面胡言亂語。瓦林停止手邊的工作，伸直脖子和肩膀，凝望北方的黑暗。驅使他們的動力為何？他們為什麼還不放棄？

隨著他們接近，他聽見喘息聲和數十顆心臟跳動的聲音，比腳步聲輕，但更激烈。他能聽見他們的聲音。他們不是真的在說話，沒人還有力氣說話，但三不五時會有人說些隻字片語——

走穩，譚姆。

我們什麼時候要開始跑？

就說你變胖了……

全部都混在一起了，嚴肅規勸和苦中作樂的笑話，士兵絆倒時脫口而出的髒話和其他人立刻開始鼓勵夥伴繼續前進的言語。瓦林獨自站在牆頂默默傾聽，冷風撲面而來。那就是你的答案，他心想。他記得那種感覺，和別人並肩作戰時所感受到的力量。他記得和甘特在夸希島和虎克島之間的海域游泳，和萊斯一起受罰徹夜跑步，和荷．林一起在北方訓練任務期間一邊發抖一邊站哨。他記得那種力量，但已經很久沒和朋友或盟友並肩作戰了。安特凱爾之後的漫長黑夜中，讓他活下來的是某種遠比人類羈絆更深沉黑暗的東西，縫在他的肉裡，永遠無法與人分享。

當安努軍停在堡壘前時，瓦林低頭看了一眼。他的指節隱隱作痛，他發現自己剛剛一直在搥打牆頂，力道不重，但持續不斷，以石頭測試自己的血肉。愚蠢，他邊想邊把血擦在毛皮上。很快就會開打了，沒必要跟不會還手的石牆作戰。

下方，跳蚤的聲音破風傳來。「歡迎來到密爾頓堡壘。」

小隊長人在石牆北面，直到剛剛都在架設屏障，即使在說話時也依然沒有停止工作。瓦林聽見他把另外一根木樁插入土裡，一邊敲打一邊招呼士兵。一時之間，沒人說話，接著有個新的聲音回話，語氣充滿戒備。

「你是誰？」

「我叫安金。」跳蚤回答。「部隊是你在指揮？」

「對。」

「你叫什麼名字，指揮官？」

對方遲疑。「貝爾頓。」他片刻後說。「你是什麼軍階？」

「凱卓。」跳蚤回答。

這話在部隊中掀起一陣議論。跳蚤沒有進一步說明，也沒有停止工作。

「如果你是凱卓，」貝爾頓過了一會兒問。「他們是誰？」

「厄古爾人。」跳蚤說。「跟我們一夥的。好厄古爾人。」

貝爾頓啐道：「沒有那種人。你跟一群幹馬的傢伙在一起做什麼？你的鳥呢？」

「鳥死了。如我所說，這群幹馬的傢伙和我們是一夥的。」

「我不喜歡。」

「現在的情況沒得挑。不到一百五十人要守住城牆，而城牆搖搖欲墜，大門兩百年前就爛掉了，備戰也只有一天的時間。我們沒有後援，沒人知道我們在這裡，就算知道，他們也不可能及時趕到。」即使看不見，瓦林還是可以想像跳蚤疲憊聳肩的模樣。「在這種情況下，我會說多十幾個戰士是你應該要喜歡的事情。」

「凱卓是一回事。」貝爾頓警惕地說。「我們很樂意和凱卓並肩作戰，但我們一整年都在對抗那些厄古爾混蛋。如果問我的話，我們應該趁有機會時砍掉他們的腦袋，割斷他們的喉嚨。」

「我沒問你。」跳蚤輕聲回答。他的斧頭首次停止發出聲音。厄古爾人正在東方四分之一里外砍樹，但很快就會回來。瓦林伸手放在一把冰冷的鋼斧頭上。

貝爾頓在崎嶇的地面上改變站姿。瓦林感覺到他手下情緒緊繃。在奎林群島上，他見過有人為了更瑣碎的事情大打出手，但這裡可不是大打出手就算沒事了，一旦他們動手就會死人。

很好。心中某個黑暗的角落低聲應和。

有暴力就有視力。

士兵開始拔劍出鞘。趕回來的厄古爾人以其液態般的語言表達不滿。他們也放下手邊工作，彷彿等著衝突展開。再過幾下心跳，一切就會不可收拾。

很好。

瓦林咬牙搖了搖頭。開打很好，但是時機還不成熟，在包蘭丁抵達前還不夠成熟。比起沒頭沒腦的暴行和隨之而來的黑暗視力，他還是比較想聽吸魔師的慘叫，想到場見證在浩爾大洞中謀殺荷．林的人終於伏法的模樣。

他一腳踏上一塊剛剛放在牆頂的石頭，輕輕往前一推。石頭摩擦牆面滾了下去，在底下的廢石堆中碎成兩半。安努軍紛紛警覺呼喊，金屬摩擦聲不絕於耳。瓦林提高音量。

「你們的朋友死了。」他指著北方說。「他們堅守陣地，好讓你們趕來這裡。」

霎時間，所有人都沉默了。

「當然，你們也死了。」瓦林繼續說。他感覺到眾人的目光轉移到自己身上。「你們像活人士兵一樣走路說話，但你們是屍體，全部都是。你們和昨天被拋下的弟兄一樣是死人，你們能站在這裡，而不是躺在那裡任由馬匹踐踏的唯一原因，就是跳蚤把你們帶過來。這座石牆只是另外一個葬身之地。」

「看在浩爾的份上，你又是什麼人？」貝爾頓謹慎問道。

「就是另一個死人。我告訴你一件事，以屍體對屍體的立場來說：死人沒權力決定太多事情，但你還有一個選擇。你可以為了拯救你的帝國而死，或你的共和國，或隨便你怎麼稱呼它。你也可以死得毫無價值，在這個鬼地方為了一件芝麻蒜皮的小事，對抗一群和你們目標一致的人。這兩者或許沒有什麼差別，畢竟選哪個都會死，但你們還是要做個選擇，搞不好是最後一個選擇了，所以最好謹慎決定。」

城牆下方安靜了很長一段時間。接著跳蚤開始笑，低沉、諷刺、只比微風大聲一點的笑聲。

「你知道，」他過了一會兒說。「開打前的演說通常都比較振奮人心。少點死亡，多點驕傲和反抗。」

瓦林哼了一聲。「要我再試一次嗎？」

「不用，你已經搞砸了。」瓦林聽見小隊長轉回去面對安努軍。「所以，你們想要現在和好厄古爾人作戰，還是待會兒和壞厄古爾人作戰？」

風刻穿石頭。士兵改變站姿，輕輕咳嗽。

「我之所以會這麼問，」跳蚤繼續解釋。「是因為有很多事要做。如果我必須殺了你們，我想現在就動手，免得妨礙我搭建這座柵欄。」

「好吧，」貝爾頓終於不情願地表示。「我們並肩作戰，管好你的寵物蠻族。」

♛

席格利在天黑前抵達堡壘。女人上陣殺敵，奔波了一整天，但她身上一如往常散發著淡淡的優雅香味，這次是薰衣草、玫瑰水，以及瓦林叫不出名字的東西。安努士兵在她出現時瞪大眼睛停止工作，等她說出其他人的消息——留下來斷後的安努人，他們丟下的朋友。席格利不理他們，找到在山丘上的紐特和跳蚤，他們在上面研究地勢，安裝炸藥。即使風聲喧鬧，瓦林還是輕易就能聽見他們的談話。

「還有多少時間？」跳蚤問。

席格利以其特有的語言回答。

「比我預料中好，」跳蚤回應。「我以為他們今晚就會趕到。幹得好。有其他倖存者嗎？」

瓦林不用看就知道席格利在搖頭。

「是人都逃不出命運。」紐特沉吟道。

「希望包蘭丁也一樣。」

警語家停頓片刻。「這裡的炸藥足夠炸死六頭牛，但重點還是他站的位置。如果他待在山丘中央，我們就贏了。如果不是……可能不行。」

「交給我。」跳蚤說。「引信會燒多久？」

「半個早上。」警語家表示。「我一聽見馬蹄聲就會點火。火都在土裡悶燒，他看不見，也聞不到。」

「半個早上。」跳蚤面無表情地說。「這表示我們必須守住城牆半個早上。妳還剩下多少法力，席格？」他問。

紐特翻譯吸魔師的答案。「到時候她的力量就會恢復，但已經兩天沒睡了，而且大部分時間都沒閒著。她只能再從魔力源中取得一點法力，再多就不行了。」

「好吧，」跳蚤說。「到牆後去睡一下。紐特，我們去戰場上裝設點嚇人的炸藥，看看能不能嚇阻那些馬。」

瓦林全神貫注地聽他們說話，以至於有人接近到十餘步外，他才發現沿著牆頂走來的腳步聲。他轉身，本來以為是胡楚，但腳步不對，氣味也不同。這人情緒激動，並沒有胡楚那種獨特的剛毅，也沒有馬和毛皮那種溫暖濃厚的氣味，而是散發出一股上油的鋼鐵和疲憊的味道。

「很抱歉打擾你，長官。」來人是一名安努士兵。「我奉命防守這一區牆頂。」

瓦林攤開雙手。「交給你了。」

他不想說話，但也不想移動。如果這個可憐的混蛋想要防守石牆，歡迎他來。一段時間內，他們兩個就相隔數步站著，一動也不動。瓦林試著傾聽北方即將傳來的馬蹄聲，但只有聽到砍木頭的聲音、士兵的咒罵、西邊的流水聲和斷斷續續的風聲。

「你真的認為他們死了？」士兵終於問。「我們留在北方的人。」

他問得很慢，聲音很輕，彷彿害怕提問，不是真的想聽見答案。瓦林不耐煩地吐了口氣。

「對。」

「全部？」

瓦林指向牆下的席格利。「她在這裡就表示她不在那裡，同時也表示沒有吸魔師在保護你的朋友。你見過包蘭丁和厄古爾人作戰的模樣，你告訴我，你認為你朋友還活著嗎？」

「總是有機會。有希望。」

「你的希望錯了。你應該要希望他們死了，因為如果沒死，他們就落入包蘭丁手裡，你知道他是如何對待囚犯的。」

這些話很殘酷，或許太殘酷了，但迴避事實沒有任何好處。對方聽起來很年輕，但半數被捲入戰爭的人都很年輕。安努軍和厄古爾人作戰過，他可以接受真相，可以面對真相。

瓦林想要轉身，忘掉對方，繼續安安靜靜地站崗，但身後士兵的呼吸聲轉為急促。

「那些天殺的混蛋，」安努士兵怒罵，空氣中瀰漫著眼淚和汗水的味道。「我要殺了他們。我要殺光他們。」

瓦林閉上雙眼。年輕士兵的哀痛和塵霧一樣濃重。瓦林很想步出那片霧，在牆上找個只有石頭和風的地方，但沒有那種地方。安努人在備戰、保養武器、試推瓦林為了抗敵而擺在壁壘前的鋒利石塊。到處都有人，到處都有哀痛，就算走一輩子也走不出那片哀痛之霧。你可以渡河、橫渡大陸、渡海，但也只會找到其他同樣充滿哀痛的新城市，所有生命都經歷可怕的遭遇，每個男人和女人都在哭泣。

「他們殺了你朋友？」他問。他的語氣聽起來粗魯又冷酷，帶有一點嘲諷的意味。

士兵沒有回答。他啜泣到渾身顫抖。沒什麼不尋常的，男人打仗會哭，上陣前、上陣中、上陣後。如果瓦林運氣好的話，哭泣可能就是最糟糕的情況，這傢伙哭完之後就沒事了。如果瓦林夠幸運，對方就不會闡述自己啜泣的故事。

但他沒那麼幸運。

「我兄弟，」士兵終於說。「我的兄弟在那裡。」

「兄弟」這個詞語彷彿具有魔法，令瓦林眼前的黑暗轉動，充滿凱登的回憶。根據跳蚤的說法，他還活著，不知怎麼回到安努的，甚至把帝國從艾黛兒手中奪走。在安特凱爾之前，知道這些事會讓瓦林欣慰，讓他感到驕傲。但現在當他在心中刺探那些情緒時，他卻毫無感覺，情緒該在的地方現在只是個漆黑大洞，沒有光，深不見底，宛如冬石般冰冷。他能看見凱登的臉，能在心中聽見他的聲音，但剩下的就只有一片空無。

「你兄弟叫什麼名字？」瓦林問。

「歐伯隆。」士兵回答。

瓦林轉頭面對年輕士兵。「那好吧，你最好希望歐伯隆死了。」

♛

黎明時分，雷聲響起。不是天空被閃電撕裂的那種雷，不是寂靜之中偶爾傳來的一道雷鳴，而是持續不斷的低沉隆隆聲——是馬蹄雷鳴聲，來自北方遠處，瓦林必須拉長耳朵才能隱約聽見，但越來越響亮。他自昨晚休息的冰冷角落中起身，沿著年久失修的通道摸索前進，來到室外，爬上石牆。東邊的沼澤升起了濃霧，濃郁如煙，潮濕且充滿植物氣味。太陽可能是被雲遮住，不然就是還沒有升起到足以提升氣溫的位置。

安努士兵一晚上都待在石牆上，他們的打呼聲跟北方的隆隆聲形成柔和的對比。瓦林走在他們中間，考慮著要不要吹響警報，接著打消這個念頭。根據他的判斷，厄古爾人至少還在十里之外，堡壘或許還有什麼事情可做，最後的準備之類，但所有重要的工作都做完了。再說，這些在睡覺的人很可能永遠沒機會離開這堵石牆。他們在晨霧中作的夢，也許是夢魘或賴以逃避的明亮脆弱世界，很可能是他們最後一個夢。

瓦林小心跨過沉睡的士兵，通過他們繼續沿著牆頂走，來到一座塔樓，爬上殘缺的石階，抵達塔頂。沒什麼好看的，他也看不到，但這裡的空氣感覺比較清新，沒那麼多塵土、尿味和絕望。

太陽終於冒出晨雲後，跳蚤在塔頂找到了他。瓦林認出小隊長爬台階上塔的腳步聲，右腳稍微重一點，彷彿有道舊傷一直沒有痊癒，也認出了那強而有力的心跳。跳蚤爬上了塔樓，就在瓦林身邊。他站在一步外沉默了許久。東方樹林中傳來鳥叫聲，由五十雀、山雀、松鴉和夜鷹，上千道合聲演唱的歌曲。瓦林試著解構它們，分辨出一首獨立的旋律。

「你該離開，」跳蚤終於說。「你除了礙手礙腳什麼都不能做。」

瓦林拋開鳥的歌聲，反正北方的馬蹄聲已經淹沒了它們。

「我不會礙手礙腳。」

「你瞎了。」

「只有沒在作戰的時候，只有我沒面臨死亡的時候。」

跳蚤安靜了一會兒，然後遞給瓦林一塊肉乾。「那就吃。」

瓦林搖頭。「我在森林裡生存了很久，然後才跟他們來找你們。」

「了不起，但你還是須要吃東西。」

瓦林轉身面對他，慎選用字遣詞，試著壓抑逐漸猛烈的怒氣。「你不知道我需要什麼。」

他的語氣會令任何人卻步，但跳蚤絲毫不以為意。「不，」他輕聲道。「我知道。我看著你長大，瓦林。我訓練你。」

「你訓練的是和夏草一樣軟弱的笨小孩。相信我，我不是那個小孩了。」

「我知道。真可惜。」

瓦林一時無言以對。「可惜？」他終於說。「真可惜？那個小孩很軟弱、反應慢、很愚蠢。我現在或許沒有眼睛，但從前才真是瞎了狗眼。我失去了鳥，失去了隊員，對萊斯的死袖手旁觀，為了什麼？為了讓我姊姊捅我一刀。暗殺伊爾・同恩佳的行動不但失敗了，人還摔下高塔。」

他的呼吸火熱且急促，心跳快到像是剛跑完五里路，但話還沒說完。

「現在我殘廢了，直陷浩爾之中，但不再愚蠢，不再軟弱。如果現在決鬥，你跟我，就像在阿塞爾那樣，我會殺了你，把你砍成肉醬。」

他本來沒打算說這種話，但那是事實。即使怒不可抑，他還是感到心裡有部分並非屬於他自己，那部分被史朗獸持續凝聚、蓄勢待發的力量所玷污。任何人，包括跳蚤，都不能與之匹敵。

「你訓練我，」他繼續說，聲音只是微弱的低吼。「只是我多花了一年的時間才學會你教的東西。」

「不，」跳蚤回答。「我不是要教你這個。」

「你不相信我，沒關係，就等厄古爾人殺到。」

「我不是在講作戰。」

瓦林搖頭。「那你是在講什麼？」

跳蚤沉默了很長一段時間。

「你知道我加入凱卓的原因嗎？」他終於問。

「別給我一堆保護帝國、維護法紀之類的狗屎。」

「不會。我來自干納波亞，起初根本不知道自己是帝國的子民。我加入凱卓是因為蜚恩。」

瓦林腹部一陣絞痛。「黑羽蜚恩。」

他聽見跳蚤點頭，小鬍子刮過羊毛的聲音。「他也是干納波亞人，是船長之子。大家都忘了他來自干納波亞，因為他的膚色很淺。總之，凱卓來招募人才時，蜚恩加入了。而因為我愛他，所以我也加入。」

瓦林沉默不語。森林裡的鳥都安靜下來，彷彿牠們也聽見了遠方的馬蹄隆隆作響。愛。他從未聽凱卓說過這個字，那是猛禽指揮部努力在浩爾試煉之前透過訓練讓學員放棄的東西。

「當時我並不會形容那種情緒，我們都是孩子，他是我最好的朋友。我無法想像在沒有他的情況下繼續待在干納波亞。蜚恩很擅長射箭，小時候就很厲害了。凱卓帶著測驗和訓練贏家的承諾來到島上時，蜚恩很肯定猛禽指揮部會錄取他，而他沒錯。」

「而我，我什麼都不懂，就連匕首該握哪邊都不知道。所有人都說我是笨蛋，我會在半數干納波亞人的笑聲中於格鬥場內被人痛扁，結束。」他頓了頓，回憶當年。「他們沒說錯，至少痛扁的事沒有。重點在於，他們不知道我有多想加入。我認為只要繼續爬起來，只要繼續打鬥，凱卓就會收我。如果他們收我，我就能繼續待在蜚恩身邊。那場架打完後，我斷了三根肋骨、兩根手指、一邊腳踝。他們把我拖走時，我嘴裡咬著一個年長男孩的半個耳朵。我足足有一個月不能走路，但我還是來到奎林群島了。」

「我以為我完蛋了，但你知道那是什麼情況，離完蛋差得遠了。訓練、試煉、早期任務、更多訓練。那些東西足以把人逼瘋。我眼看著訓練逼瘋男人，逼瘋女人。我眼看著訓練擊潰他們。」

「但你沒有崩潰。」瓦林說，聲音沙啞。

「對我而言很容易。」

「容易。」瓦林咳嗽。

跳蚤停頓。「至少不複雜。」他更正。「我只須要考慮一件事：只要操練夠嚴格，只要我夠好，我就能和蜚恩在一起。如果發生糟糕的事情，我可以保護他。那就是我每天早上游那座天殺的海灣時在想的事情。那就是我每次在格鬥場中揮劍時在想的事。每一次桶降、每一次疾抓上鳥、每一次研讀地圖、每一次上語言課，我總是在想，這或許就是能保他一命的東西，或許就是能救他的東西。」

他又陷入沉默。牆上的安努士兵開始大聲提問和下令，準備作戰。跳蚤毫不在意。

「那現在呢？」瓦林輕聲問。

「現在？我老了，蜚恩死了，但習慣還在。我就算想刻意晚起也未必辦得到。」這話說得很輕，但瓦林在男人的聲音中聽出悲痛。

「為什麼告訴我這些？」瓦林問。

跳蚤過了一下心跳後回答。「我猜有兩個原因。首先是要道歉，阿塞爾的事本來不必那樣收場，即使在蜚恩死後也是。是我失控了，無法控制自己，也無法控制我的小隊。」

「你沒有失控。」瓦林說。「我扔了我的劍，你卻讓我活下來。」

「我在追殺顱誓祭司，不是你。」跳蚤再度搖頭。「但若有必要，我會踏過你的屍體。我會為了殺她而把你們殺光。我犯錯了。如果那天晚上不是那樣收場，我們或許可以拯救很多人。」

瓦林說不出話來。幾個月來，阿塞爾的事一直如尖石般卡在他心裡，罪惡感壓垮他，銳利的邊緣劃破所有接觸到的東西。這段日子以來，他從未想過另一種可能，或許這並非全是他的錯。

他開口想說什麼，隨便什麼，但跳蚤已經繼續說下去。

「第二個告訴你此事的原因，更重要的原因，在於你弄錯了。我知道現在人們如何看我，就算在奎林群島上也一樣。我是殺手，理論上是全安努最強的殺手。或許我是，因為我劃開過很多人的身體，有些人罪有應得，有些人卻罪不致死。我從未說過我們做的是對的，我不是，我的小隊不是，猛禽指揮部不是，但我總是為某樣理念而戰。」

他沉默。

「然後呢？」瓦林問。他發現自己屏息以待，胸口彷彿有火在燒。

「你，瓦林，你只是在作戰而已。」

44

凱登輕而易舉將長拳僵硬的屍體翻過懸崖，推入下方的滾滾河水中。現在肩膀上少了厄古爾大酋長，跑步應該會更輕鬆。長拳身材高大強壯，肉體更具有實質的重量，扛著他，就某方面而言，和挑石頭或提水桶沒多大不同。雖然凱登在安努生活一年後身體變虛弱，肌肉和骨頭還是記得這種勞動的感覺。然而，世上沒有任何事物能幫他面對心裡寄宿一個神的壓力。

這種概念太廣大，太刺眼，無法直視，於是凱登試著把它拋到一邊。伊爾・同恩佳的士兵在身後不遠處，而崔絲蒂已經從前方消失，如果他沒趕在安努人之前抵達坎它，他們就全都會死。神很安靜，或許很困惑，或許準備對宿主展開更猛烈致命的攻擊，但儘管安靜，儘管虛無縹緲，那股外來的壓力還是壓向凱登，讓他瀕臨崩潰。

*先找到坎它，安然抵達另一側後再來面對此事。*凱登對自己說，跌跌撞撞地跟隨崔絲蒂的腳步前進。

峽谷變成岩架，岩架變成斜坡，斜坡變成殘破的台階，經歷數百年來風吹雨打磨蝕光滑。凱登不知道是誰開鑿這些台階，何時開鑿，為何開鑿。不過那都不重要，重要的是這些台階提供出路，通往自由。於是他沿著台階往下、往下，順著高聳的沙岩崖壁蜿蜒而下，一百階，兩百階，直到抵達谷底，進入一座由古老建築組成的小鎮大小迷宮。

整座迷宮建立在比河道高一點點的狹長岩架上，漲潮線的碎屑標示出還沒坍塌的建築最低的石塊。大部分位於河邊的建築都被沖走了，有幾座房子在水流中搖晃，彷彿快要倒塌，但還沒倒下。所有建築都是用大沙石磚建成，顯然是從附近懸崖挖來的。曾經把它們黏在一起的厚重黏土大部分已經破裂，腐蝕了基礎，使牆壁留下巨大的缺口。

崔絲蒂的足跡直接通往中央大道，但凱登有些猶豫，在冰天雪地的骸骨山脈培養出的危機感令他後頸起滿雞皮疙瘩。他四下打量傾倒的建築物正面和門後的景象，尖碑和大台座破碎散落，不知道是因為風化侵蝕還是被自己的重量壓垮。岩壁上挖開的洞室放著一排看起來像祭壇的巨石，不過沒有文字指出這些祭壇是為了祭拜哪位神而建。這些古老的石頭很奇特，出乎意料，但令凱登擔心的並非石頭。

他隱約聽見身後傳來安努士兵的聲音，他們的靴子踏響上方岩架，叫聲在峭壁間迴盪。他閉上雙眼，深吸氣，吐氣，然後再度睜開眼。這個動作耗掉了寶貴的時間，但他還是看不出這些古老建築為何令他卻步。

*看更多並不表示能瞭解更多。*記憶深處傳來希歐．寧的聲音。

凱登嚥下內心的不安，再度開始奔跑，跟隨崔絲蒂的腳步進入廢墟之間。她肯定不知道坎它在哪裡，但她的足跡卻毫不遲疑。如果有什麼值得一提的，就是她跑得比之前更快，驚慌失措地盡可能拉開自己與後方追兵的距離。*盡可能拉開和我之間的距離*，凱登發現。插在刀鞘裡的腰帶匕首不斷於奔跑途中拍打他的腿，提醒他剛剛自己威脅要對女孩做的事情。

「崔絲蒂。」他喊了一聲，停下來傾聽動靜。在這裡停步很危險，喊叫也很危險，但如果她錯過了坎它，可沒有時間折返。

「崔絲蒂！」他又喊了一次。

毫無回應，只除了凱登自己在翻騰河面上顯得單薄空洞的回音。梅許坎特在他心靈的大迷宮裡蠢蠢欲動，沒有說話，但凱登能感應到神的迫切和憤怒。不屬於凱登的想法和情緒湧了出來，試探著，尋找解脫的辦法。

「不。」他喃喃自語，推開所有角落，專注在他打造的牢房上。牆壁都在，牢不可破，但不過長拳死亡這一會兒時間，神已經開始削弱屏障了。這是一場無聲且暴力的攻擊，而凱登感覺得出來，攻擊就和河流一樣永不止歇。梅許坎特在他體內，用難以想像的神聖水流沖刷他的心靈之牆，尋找和大海一樣遼闊的自由。「不。」凱登又說一次，多花一下心跳的時間強化自己，撐起那些隱形牆壁，然後再度展開行動。

他跑過下一個轉角，幾步後進入一座小廣場。他繼續奔跑，腳下不停，心靈卻開始分析眼前的景象。廣場上有好幾十名武裝人員一手持弓一手舉劍。他們沒穿制服，但布署、隊形和站立的姿態，在在顯示出同一個結論——他們是士兵，安努士兵。凱登停步，腦中爭分奪秒地思考著，企圖弄清楚當前處境，想出另一個辦法，尋找逃生之路。

「哈囉，凱登。」說話的人斜躺在一塊大石頭上，手肘撐石，一腳蹺在石頭上。和旁邊隨時準備動手殺人的士兵不同，這個男人一副應該在彈豎琴，或拿瓷碗吃美味木瓜的模樣。

不，不是人。凱登的骨頭變得冰冷。

他從未見過此人，但見過那張面孔，彷彿多年之前在席娜神廟中研究過一樣。那幅畫是崔絲蒂的母親親手畫的。但她畫得不對，他黯然地想。不太對。她有捕捉到此人銳利的眼神和漫不經心的笑容，也畫出了那種饒富興味又輕蔑不屑的神情，卻錯過了隱藏在那之後的空洞。她畫的是凡人將軍伊爾·同恩佳，但沒有發現那張臉孔下的內心不同一般，充滿惡意，屬於瑟斯特利姆人。

「跑。」將軍面帶微笑地說，慵懶揮手。

事實上，凱登正打算這麼做，但這個字令他卻步，觸發了某種原始的戒心。

伊爾·同恩佳笑容擴大，彷彿早就料到他會有這種反應。「或別跑。其實差別不大。」

凱登感覺到梅許坎特在他心中靜得恐怖，宛如受困囚籠中的猛獸。在瑟斯特利姆人的注視下，凱登在神的牢籠外纏繞一層層自己的思緒，堆積他的恐懼、悔恨、困惑和已經失去的希望，拿所有屬於他的東西去隱藏體內的心靈。他不知道伊爾·同恩佳那雙非人的眼睛能看出什麼，但有一件事十分明白，絕不能讓瑟斯特利姆人察覺到神的存在。

「你不是——」凱登開口。

伊爾·同恩佳打斷他，笑著幫他把話說完。「在你後方追趕？不，追趕很累，特別是在這麼熱的地方。一開始就在正確的地方等待會更輕鬆。」

「你怎麼知道我們會來？」

肯拿倫抿起嘴，彷彿在思考這個問題，接著搖頭。他看起來幾乎有點遺憾。「我可以跟你討論行為模式和可能性，但意義不大。那就像對螞蟻解釋數學一樣。」他聳肩，彷彿這個話題已經解釋完畢。「總而言之，你在這裡。更重要的是她也在這裡。」他豎起拇指比向身後。

崔絲蒂。

女孩萎靡不振地癱在兩名士兵中間，披頭散髮，下巴垂在胸口。看不出是否有受到外傷，但她失去意識了。

「並非熱情的待客之道。」伊爾．同恩佳說，彷彿看穿凱登的心思。「但據我所知，她很危險。我可不想像茉莉殿那些可憐的人一樣變成一灘血肉。」他往旁邊側頭。「你當時在場，對吧？真的像傳言那麼慘烈嗎？」

驚慌突然來襲，像隻想掙脫鎖鏈的瘋狗。空無境界呼喚他，但他並不信任處於出神狀態的自己。他握住驚慌，一直掐到它停止扭動，讓他可以繼續思考為止。事實宛如寒雨般落在他身上：崔絲蒂還沒死。或許基爾猜錯了。或許伊爾．同恩佳還不知道女神的事。或許瑟斯特利姆人不想殺她。或許他們能逃走。崔絲蒂會醒來，席娜可以和之前一樣殺出一條血路。事情還沒結束，還沒結束，不可能結束。

伊爾．同恩佳手指敲打石頭，笑道：「總之，那是很好的教訓，是你讓我學到這一點，身邊隨時都要帶個吸魔師。」他懶洋洋地一比。

凱登順著他的手轉向一個站在十餘步外的彎腰禿頭老人。由於被武裝士兵團團包圍，凱登一開始沒注意到他。「大家都以為吸魔師是瘋子。」伊爾．同恩佳繼續搖頭說道。「這樣很不公平，真的。他們只是看待世界的角度……和你我不同。」

「你和我看待世界的角度也不一樣。」凱登沒想到自己能不慌不忙地說出這話。

將軍揚起眉毛。「喔，這個我可不敢肯定！訓練你的那些僧侶，那些辛恩，我認為他們真的抓到重點了。我敢說，如果我們坐下來談，你會發現你和我在很多事情上想法一致。」他眨眼，看了凱登一會兒，然後將注意力轉向老人。「不過呢，洛辛是有點不同，他很忠心，這點對我來說很重要。」

洛辛。凱登努力思索這個名字代表的意義。誰會拿歷史上最遭人唾棄的怪物之一來幫兒子取名？大部分人類忘記了瑟斯特利姆人，卻仍記得阿特曼尼人，記得他們帶來的恐怖統治以及毀滅。兩大陸各地，包含其外地區，所有人依然厭惡那些名字。

真相猛烈襲來，感覺像是有條皮帶抽過凱登光禿禿的腦袋。內心深埋在理性想法之下的部分看出其中的端倪：洛辛並非以阿特曼尼人為名，他就是阿特曼尼人。

伊爾．同恩佳微微湊向前來，似乎很想看清凱登恍然大悟的神情。「你懂了？」

然而，沒等凱登回話，他身後的士兵已經擁入廣場。他們全都滿頭大汗，後排有幾人彎下腰，雙手頂膝，胸口起伏。不過他們很快就立正站好，領頭之人伸手搥胸，高聲行禮。

「長官！」

伊爾．同恩佳輕輕點頭。「沙金，幹得好。」他望向後排的人，瞇起眼睛。「第三個人呢？和他們在一起的那個？」

這似乎不可能，但沙金站得比之前更直了。他雙眼注視眼前半步外的空間，看起來像是準備赴死之人。

「跑了，長官。從上方的懸崖直接跳河。」

伊爾．同恩佳看起來並沒有生氣。當然，他沒有能力生氣，不能真的生氣。凱登提醒自己。

「有趣。」伊爾．同恩佳終於說，注意力從部下轉回凱登。「那人是誰？」

凱登連忙編造一個似是而非的謊言，能讓這個不朽生物相信的謊言。「伊辛恩。」他在一下心跳過後說道。「和我一起來找崔絲蒂的，以免她傷害其他人。」

「那為什麼？」肯拿倫問。「為什麼明知可能被河水吞沒，還是要跳河？」

「人死了。」凱登說，盡可能讓謊言接近事實。「我是在隱藏屍體。」

「沙金。」伊爾・同恩佳問。

士兵輕輕點頭。「那個人受傷了，長官。傷勢很重。我很驚訝他能撐這麼遠。」

「描述長相。」

凱登緊張了起來。他無從得知安努士兵看見多少。他們整段追逐都在數里之外，但如果有人有望遠鏡，如果他們在峽谷裡找到清楚的視界……

「很高，」沙金回答。「其他看不清楚。」

「種族？」

士兵緩緩搖頭。「光線昏暗，長官。我們只瞥見幾眼，只能看見輪廓。」

「派一隊人沿著河搜，屍體或許會被漩渦捲上岸，或被樹枝勾住。」伊爾・同恩佳停頓，雙眼短暫飄向遠方，然後重新聚焦在凱登身上。「你的故事很有趣，而目前只說了個開頭。」

「並不算。」凱登回答。「我們來找崔絲蒂，我們找到她，然後你們來了。」

「崔絲蒂，」肯拿倫說，語氣很接近他無法感受到的歡樂。「你是這樣叫她的嗎？」

「她叫那個名字。」凱登回道。

「名字。」伊爾・同恩佳若有所思。「比面孔還容易穿上和脫掉。」他回頭望向崔絲蒂。她沒醒，也沒動。「我會先和她談。」他指向一座神殿廢墟。「去那裡。」

凱登不明白崔絲蒂為什麼還活著。伊爾．同恩佳知道女孩體內有女神，這是他擅離職守追殺她到帝國邊境的唯一解釋。他知道他已經抓住席娜了，卻沒有動手殺人……

因為他不知道，凱登發現，那個恐怖的希望自體內割開他。他不知道我們兩個都在他手裡。

據伊爾．同恩佳所知，他抓住了一半的獵物，只有一半。梅許坎特還在外面，如果瑟斯特利姆人想要困住痛苦之王，他就需要誘餌。這表示崔絲蒂安全無虞，至少暫時如此。然而，一旦肯拿倫發現他已經贏了，發現兩個神都在他掌握中，那一切就結束了。

梅許坎特在凱登內心受困的角落中無聲怒吼。

「我不知道你怎麼樣，」伊爾．同恩佳說，將注意力轉向凱登。「但我覺得很興奮。」

凱登打量那道漩渦。他手肘、手腕、腰部都被綑住，整個人被綁在身後的大石頭上，不過至少他還算自由，可以東張西望，欣賞六呎外河面上優雅的狂暴水流。在骸骨山脈當侍僧時，他花了很多時間研究山澗裡的漩渦，那是僧侶會吩咐他去做的費解功課之一，但凱登其實很享受這項功課。那些小河裡翻騰不休的水流中隱含一種堅持不懈之感，急流中帶有許多必然性，而漩渦就是唯一舒緩急流的地方。凱登一直不明白水流為什麼會停頓、變慢、折返，就某個奇特的角度來看，這逆流的現象有點類似寬恕，讓河水短暫逃離無可避免的命運。

當然，那是一場謊言。

水或許會停頓，但終究還是會流入大海。全世界都是奠基在數千個這種必然性上。拋出去的石頭肯定會落地，沒冰的肉會腐爛，白晝會變短，再變長，又變短。少了那些事實，整個現實框架都會晃動崩壞。你可以短暫遺忘，進入漩渦的假象之中，但世界的水流還是在四周奔行，避無可避。

屈服，梅許坎特在他心中低語，聲音很輕，但怒不可抑。不屈服就會失去一切。屈服。

他無從判斷這個神有多清楚當前處境。凱登嘗試對那些命令做出反應，解釋此刻的情況，同時又要把神的思緒深埋在心中，連他自己也幾乎聽不見。

把你自己交給我，神再度咬牙切齒道，然後陷入沉默。

凱登衡量各種可能。梅許坎特很強，在披著長拳外皮時就已經展示過這點了。重點在於，到底有多強？一個拿匕首的僧侶加上奇襲就差點幹掉薩滿和其體內的神，要不是凱登收容痛苦之王，僧侶已經幹掉梅許坎特了。梅許坎特很強，但強大同時也是弱點，即使是現在，神似乎也無法想像失敗，或沒在自己的勝利中結束的世界。祂有什麼理由這麼做？凱登疲憊地想。梅許坎特遇過什麼可能導致自身毀滅的挫折？

臣服於我，神吼道。

凱登搖頭，凝望緩緩繞圈的漩渦。

不。

午夜過後，他終於聽見碎石地上有腳步聲接近。

「下去，」伊爾．同恩佳對守門的士兵說。「我要單獨和我們的朋友談談。」

等其他人遠離到聽力範圍外後，肯拿倫走到凱登面前，把提燈放在矮牆上，半坐半靠著牆，雙手交抱胸口。

「那麼……」他親切點頭，彷彿是坐下來與久未謀面的朋友一起用餐。

「崔絲蒂呢？」凱登問。「你對她做了什麼？」

「我對她做了什麼？」伊爾．同恩佳問，伸指抵在胸口，似乎很是困惑。「看起來她比較像是在逃避你的魔爪。」

「她很害怕。」凱登說，推開那個事實。「很困惑。我沒有敲昏她，沒有下藥，也沒把她綁起來。」

「事實上，」伊爾．同恩佳回答，手指敲擊石頭。「你有。你讓那個可憐的女孩幫助你回皇宮，然後把她丟進那座荒謬的監牢裡。在相同的條件下，我想她恨你的理由遠比恨我充足。」

凱登搖頭。「她知道你是誰，我也知道。」

伊爾．同恩佳挑眉。「我是誰？」

「瑟斯特利姆人。」凱登瞪著對方說。「領軍摧毀人類的將軍，屠殺你們子嗣的幕後推手，弒神者。」

「喔，」肯拿倫回答懶懶地揮手。「那個呀。」

凱登有些不確定該如何回應。他不知道自己期待什麼答案，他也許會否認或反抗，什麼反應都有可能，唯獨沒想到他會輕描淡寫地帶過。

「問題在於，」伊爾・同恩佳繼續說。「只要挑出正確的字眼，你就能讓任何東西聽起來很糟，諸如種族屠殺、謀殺等等。你給不喜歡的事物貼上標籤，就有理由不必繼續多想。」

「這有什麼好想的？基爾說你殺過神，阿卡拉和柯林。他全都解釋給我聽了，你殺了祂們之後，我們對於自然界和天堂的崇敬，就這麼……消失了。我知道一切。這幾千年來你一直在想辦法殺更多神，古神，為了消滅我們種族……」

「沒錯，當然。但他有告訴你原因嗎？」

凱登瞪著他。「因為你恨我們……」話一出口，他就發現自己錯了。

伊爾・同恩佳搖了搖頭。「別傻了。恨對我來說毫無意義，你也知道。」他浮誇地嘆了一口氣。「這些年來，我一直努力修補壞掉的東西。」

「我們沒壞。」

「喔？」

「我們不一樣，不是所有生物都要和瑟斯特利姆人一樣。」

「當然不是，凱卓鳥就不是瑟斯特利姆人，狗也不是瑟斯特利姆人。」他停下來對凱登搖手指。「但你們……你們從前是瑟斯特利姆人，在新神弄壞你們之前。」

「能感受愛、忠誠、喜悅並不是壞掉……」

「那些只是鎖鏈。」伊爾·同恩佳不耐煩地解釋。「新神弄壞你們，讓你們變得軟弱，藉以奴役你們。最大的羞辱是，你們的新主人強迫你們崇拜。看看你們建造的神殿，你們崇拜席娜、厄拉、黑奎特，或隨便誰。聽聽你們的禱告：『拜託女神，給我喜悅。拜託神，別讓我繼續受苦』。」將軍搖頭。「我以為你不會這樣，凱登。至少你還有機會瞭解。」

凱登緩緩吸口氣，努力沉靜思緒。「什麼機會？」

「辛恩！」伊爾·同恩佳喊道。「你向辛恩學習。顯然你在那裡待得不夠久，但至少有瞥見真相。你必定見過一點自由自在、不受那些殘酷情緒奴役的生活有多美妙。」

凱登遲疑了。不管瑟斯特利姆人在玩什麼變態遊戲，這些話都很接近真相。在阿希克蘭那些年裡，凱登逐漸珍惜遠離人性弱點的自由，遠離一切冷酷需求。當然，那種自由並不完美，就連辛恩都會透過自我的骯髒窗戶看世界，但是絕對虛無的空無境界提供了更遠大的東西，更純粹、更清晰的生活。

「我們把話攤開來談。」伊爾·同恩佳說，背靠牆壁。「你知道女孩體內藏了個女神，我也知道。」

凱登眨眼，努力不讓想法呈現在眼中。

「你被洗腦了，和你的同類一樣盲目，被你們自己腦子的形狀扭曲。」伊爾·同恩佳繼續說。「但你不笨，凱登。你知道我不會為了一個吸魔師離開北境，大老遠跑來這裡。」他揚起眉毛，等待凱登回話。

「你想對她怎麼樣？」凱登終於問。

「我想殺了她！」伊爾．同恩佳興高采烈地說。「我會殺了她。」

凱登內心深處的梅許坎特扭動、掙扎、衝撞不是牆的牆。在早期的圖畫中，痛苦之王以老虎或大貓的形象現身，凱登現在就覺得腦中有隻老虎在流口水、來回踱步、低聲吼叫。光是和梅許坎特為伴就打亂了凱登從辛恩那裡學來的平靜，把神困在體內感覺更糟。他覺得被神的存在感染，感到不安，彷彿梅許坎特是顆墜入思緒止水中的巨石。與神搏鬥，將神囚禁，已經是一場艱苦的戰鬥，期間還要同時在伊爾．同恩佳面前保持冷靜，幾乎是不可能的事。

「你在等什麼？」凱登語氣緊繃地問。

伊爾．同恩佳嘆氣。「我需要她。」

「要她做什麼？」

「誘餌。」

所以，我猜對了。這個想法並沒有帶給凱登絲毫滿足。

「你以為能用她引誘梅許坎特。」他邊說邊搖頭，在聲音中擠出一絲輕蔑。「你真的以為神會做這種蠢事？」

伊爾．同恩佳只是微笑。「當然。你忘記了我曾對抗過這些神。」

「你輸了。」凱登指出事實。

肯拿倫聳了聳肩。「戰役並非戰爭。席娜現在在我手裡，梅許坎特肯定會來，到時候我就殺了這兩個神。」

凱登咬牙。「你是想嚇唬我？」

「沒有苦難的世界，有什麼好怕的？」伊爾．同恩佳說。「沒有痛苦或仇恨的世界，有什麼好怕的？人類不會被慾望的枷鎖控制的世界，沒人會在小孩的墳前哭泣的世界，有什麼可怕？」

「那我們將不再是我們。」凱登說。即使在他耳中，這個答案都很空洞。

「辛恩肯定教過你什麼，你肯定學過如何超越自我。」

「那又關你什麼事？」凱登問，急著想要結束這段談話。

*臣服，*梅許坎特低語。*臣服，讓我扯出那個謊話連篇的喉嚨。*

凱登體內的壓力幾乎難以承受，但他依然聽得見自己掙扎回應：*他沒在說謊。*不管伊爾．同恩佳提供的真相有多難讓人接受，那畢竟是真相。梅許坎特擅長的領域是痛苦，那是痛苦之王唯一的專長。什麼樣的人會臣服在這種主人之下？至少在這件事情上，瑟斯特利姆人沒錯。新神降世，把男人和女人都變成了奴隸。

「關我什麼事？」伊爾．同恩佳問，腦袋側向一旁。「我為什麼要告訴你這些？因為我要你幫我。」

「幫你？怎麼幫？」

「你可以從說實話開始。你是怎麼知道崔絲蒂會來這裡的？你是怎麼找到她的？你可沒有阿克漢拿斯……」

「是她告訴我的。」凱登直言不諱。「她還在牢裡時，曾告訴我如果逃走的話會去哪裡。」

伊爾．同恩佳凝視著他，目光算計、衡量，接著哈哈大笑。「我告訴你，太讓人驚訝了，凱登。這麼多年了，我以為我已經習慣人類能有多蠢，但我真的……至今還是驚奇不斷。」他恢復自制。「我承認，那是一種弱點。現在，告訴我梅許坎特是怎麼逃走的。」

這個問題宛如一巴掌甩在凱登臉上，他的腹部突然一陣抽痛。

「我不知道誰——」

「你當然知道。你不是像你說的，跟某個普通伊辛恩士兵來的，你是跟長拳來的，厄古爾酋長，而你和我一樣清楚那個名字，那具肉體只是表象。神和你一起來找配偶，你們從一座坎它抵達，打算從另外一座離開。」

凱登發現自己搖頭。「你弄錯了。」他低聲道。

「不，」伊爾・同恩佳耐心地回應。「我沒弄錯。」

「你在瞎猜，因為你急了。」

然而，凱登說話的同時，他回想起棋盤，想起基爾下肯拿倫的棋局。就連最基本的步數都很隱晦，根據凱登完全不懂的邏輯發展。

「我沒有猜，」伊爾・同恩佳說。「也不急。但我很生氣。」

「不可能，你沒有能力生氣。」

將軍揮開他的反駁。「就是一種說法。重點還是一樣，你和長拳一起來。神不像你說的已經死了。如果神死在河裡，我們會知道，世界會知道。神還活著，活下來了。你們相處過，你可以告訴我神想要什麼，神是怎麼想的。」

「你以為你能策反我，就像你策反我姊姊那樣。」

「當然不行。你和艾黛兒完全不像。她和我合謀是因為她真心以為我能拯救安努，拯救安努人民。而你，你並不在乎安努人民。」

「我在乎……」

「你不在乎，不是真的在乎。你可以透過和她截然不同的方式幫助我，可以自願幫助我。」

「我為什麼要自願幫你？」

「因為，」伊爾．同恩佳咧嘴而笑，牙齒在燈火下皎潔如月。「你知道我是對的。」

凱登深吸口氣，微微顫抖。梅許坎特在他體內震怒。他的心靈陷入一場巨大風暴，空無境界在呼喚他，那是混亂中唯一的平靜。他偏開頭。「基爾說你會說謊。」

「基爾，」伊爾．同恩佳搖頭道。「他當然會這麼說。」

「這張臉、這種論點、所有人類的表象……全都不是真的。你假裝這一切是為了不讓我看出你的本性，你真正想要的東西。」

這種話不是很有說服力，但他只剩這些能說，只剩這點反抗。然而，伊爾．同恩佳的表情首度變為嚴肅冷漠。他打量凱登一會兒，然後突然起身走向河邊，來到水流前的小懸崖旁。

河水在燈火下是黑色的，看起來很冰冷且深不見底。一段很長的時間裡，瑟斯特利姆人就這麼凝視著流動的深淵。當他終於回過身來，凱登發現自己面對一張他不認得的臉。那個玩世不恭的安努將軍消失了，徹底被拔除，眼前的生物披著相同的面孔，身體沒有改變，但眼珠冰冷堅定到了極點。它們擁有人類眼珠的外型，但是其後流動的思緒就像夜間的河水一樣深不可測。

凱登面對過神，曾和世間一切歡愉與痛苦的主宰交談，但那些不朽神靈體內還是有他熟悉的特質，類似感知及想法的東西，他能和神分享情緒核心。眼前這個傢伙，那道目光中的空虛和遙遠……光是看上一眼就讓凱登的心縮入體內。他必須竭盡所能才不至於叫出聲來。

「我本來不想讓你得知所有真相的，」伊爾・同恩佳說。「是我的錯。」

梅許坎特在凱登體內吼叫。

這一次，瑟斯特利姆人的笑容宛如骷髏。

45

吸魔師會在殺害囚犯時對他們說話，語氣宛如男人用來安撫不肯前進的馬匹或任性的小孩般輕柔。

「我現在要挖出你的眼睛了，」他慵懶地說。「我會把一顆眼珠擠出眼眶，就像幫豌豆去殼一樣。恐怕會痛，會很痛，但我要請你把它輕輕握在手裡。聽起來很難想像，但你還是可以透過那顆眼珠視物。你懂了嗎？」

瓦林站在殘破的石牆上，距離吸魔師所在山丘數百步外，但這些話他聽得清清楚楚，每個字都像通往回憶的窗口。在戰爭前的寧靜中，他看不見東西，不過包蘭丁的模樣深刻在他腦中，手背上的藍墨刺青，黑色長髮辮上的碎骨，還有他的耳環，有鐵、象牙、銅、銀和鋼。瓦林的心把奎林群島和安特凱爾的那些舊影像，縫到他想像中北方的土地上。他看見對方輕鬆的慵懶姿勢，那殘忍的笑容，手臂沾滿了血，而囚犯則呻吟不止。

「你知道接下來會發生什麼事嗎？」包蘭丁輕哼。

嗚咽聲變成啜泣聲。天上有隻渡鴉在尖叫，又一隻，然後再一隻。包蘭丁向來對動物很有一套，在奎林群島時就是如此，不過很難判斷天上那些鳥是被他馴服過的，還是在等著肯定吃得到的內臟。

「如果你不回答我的話，」吸魔師繼續說。「我就會讓你變得更慘。我會讓你痛不欲生，你懂嗎？」

「我懂……」

「謝謝你。請勇敢一點……」

犯人的慘叫聲穿透了吸魔師剩下的話，那是一種無盡的、動物般的號叫，脫離了所有語言和理智，完美地表達出痛苦、恐懼與絕望。彷彿在回應這道慘叫聲，成千上萬名厄古爾人提高了音量，人數多到北方整片漆黑的世界彷彿化為一道音牆。聲音越來越響亮，越來越尖銳，越來越瘋狂，接著，彷彿被匕首砍斷般戛然而止。叫聲過後，一切歸於寧靜，如天一般高聳，亦如岩石般堅硬。

片刻過後，包蘭丁打破沉默。

「可惜了，我以為他能活更久一點。帶下一個上來。」

這種情況已經持續大半個早上了。

厄古爾先鋒部隊於黎明後數小時從北方現身。大部分軍隊在面對守軍人數未知的長城牆都會暫停進攻，派遣斥候進入沼澤，嘗試潛入敵營，或許進行和談，希望對方會透露點什麼情報。厄古爾人卻不這麼做。

先鋒部隊來到北邊半里外時，不但沒有停下，反而踢馬全速衝鋒，繞向西側河邊，然後回頭東進，沿著石牆狂奔，與牆上的守軍只有一步間隔。一開始瓦林看不出這麼做的意圖。那些馬不可能跳得過高牆，整個行動彷彿只是在讓厄古爾人毫無意義地進入安努軍長矛的攻擊範圍內。他過了一會兒才從牆頂安努軍的警示叫聲中聽出端倪。馬背民族不是坐在馬上，他們站在馬背上，直接跳上殘缺的壁壘。

這時黑暗視覺出現了。每當有馬背民族爬上他附近的石牆時，瓦林就能看見幾下心跳的銳利影像，畫面是由不同深淺的黑色刻劃而成——男人和女人大吼大叫的面孔，齜牙咧嘴，高舉矛劍。每一次，影像都維持到讓瓦林殺死對手，但只有極少數厄古爾人真的爬上牆頂，導致他的視覺忽明忽滅，不連貫也不可靠。隨著戰鬥越演越烈，瓦林發現自己渴望更多，更多危險，以及隨著危險而來的視覺。他也期待死亡，死的是誰無關緊要。

然而，約莫一小時後，厄古爾人撤退。在整個攻擊行動中，更多戰士陸續抵達北線，源源不絕，直到他們看起來像是占據了從密爾頓堡到艾爾加德之間整個狹窄空間。瓦林壓低斧頭傾聽，他聽見整片土地充滿了人聲，成千上萬人，多到可以日以繼夜猛攻石牆。北戰線很長，但在他的盲眼前，所有厄古爾人似乎都已經集中到這裡，準備突破防線，前進安努。

「愚蠢，」他喃喃說道。「如果第一批蠢貨再等等……」

胡楚在他身旁惱怒地發出低沉的喉音。「第一個翻過牆的戰士，」她說。「榮耀非凡。」

這個女人和她的手下信守承諾，一整個早上都和安努軍並肩作戰。瓦林有瞥見她揮矛出擊，刺中經過的騎士，矛尖插入下巴和脖子，然後胡楚會把他們從馬背上挑起，彷彿從河裡撈起死命掙扎的魚。瓦林無法從她身上嗅到她對殺害同胞的內疚之情。

「問題在於，」他回答。「沒人翻過牆。」

「嘗試就是榮耀。」

「嘗試只讓他們腦袋挨石頭、臉上中斧頭，然後摔到血淋淋的泥巴裡。」

「榮耀伴隨代價。」

厄古爾陣營裡似乎有人終於認定不值得付出那種代價。在一個小時毫無計畫的猛攻之後，馬背民族終於開始撤退。他們沒退得太遠，只退到弓箭射程範圍外。瓦林聽見他們再次集結、檢查馬匹、包紮傷口，並以音樂般的腔調彼此交談。在石牆附近的傷兵正在變成屍體。有些在地上爬，有些直挺挺地躺著，呼吸又濕又淺又急。大部分的人很快就死了，沒有啜泣，沒有呻吟，也沒有抱怨痛苦。

「有人會幫他們嗎？」瓦林問。

「他們會治療有辦法爬出弓箭射程的人。」

「剩下的？」

「在寂靜中承受他們的試煉結果。」

他們確實承受了，但四周並不寂靜。包蘭丁粉碎了休兵期間的寧靜，步出大批戰士之間，在山丘上找好地點——就是紐特和跳蚤預料的位置。接著，吸魔師停頓片刻，讓所有人注意到他抵達現場，才展開他的死亡劇場。一個接著一個，他們從囚犯隊伍中拖出男人和女人，拉到包蘭丁面前開膛剖肚。瓦林不是吸魔師，但可以聞到牆頂各處傳來安努士兵的恐懼氣味和厄古爾人敬畏的氣味，如同對餘火搧風般炙熱，隨著每次犧牲發光發熱。他可以在包蘭丁志得意滿的暴行中聽出此舉奏效，吸魔師透過周圍人群的崇敬或憎恨，獲得他想要的東西，力量逐漸增強。

瓦林深吸一口氣，試圖聞出凱卓炸藥在地下悶燒的味道。聞不出來。他只聞到血腥味、馬汗味、尿騷味和恐懼的氣味。他只能相信引信還在包蘭丁腳下燃燒。紐特當然很擅長他的工作，但如果他犯了任何錯誤，如果那些炸藥失效，那這場戰役就結束了，吸魔師會直接在石牆上打洞，讓厄古爾人一擁而上，殺掉所有他們找到的人。

「弄個強壯一點的人過來。」包蘭丁說，聲音越過血腥戰場而來。瓦林聽見其中的笑意和篤定。「找個不會在匕首插進體內時就崩潰的人來。我要搞久一點，我要牆上的士兵徹底體驗他們的絕望。」

當然，他說的是安努語。吸魔師有學厄古爾語，但他是在對安努軍說話，這樣能直接接觸他們的恐懼。這個想法宛如一巴掌甩在瓦林臉上。

「我們得讓他們分心。」瓦林說。

胡楚搖頭。「厄古爾人？」

「士兵。我們的人。我們得準備點東西，讓他們去看，去想，而不是被包蘭丁吸引。他需要他們的恐懼和震驚，但我們可以奪走那些。」

太遲了。

在吸魔師的俘虜慘叫聲中，一大片密爾頓堡壘的石牆應聲崩塌。沒有爆炸，沒有撞擊，沒有凱卓碎星彈炸裂的威力，他只聽見石頭相互摩擦的聲響。聲音從瓦林西側約莫四十呎外傳來，一開始很緩慢，彷彿有個勢不可當的巨人不情願地用肩膀頂住牆上的石塊，腳跟抵地，奮力推擠。那塊牆頂的安努軍剛出聲警示，提出疑問和絕望的警告，城牆就抵達承受外力的臨界點，整片牆向內傾倒，緊接著就是一陣巨石墜落和下方士兵的慘叫聲。

「好了——」包蘭丁在一切塵埃落定後說。他刻意拖長尾音，彷彿在市場攤位上挑選最甜美多汁的梨子。「這下我們可以結束這場鬧劇了。」

跳蚤大聲下令衝向缺口，席格利罵了個有可能是髒話的字眼，接著全世界再度陷入一片喧囂中。安努軍驚慌失措的叫聲混雜厄古爾人勝利式的惡毒喊叫，敵人調轉馬頭，準備最後進攻。

「你們跳蚤埋的炸藥在哪裡？」胡楚問。

瓦林搖頭。「太快了。」他盲目地轉向天空，但太陽被雲遮住，他感覺不到陽光，沒辦法推測太陽的高度。他只知道，現在有可能是正午，也可能是午夜。「我們必須守牆，必須讓他待在那裡。」

胡楚啐道：「牆上有個十人寬的大洞，我的族人會闖進來——」

「不，」瓦林打斷她，在她講完前轉身。「他們進不來。」

他一腳踏在牆頂，舉起斧頭一躍而下。盲目落地差點摔斷腳踝。他落地時一腳踏在地上，另外一腳踩在某個戰士的屍體上。他的身體反應比心思敏捷，在腳踝吸收撞擊力道時翻身滾開。起身時，他站在黑暗中，背對石牆，厄古爾人宛如無言的雷鳴自北方殺來。

前往缺口的頭幾步十分盲目，很不確定。他聽見胡楚在身後的牆頂咒罵，但她不重要。唯一重要的就是要趕到缺口，牆上的大縫，還有必須發生在那裡的殺戮。他突然很需要它，就像在沙漠垂死數日的人需要水一樣。他已經感覺到暴力在拉扯他，所有死亡都像是把他拉向前方的小鉤子。他跌跌撞撞地行過石頭和屍體，用斧頭撐住自己，然後繼續跑，往西跑，彷彿迎向光明、生命、自由般迎向黑暗。

在他抵達大洞前，在厄古爾人殺到前，黑暗視覺出現了。

包蘭丁的法術弄垮了十餘呎寬的石牆，但厄古爾人還是得爬過地上的碎石殘骸。跳蚤站在碎石堆上，席格利位於他身後數步，警語家則在他身邊。小隊長對安努軍大聲下令，有些人東倒西歪，有些人渾身是血，但他們還是努力列隊，在厄古爾人自北方來襲時形成防線。

「瓦林，」跳蚤大叫。「退到我身後。」

瓦林猶豫了。他被夾在安努軍和即將來襲的風暴之間。接著，他手中的斧頭慢慢變輕，他轉身遠離安努軍，遠離石牆和同伴令人質疑的守護，朝北迎向衝鋒而來的馬匹，說道：「不。」

之後的戰鬥宛如充滿血腥和喜悅的夢境。打從伊爾．同恩佳奪走他的雙眼以來，這是瓦林第一次能看見比幾下心跳更長的時間，而且不光只是看見，還在殘暴的戰陣之中來去自如，進攻撤退，連刺帶砍，直到鮮血自他臉上和手上流下。他不知道自己打了多久，有時候胡楚在他身邊，有時不在。他聽見跳蚤在身後很遠的地方發號施令，但跳蚤已經讓他自生自滅，他的命令不是下達給瓦林的，而是給還在努力守牆的安努士兵。瓦林也沒有費心去聽那些命令，不想去瞭解。在鮮血沉浸過的清明思緒中，言語只是扭曲的廢物。他涉血而過，彷彿那是溫暖的汪洋。他已經打了很久，卻一點也不累。只要敵人持續殺到，他就會繼續殺人、繼續殺人、繼續殺人。

他把斧頭埋入一個又一個厄古爾人體內，不管是人是馬都殺，閃過沉重的鋼錘，旋轉搖動，打碎頭顱，然後後退。他發現自己在笑，已經笑了很久，體內感到幾近駭人的喜悅。

山丘終於爆炸時，爆炸的震波將瓦林震退半步。石頭和土塊像雨般落下。他過了一會兒才瞭解發生了什麼事。

紐特的炸藥，他心想。包蘭丁死了。

瞭解此事並沒有帶來喜悅。如果有什麼值得一提的，就是爆炸意味著這場戰役結束了。他覺得有東西被偷走了，像是一扇大門被關起來了。他獲勝了，但勝利的味道卻像鐵鏽。

46

房間正中央有座低矮的石台，或許是這座遠古神殿的祭壇。崔絲蒂坐在石台上，沒有被鎖鏈綑綁，或以任何方式拴住。顯然伊爾．同恩佳認為厚重的石牆和門口的六名守衛就足以防止她逃脫。這個房間不能和死亡之心的地底囚室或英塔拉之矛的帝國鋼牢相提並論，但是話說回來，也沒必要和那些地方比。崔絲蒂不太可能在三十幾名全副武裝的安努士兵前殺開一條血路，就算可以，然後呢？她在這座廢墟城中也許搜索好幾年也找不到坎它。

他抓到我們了，我們直接奔向他的陷阱。他們還活著完全是因為伊爾．同恩佳認為他們還有用處：崔絲蒂是誘餌，凱登是自願背叛族人的叛徒。

失敗理應令他難受，但凱登發現自己已經不會難受了。和瑟斯特利姆將軍會面令他麻木，疲憊到了骨子裡。維持謊言，同時隱藏內心的神明，花費了他最後的力氣。他覺得自己像是陶罐裡的蠟燒光、火焰熄滅之後留下的焦黑燈芯。

萬幸的是，梅許坎特終於安靜下來了。凱登還能感覺到神在他心裡移動、試探、尋找出路，但現在伊爾．同恩佳不在這裡，神也沒那麼激動了。凱登遲早都會出錯的，人類天生就是如此。他會出錯，神會徹底控制他。

為什麼不？他自問。

梅許坎特或許被驕傲遮蔽雙眼，但很強大，凱登能感受到那股明亮而恐怖的壓力。更重要的是，儘管伊爾・同恩佳老謀深算，還是沒有得知真相。他對崔絲蒂下藥，卻沒理由強迫凱登也喝阿達曼斯。事情會很容易，非常容易，只要他……放棄自我，讓痛苦之王接管身心，讓梅許坎特對付瑟斯特利姆人。

讓神贏。

那表示他將不再是凱登。但當凱登有什麼好處？他半輩子都致力於熄滅本身的思想餘燼，現在能達到這個成就了，立刻成就那種崇高的湮滅，徹頭徹尾。他只要默許就好了。

「你是來殺我的嗎？」崔絲蒂問。

她聲音很輕，卻打斷了凱登的思緒。他將注意力從破碎心靈的隱形光景移到現在身處的房間裡。守衛在地板上放了一盞提燈，但火光不足以照亮整個房間，屋角和圓頂都消失在黑暗中。

他剛想辯駁，轉念一想又放棄了。伊爾・同恩佳會派人偷聽，再說，他又能說什麼？他對崔絲蒂拔出匕首，威脅要刺傷她，藉以逼出她體內的女神。他不是在虛言恐嚇，如果動作夠快，他已經動手了。

「伊爾・同恩佳要留妳活口。」他終於回道。

「活口？」崔絲蒂問。她凝視他片刻，然後躺回石台上，雙手平放身側，全身都被藥物或疲憊壓得無力，只有眼睛來回轉動，彷彿在上方的黑暗中找尋什麼。

「誘餌。」凱登解釋。「誘捕長拳。」

「你最好小心點。」崔絲蒂說，聽起來不太在乎自己的警告。「你可不想在有人偷聽時洩露任何事。」

「沒什麼好洩露的。」凱登說。「他全都知道。知道席娜在妳體內，知道梅許坎特和我來找妳，來幫忙。」

崔絲蒂發出扭曲又苦澀的聲音，有可能是在笑。

「他全都知道。」凱登又說。「我都還沒說，他就全猜到了。」

「他當然知道。他是瑟斯特利姆人。這一切……對他只是場遊戲。我們是棋盤上的棋子。」她疲憊搖頭。「所以長拳逃走了，祂終究沒有死。」

她的語氣彷彿在講某個她許久以前就失去興趣的故事角色。

「長拳逃走了。」

「而我是誘餌。誘捕長拳，或梅許坎特，或任何想上鉤的人。」

「至少妳還活著。」

崔絲蒂輕輕抬頭望向凱登，像是在考慮該不該相信自己剛剛聽到的話。當她垂下腦袋時，他聽見她的頭顱撞上石頭的聲響。她沒皺眉，彷彿一點感覺都沒有。

「誘餌和活著不同，凱登。在吊鉤上的蟲只是自以為活著，牠不斷扭動、扭動、扭動，但你只要看穿幾下心跳的未來就能確定蟲會出什麼事，要不就是死在魚嘴裡，不然就是死在吊鉤上。那個天殺的傢伙在變成誘餌的同時就已經死了。蟲很笨，所以牠們不知道這一點。我不是蟲，我知道會出什麼事。」

「所有人都會面對同樣的未來，」凱登輕聲回應。「只要等得夠久，我們全都會死。」

「好吧，那其實並非事實，對吧？」崔絲蒂問。「你姊姊的將軍，他可沒死。我天殺的腦袋裡的那個婊子，也不會死。」

「他們是瑟斯特利姆人和神，和我們本質不同。貝迪莎把我們的命運編入骨頭裡。」

「我知道，凱登。你以為我不知道嗎？我不懂的部分在於我們為什麼不直接去死算了。」她搖頭。她的頭在陳年石板上懶洋洋地來回轉動。「只要拿把小刀就能結束一條生命，你甚至不需要刀，什麼都不需要，只要兩週不吃東西……」

凱登打量她覆蓋傷疤的完美皮膚和鮮艷明亮的紫眼。「如果妳這麼想死，」他終於說。「妳在安努就該舉行大消除，趁我們有機會時。」

「我在乎的不是死，而是幫助席娜。席娜在我心裡，凱登。你不瞭解那是什麼感覺，你不可能瞭解。」她深吸口氣，緩緩吐出。「在神廟裡長大，總會聽說強暴的事情。」

凱登搖頭。「黎娜——」

「你可以偶爾不要講話嗎？」至少她語氣中有點情緒了，有從前那把火的跡象。「多年以來你跟僧侶學會了安靜，但從未學會傾聽，是不是？」

凱登心裡浮現幾個回應，他推開它們。如果崔絲蒂要他傾聽，他就傾聽。一段沉默過後，她繼續輕聲說話。

「待在神廟牆內的女人並不表示就一定安全。黛米薇兒和其他管理神廟的黎娜會試著安排守衛，有很多理論上可以保護女祭司的做法，但無法時刻應對一切。有時候女人沒辦法大叫，有時候能叫卻不叫。人們會說妳應該要取悅人，歡愉就是妳的信仰核心，妳沒有質疑這件事的餘地，沒有說『等等』的餘地。對方是顧客，喝醉酒，膽子大，因為他們有付錢，有捐款，隨便怎麼說。但問題不光只有顧客，問題是那整個地方。如果妳不是歡愉的導體就不屬於那裡，於是男女祭司默默承受發生在自己身上的事情。顧客會離開，而席娜最神聖的信徒就把傷埋在心裡。」

她陷入沉默，微啟的嘴唇彷彿想喘氣或哭泣。凱登心裡浮現崔絲蒂母親洛伊蒂．莫潔塔的記憶，在女兒的父親出現時放棄自己女兒的人。莫潔塔真的想跟阿迪夫睡覺，想懷上他的孩子嗎？

「此事就和那些一樣，」崔絲蒂打斷他的思緒。「女神對我做的事就和那些一樣，就和發生在全世界所有女人身上的事情一樣，但是更糟糕。席娜待在我心裡，不是幹完就跑而已，甚至想變成我，或許到現在都還在嘗試，你瞭解嗎？」

凱登慎選用字遣詞。「很多人願意接納他們的神，以這種方式奉獻自己對他們來說是榮耀。長拳在痛苦之王接管他身體前肯定就是這種想法。接納神就是奉獻的表現。」

「噁心。」崔絲蒂說。她的目光遙遠，了無生趣。「男人事後都是這樣告訴女人的：妳其實也想要。我是國王、高官、貴族、皇帝，妳一定想要。好吧，我告訴你，凱登，」她提高音量，以手肘撐起身體，坐起身來瞪著他，伸出顫抖的手指。當她終於把話說出口時，聲音聽起來像在尖叫：「我他媽的不想要！」

她在喘氣，呼吸急促。儘管夜晚氣溫涼爽，她臉上依然布滿汗水。他想安慰她，但他又能怎麼安慰她？他沒有任何適當的言語可說，而此刻任何肢體接觸似乎都突然變得淫穢。

「我在乎的不是死，」她說。這話和剛才說的一樣，但更加堅決。「但我寧願被那個瑟斯特利姆人活活剝皮，寧願讓他把我凌遲至死，也不要做任何事情幫助那個自以為能夠占據我、馴服我、讓我變成祂的女神。」

「我瞭解。」凱登終於回道。

「不。」崔絲蒂說著，搖了搖頭。「你不瞭解，不可能瞭解。」

梅許坎特在凱登心裡無聲地大動作移動。那股壓力和存在感持續對抗他，不讓神掌控大局所要耗費的心力幾乎難以承受，但凱登自願讓梅許坎特進入體內，並盡可能控制住神。他突然覺得有點慚愧。不過半天時間，他就已經打算把自己獻給神了，想放任自己的心靈……到此為止；而同一時間，崔絲蒂卻還在作戰，還在抵抗。女神可以全面控制她，至少和她爭奪了幾回，但她還是沒有放棄。儘管她常把死掛在嘴邊，她還是沒死。

「妳很適合當皇帝。」凱登說。他不知道為什麼要說這句話，不過，話說出口的同時，他知道這是實話。

崔絲蒂只是困惑地凝望著他。「我哪懂得統治帝國的事？」她終於問。

「妳懂的東西和我差不多。」

「據我所知，你統治得爛透了。」

凱登點頭。「確實。」他想著，自己離開後，黎明皇宮又發生了些什麼事。或許艾黛兒已經修補好安努這艘破船。感覺不太可能。有太多地方進水，整艘船已經沉得太深。再說，艾黛兒根本沒有她想像中那麼勤政愛民。伊爾・同恩佳宣稱她正為安努人民盡心盡力，或許那是真的，又或許她只對自己的榮耀感興趣。凱登和她沒有熟到能夠判斷出這一點，他只知道她連在跟他和好時都要騙他。瓦林的事，她自己弟弟的事。

無所謂了。騙子也能統治帝國，叛徒也能統治帝國。那兩種人都比受過半套訓練的僧侶強。

「你為什麼要回去？」崔絲蒂問。

凱登發現自己雖然在看她，卻沒有真的看她。

「回哪裡？」

「安努。回去爭奪王座。」

這是很簡單的問題，但他沒有答案。現在回首，職責和傳統之類的詞語感覺都很空虛，太空洞抽象，無法解釋他的所作所為。王座本身對他毫無吸引力，他不認識安努的任何人，甚至不認識他姊姊。

凱登搖頭。他覺得自己都不瞭解自己的人生，就連對自己都無法解釋他的決定。

「聽著……」崔絲蒂開口。

話沒說完，夜晚的寧靜突然粉碎。在輕風和流水聲中，有人開始大叫，發出憤怒和驚訝的聲音。是安努人的聲音，伊爾·同恩佳的士兵。不過凱登沒能在突如其來的混亂中聽見肯拿倫發號施令。

鋼鐵對上鋼鐵，擦過石頭。有人開始慘叫，聽起來瀕臨死亡，匆忙下令和回應聲中混雜了動物般驚慌失措的情緒、高昂的痛苦和絕望的哀鳴。仿佛作為回應，梅許坎特在凱登心裡顫動，再度試探囚室的界線。

崔絲蒂在藥物的影響下緩緩起身。

「誰——」

牆壁炸裂。

前一刻，燈火還在粗糙的紅石上閃爍；下一刻，一片如正午太陽般明亮的大火從凱登眼前閃過。有東西擊中他的胸口，令他飛身而出，落到石祭壇上。

碎石。他試著保持清醒，笨手笨腳地摸著胸口。肯定會有血。在那陣劇痛下，肯定會有東西斷裂。要不是他瞎了，就是世界突然變得一片漆黑。梅許坎特趁機攻擊囚室，咆哮著、肆虐著、比天還要巨大，一心想要逃走。

凱登閉上雙眼，將全身的力量都用去頂住心裡建造的牆。他體內的神想出去，渴望參與外面的戰鬥，但梅許坎特誤會了這個人類容器的弱點。戰鬥是毫無希望和意義的，凱登看不見也站不起來，甚至聽不見耳中迴盪聲響以外的聲音。如果梅許坎特逃脫了，就會戰鬥，而如果戰鬥了，就會死。

不，凱登低聲道。

神明怒不可遏地壓迫著，占據龐大的空間。凱登咬緊牙關，凝聚所有力量展開反擊。

凱登處在神殿牆外的戰鬥和自己內心絕望的掙扎之間，過了很久才發現有人在抓他，一隻驚慌失措的小手。崔絲蒂。他抓住她的手臂。鼻子裡充滿煙和石塵，但屋頂沒塌，沒有大梁砸在他們身上。清涼的晚風透過破牆吹來。外面的街道大火肆虐，不過凱登看不出是什麼在燃燒。在橘紅色的刺眼背景前，一道漆黑的身影步入大洞。

凱登瘋狂眨眼，試圖在刺眼的火光前看清那道身影。接著，火焰和來時一樣突然消失，他眼前當即一片漆黑。他毫無意義地揚起拳頭，除此之外他想不出還能做什麼。

「崔絲蒂。」他大喊。

他沒時間去管外面出了什麼事，沒機會看出混戰雙方的戰術或陣營，他只知道混亂發生了，機會出現了。

「崔絲蒂。」他再度嘶喊。

女孩以尖叫回應。

凱登連忙轉身，試著眨眼以消除眼中紅黃火焰的殘影。他只能在黑暗中看見兩道身影：崔絲蒂、她身後較高較壯的人，以及箝制女孩的雙手。崔絲蒂出腳亂踢，再度尖叫，然後沒了聲息。神殿的碎牆外再度竄出火花，這一次距離較遠，但也足夠照亮崔絲蒂脖子上的匕首了。

「凱登，」一個新的聲音說道。「崔絲蒂。很高興見到兩位氣色這麼好。」

不管外面街上情況有多瘋狂，手持匕首之人似乎一點也不擔心，語氣絲毫不著急。說話的是個女人，語氣低沉，喉音很重。她聽起來……饒富興味。凱登心裡的梅許坎特突然安靜下來。神散發出警戒的氣息，這種戒備只能由手持匕首的女人解釋。那是凱登印象極為深刻的女人，最後一次見到她是一年前在兩塊大陸外的地方，當時他們在另一座古城中走散，在另一座山脈中對抗另一群安努士兵……

「我不確定這對你們兩人代表什麼意義，」女人繼續閒聊。「每次見面，你們都被拿劍的人追殺。或許有些人會覺得這樣不太對勁，但我想我比較傾向於相信你們很特別。」

「派兒。」凱登輕聲道。

看來拉桑伯終究還是注意到他們抵達了安卡斯。

「外面是什麼情況？」他問。

「喔，你知道，」她回答得輕鬆愉快。「死亡。垂死。大量獻給神的祭品。看看地點選得多好！距離拉桑伯不過二十餘里，我們都不知道這裡有這種地方。超有氣氛的。」

彷彿在強調這種說法，牆洞外爆出另一叢火焰，短暫照亮崔絲蒂和顱誓殺手，匕首也依然抵在她脖子上。崔絲蒂臉上恐懼和困惑交織，而派兒看起來相當愉快，儘管她髮線上有傷口在滴血。她們的姿勢十分親密，她一手摟著女孩胸口，兩人的頭相偎相依。除去那把匕首，看起來就像一對母女，雖然兩人一點也不像。派兒顯然年紀較大，臉上有長年陽光曝曬長出的皺紋，灰髮比黑髮多。她更年長、堅強，皮衣下的身軀也更為削瘦。她彷彿把鮮血當化妝品般抹在臉上。

「我們得走了。」凱登說，再度望向牆上的大洞。街上傳來腳步聲，鋼鐵持續擊打鋼鐵，但外面沒有士兵守衛，至少暫時沒有。派兒沒說是來救他們的，但她是死亡女祭司，如果她是來殺他們的，早就動手了。

「沒錯。」殺手腦袋往旁一歪說。「戰況改變了，我的兄弟姊妹是來向安南夏爾獻祭的，不過聽起來他們自己開始淪為祭品。」但這種發展看來並沒有困擾她。

他傾聽戰況。「妳怎麼知道？」

「慘叫聲變少了。」她說。「安南夏爾的追隨者會安靜死去。」她聳肩。「他們有吸魔師，很高強。我們沒預料到。」

崔絲蒂在女人箝制下掙扎。派兒放開她。

「另外那個人在哪裡？」殺手左右張望。這一次她聲音中出現新的語氣，有點急迫，有點飢渴。「長拳，我等著和他重逢很久了。」

凱登搖頭。「逃了。」

派兒瞇起雙眼。「我們追蹤你們到這裡……」

「他在北方四分之一里外跳河。」

顱誓祭司惱怒彈舌。「可惜了。我很期待割斷他的喉嚨。」

梅許坎特在凱登心裡騷動，輕輕發出毫無意義的叫聲。

「我們得走了。」凱登又說，一方面為了遮掩神的叫聲，一方面為了展開行動。

派兒抿起嘴唇，從凱登看向崔絲蒂，然後又看回來。「我想是得走了。」

「怎麼走？」崔絲蒂問，看著洞外。火焰熄滅了，但呼喊慘叫聲似乎從四面八方而來。

「我想應該不必指望兩位在過去一年間有花些時間研究製陶或口交以外的技能？」殺手揚起一邊眉毛。「沒有？」她長嘆一聲。「那大概只能依照上次的計畫了。」

「什麼計畫？」崔絲蒂問。

「你們以最快的速度逃跑，」派兒語氣愉快。「我殺人。」

47

艾黛兒站在安努古北牆上的瞭望塔頂凝望西方。看西方比看北方輕鬆。現在北方除了燒光的廢墟外什麼都不剩，焦黑的木材被自身的重量壓垮，後院深埋灰燼中，街道難以通行，遭商店、馬廄、神殿和旅店的廢墟擋住。那些建築原先的用途已經無關緊要。幾天前還在其中居住、相愛、禱告的人現在全都離開了。希望是安然撤離，但也可能死了，吊死在數十座廣場之一，或壓扁在焦黑的家園和他們愚蠢的固執底下。

至少在城牆上，情況是不同的。特利爾的古老防禦工事此刻熱鬧非凡，士兵儲備裝滿箭和備用矛的木箱，石匠努力修補裂縫和破洞，有人以繩子吊掛在城牆前後兩側、站在臨時搭建的鷹架上，或在走道中彎腰，將灰泥塗抹在老石牆上。艾黛兒仰頭望向天空。根據工程項目的負責石匠表示，如果在灰泥完工前下雨的話，一切將會前功盡棄，但此事沒有辦法預防，厄古爾人不會因下雨而放緩腳步。

妮拉在艾黛兒研究最高塔樓上的臨時指揮站搭建狀況時，氣喘吁吁地上樓，身後跟著凱潔蘭和李海夫。

「根據管帳的那些混蛋估計，倉庫裡的穀物可以讓全城的人撐上兩週。」

艾黛兒抬頭看雲，思考這個數字。

「當然，我們會再次補給。」老女人繼續說。「米會比麥多，但對飢腸轆轆的人而言，只要是食物就好。」

「六成食物來自內克以北，」艾黛兒終於回應。「至少對安努來說是這樣。從倉庫裡的存糧和南方持續小量補給來看，可以撐三週。」

「更久。」李海夫說。「現在就開始糧食配給的話，能撐更久。」

艾黛兒轉向他。「我剛剛燒光十萬名安努公民的家園，要他們去住倉庫、妓院，還有任何地板裝得下人的地方。城內還沒出現暴動已經是奇蹟了。」

「街頭女王已經派出手下，」妮拉說。「他們正——」

「鼓勵和平。」凱潔蘭插嘴。她與城牆上包括艾黛兒在內的所有人不同，似乎沒有在喘氣或冒汗，身上的天空藍絲袍在熱風中輕飄。她伸手拂了拂頭髮，像在確認那些雅緻的髮簪和別針還固定著髮絲。

「所謂鼓勵和平，就是在殺人。」艾黛兒說，一手貼著額頭。

凱潔蘭輕輕皺眉，彷彿這話令她心痛。

妮拉聳肩。「有時候為了救人必須殺人。」

「穀物……」李海夫再度開口。

「穀物沒問題。」艾黛兒搖頭道。「如果能活到會挨餓的時候，我就當作是獲勝了。最糟糕的事在於，這座城市已經瀕臨存亡之秋，就差一個情感豐富的心碎母親，差一個眼看家園在年邁父親身處其中時被人拆毀的士兵煽風點火。只要有一個那種混蛋在街上發表好演說，城牆南邊就會出現暴動，就連凱潔蘭也不可能殺光他們。」她長吐口氣。「都不需要包蘭丁或厄古爾人來殺我們，等他們出現，安努只會剩下泥巴和血泊。」

妮拉難得沒有反駁。她凝視著下方的焦屋，但艾黛兒覺得她所看的不是當前的暴行，而是她自己經歷過的戰爭殘局，千年前就已經結束的戰役。

「人民需要希望。」李海夫終於說。

艾黛兒直視他的目光。「那就拿穀物當成希望分發下去。」她吼道。「全世界最偉大的城市肯定有幾座塞滿希望的倉庫。」

「很輕率的回應，」士兵說。「英塔拉先知不該如此。」

「英塔拉，」艾黛兒的語氣苦澀到聽起來像詛咒，而非祈禱。「需要女神時，祂在哪裡？」

李海夫繃緊下巴。「妳問這種問題就是人民失去希望的原因。」

「他們失去希望，」艾黛兒啐道。「是因為我燒掉他們的家園，厄古爾人要來燒光一切。」

出乎艾黛兒意料，回話的不是李海夫，而是妮拉。「他說的對，」她說。「人民只要吃飽睡足就不需要女神。他們只有在井水乾枯或火焰熄滅時才需要女神。」

「我也需要祂。」艾黛兒叫道。她可以感到永恆燃燒之泉的高溫焚燒她的皮膚，留下那些疤痕，但高溫和疤痕要怎麼用來守城？從天而降擊斃敵人的閃電在哪裡？融化岩石和夷平大軍的力量又在哪裡？艾黛兒的燃燒之眼就只會那樣……發光。在漆黑的房間裡就連照亮書稿都辦不到，更別說要拯救一整座城市。「我也需要祂。」她又說了一次，搖搖頭。

「女神會引導我們。」李海夫說。「想想永恆燃燒之泉。只有在妳最終的危急時刻，當妳全心全意投入時，祂才會現身。」

艾黛兒點頭。那段回憶宛如剛剛醒來的夢境般栩栩如生——她手中的矛，口中的叫聲，閃電劃破天空，比世界還要遼闊的嗓音所下達的單一命令：贏。

我在努力，從那之後，她幾乎每天都在反駁。我他媽的在努力。

妮拉往地上吐口水。「在我看來，信仰的用處就和有洞的尿桶差不多，是妳需要人民看得見的東西。在失去信仰時，人民會相信他們看見的東西。孩子，有時候，妳必須自行創造奇蹟。」

老女人這番話令李海夫臉色一沉，但他知道這種時候不要上鉤，於是他轉向艾黛兒。

「還有一個問題，我們還沒確立指揮結構。」

艾黛兒環顧塔頂。可悲的是，這幾個人就是全城她少數還算信任之人——李海夫、凱潔蘭和妮拉。宗教狂熱分子、盜賊女王，以及瀕臨瘋狂的不朽吸魔師。他們不是什麼令人安心的團隊，但話說回來，就連這個不穩定的聯盟都比議會強。議會逃跑時，艾黛兒根本沒有費心阻止。至少聚集在塔頂的這些人願意作戰。問題是他們不信任彼此。

「你來指揮。」艾黛兒朝李海夫點頭道。「你是我們裡面最接近軍事將領的人，所以交給你來負責。」

凱潔蘭嘛嘴。「儘管我很欣賞這個年輕人美妙的……」她目光飄過他的腿和胸口。「……特質，恐怕安努其他沒那麼美妙的人會不願意接受他的指令。可悲的事實在於，許多城內最危險的男男女女，當馬背民族進攻時我們迫切需要其幫助的人，他們放蕩不羈、目中無人、不習慣真正的軍事紀律。如果要求他們敬禮、齊步走，他們恐怕會叛變。」

艾黛兒看著女人。凱潔蘭笑容愉快。

「妳想要什麼？」艾黛兒語氣緊繃地問。

「想要什麼？」凱潔蘭問。她眨眼，彷彿這個問題令她震驚。

「妳在談判。妳很清楚，我也清楚。所以妳想要什麼？」

李海夫上前一步，對凱潔蘭說話。「英塔拉先知不談判，安努皇帝也一樣。我和妳一樣熟悉安努的雜碎，女人。我在妳的街頭長大。」他轉向艾黛兒。「我們不需要幾千個殺手和盜賊在城垛上製造混亂。他們是食腐動物，不是戰士。沒有他們比較好。」

凱潔蘭挑眉，但艾黛兒在她開口前插話。

「不，」她冷冷說道。「我們需要他們。看看這座城牆。」她比向延伸到遠方的石牆走道，南方是如常繁榮的商業區，北方則是悶燒得焦黑的廢墟。「火焰之子沒辦法守住全線，火焰之子連十分之一都守不住。或許你沒注意到，但厄古爾人突破了整條北境軍團的防線。」

「那是伊爾．同恩佳離開之後的事，」李海夫指出這一點。「北境軍團出了問題。」

艾黛兒瞪著他。「而你認為我們沒有問題？」她朝冒煙的廢墟揮手。北方四分之一里外，超過弓箭射程範圍，有許多男女在搜索廢墟。艾黛兒明令禁止這麼做，但沒時間強制執行那些命令，也沒有人力。如果拾荒者太接近城牆，士兵會射箭。沒有的話，他們就可以任意在廢墟中穿梭，搜刮僅存的財物。

「我們的問題大了。」她再次低聲說道。「我們沒有伊爾．同恩佳，牆上唯一的戰士就是我們能派遣的戰士，而我不會因為自命清高到不肯利用凱潔蘭的手下，而讓任何地區無人防守。」

「喔，」女人一手貼在自己寬闊的胸脯上說。「他們不是我的手下，我只是個慢吞吞的胖女人而已……」

「夠了。」艾黛兒吼道。「我們知道你們是幹什麼的。我們需要妳能派到城牆上的人手，所以妳想要什麼？」

令艾黛兒驚訝的是，凱潔蘭露出了有點悲傷的笑容。

「妳很聰明，但太年輕了，光輝陛下。最好記得一件事，就是妳沒有自己想像得那麼瞭解這個世界。」

艾黛兒眨眼，妮拉上前。「這種漂亮的鬼話是什麼意思？」

凱潔蘭目光停在艾黛兒身上。「意思就是我什麼都不要。我自己不要。我唯一的要求就是讓我派到牆上的人自行編組行事。他們不習慣軍事調度或軍中紀律。那種東西會害死他們，會阻止他們作戰。」

「辦不到。」

「不，」艾黛兒搖著頭說。「不會辦不到。我已經冊封你為將軍，讓你決定凱潔蘭的手下要如何布署。你安排他們的位置，交付命令，然後就讓他們用自己的方式執行。」

李海夫搖頭。「妳不瞭解部隊運作的方式，光輝陛下。作戰單位會在戰場上相互轉移，相互掩護，彼此支援。」

艾黛兒說：「如果安努的流氓和惡棍都能組織成作戰單位的話，那樣很好，但他們不是。如果我們有三個月，你或許能訓練他們，但我們只有三天。你必須提供清楚明確的目標，讓他們自行作戰。」

士兵緊抿雙唇，僵硬行禮。「如妳所願，光輝陛下。」

艾黛兒轉向凱潔蘭，只見她瞇起眼睛看著自己。「這樣可以嗎？」

女人緩緩點頭。「我會帶所有能拿劍的人來。」

「不夠。」艾黛兒說。「帶所有能咬人的人來。」

女人回應前，下方傳來騷動。西邊的牆上有人在抗議。起初是抗議，然後變成了憤怒吼聲，接著是恐懼的呼喊。鋼鐵撞擊石頭的聲音此起彼伏。由於現場有太多士兵和石匠來來去去，艾黛兒過了一陣子才找出騷動的源頭。

「那裡——」李海夫伸手指向沿著牆頂走道逼近的三名黑衣人說。他話沒說完，手掌已經向下握住腰帶上的劍。就連凱潔蘭也噘起嘴唇，從珠光寶氣的腰帶上拿出一把扇子展開。那些黑衣人距離他們尚有百步之遙，但謹慎點總是不會錯的。

領頭的是個艾黛兒沒見過的女人，非常年輕，體格壯健，如火焰般的紅髮在北風中飄揚。看守走道的火焰之子上前阻攔，拔劍出鞘大聲下令，在走道上拉開陣勢。紅髮女人無視他們，如果能用無視形容的話。

一名火焰之子迎上前去，出劍直指她胸口。她一手把劍拍開，另一手擊中士兵喉嚨，並在他倒地時通過。她的動作沒有暴戾之氣，感覺很合理，且極有效率。她甚至沒有費心拔出武器。

「凱卓。」李海夫冷冷表示。

「確實是凱卓。」艾黛兒回道。「問題在於，誰的凱卓？」

「好吧，顯然不是他媽我們的。」妮拉說。「我們不認識他們，而他們又在殺我們的人。」

艾黛兒又看了一會兒說。「沒殺，」她說。「甚至沒傷害他們。」

紅髮女人抬頭，彷彿有聽見她說話，正視艾黛兒的眼睛，然後攤開雙手。「撤掉妳的狗，」她叫。「我們是來談話的。」

又有個人提矛走向紅髮女人。她轉身抓住矛柄，將他丟到十幾呎外城南一間平房屋頂上。她用矛擋下另一名士兵的劍，出腳踢中他的胯下，在他倒地時打落劍，然後抬腿跨過他。他們現在約莫距離四十呎。那個女人顯然並不害怕，臉不紅氣不喘，但看起來很生氣。

「如果他們繼續這樣，」她喊道。「我們就得傷害他們，而我不喜歡傷害安努人。」

「讓我處理。」李海夫面無表情地說。

「不，」艾黛兒吼道。「撤掉你的人。」

指揮官看了她一眼，表情難以解讀，然後大聲下令。還在凱卓和塔樓之間的十幾名火焰之子遲疑了片刻才緩緩後退，手上的武器依然沒放下。從紅髮女人的表現來看，他們就像突然消失了一樣。下方的街道竄上來一支箭，但在艾黛兒出聲前，甚至是有任何反應前，箭突然偏離，彷彿擊中一堵隱形的牆。領頭凱卓完全不把那支箭放在心上，不過她身後的另一個女人，其實看起來像是女孩，舉弓反擊，連射三箭。街上再也沒人敢放箭。

「殺夠人了。」艾黛兒說。

「我們沒在殺人。」女人回道。「安妮克用的是擊暈箭，而我用的是天殺的手掌。」她舉起手，特意表明立場。

「妳對我的手下施暴。」

「妳的手下是白痴。我說我需要和妳談，是他們不肯幫忙。」

凱潔蘭笑聲愉快。「很少有人名實相符，但我得承認這些凱卓魅力十足。」

火焰之子已經幾乎退到塔樓裡。艾黛兒打量著走近的凱卓。他們有可能是伊爾・同恩佳派來的，畢竟那傢伙是全安努軍事組織名義上的指揮官。不過，光天化日之下，在一千名士兵面前，這裡實在不像是暗殺皇帝的好地方。

「把你們的武器拿下去給塔底的士兵。」艾黛兒終於說。「然後上來，我們再談。」

領頭凱卓點頭，但妮拉在艾黛兒身邊咕噥道。「不確定妳有沒有看見那個白皮膚婊子徒手通過妳半數手下，我不認為沒有武器對她有多大差別。」

艾黛兒看向李海夫和凱潔蘭。「他們有武器。」

「這個女人動作很快。」李海夫說，聚精會神看著三人走到塔底繳械。

他們三人身上的武器多到足以裝備一支安努部隊：雙劍、腰帶匕首、飛刀和弓箭。所有武器堆成明晃晃的武器堆。他們看起並不因為繳械而感到擔心，但另一邊的火焰之子，雖然擁有數量和武裝優勢，卻一副隨時準備跳下城牆的模樣。

等到紅髮女子終於上來，艾黛兒才看出她究竟有多年輕。儘管身上有許多疤痕和肌肉，她看起來還是比艾黛兒小，不過眼神毫不天真。

「光輝陛下，」她說，點頭的動作淺到只能勉強算在行禮。「我叫葛雯娜・夏普。凱登。我認識妳弟弟。事實上，兩個都認識。凱登呢？」

艾黛兒心跳加劇，面上卻不動聲色。「妳是瓦林的隊員。」

「我們三個都是。」女人回答。她大膽地打量艾黛兒。「不確定妳聽說了沒有，他死了。在北境的安特凱爾。據說妳當時也在場。」

艾黛兒神經緊繃，李海夫在聽見女人語氣不善時上前一步。

女人瞄了他一眼。「好劍。再多走近一步，我就把它插到你眼睛裡。」

「葛雯娜。」她身後的男人開口。他的膚色黑得可以與她的白比美，葛雯娜的語氣有多差，他的語氣就有多好。

「這位是塔拉爾。」她說，朝他點頭。「他認為我態度該好一點，行事該溫和一點，這樣能讓別人不亂拔劍，之類的。」她說話時，目光一直沒有離開艾黛兒的眼睛。她的笑容似乎不懷好意。「問題在於，我遇上拔劍的人時運氣向來不錯……」

48

「沒炸準。」跳蚤冷冷說道。「他還沒死。」

「你怎麼知道？」瓦林問。

「我看見了。炸藥炸爛了那座丘頂，但包蘭丁在爆炸前幾分鐘離開最高處。爆炸的威力把他震倒，他流了很多血，但還活著。他們在你獨自對抗所有厄古爾大軍時將他抬走了。」

瓦林閉上雙眼。密爾頓堡中央的石室很冷，令他高漲了一整個下午的殘暴歡愉感消失無蹤。他的骨頭痠痛，肌肉緊繃到超越極限，數十道淺淺的傷痕在他皮膚上灼燒，轉身時甚至感覺傷口崩裂，又開始流血。

但他的狀況已經比不少人好多了。在日落後集合討論次日戰略的六人中，沒有一個人毫髮無傷。貝爾頓走路一瘸一拐，紐特一直咳嗽，幫席格利包紮手臂時胸腔中的積血不停咯咯作響。跳蚤和胡楚渾身都是血味，不過瓦林無從判斷他們的傷勢。而且比較起來，他們都算運氣不錯了。堡壘外面，傷兵沿著殘破石牆下的草地癱坐一地，有些在呻吟或咒罵，也有人安安靜靜地等死。

「那個混蛋吸魔師或許受傷了。」貝爾頓啐道。「可是我們也一樣。我今天損失了十二個人，還有十幾個可能過不了今晚，而我還沒算有多少人傷重到無法再戰。」

「要慶幸。」跳蚤回道。

「慶幸？慶幸什麼？」

「你們沒有全軍覆沒。」

「還沒有。」貝爾頓說。「明天不管有沒有吸魔師，厄古爾人都會再度進攻，而現在天殺的石牆上有個大洞。我的人已經筋疲力竭，但他們今晚都沒得睡，必須修補那個洞。你期待他們早上能幹什麼？」

「我期待他們作戰。」跳蚤輕聲道。「讓傷兵上馬，往南趕路。叫他們警告這裡到安努之間所有農夫和鎮民。剩下的人就繼續作戰到打贏或戰死。我們撐得越久，就能爭取越多時間。」

「打贏？我們打不贏。」軍團指揮官爆發了。「我們要對抗所有厄古爾人。」

「那我猜我們會戰死。」跳蚤低聲說。

「那些馬。」胡楚插嘴。「是我的馬。我是來殺凱卓吸魔師，不是把馬拿去拯救懦夫的。」

跳蚤微微轉身。席格利突然散發蠢蠢欲動的氣味。厄古爾女人又迅速又強壯，但她不是凱卓。

「這些人會殺了妳，胡楚。」瓦林說。「如果妳不交出馬的話，他們會殺了妳，還有所有待在石牆裡的厄古爾人。」

胡楚猶豫了一會兒，接著語氣輕蔑地表示：「這就是安努人的處世方式。你們說我必須對抗自己的族人才能擊敗吸魔師，我對抗他們了，但你們失敗了。為了你們的失敗，你們打算違背我們的信任，殺死我的戰士，搶走我的馬。」

「我很歡迎妳直接把馬給我們。」跳蚤的語氣聽起來相當疲倦。

「你們毫無榮譽可言。」女人吼道。「你們全都一樣。」

「榮譽是好東西，但是打仗時沒多少用處。」

緊接而來的沉默宛如鋒利的匕首，隨時準備割傷第一個移動或說話的人。瓦林傾聽心跳聲，六道固執的心跳敲打出謹慎或憤怒的節奏，每個心跳都受困在他們的骨牢中。空氣在血淋淋的裂傷嘴唇之間進進出出。空氣和血，那些就是他們和外面那些死屍的差別。感覺差別不大，感覺差不夠多。

「有多少次，」瓦林終於轉向胡楚問道。「妳說安南夏爾是懦夫之神？」

他等著。但她拒絕回答。

「我們把話說清楚。」他終於繼續說。「我認識跳蚤。如果他要殺妳，妳不會感到任何痛苦，妳不會得到任何榮耀，妳會活著，然後突然消失，進入死亡無盡的懦弱之中。包蘭丁會活下來，我們會對抗他。而妳放棄了，只為了幾匹馬。」

胡楚咬牙切齒。「我們當初不是這樣說的。」

「我們說要殺吸魔師。」跳蚤指出這一點。

「你失敗了。」

「等我死了，」小隊長回答。「妳才能說我失敗。」

瓦林幾乎能夠感覺到他們的目光如同牛角般卡在一起，跳蚤的眼睛黑如泥，胡楚則是凶殘的天空藍色。

「好吧，」她終於說。「我會提供你們需要的馬。我們要怎麼殺吸魔師？」

瓦林緩緩吐氣。「我們現在出發。」他說。「趁他受傷時動手，趁他缺乏防備時。」

跳蚤慢慢搖頭。「他不會缺乏防備，反而會加強防備。記得你的《韓德倫兵法》：謹慎是最堅固的護甲。包蘭丁一向都很謹慎。現在受傷了，他肯定會加倍謹慎。更糟的是，他知道對手是凱卓。他看到我們了。」

貝爾頓對著沒碎的地板吐口水。「這不就是你們凱卓的專長嗎？偷偷摸摸？殺人？」

「沒錯，我們經常在幹這種事，所以當我說那樣沒用時，你就得相信我。如果我們現在去殺包蘭丁，的確會是偷偷摸摸地去殺人，只不過死的人會是我們。」

「最鋒利的劍，」紐特同意。「就是奇襲。」

「我懂。」胡楚說。「五歲小孩都知道有適合掠奪的好時機，也有不適合的蠢時機。但我們沒得選擇，不可能永遠守住這堵牆。」

「我們能撐多久就撐多久。」跳蚤回答。「然後轉進下一個地點，然後再下一個。我們要為安努的人民爭取時間，等吸魔師犯錯。」

「等？」胡楚問。「這就是你的計畫？等？那可不是戰士之道。」

石室外有人慘叫，淒慘、迷惘、拖長的叫聲，然後突然就被打斷了。瓦林熱血沸騰，手握斧柄，但那並非攻擊，目前還沒有。那名士兵只是在對抗自己的痛苦，不是更嚴重的事，也不是更不嚴重的事。

「妳說安南夏爾是懦夫之神。」跳蚤終於說。

胡楚身體一僵。「讓懦夫不必受苦。」

「我們對墳墓之神有另外一個稱號：耐心之神。」

「耐心不是戰士的美德。」

「我不是戰士。」跳蚤輕聲回道。「我是殺手。」

♛

當天稍晚，安努軍終於用臨時砍來的木材堵住牆上的大洞、將死去的安努士兵埋入淺墳、傷兵都獲得照料、石牆南側的人也都斷斷續續睡了幾小時之後，胡楚發現瓦林正坐在一座守衛塔頂上，目不視物地凝望北方。

「有多少人？」他頭也不回地問。

女人身上散發染血的皮革和另外一種味道，十分刺鼻的氣味。瓦林過了一會兒才瞭解她在喝某種烈酒。

「我不知道。我們的歌謠宣稱厄古爾人宛如繁星，數之不盡。」

瓦林咕噥一聲。「那我們就慘了。」

胡楚在他身邊的石地上放下陶瓶，發出清脆的聲響。「喝。」

瓦林抓著瓶頸拎起粗製酒瓶。烈酒令他裂傷的嘴唇灼燙，沿著喉嚨一路燒了下去。「哪裡找來的？」

「藏在堡壘一個隱密的房間裡。不知道為什麼。」

「走私。」瓦林說。「大概是在哈格河沿岸運酒。」這個地方被人用來做如此正常的用途感覺很奇怪，世界上除了參戰的人之外還有其他人感覺很奇怪，帝國境內和更遠之處的男男女女完全不知道當天在此爆發的戰事，一心只想拿劣酒去換幾枚銅板的感覺很奇怪。瓦林搖頭，再喝一口，然後遞回酒瓶。

胡楚喝了一大口，搖晃陶瓶裡的酒。那個聲音令瓦林想起海浪，奎林群島四周的大海，無止盡的游泳和在海灘上跑步的日子。他以為自己已經不會傷感，以為安特凱爾的事已經斷絕他所有傷感。白天，聽著數千名男男女女拚命奮戰，戰鬥和死亡，他除了一股野蠻的獸性期待外什麼感覺都沒有。液體搖晃的聲音竟然能讓從前那些情緒湧上心頭，就算只有一瞬間，也令他感到困惑。他從胡楚手中接回酒瓶，喝了一口，又一口，再一口，直到那些情緒變淡為止。

他感覺她在看他。「數萬人。」她終於說。「我有這麼多族人入侵你們的領土，那些可憐的樹林中還有更多人，但是在這裡攻擊我們的約莫有三萬人。」

瓦林凝視她，然後大笑。他似乎只能如此反應。「數萬人對抗不到一百人。跳蚤可以慢慢等著去殺包蘭丁。如果我們還能多撐一天，我就把這個酒瓶吃了。」

胡楚遲疑。「我今天有看到你作戰……」

瓦林搖頭。「那又怎樣？」

「你獨自殺了二十幾個人。」

這個數字聽起來很瘋狂。當然，有很多凱卓宣稱他們殺過二十幾個敵人，但那是很多任務加起來的總數，二十或三十年累積下來的數量，而不是站在一面牆前對抗軍隊的數量。

「他們為什麼不射死我？」他問。

他對戰鬥時的記憶模糊破碎，彷彿醉得厲害或在作夢。他記得身後的石牆和面前的厄古爾人，四面八方都堆起戰士和馬的屍體，宛如用敵人的屍體築起的屏障。他作戰的位置很爛，最外行的弓箭手都能瞄準他，而厄古爾人從不缺弓。

「他們有。」胡楚回答。「那些箭……全部偏移，彷彿射中一面氣牆。那個吸魔師，沒舌頭的伊迪許人，她站在牆上，眼睛一直盯著你看，直到日落。」

「席格利。」瓦林緩緩說道。

聽起來合理。根據跳蚤的說法，女人疲憊到不適合作戰，也沒辦法施展強大的法術，不過擋開幾十支箭她或許還辦得到。瓦林發現自己又笑了，聲音嘶啞難聽。「就是這樣。我或許殺了二十幾個妳的族人，但我是躲在護盾後殺的。」他搖頭。「真了不起。」

「不管有沒有護盾，」胡楚說。「我見過很多戰士作戰，沒人像你那樣。」

她沉默不語。受傷的男男女女，不管是安努人還是厄古爾人，都在睡夢中叫出聲來，刺耳的啜泣聲劃破冰冷的北風。他們的傷口已經開始腐敗，瓦林聞得出來。有些人天亮就會死。死傷如此慘重，瓦林能在只受了些擦傷的情況下離開戰場幾乎是不可能的事情。他伸手觸摸手臂上一條長痂。胡楚每天晚上用匕首劃出的傷口都比厄古爾大軍的長槍和劍造成的傷勢嚴重。凱卓教學員在戰場上面對死亡，在堡壘廢墟的石牆前那場漫長血腥大戰之中，瓦林感到幾乎一年沒有感受過的強大活力。回憶令他微微顫抖。

「你能殺死那個吸魔師。」胡楚對他說。「幾個月前，我深入樹林卻找錯了鬼魂。你的跳蚤他很強、很快，但他的做法只有等待，卻不出擊。」她一手貼上瓦林胸口，用他的皮衣纏住手掌，把他拉近，近到他能聞到她口氣中的渴望。「你能辦到他辦不到的事。」

瓦林拍開她的手。「我他媽瞎了。」

「你作戰時就不瞎，這是你自己說的。」

「我不能隨時都在作戰。」

他沒打算用這麼遺憾的語氣說這句話。隨時都想活在這麼多鮮血中肯定不正常，心智扭曲。就算是凱卓，為了戰鬥和殺戮而活的男男女女，也會回到島上，躺上沙灘、去釣魚，或在虎克島的爛酒館裡消磨半個晚上閒扯淡。只要能再度回到那面牆前，把我的斧頭砍入厄古爾人的脖子裡，我願意拿一切去換，說話、睡覺、吃飯，全部都拿去換。他心裡有一部分知道這種慾望很瘋狂、有自殺傾向，但是活在黑暗和悔恨中的人生，算什麼人生？

「我能怎麼做？」他問。「雙手伸在面前，跌跌撞撞穿越厄古爾營地，大叫包蘭丁？」

「我要你學。」胡楚回答。

「學什麼？」瓦林問。

「學看。」

在她低聲說出最後那個字時，瓦林察覺到匕首插入他肋骨之間，然後他又看見了：胡楚湊在他身前，一手握住他的肩膀，在刀劃破皮膚時持續把他拉近。這是他們已經舉行過十幾次的儀式，每次都會在鮮血和性愛中收尾，但這一次胡楚沒有貼上來，只是看著他，藍眼漆黑明亮，張開黑影組成的嘴唇。他臉頰感覺到她火熱的氣息，但和其他夜晚不同，這一次她散發出決心的氣味，而非慾望。

「你看見了。」她說。

隨著匕首壓力減輕，視覺消退。

瓦林冷冷搖頭。「不，看不見。」

胡楚後退。「你能看見。」

「只有在非看見不可的時候。」瓦林說。「只有在面臨死亡時。」

胡楚轉身背對他，靴子踩過粗地板，穿越小塔樓的塔頂。來到對面塔緣時，她停步，彷彿在研究下方的石牆。再度開口時，她依然沒有看他。

「你隨時都面臨死亡。」

接著，在遠風竄過樹林的呼嘯聲中，她轉身擲出匕首。當她的手臂掠過頭頂時，世界的輪廓自黑暗中浮現——胡楚的身體隨著投擲扭動，她的手指放開匕首，匕首不停翻轉，在深邃的黑暗中產生黑暗的路徑。就和在下方戰場上所發生的情況一樣，瓦林感覺自己的身體搶先心靈做出反應，體內某個遠比思緒更古老迅速的部分進行了十幾項細微的調整，轉身，舉掌，握拳，徒手抓住刀柄，然後朝胡楚拋擲回去。

如果她不知道匕首會被反擲回來，她就死定了。不過她在擲刀之前就已經料到他難以想像的反應，於是閃向一旁。即便如此，她還是差點沒閃過。匕首擊中她四分之一心跳前站的位置。兩人僵立不動。瓦林的黑暗視覺就像突如其來的暴力一樣迅速消失，耳中只餘自己加速的心跳。

「妳以為我不會殺妳，」他低聲道。「妳以為就因為我們搞過十幾次，而且兩個人都沒死，我就不會殺妳。」他搖頭。「妳錯了。遲早有一次，它會完全接管……」

「它？」胡楚問。他聽見她站穩腳步的聲響。

「我體內的東西，能看能殺人的東西。」

「不，馬金尼恩，」她說。「那不是你體內的東西，那是你。」

瓦林搖頭。「我沒這麼快，差得遠了。看……」他從腰帶上拔出兩把斧頭，就為了給她看。他拔斧的速度在奎林群島上勉強過關，但在隨著黑暗視覺而來的奇特能力，讓他的動作顯得很不靈活，慢得可以。

胡楚搖頭，不過沒有上前。「馬不會奔向大火，」她說。「至少小時候不會。但火……火和血一樣屬於戰爭的一部分。馬必須接受訓練，我們不會用刀子，而是用厚羊毛布蒙住牠們的眼睛。我這麼幹過很多次。遮住眼睛，馬就會奔向大火，會在指令下衝過火場。」

「我不是妳的馬，胡楚。」

「不，你比馬快，比馬危險。但對你而言，就像對牠們而言，有時候要遮住雙眼，有時候要把遮眼布拿掉。」

「我不會拿。」他吼道。

「你會。我這些日子以來都在觀察你。即使在你宣稱看不見時，你也能看見。你會轉向動靜和光源。面前有樹枝時，你會低頭閃避。」

「妳知道我在那座天殺的森林裡騎馬撞到多少樹枝嗎？」瓦林問。

胡楚的笑聲鋒利到能割傷人。「你知道有多少樹枝沒撞到你嗎？」她搖頭。「你是笨蛋，馬金尼恩。你說你只能在死亡降臨時視物，但死亡向來離你不遠。比方說，此時此刻……」

她撲向他，身體出現在黑暗中。她在逼近時拔劍對他當頭劈下。瓦林在最後關頭跨步閃避，看見劍砍中石頭時擦出的黑暗火星。他踢中她的後膝，她倒地滾開，伏身在地，劍舉身前指向他胸口。

「你能看見我嗎？」她輕聲問。

「我們談過這個了，」他吼。「只要一打完——」

「萬一永遠打不完呢，馬金尼恩？」

他瞪著她。她微笑。

「這是克維納的教誨……」

「克維納的『教誨』，」他啐道。「就只有鮮血而已。」

「你的盲目並非眼盲。」胡楚回答。「而是靈魂盲目。你以為你能在地上畫條線，然後說：『線的這邊是打鬥，另外那邊是寧靜。線的這邊是戰爭，另一邊是和平。在線的這邊我能看得到，但在另一邊我是個瞎子』。」

在瓦林的瞪視下，她重新撲了過來。他讓劍掠過臉旁，抓住她的手腕，拉到身前。

「一切都在掙扎，馬金尼恩。」她低聲說。「生命就是苦難，這才是克維納的教誨。」

「生命是……」

「苦難。」她又說。「痛楚是苦難，因為我們想擺脫它；歡愉是苦難，因為我們害怕失去它。蠢人會尋找自由，但根本沒有自由，只能擁抱苦難。你說沒在戰鬥時你就是瞎子，但你隨時都在戰鬥。」

她在他的箝制下轉身，用另外那隻手狠擊他的臉。這一拳打得他皮開肉綻。瓦林熱血沸騰，齜牙咧嘴地握緊她的手腕，扭到他認為她的手臂折斷為止。她毫不畏縮。

「人生就是一場仗。」她嘶聲道。「你否認此事，是因為你來自懦弱的民族，所以你跌跌撞撞，自認是瞎子。」

她一口啐在他臉上。

他猛地扭轉了女人的劍，逼迫她，直到劍刃壓在她的喉嚨上。他感覺到她脈搏猛烈跳動，看見她的瞳孔在月光下放大。「你以為你在對抗我？」她輕聲道。「你是笨蛋，瓦林·修馬金尼恩。看看自己。看看你在對抗什麼。」

他瞪眼凝視，呼吸困難。*殺了她，*體內有個聲音低語。*割斷她喉嚨，把血灑出來。*

「即使現在，馬金尼恩，你都在反抗。」

一條血線染黑劍身。瓦林用力壓，渴望更多。

「敵人只有一個，」她低聲道。「每個女人都有自己的敵人，每個男人也都有一個。你知道它的名字嗎？」

隨著鮮血沿著劍身流到手上，瓦林發現自己瞭解包蘭丁的喜悅，站在死傷之人中間的喜悅，恫嚇恐懼之人、伸出強壯的手掌挖出活人生命的喜悅。這個想法令他作嘔。

「妳以為我不會殺妳？」他吼。「妳以為我不會享受那種感覺？」

他透過劍身感覺到她的鎖骨，感覺到她火熱的氣息吹拂他的臉。

「你當然會。」

「妳在賭，」他對她說，握緊她的手腕。「妳輸了。」

她掙扎，不把劍刃放在眼裡。「沒有犧牲就沒有視覺。在你把我獻祭給你的懦夫之神前，為它命名。」

「為誰命名？」

她的笑容血腥，充滿嘲諷。「你在對抗的那個東西，你的敵人。給它恰當的名字。」

「我有幾十個、幾百個——」

胡楚搖頭。「只有一個。」

殺了她，體內的聲音說。劃開她喉嚨，感受生命乾枯。

不，不是他體內的聲音。是他自己的聲音。這個噁心的低語聲是他在說話。

「為你的敵人命名，瓦林·修馬金尼恩。」女人又說。「然後告訴我，究竟有沒有哪一天，甚至只是哪一刻裡，你沒有必要戰鬥。」

他想直接殺了她，讓她腦袋分家，臣服於自己內心角落的黑暗面。最後是號角聲阻止了他——打碎黎明前寧靜的厄古爾號角，延續十幾下心跳的憤怒之音。號角聲安靜下來，然後又響，然後再響。

「那是什麼意思？」他問。

胡楚嘴唇後咧。「我的族人。他們不等黎明。」她伸出另一隻手放在抵住她喉嚨的劍上，手指沿著劍刃撫摸。「你要讓我加入今日的死者行列嗎？」

瓦林瞪著她，剛剛打算做的事情宛如號角般在他腦中迴盪。他用力推開她，向後摔出去。劍從胡楚麻痺的手指間落下，撞在石板上。瓦林自己的雙手抖到彷彿生病。

她瞇眼看他，然後微笑。

「人生就是戰爭，每次心跳都是戰爭，那就是克維納的真相。」

瓦林噁心地在真相前轉身，轉而面對來襲的敵人。數千名厄古爾人騎馬衝向石牆，黑色的身影、黑色的馬，武器和臉的線條在盲目的黑牆前刻劃而出。他們尚在三百步外，對他尚未構成威脅，還沒有，但他看得見他們，清清楚楚，盡收眼底。

49

根據派兒的說法，拉桑伯和她救出凱登和崔絲蒂的河邊廢墟相隔只有二十五里。然而，在山裡不能直線前進，所以路程會加倍。他們整日整夜都在逃離伊爾・同恩佳手下的追殺，奮力爬上狹窄的山道，跑過濕滑的岩石、蜿蜒的山澗，然後繼續跑，穿越峽谷和懸崖的迷宮。他們都很清楚絆倒或摔落的話會有什麼後果。很長一段時間內，安努人一直緊追在他們身後數百步遠。

「阿克漢拿斯。」凱登速度不減，指著身後。「在追蹤我們。」

他目前還沒發現那些怪物，它們動作迅速敏捷，不會輕易洩露行蹤。他在骸骨山脈見過它們移動，毫不懷疑它們有能力趕上自己三人。他幾乎在想像透過自己的呼吸和血流聲聽見它們利爪劃過岩石的聲響，那種幾乎在人類聽覺邊緣的尖聲，宛如插在耳朵裡的針般揮之不去。

「可以殺了它們。」崔絲蒂在碎石地上喘著氣說。「如果它們……露面……」

凱登搖頭。「它們不會露面。伊爾・同恩佳不會冒這個險。只要它們還活著，他就能和我們跑到天涯海角。」

派兒在崔絲蒂奮力攀爬一座岩架時停下腳步。殺手看起來和凱登一樣疲憊，頭髮汗濕，呼吸急促，皮衣和手臂上都是血塊，有些血是死在她手上的士兵的，有些來自她自己的傷口。然而，與崔絲蒂不同，她似乎一點也不擔心。事實上，即使當她回頭看向峽谷，伸手遮擋陽光時，她的嘴角還是微微上揚。

「我真的開始討厭那些怪物了。」她說。

接著，就在她說完話時，彷彿士兵和蜘蛛還不夠糟糕一般，閃電降臨了。萬里無雲的天空突現閃電，巨大電光自四面八方來襲，擊中峭壁，打爛岩石。最近的閃電落在百步內，襲擊範圍延伸至數里外。

「吸魔師。」凱登疲憊地說。

派兒惱怒地嘖了一聲。「真的很像在作弊。」

又一道閃電擊中四分之一里外的懸崖頂，衝擊力將碎石炸開來。

凱登壓下想退縮到陰影裡直到不自然攻擊過去的動物本能，走到寬敞峽谷中央，研究劃破天際的閃電。「隨機攻擊。他們不知道我們在哪裡。」

「他們不須要知道。」崔絲蒂吼了回去。她奮力爬上岩架，不耐煩地揮手要他們繼續前進。

「他或許只是瞎猜，但閃電真的會劈死我們。」

「沒錯。」派兒若有所思，凝視著在他們周圍展開的猛烈閃電。「安南夏爾的旨意總是高深莫測。」

「你想站在這裡試探神的旨意嗎？」凱登看著顱誓祭司問。他不是在認真發問，但問出這個問題的同時卻發現自己真的想這麼做——站著等，把責任交棒給其他人，或更崇高的力量，終於可以放棄這場他不瞭解也不指望能贏的戰爭。梅許坎特在他體內震怒、無言、受困、怒不可抑，一再撞擊凱登建立的牆。放任那些牆崩塌很輕鬆，毫不費力。釋放神。就此徹底放棄自我……

另一道閃電打入峽谷，擊中他們片刻前才通過的地方。殺手沒有畏縮，甚至沒轉頭去看，反倒是轉而打量凱登。

「你不是我印象中那個瘦弱的僧侶。」

凱登搖頭，把他的思緒從犧牲和投降中拉了出來。「那個僧侶沒辦法生存。」

「生存。」派兒皺眉說。「剛剛有那麼一瞬間，我以為你已經不在乎那種事。神會來找我們所有人。」

「那我們跑什麼？」

派兒對他笑道：「如果現在逃跑，我們可以擇日再戰。而我喜歡戰鬥。」

快中午時，天空安靜下來。他們在小溪前停下來喝水，凱登已經聽不見追兵的聲音。他很想相信自己已經甩開追兵，但他和伊爾・同恩佳鬥智太久，難以相信自己的想法。不管凱登聽不聽得見肯拿倫的聲音，他都會找上門來。問題在於，派兒和其他顱誓祭司為什麼要牽涉進來？

「妳應該放我們自生自滅。」凱登說，在溪邊起身，享受嘴裡和喉嚨中的冰水。「伊爾・同恩佳本來會殺了我們。妳欺騙妳的神。」

派兒搖頭。「不是欺騙，是交易。用你們兩條靈魂去換我們留在那裡的靈魂。」

崔絲蒂瞪著殺手，疤痕滿布的臉上充滿厭惡。「為什麼？為何要如此勞師動眾？」

「一個很誘人的機會。」派兒回答。

「殺死伊爾・同恩佳？」凱登問。

顱誓祭司搖頭。「擄獲長拳。」她提到那個名字時語氣頗不尋常，既惡毒又飢渴，和她一貫淡然的態度大相逕庭。

「長拳？」崔絲蒂問「為什麼？」

派兒轉向她，揚起一邊眉毛，彷彿內心在思考是否回應。「他是痛苦的祭司。」她終於說。「梅許坎特的大祭司，很適合用來獻祭給我的神。」她轉向凱登，側過頭去。「說起這個，他人去哪了？」

凱登搖頭。「逃了。跳河。」

派兒噘起嘴唇。「那或許我的神已經得到他了。」

「或許，」凱登同意。古神在他心中大發雷霆。「那我們現在該怎麼辦？」

「好問題。」派兒說。「我們先回拉桑伯，然後再做決定。」

「要是我們不想去呢？」崔絲蒂問。她在喘氣，手抵膝蓋，身體前傾，但目光堅定，抗拒的意味十分濃厚。

派兒露出一個寬容的微笑，一手刻意做了個小手勢，手裡還拿了把匕首。「到處都是我的神的祭壇，每塊土地——」她用匕首指了指。「妳站著的那塊石頭。而我的虔誠有時候會蓋過我的耐心。」

「我們會去。」凱登說，舉起一手，彷彿他有能力阻止殺手，接著轉向崔絲蒂。「總比待在這裡安全。」

派兒輕笑。「安全。」她品嚐著這個詞語。「非常微妙的說法。向來和人們期待的不同。」她聳肩。「但沒錯，我同意拉桑伯比較安全。」

崔絲蒂瞇起雙眼。「什麼意思？」

「意思是我或許會殺妳，但保證不先折磨妳。」

♛

這裡是黑鐵和噩夢構成的堡壘，充滿腐臭的迷宮，長長的廊道迴盪著尖叫聲。這裡是一座墮落的巢穴，男人和女人拿人類頭顱喝血，把自己的嬰兒當成祭品擺上焦黑的祭壇，在扭曲血腥的高潮中自相殘殺。這裡是骸骨大殿、人肉祭壇，和裝滿腐敗屍體的亂葬坑，沒有光明、希望、任何人類慰藉的洞窟，只剩對古老恐怖的死亡之神的崇拜——安南夏爾，靈魂拆散者，腐屍品嚐者。

多年來，凱登聽說過各式各樣關於拉桑伯的傳言，有些是黎明皇宮的僕人在廚房間謠傳的，有些則是歷史學家寫在昂貴的紙張上裝訂成冊，讓有錢人享受刺激的書籍。這座堡壘也是畫家偏好的主題。有些畫作，像錫安布里的名作〈死亡舞台〉，把拉桑伯當成研究人類解剖學的藉口——這裡一條斷臂，那裡一顆離開眼眶的眼珠，背景還有完美描繪的股骨和頭顱小山。話說回來，干城人的畫作幾乎都不會描繪屍體，而是著重在拉桑伯的各種陰影和黑暗。凱登在某處讀到過，干城最偉大的畫家菲亞辛・奎德，曾花了八年時間調配出超過兩百種不同色調的黑，然後才開始繪製〈死亡之屋〉，描繪拉桑伯最恐怖廳堂的巨作。

奎德從未到過這個地方，凱登發現。

他、崔絲蒂和派兒一起站在一座懸崖邊，凝視對面那座陡峭的沙石山峰，以及座落其上的知名顱誓祭司堡壘。奎德根本不需要兩種色調的黑色，更別說是兩百種。

事實上，堡壘及周邊地形完全是光線、空氣和鮮艷色彩的集合：蔚藍的天空固定在美麗的懸崖上，數十種不同色調的赤褐色、褐色、朱紅色，還有拉桑伯造型優雅的小建築所添加的乳白色參雜其中。這裡沒有防禦用的城牆，沒有壁壘或塔樓，沒有殺人洞或箭洞。在陡峭山峰峰頂，那些東西都沒必要，仰仗天然地形屏障就夠了。死亡祭司的巢穴根本不是巢穴，而是鮮艷的白牆建築，照明充足，有很多花園、修道院和謙卑神殿。連綿不斷的綠地種有許多會開花的沙漠植物。就連涼廊和棚架投射出的影子都很吸引人，清冷寧靜。這裡幾乎讓凱登聯想到阿希克蘭那種明亮整潔的感覺，但骸骨山脈起碼有半年都處於嚴寒之中，而這裡，即使當山風吹蝕人心，炎熱的太陽依然溫暖大地。

在拉桑伯和凱登所在懸崖之間的深谷裡，有一座沒有護欄或扶手的優雅白拱橋。橋梁看起來窄到根本不足以支撐自己的重量，更別說讓任何人通過。橋上沒有地方可躲藏，沒有任何屏障。只要一個弓箭手帶著足夠的箭，就能在大軍之前守住這座橋好幾天。至少表面上看來是如此。凱登希望真是那樣。

「我們該過去，」他比向橋說道，強迫痠痛顫抖的雙腳繼續前進。「趁伊爾·同恩佳他們尚未趕到。」

「我們不過橋。」派兒回答。

凱登搖了搖頭。「妳不懂，他離開北境前線，不惜讓厄古爾人摧毀安努，只為了跑來這裡追殺……我們。」

他在說出最後那個詞語時轉向崔絲蒂。她看起來並沒有在聽他說話，而是面無表情地盯著拉桑伯，彷彿在看著自己剛剛被人挖開的墳墓。

派兒抿唇打量女孩。「為了你們兩個和厄古爾酋長勞師動眾，我很想知道原因。」

「我們可以先過去再說明原因。」

他不曉得等時候到了他會怎麼說，不曉得他為了拯救自己、拯救崔絲蒂還有他們體內的神會扯什麼謊。不過那些可以等，首先他們必須躲到未必安全的拉桑伯裡。

「我的意思是，」派兒繼續說，比向四周的高山。「這些懸崖到處都是我的兄弟姊妹，有些人在打獵，有些人在站崗。如果伊爾·同恩佳有讀過歷史，他就會知道不要接近拉桑伯方圓一里之內。」

凱登瞇眼看著他們剛剛路過的岩石。他什麼都沒看見，沒有守衛或哨兵。不過話說回來，他在山區逃亡過程中只能竭盡全力不摔倒，視線幾乎沒離開過地面。他就算直接經過一整隊士兵也未必會發現。儘管如此……

「他有吸魔師。」

「吸魔師和任何人一樣都會死。」派兒聳肩表示。「只要你記得用匕首去插他們。」

終於走下窄橋時，他們完全沒有看出拉桑伯的人會拿匕首去插任何東西的跡象，除了晚餐要吃的仙人掌外。派兒是在其他地方學習作戰的，這點非常明顯，這些安南夏爾的信徒都沒在操練或戰鬥。凱登目光所及的顱誓祭司，那些身穿白沙漠袍的男男女女，都安安靜靜做著日常生活瑣事：種花、割菜、走在樸實的房屋中間，或三三兩兩交談。凱登唯一看見的武器根本不是武器，只是小小的腰帶匕首，插在鞘裡的刀身不比手指長，比他在阿希克蘭佩戴的匕首還無害。

這地方似乎比較像座寺院，而非死亡和暴力的巢穴。齱誓祭司在他經過時會停下來，好奇的模樣中卻沒有任何惡意。有幾個人對派兒點頭，或輕聲招呼，沒人提出任何問題。如果有人關心和派兒同行前往廢墟古鎮卻沒有回來之人的命運，也都沒有表現出來。似乎沒人擔心安努帝國的肯拿倫帶兵跑來安卡斯山脈，甚至看起來根本不知情。

「我們該……知會什麼人嗎？」凱登問。「準備防禦？」

派兒揮開這個問題。「防禦已經夠嚴密了。」

「藏在山裡的哨兵？」

「還有其他防禦。在最古老建築的第一塊石頭到位以來，拉桑伯就一直受到嚴密的守護。」

凱登望向那些房舍，大部分都很小，只有一、兩個房間，棗樹依附在沙石牆邊，小露台遮蔽陽光，前後都有種了花和蔬菜的花圃。

派兒順著他的視線看去。

「每個祭司都有自己的土地。」她說。「那是神的指示。」

「園藝？」凱登問。「為什麼？」

殺手饒富興味地說：「我們要吃東西。屍體的熱血很美味，這點顯而易見，但有時候人體需要蔬菜。」

他們經過幾座關著山羊和綿羊的石造穀倉和畜欄。動物快步迎向籬笆，顯然在等人餵食。幾十隻雞在圍欄外圍走來走去。有座穀倉旁有一老一少兩名祭司正在宰殺一頭山羊。老女人一邊動手一邊指出各韌帶和器官，停下來讓學生檢視屍體。那是凱登抵達後第一次看見血。

「我們要去哪裡？」他問。

「見蓋拉。」派兒回答。

「蓋拉是誰？」崔絲蒂警惕地問。

「蓋拉是個人，」派兒愉快地說。「能決定我們該幫助你們，還是拿你們祭神的人。」

終於找到顱誓祭司的領導人禿頭蓋拉時，他正躺在懸崖上的一塊狹窄木台上睡覺，十指整齊交扣胸口，在數百呎的空中隨風搖晃。木台共有兩塊木板，分架在一個奇怪的秤兩側，商人會用來度量穀物或錢幣的那種裝置，不過大很多，整座秤橫越在深淵之上。對面木台上用以平衡安南夏爾大祭司體重的秤錘是個密封的木桶，桶底的洞用一個看起來像是石塞的東西塞住。

「那是什麼？」崔絲蒂問，語氣緊繃。

「那，」派兒回答。「是安南夏爾的秤。今天輪到蓋拉。」

「不是輪到我。」那名祭司說，沒有費心睜眼或坐起來。「是輪到拜德才對，但他還沒從西方回來。別人想要代替他，但我很自私。」他微笑。「這是領袖少數的樂趣之一，有權力享受寧靜祥和的一天。」

派兒故作悔恨貌。「幾年前助你上位時，我沒想到你這麼貪心。」

蓋拉越笑越開心。「妳太笨了。」他還是沒有睜眼。

「這個秤是用來做什麼的？」凱登問。

「接近神的方式之一。」派兒回答。她比向木桶。「桶子裡裝水，用岩鹽塞堵住桶口。塞子溶解時，桶裡的水就會流光，木台上的人就會去見神。」

崔絲蒂後退一步，彷彿大秤會轟然折斷。

「什麼時候？」她問。

派兒聳肩。「無法預測。有些鹽密度比較大。熱天水溶解鹽的速度會比冷天快。通常要一年左右，但也不一定。」

「我年輕的時候，」蓋拉若有所思道。「有一次塞子三天就溶解了。當時坐在秤上的是灰髮潔絲，她起碼有一百歲了，駝得快碰到地，但思緒依然清楚。我們開玩笑說安南夏爾是等得不耐煩了。」

「那這個塞子，」凱登打量木桶問。「塞多久了？」

派兒搖頭。「我向來記不清楚。或許十三個月？」

「差不多，」蓋拉同意。他們的語氣彷彿在討論一頭無關緊要的綿羊今年多大。「去年夏天塞上的，在特瑞爾去見神後。」

崔絲蒂瞪大紫眼驚恐地看著大秤和躺在上面的男人。「太可怕了。」她輕聲道。

「正好相反。」蓋拉宣稱。「這裡是整座台地上最寧靜之處，唯一不會受人打擾的地方。」他停頓。「通常不會。妳帶了什麼人來，我的姊妹？」

「熟人。」派兒回答。「差點成為安努全境皇帝的人，還有一個殘花敗柳的妓女。這對年輕男女都是好人，不過非常嚴肅。」

「所有人對妳而言都太嚴肅了。那個厄古爾人呢，痛苦祭司？」

派兒皺眉。「跑了。」

「去見神？」

「或許，很難確認。他跳河了，但厄古爾人生存力驚人。」

「妳的兄弟姊妹呢？」

「都已進行了最後的獻祭。」

就連這個事實也沒能打擾祭司休息。事實上，他靜止不動的時間久到令凱登懷疑他是不是睡著了。派兒似乎一點也不著急，所以最後打破沉默的人是崔絲蒂。

「我們是囚犯嗎？」

蓋拉咂嘴。「大部分人都是囚犯。」他回答。「我聽出妳語帶恐懼。妳活在恐懼之中，彷彿它是妳的牢籠。妳是來這裡求取自由的嗎？」

「自由？」凱登小心問道。

「自由，」蓋拉同意。「自恐懼的羈絆中解放而出。你們想要加入我們組織嗎？」

「在你們回答前——」派兒開口。

崔絲蒂打斷她。「不，」她低吼。「不。我們會來這裡，是因為我們別無選擇，不是為了成為殺人犯。」

「如果傳言是真的，」蓋拉語氣柔和地說。「妳獻祭給安南夏爾的靈魂幾乎比我們任何祭司都多。我聽說妳在安努皇宮裡殺了好幾百人。真是了不起的獻祭。」

崔絲蒂的表情僵在恐懼和憤怒之間，雙手在兩側緊握成拳，再度開口時，聲音只比風聲響亮一點。「不是我願意的。我也不是故意的。我不是殺手。」

「說是一回事，」蓋拉喃喃說道。「做是一回事。儘管如此，妳怎麼說，我怎麼信。我們都有東西可以獻祭給神。如果妳不願意殺人，那妳可以去死。」

「不，」凱登說，在梅許坎特於體內吼叫時走向懸崖邊。「拜託，事情沒有那麼簡單。」

「事情向來讓人覺得沒那麼簡單。」蓋拉動也不動地說，眼睛還是沒睜開。「對受困其中的人而言。安南夏爾會解放你們，死亡沒有你們想像得那麼困難。我們會與你們同在。」

凱登感到一陣恐懼。他壓碎恐懼，專心穿越心靈的迷霧。

「我們肯定能夠做點安排。我父親支付過一次酬勞，要派兒救我一命……」

「我救了。」女人說。「那筆交易一年前就結束了。」

「我可以再付一次錢。安努財庫……」

「無關緊要。」蓋拉結論。「你們跑來這裡，來拉桑柏，就表示你們必須透過這兩種方式服侍神。既然你們不願意學習獻祭，那就必須成為祭品。」他聳了聳肩。「這兩種方式其實差不了多少。」

「那我們加入。」凱登說。他只需時間與空間來思考和計畫。逃亡可以晚一點再說。「我們可以成為顱誓祭司。」

「不行。」蓋拉輕聲說道，語氣近乎遺憾。「你們已經說出真正的想法。此刻所說的一切都不是真的信念，而是出自求生慾望而撒的謊。今晚你們去見神，我們會唱歌慶祝你們的犧牲。派兒會幫你們做好準備。」

聽起來他的話已經說完了。不久後，派兒的手穩穩搭上凱登肩膀。他甩開她，回頭看向他們來時的路。此地離橋不遠，或許只有四分之一里，但要逃出山頂台地是不可能的，逃不出去，也沒辦法殺開一條血路。如果他和崔絲蒂想活下來，如果他們體內的神要活下來，就必須說服這個男人，而且必須現在說服，在對方磨刀點火之前。凱登心亂如麻，強迫心思冷靜下來，然後進入空無境界。

進入出神狀態後，他完全無法理解片刻前自己在急什麼。

*那我們就死，*他心想。*然後諸神被迫離開這個世界。*

這似乎也不是什麼慘劇。基爾對於空無境界的危險警告在空蕩蕩的虛空中迴盪。凱登考慮那些警告，拿到光線下檢視，然後放到一旁。他打量了蓋拉平躺的身影一會兒，對方還是沒有動靜，接著將目光移往群山。等著顱誓祭司動刀有什麼意義？他只要跨出幾步就能結束一切，可以拋下所有恐懼、痛苦，逃跑與憤怒。事實上，祭司的話聽起來很有道理，安南夏爾的禮物就是自由，完美絕對的自由，永遠無法消除。崔絲蒂的啜泣聲竄入他的思緒中，人類的啜泣聲，不管鎖在她體內的是什麼女神，那都是極度孤獨、近乎崩潰之人的啜泣聲。*而她也將獲得自由，*凱登心想。*安南夏爾能拯救她。*崔絲蒂的生活自從抵達阿希克蘭後就一直處於恐懼、逃亡、囚禁和酷刑之中，她有什麼理由不歡迎死亡？

但接著，彷彿梅許坎特能夠聽見他無聲的思緒般，神開始掙扎吼叫：*不。*

這個字在空無境界光滑的外殼上滑開。

我見過神帶來人間的東西，凱登無聲說道，我也清楚見過替代方案。

派兒警覺地看著他。凱登不理會她，朝懸崖又踏出一步，然後再一步，直到他站在崖邊。老鷹慵懶地隨著下方的熱空氣盤旋，谷底有條細流在侵蝕岩石。有朝一日，就連山頂台地都會化為沙粒，沖刷到海裡。他此刻所在之處不會留下任何痕跡，拉桑伯和祭司都將蕩然無存。此乃天地萬物之道理。「我獻祭自我。」凱登輕聲說完後，低下頭，想像輕盈墜落的美妙感受，還有更加輕鬆的死亡。「我不需要你們的匕首。」

「不。」

這個聲音幾乎細不可聞。幾下心跳之間，凱登難以肯定他是不是真的有聽見什麼，沒辦法確認那個字是否存在於他的內心以外。接著那個聲音再度出現。

「不。」

這次不是梅許坎特，是崔絲蒂在哀求。

「不要，凱登。拜託不要。」

是他的名字喚回了他。那感覺很奇怪。辛恩花了很多時間教他名字並不代表事物本身，名字只是指向永遠都在變動的東西的代稱。指向，但從未真的指到。凱登這個名字就和他的呼吸一樣，不能代表他。就和所有文字一樣，它是個錯誤，但話說回來，在崔絲蒂嘴裡，那個名字喚回了凱登。

我救不了她，他無聲說道。

但你可以在她死時陪著她。

那是誰的聲音？肯定不是梅許坎特，也不是他自己。那是遠比邏輯古老的聲音，和他的骨頭一樣老，與生俱來，在所有情緒都被抹除後，最後一絲貫穿他思緒的人類羈絆，完全無法逃避，即使在空無境界內也不能。那根本不是聲音，而是他的本質所代表的真相，他所積欠的東西。於是慢慢地、慢慢地，他脫離出神狀態。

恐懼再度來襲，宛如拳頭般捏緊他的心。梅許坎特在空無境界內細不可聞的狂怒叫囂再度出現：釋放我。臣服我，讓我壓扁這些蟲。我會在他們體內點火，狂燒一千天，然後再把他們獻給他們的懦夫之神。

凱登推開那個聲音。

「然而，在我自我獻祭之前，」他說。「我要提出一個問題。」

顱誓祭司嚴肅點頭。

凱登再度低頭，看向等在底下的深淵，然後揚起雙眼。

「你們想殺我？」他輕聲問道。「還是想殺瑟斯特利姆人？」

蓋拉終於睜開雙眼。他的眼珠呈現深綠色。

「如果你們在這裡殺了我們，」凱登繼續說。「或放我們走，安南夏爾很快就會帶走我們。我們是凡人，我們今年或明年就會臣服於他的意志之下。然而，瑟斯特利姆人……」

他讓他的話在空中迴盪，眼看蓋拉緩緩坐起，轉而面對他。

「瑟斯特利姆人已經滅絕了。」

「沒有全滅。」

「是真的嗎？」蓋拉轉向派兒詢問。

她聳肩。「是有傳言，但這種事情向來都有傳言。」

「不是傳言。」凱登說。「我可以指出姓名，還有找出他們、對抗他們的方式。」

蓋拉皺眉。「你已經試過一次用謊言支付你欠神的債務了。」

「而你有聽我說完那個謊言。」凱登直視對方的目光說。「現在也聽我說完。瑟斯特利姆人行走人間，不老不死，違背你的神的旨意。」他側頭。「如果我說謊，請說出來，我直接去見你的神。」

沒有人說話。山風在石頭上磨利它的邊緣，烈日在藍天中靜止不動。彷彿過了很多年，蓋拉才終於點頭。

「神的行事高深莫測，我禱告時會好好想想。」

「等你禱告完畢呢？」凱登問。

蓋拉微笑。「我就會知道是該把你們獻給安南夏爾，還是聽你交出姓名。」

在低矮房舍後方的岩架上，凱登遠眺西方的群山。在奔跑這麼多天後，他的雙腳顫抖，腳底的水泡都破了，還流血，然後血肉模糊的舊皮膚下又長出新的水泡。那些水泡也破了。他輕戳龜裂青紫的血肉。抵達拉桑伯之前，他沒時間理會痛楚，只能別無選擇地埋頭奔跑。現在，能夠停下來，靜下來後，痛楚開始浮現，同時伴隨痠痛灼熱，一路燒到瘀青的骨頭裡。

宛如針對痛覺做出反應般，梅許坎特擴張勢力，推擠他的牢房，不斷試探。

釋放我。

那些話並不是言語，而是某種古老而異質的東西在凱登的心靈中流動，彷彿有那麼一瞬間，他透過別人的雙眼視物，或夢到別人的夢境。他緩慢而有條不紊地檢視神的牢房，加固它，補強它，找出被磨薄的地方——懷疑的片刻，透過疲倦和冰霜般的耐心造成的裂縫——加以修補。

不，他默默回應。

一股強大的怒氣襲來。

如果知道我在你體內，這些傢伙會把你碎屍萬段。

凱登搖頭，那樣有什麼差別？

他們不會知道。

風險太大了。

風險和人生密不可分。凱登說。那麼，大消除要怎麼施展？

他等了許久，等著梅許坎特用強大的壓力撞擊牆壁，結果卻毫無動靜。神就和雕像一樣安靜地待在他體內。他緩緩吐氣，伸展雙腳，開始輕揉後腰的肌肉。峽谷遠方，一對他不認得的黑鳥乘著熱氣流飛翔。這裡和阿希克蘭簡直一模一樣，只不過在阿希克蘭，即使擔任見習僧期間，他也不曾淪為囚犯，沒有真的遭囚。他從未生活在死亡威脅之下。

倒不是說顱誓祭司有虧待他或崔絲蒂。正好相反。見過蓋拉之後，派兒帶他們去位於台地最邊角的一間小屋，看起來和大部分顱誓祭司的住所差不多。屋內隔有兩房，兩張窄床，沙石牆上有火爐，上方的鉤子上掛著鐵壺和鐵鍋。

「這是誰家？」崔絲蒂問，一邊謹慎地觀察這個樸實的空間。

「最近一任主人是兩個祭司：赫爾頓和錢姆。」

「赫爾頓和錢姆呢？」

「他們去見神了。」殺手語氣輕鬆地陳述事實。「昨天我們去救你們時，安努人殺了他們。」

凱登在門口止步，嘗試解讀女人的表情。

「他們為什麼要去？」

「我告訴他們，長拳和你們在一起。我不知道他逃了。」

「顱誓祭司為什麼在乎長拳？」凱登搖頭問。

「他們想要救他。」崔絲蒂啐道。她瞪著樸素的小屋，彷彿那是死亡之心裡最黑暗的地牢。

「死亡祭司拯救痛苦祭司，以便攜手合作，把他們變態的信仰推廣到全世界。」

派兒臉色一沉。「顯然妳受訓的妓院在神學方面有所欠缺。」

「殺人不是神學。」崔絲蒂吼道。

「正好相反。」派兒回道。「如果養大妳的妓女在乎金錢和性愛以外的事，妳就會知道這件事。墳墓之神，我的神，是梅許坎特最古老的敵人。面對貓神的蠻行，安南夏爾的正義就是我們唯一的慈悲。我的兄弟姊妹和我不是去拯救厄古爾薩滿，而是要在他繼續散布病態前殺了他。」

「病態？」崔絲蒂嘶吼。「正義？慈悲？妳是殺手！你們全都是殺人犯。刺客！妳的神是血與骨的神，是死亡和毀滅之神。那算什麼正義？」

「唯一真實的正義。」派兒簡短回答。她的火氣似乎已經消退，被一種不尋常的嚴肅感取而代之。在凱登看來，打從派兒抵達修道院後，她似乎就什麼都不在乎，甚至不在乎自己的性命。她在死亡和挑戰之前只會大笑聳肩。直到現在，一年過後，他們才終於不小心踩到她神聖不可侵犯的底線。

「謀殺在睡覺的人，」崔絲蒂問。「正義何在？殺害小孩，正義何在？善惡不分胡亂殺人，正義何在？」

「就在該在的地方。安南夏爾不會饒恕任何人，不論皇帝或孤兒，奴隸或君主，祭司或妓女，祂全都會找上門來。妳的女神席娜，單憑一時興起放送歡愉。有些人一輩子享盡極樂，有些人每天都在痛苦中度過。席娜寵幸一些人，藐視其他人，只有安南夏爾對所有人一視同仁。席娜喜歡眼睜睜看著被祂遺棄之人在祂愛人手中掙扎，只有墳墓之神能夠拯救淪落到梅許坎特手中的靈魂。」

「他們是一夥的。」崔絲蒂爭論。「在所有歌謠和故事裡——」

派兒打斷她。「歌謠和故事都弄錯了。如果讓梅許坎特為所欲為，我們永遠都不會死。祂會把我們放在火上烤，剝光我們的皮，讓我們永遠活下去，永遠慘叫流血，徹底遭受折磨。祂痛恨我的神的作為，痛恨安南夏爾提供的解脫之道，痛恨靈魂獲釋與最終寧靜。」

*這就是我囚禁在體內的東西，*凱登心想。*這個傢伙的生死與我息息相關。*一時之間，他覺得自

己還是應該跳下懸崖，就算那表示要把崔絲蒂獨自留下來面對顱誓祭司。

崔絲蒂目瞪口呆地看著派兒，最後終於再次鼓起她的憤怒。

「我不信。」

派兒慣有的笑容再度回到她的嘴角。「關於這一點，安南夏爾也很公平。不信祂的人一樣可以進入祂寬宏大量的避難所。」

話說完後，殺手便丟下他們。她沒有告誡或威脅他們如果逃跑會出什麼事，只是花了點時間比向屋外的木柴，還有在小花圃上的成熟蔬菜，然後離開。崔絲蒂動也不動地站了一會兒，困惑地瞪大雙眼，然後咒罵一聲，進入另外一個房間，甩上房門。凱登考慮要不要跟著進去，接著打消這個念頭。他突然感到疲憊，極度疲憊，但不認為自己睡得著，於是他來到屋後的岩架上，以辛恩的方式盤腿靜坐，在這個離他從男孩變成男人的寒冷山區數千里外的地方。山峰大不相同，天空卻是一樣的空虛遼闊，顏色隨著日落西山逐漸加深，從蔚藍到靛青，最後一片漆黑。

♛

崔絲蒂在月亮出來後過來找他。她不知道什麼時候脫了鞋，赤腳輕輕走過石地。凱登轉身，然後阻止自己。不管她在崖邊是怎麼說的，崔絲蒂都很討厭他，而且理由充足。背叛她的並非派兒的信仰，而是凱登自己。一開始是在死亡之心，後來是在他自己的皇宮裡。她此刻會來找他，唯一的原因就是她沒有其他地方可去。

她在幾步外坐下。兩人就這麼默默坐了許久，眼看月亮爬上繁星夜空。他們身後某處，顱誓祭司在吟唱曲調陰森、音律繁雜的歌曲。辛恩也有自己的音樂，低沉單調的合音，音階粗糙到足以磨平自我。顱誓祭司的歌聲截然不同，交織的旋律遊走於不和諧與堅定果斷之間，在不同的音域中轉變。如果辛恩的合唱算是石頭的音樂，這就是人類的音樂，標明時光流逝，每個抑揚頓挫都代表了自身無可避免的結束。

當凱登終於轉頭去看崔絲蒂時，發現她正靜靜地哭泣，淚水在月光下閃閃發光。她沒有直視他的雙眼。

「不公平。」她輕聲道。「一點都不公平。」

他不知道她是指此刻再度遭囚，還是體內的女神，或是凱登出現在她身旁。可能都有。他想找點話說，解釋自己所做的一切和沒做的一切，但他無話可說。

「我很抱歉。」最後他說。這話如同晚風般無力，但在全世界所有言語之中，只有這句話感覺有點真實。

崔絲蒂搖頭。

「或許我們該讓他們動手。」她說。「讓顱誓祭司殺了我們，一了百了。」

凱登打量她的臉。「我第一次聽妳說要放棄。」

「我是在奮鬥什麼？」這話很苦澀，很小聲，火焰終於熄滅了。「這個？」她指向石頭和天空。「這個？」指向自己疤痕滿布的皮膚。「那個冷酷無情的顱誓婊子至少說對了一件事，落入梅許坎特手中，祂就不會放手。」

「妳奮鬥了很久，不該就此放棄。」

「你也一樣。」她回答。「在你的修道院時，我們本來可以待在帳篷裡，我們本來可以讓密希賈．烏特拿他的闊劍砍死我們。」

「那樣就不用跑這麼辛苦了。」凱登同意。

「一切都不用這麼辛苦。」崔絲蒂搖頭。「你認為我們這麼做害死了多少人？」

「我不知道。」

「為了什麼？」

「我不知道。」

崔絲蒂終於轉頭看他。

「你一直沒告訴我。」她說。「你當初為什麼要回安努？」

凱登的目光從漆黑的天空轉向她。「我本來不想回去，是瓦林說服我，至少一部分算是。」他搖頭。「感覺那樣是正確的做法。」

「和一群你不認識的人爭奪你沒能力坐上的王位是正確的做法？」

凱登沉默了許久。在星光下，他只能看清楚她的雙眼，半藏在雜亂髮絲間的兩點微光。黑夜遮蔽了伊辛恩刻在她身上的疤痕，遮蔽了在藥物影響下的目光和警覺的神色。他可以輕易想像黑暗中坐在他一步之外的還是一年前出現在阿希克蘭的那個女孩。當時的崔絲蒂很困惑，甚至比凱登還要害怕，但她……有活力，意志堅決，還擁有對於一個被人從母親手裡搶走，拖過一座大陸去當皇帝性奴的人來說不太可能擁有的東西——希望。

凱登記得她在派兒．拉卡圖殺害法朗．普魯姆後和她對峙的模樣。妳到底是什麼人？崔絲蒂問那個女人。妳有什麼資格決定誰死誰活？他記得她在山裡奔跑，跟上僧侶腳步的模樣。當然，她是取用體內女神的力量，但所承受的痛楚都是她自己的。她的女神沒有讓她腳不會痠痛，沒有讓她腳掌不會破。即使受到那樣的折磨，她還是扮演好計畫中的角色，拯救他們所有人，挺身面對凱卓叛徒和奪走她的那個吸魔師。

是伊辛恩挖走了她的希望，但不光只有伊辛恩。回到安努時，崔絲蒂體內還有點鬥志，有點希望，有點火苗，是凱登從她身上奪走那些，在告訴她關於父母的真相時奪走了它，然後在英塔拉之矛的地牢中放棄她時再奪走一次。不管伊辛恩對她造成多少傷害，他做得都更過分。女孩承受了敵人的暴行，然而真正擊潰她的，是理應是她朋友的人所做的事。

「習慣，」他終於說，引述辛恩古諺。「是束縛千萬人的鎖鏈。」

崔絲蒂從岩架上扳開一塊石頭，讓它在掌心滾動，然後丟下懸崖。石頭落入無盡的死寂中，彷彿他們面前的深淵沒有止盡。

「你沒有坐在王座上的習慣。」她說。「當時沒有。當初遇上你時，感覺你……」她越說越小聲，最後搖搖頭。

「行為上的習慣，思想上的習慣。我從未坐過王座，但我認為安努需要皇帝。馬金尼恩家族已經統治帝國幾百年了，而我也繼承了那個想法。僧侶教我放開那些習慣，不過我失敗了。」

「我希望僧侶有教我那些。」崔絲蒂喃喃說道。「我成長過程中都以為母親愛我。」她雙手握拳放在胸口，像是握著隱形又寶貴的東西。她身軀顫抖。

「或許她愛。」

「她把我交給他。」她嘶聲道。「給阿迪夫。她把我送人。」她的聲音戛然而止，彷彿母親背叛的想法把話挖走，接著她長長吐了口氣。「你的僧侶說的對，習慣會傷害我們，就像抵住自己胸口的劍。」

逃出綠洲後，凱登第一次允許自己去想倫普利．譚。他再度看著年長僧侶在體內的碎骨交互摩擦下舉起明晃晃的納克賽爾矛施展致命一擊。譚，在安努人的伏擊中救了他一命，教他進入空無境界，並留在死亡之心掩護他逃跑。譚，是接受多年伊辛恩的訓練後依然能脫離他們的人。即使是譚，目光堅毅，心如磐石，在生命的最後依然沒看清世界。

心如磐石。凱登思索這種說法。感覺很恰當。心靈，任何心靈，都和這片土地一樣，台地和高山，所有的石頭都是在無法測量的瞬間形成的，逐漸被風和河流雕塑，在無以計數的雨水侵蝕下慢慢成形，最後依然無法逃脫地質學上的邏輯。

一段沉默過後，凱登緩緩搖頭。「辛恩對很多事物的看法都正確，特別是跟熄滅、刮除、挖空有關的事。」他轉向崔絲蒂，凝望虛無。「僧侶教我很多摧毀事物的道理，」他停頓片刻後繼續說。「不過他們從未回答的問題在於：等你挖空了一切，挖空恐懼、希望、憤怒、絕望、思緒中上千種習慣之後，你還剩下什麼？」

崔絲蒂沒有回答。他們身後的歌聲如風般起起落落，起起落落。他轉頭看向她，她也在看著他。她開口時，聲音細如微風。「為什麼非要有東西剩下？」

這是希歐．寧會給的答案，用問題去回答問題。然而，儘管修道院長年長睿智，他還是沒有經歷過自己所信仰的一切徹底毀滅的情況。

而崔絲蒂有。

在兩下心跳之間，凱登做出決定。

「神在我體內。」他直截了當地說。

崔絲蒂凝視他，瞪大雙眼，張開嘴唇。「梅許坎特。」她聲音輕柔，但語氣強烈到似祈禱，又似詛咒。

凱登點頭。「長拳死前的事。我不……」他想要把自己為了救神、囚禁神而做的事情化為言語。「我不知道是怎麼回事，不完全瞭解。」

這種說法照理說十分奇怪，堪稱瘋狂。對任何其他人而言都很瘋狂，任何體內沒有囚禁自己女神的人。

「我很遺憾。」崔絲蒂說。這話似乎是被強扯出來的，用鉤子從她喉嚨裡拉出來。

「以我的所作所為來看，我想我罪有應得。」

「沒人罪有應得。」

凱登不由自主說出一句辛恩格言。「世事皆有因。」

顱誓祭司的歌聲終於停止了。沉默宛如危險的猛獸般伏在凱登和崔絲蒂之間。

「但那表示……」她終於說。「如果要讓祂活下去……」

凱登再度點頭。「大消除。」

她臉色一沉。「不，我不會因為羞愧就去做這種事。我一點也不在乎你怎麼做……」

「崔絲蒂，」凱登說。他們彷彿在虛無中乘坐巨石漂浮。她越說越小聲，彷彿她的名字是種吸魔師的法術。凱登攤開雙手。「我不知道。」

「不知道什麼？」她警惕地問。

這個想法龐大到難以言喻。「整件事，」他終於解釋道。「我們奮戰的理由。擊敗伊爾·同恩佳，拯救這些神，讓人類生存下去……為什麼？」

她看著他。他的問題不過就是她的問題的回音，但聽著有人問出自己的疑問和絕望感覺非常糟糕。或許沉默是唯一的答案，但凱登覺得有必要強迫自己把話說完，至少說完這一次。

「我認為我們應該得救，人類應該得救，我們值得獲救，但那只是個習慣，只是個希望。」

「就和其他的一切一樣。」崔絲蒂低聲道。

凱登點頭。「萬一我想錯了呢？」

50

奇爾頓，缺了上方門牙讓他說話漏風。
賈爾，聲音像小女孩一樣高，但是能忍受他人嘲弄，在每晚睡前高歌家鄉山丘村落的歌謠。
楊墨，持雙劍作戰。
山德，能把腦袋大小的石塊拋得比任何人都遠。
芬特，每天作戰時都會大笑，但睡著後會哭。
笨湯姆，能夠解開任何算術問題，每天晚上結算死者人數、計算機率、主持賭局。
霍張，在搖搖欲墜的堡壘裡架設陷阱，捕捉每天晚上烤來吃的老鼠。
貝爾頓，連吼兩天命令後喉嚨啞了。
布蘭特，每天早上聽見厄古爾號角聲就嚇得屁滾尿流。
阿利克，滔滔不絕述說家鄉的事蹟，小湖旁的棕櫚樹和月亮看起來比較大之類的。
凱爾，割掉厄古爾屍體的耳朵，用皮繩串起來掛在脖子上。
磚塊葛魯恩，寬度和高度一樣，把三百首克拉希坎詩背得滾瓜爛熟。
在密爾頓殘破的石牆上對抗厄古爾人整整四天後，安努軍團就只剩下這幾個人。
四天。這點時間似乎不足以認識任何人，但在血紅太陽沉入西方的山丘後，瓦林發現他真的認識這十二個人。當然，他不熟悉他們人生中的所有小事，但那些小事有什麼意義？或許在其他地方，距離任何戰爭數百里的地方，認識一個人會有不同的意義。對於農夫、商人、漁夫來說，一生中積累的所有細節，例如父母和寵物的姓名、醉酒糗事、憾事、斷骨和心碎的故事，或許真的代表什麼意義。但在這座石牆上沒有。當安南夏爾默不吭聲地坐在他們營火後的黑暗中耐心等候，當他們無路可出時，沒有任何意義。

戰士有不同的認知方式。死亡如影隨形，隨時準備抹除堆積如山的事實，而在世界的其他地方，這些事實可能就是人的一生。重點不在於一生的紀錄，而是更迫切且短暫的東西：慘叫聲、血淋淋的笑容、禱告的語氣。那感覺就像，如果你有留意，以正確的方式看待一個人，就能從最微小的細節看到整個人生，能在一個動作間看出所有重要的事物。

如果是在其他地方，瓦林會厭惡其中幾名士兵，喜歡另外一些士兵。但在這裡，石牆頂端，「唾棄」、「喜歡」等詞語感覺很愚蠢，沒有意義。當一個士兵滿頭大汗地站在你身旁，手上的長矛為了救你而鮮血淋漓，你真的能討厭他嗎？你會喜歡他嗎？這些詞語就不適合用在這裡，那都是屬於其他世界的詞彙——男男女女有資格挑選朋友、你可以因為某人說了或做了什麼事而一走了之的世界。在牆上第四天結束時，他們所有人都已經到了無法離開的地步，超越了奔跑或逃亡的範疇，超越了任何非以鮮血來表達的評判。

他們能活到現在是很了不起的成就。

聽見厄古爾大軍的聲音，在北風中聞到他們的氣味是一回事；眼看成千上萬的騎兵穿越踏爛的土地而來，長槍朝天，頭髮飄在腦後，一次又一次衝向石牆，完全是另外一回事。第一天，瓦林一直在等著他的視覺消失，像之前一樣突然陷入一片漆黑中。但視覺一直都在，還變得更加清晰，甚至能看見所有衝過來的馬背民族臉上每一道疤痕。經歷幾個月無法視物的生活，瓦林已經忘記看見東西是什麼感覺，忘記了世界是如何充滿各式各樣的形狀和動靜，從地上到天空，一直延伸到地平線。馬背民族每次調轉馬頭攻擊，所有騎士宛如潮浪般移動，總是令他眼花撩亂。

厄古爾人沒有立即結束這場戰役，單純是因為包蘭丁不見了。他在山丘攻擊失敗後便徹底從戰場上消失。第二天吸魔師還是沒有出現，有些安努士兵認為他或許真的死在那場爆炸中，但跳蚤完全不考慮這種可能。他肯定還活著，我們將會再度和他交手。只管慶幸此刻我們勢均力敵。小隊指揮官這麼說。

勢均力敵可不是瓦林會用來形容戰況的詞彙。

不管有沒有吸魔師，厄古爾人都有數萬塔貝和克沙貝，女人和男人一樣強壯勇猛，每個人都有弓和矛，每個人都有好幾匹備用馬。他們每天都從黎明前一路打到黃昏後，只有在天色暗到衝鋒很可能會折斷馬腿後才休兵。他們的攻擊毫無分別，沒有戰略，沒有計策。他們沿著石牆狂奔，站在馬背上大吼大叫，跳上城垛，安努軍就連忙衝過去砍殺他們。

「這樣不合理。」瓦林在厄古爾人第二天撤退後對胡楚說：「他們可以建造攻城器械。」他比向森林。「這裡的樹木多到足以建造上千座石弩、投石器、弩砲。他們沒必要冒險攻到牆下，只要從一百步外遠程攻擊就能殺光我們。」

胡楚默默看著撤退的騎兵。終於轉頭面對他時，她的眼睛反射點點星光。開口時，她每個字都帶有嘲諷意味。

「不管你變得多強，你的想法還是安努人。」

「如果妳的族人想法類似安努人，他們早就奪下城牆，不會犧牲這麼多人。」

「戰爭並不在於攻下高牆。」

「他們很努力想要爬上這座城牆。」

「重點在於如何攻牆。」

瓦林看著牆下的慘狀。那些在天黑前死亡的屍體，幾乎沒有受到任何影響。他們或許少了條手臂，或許脖子上有道傷口，但看起來依然像人，要不是身上的傷口，可能還是有辦法起身，跌跌撞撞地離開。但其他死得比較久的屍體狀況就很糟糕，連日作戰把他們踩入泥裡，被馬蹄踏碎頭顱，血肉模糊，幾乎銷毀了所有曾經身而為人的跡象。烏鴉啃食那些較久的屍體，徹底了結一切。瓦林搖頭。「妳是想說死傷上千騎兵是好事？兩千？」

「那樣，」胡楚回應。「總比坐在一百步外，躲在機械後面，毫無風險地屠殺人要好。那不是打仗，只是殺人。」

「說得好像厄古爾人有多尊重生命一樣。我和你們的族人一起生活過，胡楚。我見過你們的手段。」

她揚起眉毛。瓦林打量著她。他一直沒有機會凝視人臉，長時間端詳對方。「那麼，馬金尼恩，你見過什麼手段？」

「我見過你們謀殺男人和女人，肢解他們。我見過鮮血。」

「而你，」她側頭繼續說。「沒這麼幹過？你沒有灑過血？」

「我當然有。」他說。作戰的畫面清清楚楚浮上心頭，當他揮斧砍落時，生命在他的血管中燃燒。「並不表示那就是對的。」

「戰爭有其神聖之道，」胡楚說。「也有褻瀆之道。我背叛我的族人，背叛吸魔師，因為他殺的人無力掙扎。就像你們那些使用戰爭器械的將軍，他殺人不冒任何風險。」她揚起一邊眉毛。「這不就是你們成長過程中學到的方式？你們所受的訓練？」

「那樣才有意義。」瓦林咬牙道。「即使沒有那些白痴愚行，戰爭也已經夠危險了。」

厄古爾女人搖頭。「你們的戰爭之道蒼白醜陋，很墮落。你們自稱文明，但看看你們為何而戰：疆界、權力、財富……」

「不然該為何而戰？」

「什麼也不為，戰爭本身就是敬神之舉。」

「變態的敬神。」

「比為了一個女人跨越你們在地上畫的隱形疆界就動手殺她還要變態嗎？比為了一個男人從別人那裡偷竊寶石或金磚就燒死他還要變態嗎？」

「正義，」瓦林說。這個詞語感覺比死鳥的骨頭還要酥脆。「法律……」

胡楚揮開他的爭辯。「掙扎才是重點。你知道，馬金尼恩。你見過，也經歷過。忘記你的正義和法律，唯一真實的只有人與人之間的掙扎，在血淋淋的心臟中展開的掙扎。」她的微笑宛如斧刃般鋒利。「這就是你看得見的原因，馬金尼恩。你或許想否認，但你瞭解它有多神聖。」

於是厄古爾人沒有戰略，也不製作戰爭器械。他們進攻石牆四天，用慘叫和鮮血洗滌它，而石牆就這麼撐了四天。跳蚤下給瓦林、紐特和席格利的命令很簡單：到戰況最吃緊的地方。士氣開始崩潰時，別讓士兵們崩潰。

聽起來是很荒謬的命令，籠統到幾乎讓人覺得輕率。然而，隨著戰事越演越烈，隨著厄古爾人一再衝向石牆，瓦林開始瞭解這個命令有多明智。凱卓在奎林群島花費多年研究戰術，研讀數十場戰爭中數百場戰役的形勢，學習進攻撤退的微妙之舞。那些研究彷彿在說勝利是從將軍的腦袋裡打造而成，是地圖和策略的成果。

但這裡不同。

在石牆上，任何迂迴戰術都可能掩蓋一連串單純殘酷的事實：石牆就是唯一擋在厄古爾人和南方之間的防線。如果石牆倒塌，厄古爾人就贏了。石牆不能倒。

「去戰況最吃緊的地方。」瓦林在第一天早上對自己輕聲說道，接著砍倒兩個踏上石牆的厄古爾人。他先把斧頭埋在第一個厄古爾人體內，把屍體推向第二個人，然後用第二把斧頭把他們兩個打落石牆。

到戰況最吃緊的地方。士氣開始崩潰時，別讓士兵們崩潰。

命令前半段很容易，後半段就沒那麼容易了。瓦林受的訓練都是小隊作戰，由受過嚴格訓練的專家組成的小隊。他毫不懷疑牆上的安努軍都很擅長行軍、維持陣形、出矛突刺、反覆揮劍，但不能和凱卓相提並論。瓦林能聞出他們的恐懼，每次厄古爾人來犯就變得更加濃重。騎兵每次進攻，爬上牆的人都比前一次多上幾個。三、四個人，安努軍能趕跑他們，多於這個數字，他們就會陷入恐慌。

第一天整個早上，瓦林徒勞無功地想要找點話和士兵說，用幾個字引發關鍵性的差異。史書裡寫滿眾多指揮官的士氣演說，但瓦林不懂那些。他在安努軍抵達時就說了實話：他們已經死了，全部都死了。可能今天死、明天死，或後天死。他們無法逃離厄古爾部隊的攻擊，也不可能永遠防禦這座石牆。騎兵遲早都會突破石牆，然後安南夏爾就會跋涉而來，消滅男人和女人，運用靈活無比的手指解開生命的繩結。

瓦林最多就只能在戰陣中讓士兵繼續作戰。他不給他們時間思考一個小時後或一天後會發生什麼事，而是將打仗的殘酷事實一再丟到他們臉上。上午過了一半、太陽燒穿雲層灑落陽光時，布蘭特肩膀中了一箭。不是致命傷，至少不會立刻致命，但肯定很痛。他倒在城垛上，蒼白的面孔因為痛楚而顯得更慘白。

瓦林跪在士兵身旁檢視傷口。接著他雙手握住箭柄，折斷，在對方逐漸失去意識時甩了他一巴掌，然後猛地拔出斷箭。

布蘭特慘叫，傷口噴出鮮血，又熱又急。附近的安努軍轉頭探看，瞪大雙眼，恐懼萬分。布蘭特讓他們分心了，這點顯而易見，但此刻他們不容分心。瓦林咒罵一聲，扶起男人，一邊轉身一邊伸手指向大批騎兵。

「那裡，」瓦林吼道，隨機挑選一名厄古爾弓箭手，一頭火金色長髮飄在身後的女人。「殺了她。就是她射中你的，所以他媽的殺了她。」

一時之間，他以為這個年輕士兵驚慌劇痛到聽不懂他的命令。接著布蘭特掙脫他的扶持，搖晃片刻，倚靠城垛穩住身體，以沒受傷的手舉起矛。當那個女人騎入攻擊範圍時，他大叫一聲，拋擲長矛。矛飛得稍微慢一點，插入馬腹，但那就夠了。可憐的坐騎發出嘶吼，足下踉蹌，摔倒在地，將女人甩出，然後壓扁她。布蘭特的矛沒了，但每一波厄古爾人都會帶來新的武器，更重要的是，布蘭特又重新站起來了，大吼大叫，無視肩膀上的血，挑釁下方的騎兵。就這樣，就在片刻前差點崩潰的士兵，再度開始喊叫。

他們靠這樣撐過了當天下午，然後又撐一天，再撐一天。瓦林挑選目標，士兵把他們的恐懼和憤怒灌注在特定的臉上，一次只攻擊一個敵人。瓦林完全沉浸在戰陣中，攻擊、停止、再次集結的節奏裡，以至於第四天黃昏到來時，他幾乎沒有發現。前一刻厄古爾人還在攻牆，造成大量死亡，下一刻他們已經撤退。雷鳴般的馬蹄聲、金屬撞擊石頭的聲響、數千人同聲戰呼，全都沒了，取而代之的是垂死之人的啜泣嗚咽，以及牆上倖存者奮力呼吸的喘息聲。

瓦林望向西方，太陽消失在尼山丘陵後的位置。黑夜宛如鐵碗般照在古堡壘上。士兵的瞳孔在黑暗中開始擴大，他們動作緩慢地走在血淋淋的石牆頂，不確定該落足何處。

「長官？」有人問。

瓦林轉頭發現布蘭特在看自己。安努士兵的肩膀已經用繃帶草草包紮，單靠一條手臂撐過了四天的戰鬥。

「什麼事？」瓦林問。

「厄古爾人。」布蘭特說，比向牆緣。

瓦林沒有轉頭去看。今天就和之前一樣，有數百名厄古爾人死去，其中還有許多傷兵。騎兵從來不曾費心回來找他們。根據胡楚的說法，這也是他們的處世之道，獻給克維納的祭品。即使是現在，瓦林還能聽見倖存者在爬行、跛行，掙扎著離開石牆和厄古爾營地之間的無人之境。有辦法爬回營火旁的人會有人載歌載舞迎接他們，沒有爬回去的人……沒人迎接。

「傷兵……」布蘭特說著，指向牆壁。

瓦林轉身面對士兵。「傷兵怎樣？」

年輕人凝視他。「我不知道，只是……難道我們不該做點什麼嗎？射殺他們……或派人拿斧頭去……」

瓦林搖頭。「別管他們。這是他們的選擇，我們要照料自己人。」

自己人很少，加上胡楚的厄古爾人和跳蚤的凱卓也只有二十人左右。石牆陰影中有座臨時醫護所，其實就是一塊遮風避雨的帆布。每天晚上，瓦林和其他凱卓就靠著兩盞油燈搖曳的火光縫合可以縫合的傷口，加以清理消毒。他們並不想救任何人，那不是重點，重點是要讓所有在一天的瘋狂中倖存下來的人明天還能再上石牆，讓垂死之人繼續撐著，不要加入屍體的行列。

那天晚上，當他們結束治療後，跳蚤向瓦林招手。累了一天的安努軍差不多都癱在牆上的崗位，所有人都陷入昏睡。稍晚之後，在飢餓或痛苦的驅使下，他們會爬起來，在營火上煮食他們最後的存糧，默默凝視火光，或交換當天的殘暴故事。不過暫時而言，他們都睡了。

「進堡壘。」小隊長輕聲說，比了個手勢。

瓦林挑眉。

「我們必須談談下一步。」

沒人費心點燃密爾頓堡壘中央石室的提燈，從屋頂縫隙灑落的星光對凱卓而言就已經足夠。

瓦林在進屋時回頭望向他的夥伴。沒人能在戰場上毫髮無傷，跳蚤的右眼腫到幾乎睜不開，紐特一腳瘸了，有把厄古爾劍砍斷席格利左手外側兩指。席格利的繃帶還在滲血，但女人毫不在意。這是瓦林印象所及，她身上第一次沒有散發雅緻香水的味道。她的黑衣又髒又縐，和其他人一樣，滿身血腥味。

「只有我們？」瓦林問，回頭看向門口。

「只有我們。」跳蚤同意。「凱卓的事。」

「我不確定我還能算是凱卓。」

「我也一樣。」跳蚤同意。「但你接下來或許會很重要。」他環顧四周，輪流打量每個人。「我們撐不過明天，人手不足。明天，或許中午之前，厄古爾人就會攻下石牆，戰鬥就結束了。」

紐特嘟噥。「沒人能對抗潮浪，所以你想怎麼做？」

瓦林沒想到跳蚤會笑。「我想做的是脫掉這雙天殺的靴子，挖出一桶麥酒，找個能欣賞河景的位置坐下，喝到不能再喝，然後睡上整整一週。」

這種反應不太尋常，但紐特哈哈大笑，就連席格利嘴角也微微上揚。那感覺比較類似抽搐，不像微笑，才剛出現就已經消失。

「問錯問題。」紐特同意，笑容不減。「我是要問，我們要怎麼做？」

「啊，」跳蚤說，伸手搔臉。「那個呀。那就沒這麼愉快了。」

席格利舔舔裂唇，說了一串難聽的音節。

「這位可愛又天賦異稟的夥伴認為，這裡和其他地方一樣是很好的葬身之地。」警語家開口。

跳蚤緩緩搖頭。「我不同意。首先，這裡又黑又冷，我們還沒東西吃。更重要的是，如果活下來，我們還有用處。」

瓦林瞪著他。「你想丟下他們。」

「我說過了，」小隊長面對他的目光回道。「我想怎樣並不重要。」

「什麼時候？」紐特問。

「明天。」

「今晚比較好。」警語家指出。他似乎對於丟下這群並肩作戰這麼久的人感到內疚。「有很多時間離開，走遠一點。」

跳蚤點頭。「我有想過。我還期待包蘭丁現身，我們留到最後一刻再離開。」

席格利大笑，然後搖頭。

「這位女士指出，」紐特說。「最佳的逃跑時機早已過去。」

「我們不是要跑。」跳蚤說。他朝西方點頭，河水在河岸之間奔騰的方向。「我們留下來繼續作戰，期待能再度對包蘭丁出手。如果沒機會，我們就游泳。」

警語家揚起濃眉。「那種激流？我相信你該用的詞並非游泳，是溺水。」

跳蚤聳肩。「或許。我昨晚有去探路。我認為有一半活命的機會。」他轉向瓦林。「那就是你來的原因。」

瓦林緩緩搖頭。「我已經一年多沒游泳了。」

「無所謂。你年紀小我們一半，幾乎沒有受傷，還比我見過的人都強壯。我或許有機會能乘著激流逃生，而你是肯定可以辦得到。」

瓦林心裡不由自主浮現胡楚的模樣。她八成在牆頂某處睡覺，或牆下的遮蔽處。安努人的作戰方式，會在戰事最吃緊時逃跑。她會這麼說。

「我不走。」他說。

跳蚤看了他很長一段時間。「你認為死在這座牆上是英勇的行為。」

「我認為這是我們欠那些士兵的。」

「那他們呢？」跳蚤問，大拇指比向南方。

瓦林瞇眼。「誰？」

「其他人，小孩、田裡的農夫、前廊上的老祖父，你又欠他們什麼？」

瓦林咬牙。

「死很容易。」這話不好聽，但跳蚤語氣輕柔。「時候到了，我們會死。只是時機未到。」

「為了明天站在牆上那群可憐的混蛋。」

跳蚤點頭。「對，為了那些可憐的混蛋，時候幾乎算是到了。」

♛

奇爾頓，一劍。

賈爾，一斧。

楊墨，雙劍作戰，又一劍。

山德，一矛。

芬特，喉嚨上一支箭。

笨湯姆，肚子上一支箭。

霍張，殺老鼠的傢伙，眼中一柄矛。

貝爾頓，中四箭後倒地。

布蘭特，一柄矛。

阿利克，一柄矛。

凱爾，墜牆，被馬踩死。

磚塊葛魯恩，熟記很多詩，一把厄古爾細匕首。

這就是這些人在明天瓦林和其他人趁機溜向河邊時將面臨的死法。

51

士兵在艾黛兒起身走下王座時步入千樹大殿。數十人，數百人，人數多到擠開殿上的朝臣和官員，以龐大的力量和氣勢將他們趕向王座旁的空地。士兵們的制服乾淨卻陳舊，縫縫補補，盔甲上的凹痕也已經多到怎麼磨都磨不光亮。大部分士兵都攜帶長矛，每隔二十人就有一名安努兵手持安努旗幟。

沒有人揮動武器。他們默默進殿，排列整齊，然後就這麼站在那裡，矛柄抵地，目光直視前方。沒人大叫或出言威脅，沒有暴力，也沒有染血。整個行動井然有序，彷彿是奉艾黛兒號令而來。問題是，她沒有下達這種命令。

據艾黛兒所知，北境軍團還在艾爾加德。烏里和賈·成在報告裡是這麼說的。傳信兵表示，安努軍受困於古老石城中，鎮守一座斷橋，而厄古爾人則肆無忌憚地南下。此刻士兵出現在安努城中的事實，理應同時令她感到欣慰和震驚。艾黛兒此刻最需要的就是人馬守牆，最好是經驗老到的士兵，而非凱潔蘭紀律鬆散的殺手和盜賊。一支訓練有素的部隊，在北方戰役中累積經驗的老兵，瞭解厄古爾人，知道如何對抗他們的人，簡直是她夜夜祈禱尋求的奇蹟。然而，當她凝視這些挺立僵直的隊伍時，她感覺心突然涼了一截。

*不對勁，*一個聲音低語道。*有危險。*

她伸手想去碰固定頭髮的木簪，這是凱潔蘭送的禮物，但伸到一半就強迫自己收手。髮簪有毒，不過艾黛兒不太可能用兩根髮簪殺光一支安努軍團。她小心翼翼地坐回王座。

她已經在這個天殺的王座上坐了一個早上，努力處理基本政務，讓其他人，基本上就是李海夫、妮拉和凱潔蘭，為即將到來的戰役做最後準備。很難想像即使在面對外族入侵，安努城內的雜務還是須要處理。有垃圾要清理，糧食要發放，解決港口糾紛，安撫外國使節。當然，大部分事務都交給一群部長、官員、書記處理，但所有人都會找艾黛兒商量最困難的問題，大部分都是男人。於是，當城市在備戰時，她必須花半個早上處理愚蠢的紛爭。那種感覺一點也不英勇，甚至讓她覺得自己很沒用。但星星之火足以燎原，而他們已經有很多大火了。

這支突如其來的部隊，是滅火的水，還是另一處火源？艾黛兒掃視下方士兵。

王座底下，擠成一團的官員緊張地動來動去，竊竊私語。部隊在不經宣告、毫無預警的情況下進入皇宮，表示他們是直接行軍進城，穿越安努而來。他們能進入皇宮，代表宮門守衛基於尊重或畏懼而放他們通行。也就是說，有人出面威嚇他們。

「指揮官是誰？」艾黛兒問，心跳加速。她目光順著士兵看去，尋找肯拿倫伊爾·同恩佳的身影，尋找奪走她兒子的男人。那是唯一的答案，他沒有消失，他率兵南下溜過厄古爾部隊，及時抵達安努，強化城牆防禦。「伊爾·同恩佳在哪裡？」她問。

但出面的不是伊爾·同恩佳，而是另一名士兵。「肯拿倫在其他戰線作戰，光輝陛下。」他說。「部隊由我指揮，我是梵將軍。」他敬禮。敬禮，卻沒有跪下。

艾黛兒瞇起雙眼，打量這個陌生指揮官。久歷風霜的中年人，比她個子高，不過似乎有點無力地斜向一邊。片刻後她發現，他的腳沒有靴子，沒有腳掌，右腳末端是明晃晃的鋼刺。她無從得知他是在北境戰爭或之前失去這條腿的。他似乎不太可能靠著那根鋼刺從艾爾加德行軍過來，但是話說回來，這些徒步的士兵根本不可能趕在騎馬的厄古爾人之前抵達安努。

「你們打哪兒來，將軍？」艾黛兒謹慎問道。「我們的情報指出北境軍團在防守艾爾加德。」

他搖頭。「那是策略，光輝陛下。我們一通過哈格河立刻南進。」

「但是要在這麼短的時間裡趕這麼長的路……」她搖頭。「軍團傳信兵幾天前才抵達，而他們幾乎全程都在騎馬。」

「馬須要休息，但船不用，光輝陛下。幾個月來，肯拿倫一直在哈格河上游能航行的河道最北處組織艦隊。我們開船直接往西前往內克西海岸，再走陸路過來。」

艾黛兒後段聽得心不在焉。她的思緒就像被釘子固定的布料，就只專注在四個字上：幾個月來。那表示伊爾．同恩佳早在艾黛兒還在艾爾加德時就瞞著她組織艦隊，又一次透過她無法瞭解和預知的方式計畫備用方案。他有可能在冬季結束前就知道兩季之後安努會需要這些士兵嗎？他能從世界的亂局中看出什麼規律來嗎？

「你說肯拿倫在其他戰線作戰，」艾黛兒說。「哪裡？」

梵搖頭。「我不知道，光輝陛下，我也不須要知道。我接到的命令很明確。」

艾黛兒再次打量面前的士兵。沒有一個人動過，她甚至聽不出他們有在呼吸。部隊有可能只是出於禮貌來向皇帝致敬，不過他們完全可以在千樹大殿外致敬，沒必要進入王座大廳。

「那你接到的命令，」艾黛兒緩緩問道。「究竟是什麼？」

「回到安努，」梵回答。「強化城牆……」

王座下傳來朝臣和官員鬆了口氣的聲浪，有些人開始歡呼。這是他們幾日來第一次覺得或許有機會活過接下來的一個月。然而，艾黛兒繼續盯著將軍看。他在騷動中沉默，但她從他堅毅的目光中看出他話還沒說完。

「還有呢？」她在自己的官員終於安靜下來後問。

「還要防衛黎明皇宮和英塔拉之矛。」

這命令似乎沒什麼問題，顯然屬於整體防禦中的一環，不過黎明皇宮擁有自己的守衛，艾黛兒用自己的火焰之子加強了防禦。

「感謝你們趕來協防，將軍。」艾黛兒小心回應。「根據各方情報，厄古爾人距離不遠了，你們的出現很可能將拯救安努。」她搖了搖頭。「但軍團沒必要進駐黎明皇宮，布署在外城牆就行了。」

梵點頭。「我大部分的兵力都會布署在那裡，光輝陛下。」

大部分。那是最溫和的反抗，像在夜深人靜時用溫暖的羽毛枕頭捂住臉。

「黎明皇宮的守衛能力強悍。」艾黛兒說。「我絕不會為了強化自己的堡壘，而削弱城市本身的防禦。」

「我們會防禦安努，光輝陛下。我可以向您保證，我們只會派五百人守在皇宮裡，數千大軍中只會調派五百人。」

艾黛兒體內挖開了一條冰冷黑暗的恐懼之井。他們在避重就輕，不斷試探，但他們沒必要這麼做。她是皇帝，坐在王座大廳的王座上，這段持續這麼久的談話幾乎已經算是叛國。

「五百人就足以改變戰局。」她深吸口氣，抬頭挺胸。「把他們布署在外牆上。」

幾下心跳間，將軍就只是看著她，久歷風霜的眉毛下流露難以解讀的眼神。

「非常遺憾，光輝陛下，但我必須拒絕。我的命令……」

這不叫拒絕，艾黛兒很想對他大叫。你可以拒絕晚餐邀約，可以拒絕夏季前往避暑勝地的邀約，但拒絕皇帝下達的明確指令，那叫天殺的叛變。

她很想對著那混蛋吼出這些話，感覺那些話在她體內蠢蠢欲動，但她並沒有這麼做。

歷史上充滿軍事政變的記載，任何國家領袖面臨最嚴重的威脅通常都不是來自敵國。戰爭是很緩慢、耗費財力、耗費心神的事情，是無窮無盡的後勤和行軍，疾病和補給線。大部分皇帝和國王都是被人從內部顛覆，被自己的部隊，被他們所仰賴的士兵。

艾黛兒熟知此事，學歷史的人都很清楚，但她想像中的軍事政變並非眼前的情況，而是攻擊自己城牆的部隊，街上和水溝上血流成河，皇冠被從頭上扯下來，木樁插在咧開的嘴上。她覺得軍事政變應該很猛烈又暴力，讓所有人都看出端倪，而不是此刻在她面前，王座大廳的石板上所上演的情況。

突然間，艾黛兒感覺到大廳中每把劍、每支矛頭和每塊護甲的重量。士兵毫無動靜，彷彿用石頭刻出來的，但他們不須要動。大家都知道他們有什麼能耐，也知道他們來此的目的。在這群沉默的士兵面前，她那群穿便鞋的官員感覺弱不禁風，軟弱無力，不是男人，只是男人的鬼魂。

「當然，」梵繼續說。「我們唯一的目標就是為安努服務，光輝陛下。」

他看著她緩慢痛苦地輕輕點頭。她別無選擇，此時抗議只會彰顯她的無能。

「感謝你。」她說，這話在她口中宛如焦油。

這是很好的教訓，如果她能活下來記取教訓的話——沉默也有暴力之處。有些統治結束在劍與火中，有些則在輕輕點頭間就結束了。

52

無論受多少訓練、做過多少研究、操練多少遍、戰術和戰略如何、完成過多少任務、存活過多少年，有時候就是運氣他媽的不好。

跳蚤信守承諾，等到最後關頭才撤離人馬。一整個早上，凱卓都和剩下的安努士兵並肩作戰，擊退一波又一波攻勢，直到情況顯然已經無力回天，密爾頓堡城牆上的厄古爾人多到和守軍一樣時，小隊長才發出了撤退信號。剩下的安努軍甚至都沒有發現，繼續汗流浹背、血流不止、受困在自己絕望的掙扎中。

他們永遠不會知道，瓦林在回頭看最後一眼時就瞭解，戰線已經陷入瘋狂了。芬特手持斷劍作戰，沒有武器的山德則對敵人拳打腳踢，拉到身前張嘴咬人喉嚨。牆頂更遠處，胡楚和她的厄古爾人也節節敗退，儘管瓦林在當天一早曾與她並肩作戰。她同樣沉浸在自己的掙扎中，沒發現他的背叛。*他們永遠不會知道我們丟下他們等死。*

他在後退時意識到，他很希望被人注意。他一直等著看那些遭他遺棄之人流露憤怒，準備承受他們的怒氣。他一直在準備，只要他還活著，就能背負他們最終的詛咒。然而，沒有任何詛咒讓他背負。沒有批判。整件事情輕鬆得令他作噁。厄古爾人擁上牆頭，但那不重要，對他而言再也不重要了，河就在數百步外。就算不跑，就算下水前停下來祈禱，他還是能順利趕到。

接著厄運降臨了。

穿越堡壘南門時，他們根本不知道北側連日作戰已經削弱了此地的建築結構。或者根本不是那個原因，結構脆弱和戰爭毫無關聯。也許純粹是下雨下雪的緣故，數百年來冰風侵蝕泥灰，緩緩破壞巨岩間的縫隙，直到任何東西，包括最輕盈的腳步，都可能震倒它們。原因並不重要，重要的是石塊在紐特腳下晃動，石牆崩塌，巨大的楣石砸在他腳上。

動作稍慢的人早就死了。那塊石頭足足有兩個瓦林那麼高，肯定比他重上二十幾倍。警語家反應迅速，在最後關頭扭動身體，救了他的腦袋。倒不是說那樣有什麼差別。他的膝蓋以下全毀，整個人被壓在原地，而厄古爾人就要來了。堡壘中央建築將北牆擋住了，但瓦林可以清楚聽出那邊的情況——戰鬥的聲響逐漸消失，取而代之的是勝利的歡呼聲。

瓦林趕到紐特身邊時，他神情扭曲，雙眼緊閉。難以置信的是，對方拒絕慘叫，將痛苦強壓在體內某個深沉寂靜的地方，不會背叛隊員的地方。席格利隨後趕到，粗暴地推開瓦林，跪倒在爆破大師身邊。她輕輕發出一下類似哨音的輕柔聲響，張開手掌貼上他汗濕的額頭。瓦林從未見過吸魔師如此溫柔的舉動。

紐特發出可能是呻吟也可能是笑聲的聲音。

「我瞭解諷刺之……」他低聲道。

殿後掩護他們撤退的跳蚤，彎過轉角瞧見這一幕時，足下毫不停歇，直接用肩膀頂住巨石。一時之間，瓦林以為他真的有辦法推開巨石。

奎林群島上隨處可見仰賴意志的場面，堅強的男男女女利用強大的意志力完成近乎不可能的任務。能夠通過浩爾試煉的人肯定有辦法對抗疲憊和絕望，有辦法在身體不聽使喚、心靈接近崩潰時繼續前進和嘗試。瓦林親眼見過崔雅．貝爾環島游泳七天後從海浪中拖著疲軟的身軀出來，即使她崩潰了，她也在微笑，因為她知道她贏了賭注。他親眼見過妲文．夏利爾為整班學員示範在戰場上給自己動手術，一邊咬牙說話，一邊縫合大腿上被鯊魚咬的傷口。在奎林群島上受過訓後，你很容易會自認什麼都見識過，但瓦林從未見過像跳蚤這樣使盡全力推巨石的情況。

重點不在於他脖子隆起的肌肉，或頭皮上鼓動的血管，或他咬牙的聲音，雖然那聲音大到彷彿下巴都要被咬裂。那些瓦林都曾見過，在各種不同的情況下見過數十次。他不曾見過的是跳蚤眼中那股絕對剛毅的決心。小隊長沒看紐特或自己正在推的巨石，也沒看前方的河或後方的厄古爾人。他什麼都沒看，凝望著面前一呎外的空氣，全神貫注在那個點上，彷彿遺忘自己的身體在強大的力量下彎到快斷掉，遺忘自己這麼做是為了什麼，遺忘一切，只剩下一個目標，彷彿這輩子就是為了這一刻而準備，除了這個任務，沒有其他目標，做完後就再也沒有重要的事情，只要移動這塊巨石就好。

但他失敗了。

他精疲力竭地搖晃著，站穩腳步後，立刻開始尋找新的施力點。紐特搖頭。

「沒用，」他喘道。「一個人不能……舉起世界。」

「鬼扯。」跳蚤一邊吼，一邊用肩膀撞擊巨石。

瓦林跨步上前，從同一側撞上巨石，力道重到肩膀差點脫離肩窩。巨石依然文風不動。

「走。」警語家說。

「等我死了，」跳蚤回答，儘管吃力異常，他的語氣依然平穩冷靜。「才輪到你下命令。」他轉向吸魔師。「妳能做什麼，席格？」

她手掌放在紐特額頭上，閉上雙眼。巨岩晃動，從斜靠門框處撒落許多碎石。它移動幾度，然後停止。席格利發出很可怕的破碎聲，宛如被砍裂般的號叫聲。

「她沒辦法舉起整個重量。」紐特翻譯。「就算透過……我的痛苦也辦不到。所有人都會死，但你……還不是時候。走。」

跳蚤放開巨石，上前跪在席格利旁邊。

「還需要多少？」他問。

她目光自警語家臉上移開，藍眼中盈滿淚光。

「不要。」紐特呻吟。

跳蚤不理他。「還要多少？」

他們身後五十步外，堡壘殘破建築之後，厄古爾人在號叫。瓦林聽見碎裂的木頭被拉開的聲響，防禦屏障被打爛。他們進一步擴大包蘭丁在牆上打開的缺口，結束將近一週前展開的工作。要不了多久，馬匹就能穿越大洞，而他們就會開始獵殺倖存者。

「這……」紐特說。

「並非你的選擇，」跳蚤說，繼續盯著吸魔師。「席格，我要妳告訴我。」

她做了個奇怪的手勢，輕輕劃過她的手臂。

跳蚤臉色一沉。他點頭，拔出腰帶匕首，閉上雙眼，然後毫不遲疑地在皮膚上刻下淺淺的V

字傷痕。他像廚師一樣熟練地翻轉匕首，將刀刃插入皮膚下，開始剝皮。瓦林瞪大了眼睛。他在奎林群島上過幾堂剝皮課，眾人公認剝皮沒有多少拷問效果，因為實在太痛了。被剝皮的士兵通常來不及吐露任何有用的信息，就會昏倒或發狂。據凱卓訓練官所言，沒人能承受那種痛。

顯然這裡的「沒人」並不包括跳蚤。

他撕下血淋淋的皮，如同撕下頑強不屈的蘋果皮，然後繼續剝，迅速撕下另一塊皮，不過動作謹慎，沒讓匕首割斷肌腱或血管。瓦林立刻瞭解這是什麼情況：席格利需要痛苦，那是她的魔力源。跳蚤在不影響自己作戰能力的情況下提供所需的痛苦。他之後可能會死於壞疽或濕腐病，但今天不會，他們逃走前不會。他的手臂血流如注，瓦林能看見肌肉裸露在外，以及絲絲血管。

「這樣夠了嗎？」跳蚤問。

席格利握住他的爛手，再度閉眼。這一次，當她另一手貼上巨石時，石頭終於傾倒。吸魔師呻吟，從胸口發出毛骨悚然的破碎聲。她齜牙咧嘴，牙上染滿鮮血，就像咬破了臉頰內側。巨石往上移動一吋，瓦林上前勾住警語家腋下，把他拉出碎石堆。

「好了，」他說。「他出來了。」

席格利沒聽到他說話，依然雙眼緊閉，蒼白的臉頰上布滿汗水。她彷彿是在獨自承受那塊巨石的重量，讓它慢慢將她壓入泥中。

跳蚤縮回爛手，她隨即睜開雙眼，讓巨石墜落，壓垮整面牆。

「走。」小隊長一邊對著河邊點頭，一邊自黑衣上割下一塊布，開始包紮手臂。「走。」

瓦林揹起警語家，不理會對方在斷腳甩動時發出的悶哼，開始在崎嶇地面上移動，眼睛緊盯著百步外，那裡的草地斜向哈格河。在如此北邊，河道只有五十步寬，正前方的河岸底部有處寧靜渦流，但在平靜淺灘後，洶湧的水流激出褐白色的泡沫，盪出高及頭頂的立波，碾過巨石。

要他們幾個人游泳渡河感覺荒謬至極。他們最多只能保持在河面上，努力不被扯入水底，不被河水的重量壓溺斃。他們丟下的安努士兵絕不可能在這種情況下存活。即便凱卓一輩子都在游泳，瓦林也不確定自己是否有辦法撐過去。但他別無選擇。

他回頭看。席格利在恍惚中蹣跚前行，跳蚤扶著她手肘，引導她前進，匆忙包紮的手臂依然在流血，黝黑的臉色轉為死灰。

「晚點再來解決。」瓦林對自己輕聲說。

他把紐特扛在肩上，轉身面對河面，然後突然停步。厄古爾騎兵從南牆另一處缺口衝過來，擋在凱卓和河道之間。他們找到另一條通過密爾頓堡壘的路，已經成功繞過要塞，爬過它。這不重要，重要的是他們在這裡，幾個、幾十個，越來越多，平舉長槍，目光灼灼盯著受困的獵物。

瓦林拔出一把斧頭，將警語家移位，方便他動手。

「放下，」紐特呻吟。「放我下來。這種情況，你要騰出雙手。」

瓦林猶豫了一下，然後放下爆破大師。他拔出第二把斧頭時，紐特強迫自己跪起，表情痛苦到差點昏過去，用手撐著自己，再度挺直，然後從腰帶上拔出兩把匕首。匕首對抗騎馬使槍的騎兵感覺毫無意義，但士兵最痛的時刻似乎已經過去，警語家目光銳利明亮，看著騎兵準備進攻。

跳蚤在片刻後趕到。他把席格利當小孩一樣抱在身上。她眼睛睜開，但眼珠上翻。儘管馬背民族來襲，小隊長還是耐心地輕輕放下她，然後皺眉起身。

「我們有一次機會。」他說。「他們會一波一波來襲，兩波攻擊之間會有一點空隙，我們就趁機奔向河面。」

然而，在瓦林回應前，在他點頭前，在厄古爾人踢馬衝鋒前，有道聲音劃破正午的天空，蓋過河水翻騰和馬背民族的吼叫，壓過馬蹄聲和瓦林自己心臟的轟鳴聲，宛如一把尖叫匕首劃開世界的軟腹。瓦林渾身僵硬，遠比意識古老的原始恐慌穿透他，大聲要他逃命、躲藏，找個能不被那恐怖叫聲找到的地方。那是老鼠和野兔的本能，是所有在天空下赤裸無助逃跑的小動物本能，是獵食者終於現身時所有獵物的本能。接著，在一下心跳之後，第一種本能之上湧現出一個更為緩慢、宏大的想法：凱卓。

厄古爾馬踐踏土地，在背上的騎兵竭力控制下不安移動。瓦林轉身，手持斧頭，掃視南方的天際，不停搜尋著，接著……就在那裡，一隻鳥在河谷上尖嘯，利爪掠過浪花上方數呎處，展開幾乎和河道一樣寬的雙翅，如夕陽般金黃，黑眼，寬喙，又帶著復仇般的威猛。

跳蚤同樣當機立斷。

「改變計畫，準備疾抓上鳥。瓦林，你和紐特採用載屍法。打信號告知我們有傷兵，必須半速上鳥。」

瓦林沒動。鳥還在一里外，不過他能看見鳥爪上的人影，在灰色天空前的小輪廓。但即使能視物，他還是無法看清面孔，在那種距離下不能，於是，他閉上雙眼，找出伴他許久的黑暗，靜靜傾聽。在驚慌的馬和騎兵叫喊之後，在呼嘯狂風和水波滔滔之前，在全世界所有聲音之下，或之上，他聽見一個聲音：

「……別管所有天殺的厄古爾人都要出來玩的事實。讓他們上島，然後立刻離開……」

「神聖的浩爾啊，」他睜大雙眼喘著氣說。「天殺的浩爾呀！是葛雯娜。」

「早告訴你了。」跳蚤喃喃說道，彎腰再度抱起席格利。

瓦林搖頭。「告訴我什麼？」

「在奎林群島，你們還在練習桶降時，我就告訴過你，他們會是很棒的小隊員。」

♛

厄古爾馬受過面對鋼鐵和火的訓練，能衝入長矛士兵的陣線，但牠們沒有受過對付凱卓的訓練。凱卓鳥逼近時震耳欲聾的聲響令大部分馬都驚得人立而起，連厄古爾人都差點摔下馬來。

「現在！」跳蚤叫道。「去河邊。我們在河邊上鳥，馬不能跟來的地方。」

瓦林把斧頭插回腰帶上，扛起警語家拔腿就跑。

直到他抵達河邊，涉水迎向漩渦，直到他把紐特從背上轉成載屍法，觀察鳥的攻角，他才發現跳蚤和席格利沒有跟上來。恐懼像一根骨頭卡在他的喉嚨中。他轉身查看，發現他們被困在半路，被已經能控制馬的騎兵團團圍住。跳蚤劍如殘影砍劈馬腳，在長矛叢林中斬斷敵首。他在不可能的情況下擋住厄古爾人，但他只有一隻手，抱著和自己體重差不多的士兵，還被敵人包圍。

葛雯娜要來了，乘鳥而來，但她太遲了。

瓦林迅速輕巧地將警語家放進水流中。

「什麼……」紐特喘道。他在奔跑時昏了過去，直到冰冷的河水浸濕胸口才醒來。

「我要回去。」

瓦林開始往岸上前進，被水流拖慢速度，彷彿迷失在夢魘深處，他很清楚自己死定了。他和其他凱卓之間有太多厄古爾人，太多長槍和劍，不管體內有多少史朗獸的力量，不管速度有多快，鋼鐵和馬匹的重量終究不是一個士兵能夠抗衡的。

他毫不恐懼，毫不悲傷，只感到一股十分類似欣慰的強烈渴望，奇異地像是一種解脫。在艾黛兒那一刀加上在安特凱爾墜塔之後，他隱居樹林，有一部分原因在於他看不出自己能在此戰中扮演什麼角色，另一部分原因在於他很害怕，害怕現在的自己，害怕他學會的事，怕他做過的事。瞎眼喚醒了史朗獸毒中某樣黑暗凶猛的東西，而他很肯定如果自己再度走向人群，會犯下令人髮指的罪行，絕無任何寬恕的餘地。

近期和胡楚和跳蚤相處的日子完全沒有削弱這種感覺。瓦林還記得自己摟住厄古爾女人的脖子，他們赤裸的皮膚被自己的鮮血沖洗。在那些火熱又冰冷的夜晚，他有幾次差點殺了她。然後他還殺了其他人，數不清的厄古爾人。他受訓就是為了那個。那是戰爭。令他害怕的並非殺人，而是殺人讓他感覺很愉快的事實。

時候到了，他心想，喉嚨中的空氣宛如著火，奮力穿越淺水區。結束一切的時候到了。

他或許救得了席格利和跳蚤，能牽制敵人，讓葛雯娜帶他們離開，也或許辦不到。結果如何似乎並不重要。他喉嚨中發出吼叫，打從荷．林死後就在他體內醞釀的叫聲爆發出來，鼓脹到他的身體幾乎無法容納，彷彿身體已經在痛苦和憤怒之下溶解，只留下一個根本不算人的軀體，只是擁有人形的慘叫聲，拚死想要掙脫最後凡塵羈絆的狂怒啜泣。

接著有東西把他拽了回來。

一條手臂繞過他胸口，比他的手細一點，但是更穩，充滿了早已被他遺忘的信念。

「夠了，混蛋。」

葛雯娜的聲音出現在他耳中，整個身體投入把他拉回來的簡單目標上。

他奮力掙扎，目光集中在席格利和跳蚤身上。厄古爾人持續進逼，那隻金鳥不見蹤影。瓦林在葛雯娜的手中扭動，想繼續揚起斧頭，但她緊緊抱住他，手臂緊纏他胸口，幾乎令他難以呼吸。瓦林死命掙扎，卻徒勞無功。

她在他耳邊嘶吼，重複同樣的句子。「……還有隻鳥。我們還有一隻天殺的鳥會來，瓦林。有四隻。他們會救跳蚤。我們得走了。」

他完全不記得自己怎麼疾抓上鳥的，只記得一個赤裸的事實：當他們終於升空時，葛雯娜的手臂依然摟著他的肩膀。當鳥的大金翅帶著他們升空，遠離戰場，遠離一切危險時，那種感覺不像逃離，感覺像死亡。

53

整整一週，顱誓祭司幾乎都沒理會他們。每天早上會有年輕男人或女人帶一籃食物過來，蔬菜和乳酪，有時候會有燻肉，每天晚上也會有人來帶走空籃子。除此之外，傳說中的安南夏爾邪惡祭司都沒打擾凱登和崔絲蒂。

沒人命令他們待在屋裡，所以在昏睡許久後的隔天，凱登開始在山頂台地上瘸腿行走。一開始他還在試探，後來索性大著膽子穿梭在白房屋之間的空地，探索他的開放式監牢。他只有在接近橋時遭人阻止過一次，那是通往人世的唯一通道。有個年輕女孩跪在地上，手拿抹布，用身旁的一桶肥皂水擦地。她在他接近時站起身來，直視他的雙眼，然後搖頭。

「你不能過橋。」

「為什麼？」他知道原因，但還是想聽她說。

「太危險了。」

「我是在這種深山裡長大的。」

「山不危險，那些士兵危險。安努兵待在我們巡哨範圍外，好幾十個，還有更多人趕來。」

凱登越過她，看向遠處懸崖邊緣一座寬敞的岩架，之後是一片沐浴在晨光中的沙石迷宮。他沒看見任何人，不管是殺手還是士兵，但是安卡斯破碎的岩石充滿縫隙和裂痕，提供上千個藏身處，其中可能駐紮了一支部隊，洞裡能藏幾個人，那塊石頭後面也能躲十幾個……

「伊爾．同恩佳的人在集結？」

女人聳一聳肩，跪回去繼續工作。

凱登沒過多久就找到派兒。殺手靠在一座大石穀倉的門框旁享受陰影，看著穀倉裡面。凱登走近後發現裡面有人在打架，或類似打架的情況。一男一女警惕地圍著彼此繞圈，佯攻閃避，測試兩人之間的空間，目光如同牛角般緊扣。他們腰部以上都沒穿衣物，汗水淋漓，看起來都沒拿武器，沒斧頭，也沒劍，手掌甚至沒有握拳。

「他們在做什麼？」凱登輕聲問。

派兒抬頭看他。「作畫。」

凱登瞇眼凝視黑暗。等雙眼適應後，他發現那兩個顱誓祭司並非空手，兩人的拇指和食指都優雅地夾著一樣東西。窗外灑落的陽光反射出鋼鐵的光芒。針，細到能縫衣緣的針。

「作畫？」

派兒點頭。「我們這裡缺紙，但有很多皮膚。」她微笑面對他困惑的神情，揚起她袍子的正面。她雙乳之間的黝黑皮膚上有塊拇指大小的刺青，濃淡不均，並不完美，看起來很像有人想用數百個小點建構圖像，但是半途而廢。刺青中央的黑點密集，向外雜亂散布，彷彿刺青朝向四周消融。他看不清楚中央的圖案，但那個形狀和角度牽動他的記憶。

「荒漠雀。」派兒為他解惑。「和你們修道院附近的一些鳥很像。」

這話讓一個影像浮出腦海。那確實是一隻麻雀，不過翅膀只有輪廓，沒有刺完。

「為什麼？」凱登問。

派兒把袍子拉起來，綁緊腰帶。「安南夏爾喜歡牠們的歌聲。」她長長吹聲口哨，節奏輕快，聽起來類似音樂，但終究不成曲調。「我們都有刺。」她比向在打鬥的兩人，女人佯攻，然後猛撲向前，姿態優美又精準地刺中男人胸口。他停止動作，面露微笑，朝對手點頭。他們一起走向平放在窗沿上的石碗，拿針蘸墨水，然後回到空地中央。再度點頭後，他們繼續繞圈試探，進攻防守。「刺完一隻鳥要好幾年。」派兒繼續解釋。「動作慢的人還會更久。」

「刺完之後呢？」

「我們慶祝。會有音樂和食物。那天晚上結束前，擁有刺青鳥的人就會去見神。」

「你們殺死輪家？」

「沒有輪家。投身神的懷抱只是遲早的事。」

凱登搖頭。「既然神的擁抱如此甜蜜，為什麼要來這一套？為什麼要打鬥多年？」

「這是確認誰有天賦的方式。」派兒回答。「動作慢或戰技不行的人，老到無法作戰的人，他們的祭司資格很快就會轉為私人性質。」

「意思就是你們殺死他們。」

「意思就是他們自願獻上性命。」

「那動作快的人呢？」

殺手對他眨眼。「我們就會待比較久，散布神的真相和正義。」

凱登專注在打鬥上，但派兒已經轉身離開，步出穀倉涼爽的陰影，進入明亮的陽光下，彷彿對這場打鬥失去興趣。

「伊爾・同恩佳知道我們在這裡。」凱登跟在她後面說。

「他當然知道。」

「他會來。」

派兒露出凶狠的笑容。「他當然會。」

「他現在身邊不可能超過幾十個人……」

「還有援兵趕來，很多援兵。我的兄弟姊妹殺了他大部分的傳信兵，但有兩個逃脫了。」她凝望東方，彷彿能看見那些士兵穿越死鹽地，迎向莫爾或其他有援兵駐紮之地。「事實上，我很期待數千名流汗的年輕男子駐紮在橋對面的峽谷邊。安努人不是強悍的戰士，但那些行軍、運貨、訓練依然不容忽視，能讓人身材結實。可惜你們帝國不讓女人從軍。女人的腿經過調教，可比男人的腿好看多了。不過，是人都能湊和……」她閉上雙眼，享受想像中的圍城部隊，發出滿足的哼聲。

「妳把那個吸魔師忘了？」凱登問。「讓閃電從天而降的那個？伊爾・同恩佳不需要部隊，一個高強的吸魔師不用過橋就能夷平拉桑伯。」

派兒聳肩。「如果有魔力源的話。前提還是你那個聰明的將軍……」

「他不是我的將軍。」

「……願意讓那個吸魔師跟來進行一連串戰鬥。他丟丟閃電或許很好用，但一箭穿眼就能要他老命。而我們在拉桑伯花很多時間學習如何把箭射到別人眼睛裡。」

凱登緩緩吐氣，試著整理思緒。「就算是這樣，我們只要待在這裡就是受困，而且陷阱只會越來越緊。想要離開，我們現在就得走。妳有和蓋拉談過嗎？」

「蓋拉會在他自己的時間裡做出他自己的決定。」派兒說，然後腦袋側向一邊打量他。「我印象中的你沒這麼容易害怕，凱登。上次，在你們那座冷得不像話的山裡，有些時候你甚至有種……寧靜的感覺。怎麼回事？」

「上次沒有那麼多值得害怕的事。」

這個答案很沒說服力，完全沒有澆熄殺手眼中的疑慮。儘管如此，他又能怎麼說？他不能解釋自己體內住了個神，日日夜夜都在瘋狂掙扎。他無法解釋空無境界虛無飄渺的誘惑，也無法解釋那種出神狀態比其所取代的驚慌更加危險。對派兒透露任何真相都會導致死亡，這點顯而易見。如果她知道他體內藏著她痛恨的神，她會把他和神砍成肉醬。

或許那樣才是最好的。

他再度感受到那股質疑，感覺體內那股巨浪。他在殺手看出端倪前轉身。

♛

深夜，梅許坎特醒了，在凱登內心深處怒吼。他逐漸學會要如何困住神，對那些自由和權力的要求充耳不聞，讓那些聲音變得像颳過石頭上的風聲一樣虛無縹緲，冷酷但毫無意義。然而，就算凱登能不理會那些話，他還是能感受到神的存在，像一場瘟疫，一隻要被壓制的狂暴生物。

那些反抗連抓帶咬，與伊爾・同恩佳描述的完全相反。肯拿倫的話再度飄過凱登腦海：生命美妙之處就在於自由，不被殘暴的激情奴役……

「睡不著？」

凱登轉頭，看見崔絲蒂纖瘦的身影出現在石屋門邊。她遲疑了一下心跳後，走上岩架。月光在她眼中閃閃發光，還有她有些猶豫地握在身前的腰帶匕首上。那一瞬間，他有些荒謬地以為她是要來殺他的，打算將那把可憐的武器插入他胸口。這個想法掀起的好奇感大於恐懼。

人皆有一死，他心想。

然而，當崔絲蒂走過來坐在他身旁時，他發現她另一隻手裡抓著一塊甜仙人掌。那把匕首是工具，不是武器。一時之間，這裡就只有鋼刃在蔬菜上發出的潮濕削皮聲。

「來。」她終於說，拿了一片甜仙人掌給他。

把你獻給我，梅許坎特無聲嘶吼，神對另一個人類說，讓我摧毀此地。

安靜，凱登回道。祢是疾病，是瘟疫。

這些祭司用謊言餵你……

安靜！

神突然銷聲匿跡。凱登凝視自己為了囚禁神而挖的深坑，設法在研究藏匿於心中的心靈時站穩腳步。

骸骨山脈有座刀鋒山脊，一里長的鋒利岩石連接兩座山峰，時不時會有僧侶命令年紀較大的侍僧穿越山脊。這是一種鍛鍊，其中包括如何控制恐懼。通過那些岩石沒有輕鬆的辦法，大部分地方都沒辦法直接行走，只要一陣風就能把人吹落兩側深淵。凱登清楚地記得那一切，抓握脊頂的冰冷花崗岩，手腳並用尋找陡峭山壁上的立足點。有時候最好走的路位於西側，有時候在東側。要走到終點，你必須不斷轉換，在嶙峋鋒利的山脊來回攀爬，一旦失足，一切就會結束。

沒錯，那是控制恐懼的訓練，但凱登開始懷疑，就像大部分僧侶指派給學生去做的事一樣，那其實不僅僅是訓練。山脊線上沒有安全地，沒有能讓男孩停下來休息的平地，唯一的希望就是持續移動，持續改變，來回翻越冰冷的岩石，翻越下方冷酷無情的深淵。

現在他的心靈感覺就像那道山脊，太靠一側，梅許坎特就會抓住他，傾向另一側，他就會墜入空無境界。神的心靈和瑟斯特利姆人的空無都是深淵，無邊無盡，深不見底，直通思緒的邊緣。但另一方面，他的自我感覺還屬於自己，並不比那道狹窄的山脊寬，石頭在他手中顯得粗糙，還在崩壞。

臣服於我，梅許坎特吼道，聲音同時遠在天邊又近在眼前。

不。

凱登冷冷翻越山脊，遠離神。空無境界在他腳下呼喚他。以前的他竟然不知道要如何進入空無，那感覺像是不可能的事，進入空無簡單到和墜崖一樣。

「那是什麼感覺？」

崔絲蒂的話將他從頭暈目眩的心靈山脊拉回來。凱登轉頭發現她在凝視自己，睜著大眼睛，目光堅定。

「神？」他問。

她點頭。

「感覺……」他搜尋用詞。「像一股重量，如鉛般沉重的瘋狂。」他遲疑。「我能聽見祂。」

崔絲蒂微微前傾，彷彿梅許坎特的命令能透過空氣傳遞，彷彿祂的話她湊近就能聽見。「聽起來是什麼感覺？」

凱登搖頭，試著找尋正確的用語，但失敗了。過了一會兒，他轉身面對崔絲蒂，學她一起盤腿而坐。他也無法說清楚為什麼會這麼做。他覺得體內空虛，被逃命、戰鬥、說謊挖空。突然之間，他唯一能做的就是坐直身體。

「聽起來像長拳，」他終於說。「不是長拳的聲音……」他努力思索。「而是那種氣勢。」

崔絲蒂落下眼淚，好似有人在她臉上塗抹月光。「至少你能聽得見，能交談。」

凱登搖頭。「祂以為祂能像附身那個厄古爾人一樣附身我。祂幾乎成功了……」

崔絲蒂默默看他一段時間。

「但……」她終於問。

「但祂辦不到。辛恩教過我足夠的知識。」

「足夠做什麼？」

「控制我的心靈。分化心靈，挖出一塊空間加以封閉。」

「但我都不會。」崔絲蒂抗議。「席娜還是一樣受困在我體內。」

凱登再度搖頭。「我不知道，崔絲蒂。我不瞭解。我只能勉強弄懂發生在自己身上的事。」

「那祂有告訴你……」崔絲蒂語氣遲疑。「大消除……」

凱登搖頭。

他們又默不吭聲地坐了一會兒。聲音在山頂中央升起，笑聲此起彼落。凱登轉頭看向那間兩個死去男人的小屋，已經成為他們囚室的小屋。他之前一直在思考策劃如何逃跑。我記得那古老、動物般的緊迫感。腦裡記得，卻感覺不到。這是他第一次覺得那句古老辛恩諺語有點道理：你活在你心裡。他們倆人或許受困拉桑伯，但就算此刻走在骸骨山脈最偏僻的山谷裡，也不會擁有更多自由，真正的自由。心靈就是牢籠，完全無處可逃。除非死去。

「妳為什麼不殺祂？」他問，再度轉向崔絲蒂。

女孩伸手放在胸口，好像感覺到那裡有什麼她不認得的東西在動。顱誓祭司提供了與辛恩僧袍很相似的袍子，但崔絲蒂身上還是幾天前相遇時所穿的樸素衣褲。他看見她手背上的疤痕，在月光下呈現銀色，堪稱美麗。她的指甲長回來了，伊克哈．馬托爾扯掉的指甲，但參差不齊。有些東西一旦壞了，永遠都不可能恢復原貌。

這個問題令她臉色一沉。「我不會……」

「我指的不是大消除。」凱登說，揚起一手阻止她說下去。「那會拯救祂，不會傷害祂。但如果妳不回英塔拉之矛，如果妳不舉行那個儀式，妳就能摧毀席娜，或讓祂重創到再也無力影響世界。」

「那就得自殺。」

凱登聳肩，似乎認為這個異議微不足道。「妳終究會死，我們都一樣。如果妳那麼恨女神，可以和祂同歸於盡。」他停頓，再次審視接下來的提議，然後說。「我們可以殺掉祂們兩個。」

崔絲蒂盯著他，雙唇微張。「你不是要拯救世人嗎？不是要擊敗瑟斯特利姆人保住全人類？你當初就是為此把我關進英塔拉之矛的，不是嗎？你也是為此來追殺我的。你唯一在乎的就是大消除，解放、釋放、拯救女神，毫不在乎你身後留下多少屍體……」

她越說越小聲，氣喘吁吁，胸口起伏。

「或許我的重點錯了。」凱登輕聲回答。「我一直在考慮我們看見的東西：安努人在阿希克蘭屠殺僧侶、死亡之心的伊辛恩、阿迪夫和妳母親、推翻帝國的謀反者、殺死瓦林又騙我的艾黛兒……我們為什麼要保留那些東西？我們為什麼要拯救那些東西？」

「我不想。」崔絲蒂說。「我不想拯救女神或你那個天殺的帝國。全部燒光算了。我會親自放火……」

「我們可以動手。」凱登說。

梅許坎特在他心中的深淵吼叫。凱登凝視空無境界的無底虛空。掉下去太容易了。他對崔絲蒂指了指真正的懸崖，拉桑伯山頂台地的邊界，就在十幾步外。「我們現在就能了結一切。」

崔絲蒂終於回話時，聲音很輕，很失落。「我不想死。」

凱登看著她。她已經與死亡擦身而過很多次了。「為什麼？」

她無助搖頭。「我不知道。」

「活著只會承受更多，崔絲蒂。必須繼續躲藏、挨餓、受折磨。」

「我們或許可以離開，我們或許可以逃走。」

凱登疲憊地搖頭。「不需要，拉桑伯不是我們的監獄。」他伸指輕敲腦側。「這裡才是。」

崔絲蒂抿起嘴，看起來彷彿準備撲到他身上，咬開他的喉嚨，偏偏她沒動。當她開口時，沒有尖叫，只是絕望地啜泣。他看著她，看她肩膀起伏，看著她完美殘破的身體隨著哀傷抽搐。

「我就是在說這個。」他低聲道。

她沒回應，只是用手遮住臉。

「這怎麼會是對的？」他伸手指她。「長拳在來找妳前對我說過，這就是人類生存的目的，但這怎麼可能是真的？」他腦袋側向一旁。「妳就像條從水裡釣起來的魚。這種掙扎和苦難使妳難以呼吸，我們都辦不到。」

崔絲蒂緩緩抬頭，幾絲黑髮垂在面前，即使仍被那股無名的哀傷折磨，目光依舊堅定地盯著他。梅許坎特在凱登心裡移動，像是感應到女孩的苦難，在汲取力量。

「還有更多。」崔絲蒂輕聲道，她的聲音像被撕裂之物。她淚流不止，卻沒有拭淚。

「還有什麼？」

「這個……」她無助地比向他，比向自己。「還有我們，還有生命。」

「這就是最殘酷的部分。」凱登回答。「這種信念，這種希望，比梅許坎特的痛苦還可怕。這就是我們繼續待在這裡的原因，我們接受折磨的原因。新神不光只是席娜和梅許坎特的子嗣，還是祂們的將領，祂們監牢的獄卒。」他搖頭回想在魏斯特皮帳中坐在營火對面的長拳。「祂說我們是樂器，我們是奴隸。」

他緩緩站起身來，肌肉和骨頭都在抗議。又是梅許坎特在作怪。他審視痛苦片刻，然後拋到腦後。他們活在被諸神扭曲的世界裡，但現在神本身都遭受囚禁。凱登拿起崔絲蒂擺在石頭上的腰帶匕首。刀身約莫三吋，看起來很鈍，但是夠用了。貝迪莎把生命編織得非常脆弱……

他用刀尖抵住手臂內側，順著皮膚劃開。梅許坎特嘶吼扭動。凱登不理會神，研究著在刀後湧出的黑血。痛楚隨血而來，劇烈而火熱。

痛是為了阻止我，他心想。*痛、希望還有恐懼*。

所有人類的感覺都只是一道藩籬，是諸神建造的牆壁，為了困住寶貴的牲畜。

非常脆弱的藩籬。

梅許坎特大發雷霆，放聲怒吼，所有命令都和他的反抗交纏在一起。無關緊要，神位於山脊另外一側，身處無法逃離的深淵中。如果凱登再度進入空無境界，他就絕對爬不出來，這次不可能。基爾已經警告他好幾個月了，但基爾弄錯了，瑟斯特利姆人怎麼可能瞭解人類有多殘破，有多迫切需要救贖？

離開的路。僧侶如此稱呼那條道路，離開人類需求的世界，進入更完美的世界，屬於天空、白雪、石頭的世界。他們也弄錯了，離開是次要的，是不必要的。唯一有必要的部分只是放手。凱登考慮自己心靈的形狀，那條狹窄的山脊無盡延伸到雲中。他感覺自己鬆開手。他微笑，然後放手。

無止盡的空無境界包圍他，潔淨無瑕。在空無之中，他無法想像自己怎麼會覺得這隨意的血肉結構是他自己。他看著匕首，看著刀尖劃開的皮膚。他竭盡所能保護他的身體，為了什麼？辛恩開啟了他的牢籠大門，而他又大力甩上門，垂在欄杆上，拒絕被釋放。

好容易。比呼吸還要容易。

梅許坎特大吼。祂的聲音毫無意義。

接著崔絲蒂握住他手腕，扯開匕首。

「你在幹嘛？」

凱登轉向她，一臉困惑。「我要離開……」他指著皮膚上的傷口。

「你不能離開。」她大叫，滿臉恐懼和困惑。

「崔絲蒂，」他輕聲道。「妳不懂。妳現在所感受到的一切都沒必要。妳根本不該感受。妳是個病人，堅信疾病美好。」他對她微笑。「我們可以痊癒。完好如初。」

他繼續嘗試自殺，但她抓住他的手腕，手指宛如鋼鐵。

「放開我，崔絲蒂。」

她搖頭。「不。」

「為什麼？」

「這一切，我生命中所有出錯的地方，全都是因為你，我不准你把我一個人丟在這裡。」

他微笑。「我不會丟下妳，我們可以一起了結此事。」他伸出另一手輕撫她的脖子。她的皮膚像奶油般柔順。他內心開始動搖，從前那頭野獸蠢蠢欲動。他壓下那股慾望。「妳受困了。」他說，低頭撫向她的心口，感覺到她的心臟跳動。「妳無須受困。」

「別說那種話。」

凱登搖頭。鮮血沿著手臂留下，但那還不夠，他必須割深一點，繼續割。

「放開我，崔絲蒂。」

「我說過了，你他媽的不准丟下我，混蛋。」

她邊說邊轉身，用力扭轉他的手腕，逼他放開匕首，接著他整個人隨之倒地。

好強壯，他隱隱想著。從在阿希克蘭的第一個晚上，崔絲蒂赤裸躺在他床上時，她就一直如此強壯。

凱登重重落地，石地撞青他的腰，接著撞上他腦袋。幾下心跳之間，他天旋地轉，內心困惑，空無境界在周圍搖晃。出神狀態之外，痛楚在他的手臂和後腦杓灼燒，但他不受痛楚所苦，只要……

「住手！」崔絲蒂叫道。她甩了他一巴掌。「你他媽的別給我溜回你的私人空間。你不准把我丟在這裡。」她又打了他一下。「你不准把我丟下。」她呼吸急促，身體出於恐懼和緊張而顫抖著。「我不准你這麼做。我不准你這麼做。」她淚流滿面，頭髮貼在額頭上，表情糾結。她代表了痛苦、瘋狂，還有他們現在所有不對勁的地方。

瑟斯特利姆人說的對。凱登心想。

接著她停止吼叫，完全靜止不動。他感覺她的體重壓在自己身上，突然間沉穩冷靜。唯一在動的是她的胸口，因為她的肺還在努力呼吸。當她再度開口時，語氣輕柔、自制，但是如同石頭刻出來般堅決。

「我不會讓你把我孤零零丟下。」

「崔絲蒂……」他開口。

崔絲蒂搖頭。她還在哭，但眼神充滿了反抗，和他印象中一樣。堅強。她湊上前，低頭，嘴唇貼上他的嘴。

掙脫比他想像中困難。「妳恨我，崔絲蒂。」

「沒錯。」她輕聲道。

「我背叛妳。」

「你背叛我，把我送人。你認為那能免除你此刻的責任?不能。就這一次，凱登，最後一次，我求你，我告訴你，我命令你：不要這麼做。」

她眼睛瞪得像月亮一樣大，明亮而強烈的紫色，隨著他的燃燒之眼中反射的光線持續變幻。她的身體如溫暖的夜晚壓在他身上。

「你這輩子做過的選擇全部都是錯的。」她輕聲道。「我不要再讓你做決定了。」

第二吻沒有讓他脫離空無境界，沒有立刻成功，但如果出神狀態是個他還在持續墜落的無底洞，崔絲蒂的吻就是勾住他心靈的鉤子，阻止他墜落，讓他在空無中轉動。接著，以恐怖但無法抵抗的緩慢速度把他往上拉。

僧侶訓練凱登承受毆打，訓練他在雪地裡坐好幾個小時，訓練他搬石頭搬到手掌流血，訓練他挨餓、受苦，然後脫離苦難。他們訓練他承受肉體所能承受的各式各樣折磨，沒有訓練他面對這種情況。

他奮力掙扎了一下才緩過神來。

「崔絲蒂……」他擠出這個字，然後就沒了。

她伸手扶著他的後腦，乳房壓住他胸口，舌頭舔過他的牙齒。她就是這樣殺死伊克哈．馬托爾的，以身體將對方壓在坎它前，慢慢弄斷他的肢體。只不過那並非崔絲蒂，而是席娜。

凱登看著此刻壓在自己身上的女人雙眼時，沒看見女神的蹤影，只有那個女人強壯、激動、堅決地壓在他身上，扯開他上衣，撫摸他胸口。他張開雙臂把她抱向自己，自空無境界中甦醒。

獸腦。僧侶如此稱呼各式肉體上的衝動：憤怒、飢餓、恐懼、渴望及淫慾。儘管他們多次警告過，凱登從未真正瞭解獸腦的威力。

他雙手摸上崔絲蒂的背，摸過疤痕滿布的皮膚，把她的輕衫撩到頭上。她扭動幫忙，脫掉衣服，然後再度趴到他身上，皮膚滑過皮膚，堅挺柔順。

崔絲蒂雙唇之間吐出火熱的氣息。「苦難並非全部。」

凱登吻她，然後再吻她，繼續吻。

「僧侶錯了。」他終於低聲說道，透過自己的話揭露真相。「伊爾・同恩佳錯了。」

「他們當然錯了，你這個笨蛋。他們當然天殺的錯了。」

他們一整個晚上都在摸索錯到什麼地步，擁抱彼此，低語他們也不瞭解的事情，在皮膚接觸的地方找尋痛苦又完美的感受，一種古老又不可否定的真理，他們兩人都曾聽過上百次，卻未體驗過的真相，隨著沙漠的月亮滑落天際，數百萬顆冷漠顫動的繁星燒穿了夜空。

54

葛雯娜還記得她愛上瓦林的那天。也許「愛」不是個恰當的詞語，畢竟當年她才十二歲，但不管那是什麼感覺，都如同一袋磚塊般狠狠擊中她。

夸希島每年都會舉行駕船比賽，老兵對老兵，學員對學員。葛雯娜向來不擅長航行，風似乎總是朝著錯誤的方向吹，她則被帆桿打中太多次。儘管如此，比賽就是比賽，她寧死也不想只是坐在沙灘上看著其他學員渾身濕透地出戰。當年有個名叫蓋莉的年輕士兵，她不擅長使劍或弓，早在浩爾試煉之前就被退訓，但她懂得駕船，於是葛雯娜在比賽前一個月跑去找她。

「我們組隊。」她說。

蓋莉看著她，臉上寫滿了不確定。「我們……」

「駕船比賽，」葛雯娜說。「妳來嗎？」

女孩遲疑點頭。

「很好，」葛雯娜粗魯地說。「先把話說清楚，我一點也不在乎輸贏，我只想贏山米·姚爾和那個馬金尼恩。」

葛雯娜那時把他們兩個歸類成同一種人。姚爾和瓦林都很有錢，都是貴族，凱卓無休止的嚴格訓練也還沒洗掉他們身上的特權臭味。瓦林的一切都讓葛雯娜不爽，不論是他說話的腔調，和其他學員講話的態度，甚至是在大餐廳裡的坐姿，他那皇室脊梁骨都有點太直了。不幸的是，他是很好的水手，比葛雯娜強。所以她需要蓋莉。

比賽還沒開始就陷入亂局。一場夏季風暴從南方來襲，船才出發，浪頭就已經高達十五呎。繞過西峭壁時，暖雨如高牆般墜落，雨勢大到葛雯娜只能看見數呎外的景象。蓋莉在風暴第一階段時表現得很好，但隨著雷聲在頭頂炸響，葛雯娜看得出來對方開始緊張了。

「我們該靠岸！」蓋莉在強風中喊道，手指向應該是南方的方位，理論上夸希島所在之處。

「靠岸個屁。」葛雯娜咆哮，抓緊繩索，努力不讓船帆失控。

「我們沒辦法駕船。」蓋莉堅持。「在這種天候下不行。」

「妳繼續掌舵，」葛雯娜吼著。「帆交給我處理。」

然而，蓋莉說的對，兩個人可以應付這艘船，就算天氣不好也一樣，但這場風暴早就超越天氣不好的程度。船舷已經三度沉入海面，如果不收帆，船就翻定了，她們會溺水，事情就是這麼簡單。

「瓦林和姚爾也不可能在這種天候下駕船。」蓋莉大叫。

葛雯娜咬牙切齒，咒罵風暴和她自己的懦弱，準備收帆。接著，在兩道大浪之間，另外一艘船出現在雨中。船身傾斜，船帆鼓起，在蓋莉有機會轉舵前衝向她們。荷・林掛在船欄上，濕髮貼在臉上，雙手緊緊抓住纜繩，努力控制船帆。她在半下心跳後發現葛雯娜，試著放鬆繩索，皺起眉頭，對瓦林喊了句話。王子朝葛雯娜的船看了一眼。他看起來和葛雯娜同樣狼狽，但那雙黑眼中毫無放棄的意念。他大叫回應荷・林。葛雯娜聽不見他們的對話，但另外那個女孩搖頭。瓦林大力點頭，踢開船舵。

葛雯娜第一個想法是那個馬金尼恩混蛋想撞她們。他的船沿著海浪的南側駛來，直衝她的船梁。葛雯娜轉身，試圖避開衝撞，但瓦林在最後關頭再度轉動船舵，讓他的船和葛雯娜的船身平行錯開。

「去。」他叫道，一手掌舵，另一手指向葛雯娜的船。

他不是在對她說話，他在對荷．林說。

女孩遲疑，從瓦林看向葛雯娜，然後又看回去。

「去。」他又說。「我不會有事的。」

荷．林咬牙跳船，抓住葛雯娜的船舷爬了上來。

「天殺的固執混蛋。」她喃喃說道。

少了荷．林控帆，瓦林的船立刻陷入危機，帆桿在風中瘋狂甩動，看起來很可能會直接翻覆。然而，瓦林在笑，一邊努力駕船，一邊揮手叫她們離開。

「去贏，」他邊叫邊消失在大雨中。「去贏！」

她們贏了。

而瓦林直到當天晚上才返回港口，等風暴最強烈的時刻過去後。當他終於爬上碼頭時，葛雯娜很想去找他，想要擁抱他好好慶祝一番，卻被荷．林搶先一步。葛雯娜在沒有地方可去、雙手沒東西可抱的情況下，只能輕輕揮手。「謝謝。」她喊道。她不確定他有沒有聽見，但傷害已經造成了。她永遠記得那個笑容，記得他在船身進水時揮手叫她們前進的模樣。

現在那個男孩死了，葛雯娜心想，凝視著坐在她對面的陰沉男人。

遇上瓦林令她極度震驚，上次見到他是在血腥草原上的長拳營地。根據之後塔拉爾的說法，加上凱登對艾黛兒的說法，她很肯定瓦林已經死在安特凱爾塔上，不管是怎麼死的。她一直把失去他的哀痛放在心裡，以為傷痛已經在幾個月的時間裡逐漸淡化，以為自己內心深處一輩子都會為瓦林和萊斯哀悼，為了做正確的事而奮戰至死的好人。

結果瓦林還活著。他一直都活著，不過葛雯娜完全不瞭解他身上出了什麼事。他眼睛毀了，被某個人在他臉上劃下的傷痕所毀。他比她印象中瘦，強壯但是憔悴，皮膚上的傷疤多如蛛網。他和葛雯娜印象中那個熱誠堅決的學員相差甚遠，甚至和他當小隊長之後都差很多。那感覺像是有個怪物爬進她多年前愛上的男孩身體裡，接管了他的身體——一頭飢餓黑暗的怪物。

其他凱卓的狀況比他還糟，找到他們就和找到瓦林一樣意外，但至少她還認得出他們。跳蚤的手臂傷得非常嚴重，看起來像是從手肘到手腕都被剝了層皮。紐特的小腿整個被壓碎到浩爾裡去，他永遠不能飛了，這點顯而易見，不過這個事實似乎沒有打擊他那種奇怪的士氣。醜陋的爆破大師在塔拉爾幫他處理傷口時望向葛雯娜。

「適時出現的朋友遠比西方群島所有香料可貴。」他說。

「沒錯，」葛雯娜回答。「但我不會過度依賴即時趕到的朋友。我們幾乎是意外撞上你們的。我們在幫皇帝打探厄古爾部隊的位置，沒料到會發現幾個凱卓企圖獨撐戰局。」

快傑克讓阿拉拉降落在內克西北方一片平坦的海灘上，而其他凱卓，葛雯娜的凱卓，也都跟著一同降落。巨鳥收回翅膀時，新血士兵都還在為剛剛的行動熱血沸騰，開始檢查武器和裝備，一直興奮交談著。葛雯娜卻一點也不興奮，她很疲憊。艾黛兒下令偵查厄古爾部隊，並找出伊爾·同恩佳，這表示他們達成了一項目標。或許皇帝想要她繼續待在戰場上，但在厄古爾人直奔安努之際搜尋一名將軍感覺意義不大。他們必須趕回安努幫忙守城。她很想直接飛回去，但跳蚤和他的隊員需要治療，更重要的是，在葛雯娜再次面對艾黛兒前，有些問題須要先獲得解答。

「所以，」她說，看向面前幾個人。「誰要先說？」

瓦林以瞎眼注視著她。那雙眼睛不可能看得見東西，但他的所有動作都不像是盲人。葛雯娜打量他一段時間，然後偏頭。

「夏利爾呢？」跳蚤問。「奎林群島現在誰在指揮？」

「對，」葛雯娜緩緩回答。「這是個很有趣的問題。」

她沒多久就講完了猛禽指揮部自相殘殺、賈卡伯·拉蘭及其暴政、反抗勢力終於獲勝的故事。她結束後，所有人都沉默了一段時間，聽著海浪打在沙灘上的聲響。最後跳蚤望向凱卓鳥和在照顧鳥的人。

「他們幹得好。」他輕輕說道。「妳幹得好。」

葛雯娜覺得自己臉紅了。「好了，如果事情只有這樣，我們可以坐下來喝酒敘舊，但我們還有很多事情要辦。」

「厄古爾人……」跳蚤開口。

「不光是厄古爾人。」葛雯娜說，說完才發現她打斷了對方說話。「抱歉，長官。」

跳蚤揮開她的道歉。「我閉嘴，妳來說。我們對當前的戰況毫無概念，但妳有。」

葛雯娜深吸口氣。瓦林還是沒說話，一動不動，透過那雙恐怖的眼睛看她。

「戰況，」她說，再度轉頭面對跳蚤。「就和混了泥巴的糞桶一樣清楚。」

「從厄古爾天殺的部落沿著哈格河猛攻的情況來看，我相信你們肯定已經推斷出伊爾・同恩佳數週前就離開北境前線了。皇帝要知道——」

瓦林在降落後首次打斷她的話發言。「皇帝？」

他的語氣令葛雯娜顫抖。「你姊姊，有燃燒之眼的那個——」

「凱登呢？」

「我不知道。我們前往奎林群島前見過他，塔拉爾、安妮克和我都見過，是他派我們去島上的。他知道猛禽指揮部的事情，而他需要鳥。不過當我們帶著鳥回去時……」她聳肩。「艾黛兒在那裡，安努又變成帝國。她和議會不知怎麼地盡釋前嫌。」

瓦林神情迫切飢渴地湊上前。「我姊姊，」他問，聲音靜如飄落的灰燼。「有說凱登去哪裡了嗎？」

「其他地方。」

跳蚤皺眉。「這不算什麼解釋。」

「妳沒有逼問？」瓦林問。

葛雯娜瞪著他。「據我所知，我們都是士兵。皇帝要我們去找厄古爾人，我們就必須去找天殺的厄古爾人。」

「她不是皇帝。」他吼。

「這個嘛，她坐在王座上——」葛雯娜說。「黎明皇宮裡面那個王座。她擁有燃燒之眼，所有人都稱她為『光輝陛下』，所以你或許可以原諒我忽略了那個事實。事實上，」她腦袋側向一邊。「你這幾月都在幹什麼，怎麼會對帝國的內部事務這麼熟悉？」

瓦林咬牙吐氣。葛雯娜情緒緊繃。她可以透過鹽風聞到他的怒氣。她身旁的塔拉爾後退，一手放在腰帶匕首上，彷彿也感應出危險。接著危險就過去了。

「我在養傷，」瓦林輕聲道。「因為艾黛兒在我胸側插了一刀。」

海浪打向海灘，浪尖翻滾，粉碎，然後消散，被拖回太海混濁的腹中。在一段彷彿很長的時間中，沒有人說話。葛雯娜想不出能說什麼。她對艾黛兒是否有什麼不可告人的祕密早有懷疑，凱登就曾暗示過這點，而皇帝本人在這個話題上也一直避而不談。然而，不可告人和謀殺還是相去甚遠。

她終於搖頭問：「為什麼？」

「她想保護她的將軍，」瓦林說。「我要殺朗．伊爾．同恩佳，她阻止我。」

葛雯娜輕聲吹哨。「現在伊爾．同恩佳背叛了她。」

「背叛了她？」瓦林問，腦袋疾轉。「怎麼說？」

「鬧失蹤，棄守前線，威脅要殺了她兒子。聽起來她當時應該讓你殺了他才對。」

「喔，我會。」瓦林說。這是他降落後第一次笑。

「那可不容易。」葛雯娜指出這一點。「因為他失蹤了。」

「不，不難。他遲早會回安努，我可以趁這段時間找親愛的姊姊算帳。」

葛雯娜皺眉。「你要拿刀刺她。刺到死。」

瓦林冷冷點頭。她再度聞到他體內的飢渴，彷彿是頭餓壞了的猛獸。

「我敢說你注意到了，」葛雯娜小心說道。「我們坐在這裡的同時，厄古爾大軍正在攻向帝國中心。我去過首都，那裡的情況糟透了，艾黛兒是唯一掌控局勢的人。我不認為現在是刺殺她的最佳時機。」

瓦林大笑問道：「那什麼時候才是刺殺我姊的最佳時機？」

「戰後，先等戰後。我是說，厄古爾人或許能代勞。我在鳥上觀察過他們的部隊，看起來一路往北延伸到山區。等到這個月底，我們的頭多半都會被插在木樁上，但如果我們活下來，擊退那群天殺的混蛋，那他媽的你一定要殺了你那個邪惡的姊姊。到時候，我會幫你一起動手。」

瓦林沒有說話，只是瞪大那雙殘破的眼睛看她，看穿她，彷彿他完全沒看見她的臉，而是看著她身後那片灰色汪洋。

跳蚤轉身。「葛雯娜說的對，不管艾黛兒犯過什麼罪，安努現在需要她。」

「我們都有需要的東西。」瓦林低聲道。

「沒錯，」葛雯娜說。「好吧，幾百萬人需要艾黛兒的小屁股坐在王座上。」

他搖頭。「我聽過這種說法。去安特凱爾前，艾黛兒就是這樣告訴我的。她說：『我們需要他，瓦林。我們需要伊爾．同恩佳。』」

「但你還是去殺他。結果就跟找條病羊在你湯裡拉屎一樣好。」

她沒想到瓦林竟然會笑。這一刻，他看起來就像她印象中的那個年輕人，接著那種感覺又消失了。葛雯娜疲憊吐氣。

「先等著，」她輕聲道。「等戰爭結束，然後，我發誓，我會幫你去做任何必須做的事。」

他透過殘破的雙眼看她，然後側頭。

「我等。」

55

凱登和崔絲蒂一起在拉桑伯烈日曝曬的山頂台地小白屋裡度過幾日，等待顱誓祭司決定要殺他們還是釋放他們。這是他生命中非常特殊的日子。在那之前，他的人生都被劃分成奢華和苦難——睡在黎明皇宮羽毛床上的童年，冬天能吃新鮮水果，每天早上都有奴隸送來溫暖的衣服；然後是充滿岩石、白雪、苦難的青少年時期。

他有兄弟姊妹、朋友、老師，以及相對而言還算寧靜甚至美麗的生活。十八年來，他見過骸骨山脈、大裂縫、英塔拉之矛和阿塞爾的冰冷懸崖，見過死亡之心的瑟斯特利姆堡壘和充當坎它轉運中心的小島，那是一座迷失在大海中的小小綠地。對於短暫的一生來說，這些經歷似乎過於豐富。當梅許坎特撤回他的內心，當他發現那代表什麼意思以及必須如何收場時，他以為自己可以帶著已經見識過世界的心態死去，以為他可以在心知自己體驗過生命所有層面時讓安南夏爾解開他的靈魂。

他錯了。

那一切，童年的兄弟之愛、與阿基爾分享的嬉鬧情誼、母親的吻、父親的遠距離問候，都沒辦法與他和崔絲蒂在山頂台地邊緣分享的那段明媚時光相提並論。

性——溫暖、火爆、猛烈、輕柔、赤裸——只是最不值得提的部分，重要的是其他的一切，他們停下來後發生的一切。當他們躺在粗被單上，在顱誓祭司提供的提燈照明下，凱登才發現自己一生的眼界有多狹隘。他覺得自己像個一輩子都在豪宅中不同房間裡跑來跑去的小孩，見過所有房間、走廊、爬行空間和儲藏室，接著有一天，有人打開一扇門，他才終於步出屋外，第一次看見天空。

「我不知道……」他某天晚上喃喃說道。崔絲蒂貼在他身旁，身體隨著呼吸起伏。

「不知道什麼？」她睡眼惺忪地問。

他搖頭。「什麼都不知道。」

她笑了。他們相處這麼久，他從未聽過她笑。接著她親吻他的胸口，爬到他身上，他就放棄說話了。關於這部分，辛恩說的對——言語毫無用處。

他們沒有嘗試逃跑，因為很顯然他們跑不了，另一部分原因在於，就算通過顱誓祭司那關，他們也只會把自己送入伊爾・同恩佳的虎口。他們從他手中逃脫一次，但他還握有阿克漢拿斯，那個瘋狂的老吸魔師也還在他身邊。雖然沒有人在遠處峽谷邊緣看過肯拿倫，不過他一定在那裡小心地布置陷阱，凱登很肯定這一點。

「我們要怎麼做？」崔絲蒂終於問。夜深了，他們躺在床上，星星已經走完當晚大部分的旅程。她開口前凱登都沒發現她醒了，接著她用手肘撐起上半身，手掌沿著他身側撫摸，一路摸到腰際。

「在顱誓祭司決定要殺我們還是幫我們之前，」凱登回答。「我不確定能做什麼。」

「我們可以告訴他們，」她猶豫地提議道。「真相。」

凱登搖頭。他們剛抵達時，他就有在考慮此事了。感覺很瘋狂。如果有什麼他們能肯定的，那就是安南夏爾的祭司痛恨梅許坎特及其手下。顱誓祭司已經在奪取長拳行動中犧牲了很多人，而他們那時以為長拳只是厄古爾薩滿，神的苦難代言人。如果蓋拉知道痛苦之王本人受困於拉桑伯，已然落入他的手中，他們兩人就死定了。

「他們還沒殺我們，」凱登說。「那是好事。」

崔絲蒂嘲笑這種保守的說法。

「瑟斯特利姆人冒犯了顱誓祭司信仰的一切。」凱登繼續解釋。「蓋拉似乎很驚訝他們依然行走於人間。」

「如果蓋拉幫我們？」

凱登閉上雙眼，試圖回想抵達台地之前的世界。「如果我們逃走，得到自由，就可以再度開始逃命。可以前往一座坎它，跑去伊爾・同恩佳不能去的地方。」

「沒有他不能去的地方。」崔絲蒂輕聲回應。

他們陷入沉默，無話可說。凱登有半輩子都致力於弭平慾望，而他差點就成功了。派兒剛帶他們到拉桑伯時，他都已經做好放棄性命的準備，就此走出自己的身體。做非做不可的事在當時感覺很容易，當時他也不認為有實施大消除的必要。現在，他終於瞭解到那麼做的影響有多大。唯一瞭解此事的辦法就是感受愛還有隨著愛而來的痛苦。

「我想和你在一起，」崔絲蒂一把將他扯近，用力到他必須奮力呼吸。「動手的時候，我要在你身邊。」

動手。她沒有把話說明。沒必要。

凱登點頭。童年以來第一次，他哭了。

♛

凱登在天亮前的寧靜中醒來，發現派兒站在床腳邊。他摟著在睡夢中喃喃自語的崔絲蒂，她在被子下挪了挪身體貼緊凱登，但是沒有醒來。凱登不清楚殺手在那裡站了多久。她在笑，不是她慣有的那種狡黠笑容，而是比較滄桑真誠的笑容。

「大部分人都會抗拒事實，」她輕聲說道。「但安南夏爾的影子底下保有寧靜。」她朝睡夢中的崔絲蒂點頭。「喜悅。」

凱登想要爭論，卻發現沒什麼好爭的。殺手說的對。拉桑伯、他遭囚、無所不在的死亡威脅讓他走到這個地步——藍黑夜晚的漫長輕柔，在舊被單下分享體溫，他和崔絲蒂呼吸交纏，即使在睡夢中也一樣。就連梅許坎特也幾乎不再抵抗，彷彿神本身也瞭解在這裡掙扎毫無用處，在安南夏爾的地盤上。

「蓋拉決定了？」凱登問。

派兒若有所思地點頭。「就某方面而言。」

「什麼意思？」

「你會知道的。」

「我以為玩遊戲的時候已經過了。」

殺手笑容擴大。「我以為現在你已經瞭解少了遊戲，就沒有生命。」她比向崔絲蒂。「喜歡的話，慢慢叫醒她，用你自己的方式……」她側過頭去，揚起眉毛，舔舔牙齒。「但天亮時要到安南夏爾的秤去。」

他們抵達台地外緣時，蓋拉還躺在秤上，就和他們剛到時差不多。最後幾顆星星在西方天際閃閃發光，儘管崔絲蒂在他身邊發抖，凱登卻已經感覺到身後的氣溫開始回升。他回頭瞇眼打量稀薄的微光。要不了多久，太陽就會爬上東側山峰，但此刻的天邊只是一片粉光，有種逐漸成熟卻尚未成熟的感覺。

「我祈禱，」蓋拉開口，沒有睜開眼睛。「你們來了之後，我對神發誓我會在秤上待一週，而我已經在秤上待了整整一週，禁食、祈禱。」

崔絲蒂搖頭。「為什麼？」

蓋拉緩緩坐起，伸展脖子，前後轉動肩膀。「如果神召喚我去，」他終於說，目光在凱登和崔絲蒂之間遊走。「那就算是徵兆。」

「什麼徵兆？」凱登問。

「之後發展的徵兆。我對安南夏爾敞開心胸，讓神知道我打算把你們獻祭給祂。如果祂不想要我的祭品——」他朝身後豎起大拇指。「只要把我丟下懸崖就行了。」祭司左顧右盼，揚起眉毛，彷彿注意到自己還活著。「祂沒有這麼做。」

凱登心裡一沉。

「太瘋狂了，」崔絲蒂嘶聲道。「你會死的。」

蓋拉聳肩。「有時候解析徵兆是其他人的責任。」

「那現在呢？」凱登小心問道，觀察對方的臉。

蓋拉站起來，彎腰，慢慢吐出滿足之情，伸展背和腳，然後再度伸展。

「神透過意料之外的方式發聲。」他揮手招呼囚犯上前，等凱登和崔絲蒂站在崖邊，才指向遠方平台上的桶子。凱登發現桶子在漏水，塞子下方的木頭已經被水浸濕。他抬頭看著大秤中央的橫槓，已經微微朝向祭司傾斜，要不了多久，或許下一刻，岩鹽塞就會融化，桶裡的水會漏光，祭司所在的平台就會墜入山谷。蓋拉似乎毫不在意。「一週過去了，神沒有召喚我，但這——」他比向漏水處。「讓我思考。我不會親自獻祭你們。你們要上秤測量，兩個都要，從日出到日落——我認為這樣時間充裕，足以讓安南夏爾對你們做出任何想做的事。」

♛

第一個小時最難熬。活在顱誓祭司暴力威脅下是一回事，坐在峽谷數百呎上嘎嘎作響的木板上，眼看風扯動磨損的繩索、水從對面的木桶滴落，然後等待大秤緩慢而堅決地朝深淵傾斜，又是另一回事。凱登的身體尖叫著要他逃命，但無處可逃。蓋拉和派兒坐在十餘步外台地的實地上，他們都沒有拔出匕首，但蓋拉說的很明白，如果凱登或崔絲蒂在日落前企圖逃離大秤，他們兩個就都死定了。

於是他們坐著，等待，看著水緩緩流逝。

一開始，待在平台正中央靜止不動感覺很重要，於是他們就像雕像一樣坐了很長一段時間，不說話，甚至不太敢呼吸。直到中午，崔絲蒂終於搖頭。

「管夏爾的。」她說。她的聲音乾澀、沙啞、氣憤。

凱登挑眉。

「我們不能離開。」他喃喃說道。「打不過他們。」

「我知道。那並不表示我們該像受驚的綿羊一樣等待。」

「還有別的辦法嗎？」

「我不知道。」她說，扭身移動。「但如果這是我們最後的時刻，我要好好享受人生。」

凱登很驚訝地發現自己在點頭。

「聽著，」崔絲蒂說著，移動了一下重心，直到她坐到木板邊緣，雙腳掛在空中搖晃：「世界上還有比這裡更慘的葬身地。」

凱登也來到木板邊緣。那感覺彷彿坐在禽爪岩上，強風拉扯他的袍子，威脅著要把他吹落山崖。他在懸崖邊和山頂度過了許多日子，但在修道院時，他總是一個人，不管是打坐或是勞動都是一個人。他說不出來有人在他身邊為什麼會那麼重要。根據辛恩的說法，應該不重要才對。應該不重要，卻很重要。他一手摟住崔絲蒂的腰，回頭看了一眼。

「可以給我們幾塊石頭嗎？」

派兒眨眼。「石頭?你突然急著要去見神了?」

「不用多大,」凱登指向台地邊的碎石堆。「那種就可以了。」

等殺手在秤旁放了一堆小石頭後,凱登轉頭面對崔絲蒂。「我當見習僧時常會這麼做。」他說著,舉起一塊石頭,掂了掂重量。「我們應該要冥思,但我太無聊了,丟石頭能打發時間。」

木板在他拋出石頭時晃了一下,他並不理會,看著石頭沿拋物線緩緩落入峽谷溫暖的空氣中。崔絲蒂盯著石頭,然後掙開他的懷抱。「你以為你很行?」她問,轉身撿起一塊石頭。「看我的。」

他們一個下午都在丟石頭,互相挑釁說笑。一個下午桶子裡的水都在默默流失。當太陽沉入西山、他走下搖晃的大秤腳踏實地後,凱登幾乎有種悔恨感。崔絲蒂說的對,那裡是不錯的葬身地,總比之後要面對的情況好。

她也離開木板來到他身邊,踏上岩緣時,木頭砰的一聲劃破寧靜的夜晚,緊接而來的是一陣劇烈晃動。凱登轉身看見水桶的塞子沒了,終於徹底溶解,之前慢慢流出的水疾噴而出,整座安南夏爾大秤失去平衡,然後崩塌。崔絲蒂在大秤翻滾摔落山谷、無聲遁入虛無時抱住他的腰。終於落地時,撞擊的聲響輕到和風聲差不多。

崔絲蒂輕笑,笑聲柔和愉快,凱登也跟著笑了。

他們轉身時,蓋拉饒富興味地打量他們。「神的處事方式有時很奇怪,難以理解。」他說。「今天不是那種時候。很顯然,安南夏爾想知道瑟斯特利姆人的名字。把名字交給我,我們要怎麼回報你?」

接下來必須發生的事情宛如巨石般壓在凱登身上，壓碎他的笑聲。

「提供一條路，」他終於說。「暢通的路，從這裡穿越伊爾・同恩佳的部隊，抵達坎它。」

派兒微笑，拍拍腰間的匕首。「清道者，比殺手好聽多了。」

♛

無論是顱誓祭司、殺手或清道者，安南夏爾的祭司帶著奇特且近乎喜悅崇敬的態度展開可怕的工作。三十幾名派兒的兄弟姊妹率先過橋，引出藏在岩石間的安努士兵。戰鬥似乎還沒開始就要結束了，但伊爾・同恩佳有強化過防禦工事，在峽谷中追殺凱登的兵力不只二十幾名安努軍，而是數百人，一排一排又一排，人數多到當派兒和蓋拉帶著凱登兩人穿越混亂慘叫的瘋狂戰場時，乾巴巴的土地都被鮮血浸染得濕滑。

兩名顱誓祭司分站兩側，蓋拉步子短而急促，與派兒齊步。男人使一把長矛，刺穿喉嚨和眼珠，動作優雅得像是園丁割除春季急著破土而出的嫩芽。派兒揮舞慣用的匕首，有時拋擲，有時攻擊近身敵人。她的匕首早該用盡了，一個女人身上能攜帶的鋼鐵有限，但她會從地上的屍體拔出武器，而當那些武器也耗盡時，她又從飄逸的袍子裡掏出另外一把，然後又一把，再一把。

他們只花了一點時間就通過狹窄的岩架。幾名擔任後衛的安努兵守著通往陽光照射範圍外的峽谷迷宮。他們的指揮官勉強吼了半句，派兒和蓋拉就衝了上去，四下遊走，如舞者般優雅地穿梭劍矛之間，身後留下一具具屍體。

派兒溜到最後一名士兵身後，一手抓住他的胸口，另一手割斷他喉嚨。對方彷彿突然累壞了般癱倒在她身上，她則把人放低到乾渴的石頭上，動作輕柔得好似對待愛人，在他額頭上輕輕一吻，然後站直。

「有人說要停下來嗎？」她問，看著凱登揚起眉毛。「蓋拉和我讓這一切看起來很輕鬆，但我相信你們也注意到了，後面還有一隊憤怒的士兵，我們雖然殺出一條血路，但那並不代表他們不會追上來。」

凱登回頭看。岩架上滿是鮮血和垂死之人，鋼鐵反射刺眼的陽光，所有人類的語言都失落在不和諧的慘叫聲中。

派兒用血淋淋的刀身拍拍自己大腿。「我瞭解，今天很適合把人獻祭給神，離開令人遺憾，但我承諾要帶你們前往你們的密門……」

崔絲蒂在殺手說完之前開始奔跑，凱登也跟上，從太陽的銅錘中奔入峽谷清涼的陰影下。他們四人默默在岩道上奔跑了許久，爬過巨石，踏過溪流，滑下險惡的岩架，墜落，割破膝蓋和手掌，爬起來，再度逃命。

「伊爾．同恩佳。」凱登在他們第一次停步時說。

「他在你的瑟斯特利姆人名單上，」蓋拉說。顱誓祭司彎腰喘氣，手頂膝蓋，但是一雙綠眼明亮，神情專注。

「他在。」凱登回答。「而他不在剛剛那裡，他的吸魔師也不在。」

蓋拉皺眉，派兒大笑。

「如果把那些不死怪物獻祭給神很容易，」她說。「我們很久以前就獻祭了。」

「他在坎它。」崔絲蒂說。她跪倒在地，在岩石間的小水池裡舀水喝，慌忙間漏了不少水出來。「他會在坎它等，就跟上次一樣。」她喘著氣說。

凱登點頭。「我也在擔心這個。」

他們身後，峽谷的更遠處，傳來軍靴踏在石地的聲響。士兵彼此大叫，語氣激動迫切。

「擔心？」派兒問。「我今天早上穿鞋就是因為有機會見見這個不死的將軍。如果他沒有在這裡和密門之間等候，我會非常非常失望。」

♛

「我很失望。」派兒說，搖頭看向臨時堆成的屏障。

伊爾·同恩佳還是沒露面。凱登根據記憶引領眾人來到古村，沒有遭遇任何士兵襲擊。逃亡過程似乎很輕鬆，太輕鬆了，而現在他發現原因。

「他們擋住了門。」崔絲蒂說，凝望著坎它所在地外的石堆，有些石頭和她一樣高。

「耗工費時。」蓋拉說。「他們幹嘛不直接把門拆了？」

「我想可能拆不掉。」凱登說。「至少用普通的方法拆不掉。」

派兒閃入一間廢棄建築中，片刻過後搖頭走出。「沒有吸魔師。沒有所向披靡的瑟斯特利姆戰士。真是太失望了。」

崔絲蒂緩緩繞圈，彷彿想要一次看清整座村落。「他在哪裡？」她低聲問。「他在幹嘛？」

凱登皺眉。「我不知道，我從來都猜不透。」

「好吧，」蓋拉說。「我們四個人得花一整天才能挖開這道門。」他手掌放在耳後，轉身面對剛剛跑出的峽谷。「我想我們沒有一整天。」

凱登也聽見了追兵的聲音。由於聲音會在峽谷中迴盪，他們無從判斷追兵距離到底有多遠。或許半里，或許更近。他轉身打量石堆。石堆比他高上兩倍，目測有數千磅重，不過堆放雜亂，顯然士兵是在短時間內堆成的。那個不重要。蓋拉說的對，要移除石堆，甚至只是移除到足以讓他們爬進坎它的地步，都需要將近一天的時間。不過或許……

他又看了石堆一會兒，然後閉上雙眼。

石頭在腦中，全部都在，有些有人類胸口那麼大片，有些不比他的頭大上多少，有些單靠一角平衡，有些深埋其中，就算牽一群牛也搬不出來。儘管如此，石堆中還是有縫隙，有些寬到足供崔絲蒂通過。突然間，倫普利．譚的話闖入他心裡，強烈到彷彿僧侶還活著，就站在他身後，搖頭說道：你必須看清楚不在眼前的東西。

這一刻，凱登又回到阿希克蘭，變成碗被一塊石頭取代的見習僧，必須從無情的石頭上舔湯喝，聽著他第一任烏米爾胡．亨的笑聲，學習空無的價值。

重點不在於石頭，凱登凝視心中那個巨大石堆的影像。在於石頭之間的空間。

他謹慎而緩慢地追蹤力量和支撐的無形線條，他移動一塊石頭，填補一個空洞，留下另外一個空洞。這項工作全然以想像完成，他沒有移動，甚至沒有睜眼，但他發現自己汗流浹背，努力把整座石堆保持在腦海中，同時透視整個架構，找出那些沒有承受壓力的隱藏空間，分析層層空無，以不會影響整座石堆的方式移動石頭。

「凱登？」崔絲蒂問，語氣謹慎。

他搖頭，加快速度在心裡移動石頭。他來回移動、堆疊、滑動，尋找通路，穿越石堆，找出埋藏在龐大重量下的空無。

「好了，」他終於說，精疲力竭地睜開雙眼，然後伸手一指。「我們要從那塊石頭開始，再移動那塊……」

「我很佩服石匠精準的計算，」派兒說。「但不確定現在適合來這套。」

「我們可以通過，」凱登說。「我看得出來。」

殺手揚起眉毛，用匕首比向峽谷。腳步聲越來越近，不斷逼近，難以忽略。

「你剛好能解釋給我們的朋友聽。」

「我需要時間，或許一千下心跳。」

「我們沒時間。」崔絲蒂大叫，拉扯他手臂。「必須離開這裡，立刻。」

派兒以眼神無聲詢問蓋拉。祭司拇指抵住矛尖，彷彿在測試武器的銳利度，然後點頭。

「我們給你時間。」派兒說著，轉身離開。「彎道過去有個地方，峽谷隘口有座小瀑布，那裡很適合防守。」

崔絲蒂看著她。「他們會殺了妳。」

派兒微笑。「妳以為我們來幹嘛？」

「不，」崔絲蒂搖著頭說。「不，還有別的辦法。繞過他們，通過他們。更好的辦法。」

派兒笑容擴大。「或許妳把我們和其他教派的祭司搞混了。我相信妳更願意去其他地方，但妳跑來拉桑伯，妳這個甜美怕血的小女孩。而在這裡，戰鬥和死亡，就是我們的信仰。」

56

「我們可以殺了他。」艾黛兒輕聲道。

凱潔蘭喝了一大口紅酒，把酒杯放在桌子上，靠回椅背，噘起嘴唇終於說道：「我假設妳說『我們』的時候，不是在想像我們三個輪流拿刀插入那個可憐人的心臟。」

「那個可憐人？」艾黛兒問。「那個混蛋已經奪下了城市。他派人占領了城牆，占領黎明皇宮，占領英塔拉之矛，這還沒完——所有大街上都有巡邏，有路障，不同區域間還有哨站……」

凱潔蘭揮手打斷她的話。「我當然清楚梵將軍……守護我們城市的熱誠。」

「他熱誠到讓我不敢在自己天殺的皇宮裡舉行這場會議。」艾黛兒說。「我們會跑來這裡都是出於他的熱誠。」

她們又回到凱潔蘭的酒窖。那些蒙塵的無價美酒依然安安靜靜躺在酒架上，大理石像也依然瞪大空洞的眼睛凝望她們。艾黛兒可沒忘記上次來此是為了會見崔絲蒂，就在吸魔師逃跑之前。這裡實在不是什麼吉利的會面場所，但話說回來，最近也沒有什麼吉利的徵兆。至少凱潔蘭的宅院裡沒被將軍的士兵占領，在酒窖裡唯一監視她們的人只有街頭女王，不過她就坐在半步之外輕啜紅酒，倒也沒有監視的必要。

妮拉和凱潔蘭不同，從關上沉重的大門後就一直走來走去，狹窄的酒窖沒有多少空間可以走動，但老女人盡她所能，枴杖敲打石板地，來回踱步，喃喃自語。她大部分的時間都在咒罵伊爾．同恩佳，少數時候一言不發。艾黛兒一開始以為自己會因為她的躁動而抓狂，但她很快就發現那反而能為自己帶來一種奇特的舒壓感，至少屋內有人和她一樣憤怒。

「我很驚訝妳沒有勃然大怒，」艾黛兒說，轉回去面對凱潔蘭，改變策略。「那些士兵對妳在這座城市的權位威脅比我還大。」

「發怒很累。」凱潔蘭閉上雙眼，腦袋後仰，靠在椅背上。「誰有那麼多精神發怒？」

「少作戲了。」艾黛兒啐道。「我熟知妳的過去，妳手上染的血比我還多。妳爬到現在的位置殺了多少人？一百？更多？」

「殺人又不用發怒。」凱潔蘭輕聲回應。「殺一大堆人也不用發怒。」她又喝了一口紅酒，在嘴裡小含片刻，吞下，然後微笑。「我覺得不發怒比較好，心裡也好過點。」

「那就殺了梵。我一點也不在乎妳殺他時怒不怒，反正讓他死。」

「獨腳將軍，」妮拉說著，目光自一排排酒瓶前移開。「不是問題。」

艾黛兒揚起眉毛。「他在指揮占領皇宮的部隊。」

妮拉嗤之以鼻。「他是伊爾．同恩佳的走狗。殺了那個混蛋，還會有其他混蛋取而代之。任何部隊都是這樣運作，領導層級什麼的。」

「那我們就殺了接手的人，」艾黛兒說。「我敢說凱潔蘭有辦法一個月殺一個人。」

街頭女王睜開雙眼，嘴角揚起笑容。「現在假設中要殺人的就只剩我了？我們的歡樂高等殺戮三人組怎麼了？」

「妳那雙耳朵中間到底裝了什麼？」妮拉問，揚起枴杖，彷彿要毆打艾黛兒的腦袋。「兩隻又小又蠢的蟲嗎？部隊不缺指揮官，除非妳殺光所有人，而我不認為我須要提醒妳，當厄古爾人來襲時，妳需要那些混蛋幫忙守城。」

艾黛兒憤而吐氣。「他們不是全都有參與伊爾·同恩佳的計畫……」

「我敢拿一坨屎跟妳賭銀子，就連搖晃梵也沒參與伊爾·同恩佳的計畫。他奉命守護皇宮，於是他派兵守護。妳要對付的人不是他。」

凱潔蘭緩緩點頭。「儘管妳的顧問和我常常意見相左，但在這件事情上，我必須同意。」她用手指輕敲她的肥下巴。「那個騎鳥北上、鬥志高昂的女孩有消息了嗎？」

「妳以為，」艾黛兒凝視對方問。「如果凱卓回來，如果他們有伊爾·同恩佳的消息，我會忘記提嗎？」

凱潔蘭聳肩。「事情太多了，我發現我的記憶力每年都在變差。」

「好吧，我沒有。凱卓還沒消息。伊爾·同恩佳依然失蹤。霍朗尼爾斯·梵的鞋跟還是踩在整座天殺的城市上。」

「或許，」凱潔蘭提議。「妳該讓他把鞋跟留在那裡。至少留到……戰爭結束。」她皺眉，彷彿最後那句話就連說出口都令她不快。「他到時候會比較虛弱，妳也不會那麼需要他。」

事實上，艾黛兒本來就傾向那麼做。雖然厭惡部隊接管安努，她還是不能不理會梵比自己更適合指揮部隊的事實，可能比李海夫都還適合。當然，北境軍團的出現讓這座城市有機會和敵人一戰，但厄古爾人並非唯一的敵人。如果凱登的話可信，他們甚至還不是最主要的敵人。伊爾·同恩佳不在前線就足以證明還有其他戰事，大部分人都沒有察覺到的隱形戰爭，足以決定遠超過兩座大陸命運的戰爭。艾黛兒不知道伊爾．同恩佳想要黎明皇宮或英塔拉之矛的原因，但他想要它們的事實就足以構成不把它們交給他的理由。她無法告訴凱潔蘭這個，就算已經攜手合作，她對那個女人的信任還沒有超過一條瘋狗。

「應該有可能——」艾黛兒再度開口。

一下敲門聲打斷她說話。

凱潔蘭皺眉。「我努力對手下下達最清楚的指令，但他們還是會在我要求不要打擾時來打擾我。」她搖頭放下酒杯，然後站起身來。「如果門外沒有兩個裸男，最好又帥又蠢，二十到二十五歲之間，我會很不高興。」

雖然女人態度輕鬆，艾黛兒還是在聽見敲門聲時感到腹部糾結。這段日子以來，意料之外的事件幾乎都代表死亡和災難。她再度看見兒子的眼睛，燃燒著，恐懼著。她發現自己握緊酒杯，緊到難以相信杯子竟然還沒被捏碎。她刻意在凱潔蘭打開門時放下酒杯。

「什麼事，瑟利斯？」女人問。

艾黛兒緩緩吐氣。畢竟來的並非生人，只是一個家用奴隸。

「請見諒，女士。」門後傳來溫和的聲音。「有封信，來人很急。」

「送信來的人有說很急嗎？」凱潔蘭問。

「沒，女士，但——」

「那就不會那麼急，是不是？」

「請見諒，女士，信不是給妳的。」

艾黛兒又開始噁心了。

「啊，」凱潔蘭說著，伸出手。「有趣。」女人關上房門，走過來把信遞過桌子時，艾黛兒發現自己在發抖。信沒有彌封，僅是對摺兩次用粗麻繩綑綁。稱不上什麼令人害怕的書信，但艾黛兒還是一副面對毒蛇的模樣，沒有伸手拿信，而是舉起酒杯，搖晃片刻，一飲而盡。

「那算什麼蠢儀式？」妮拉終於問。「妳要打開那封天殺的信，還是要我們坐在這裡猜？」

艾黛兒不理會她，拿起信拆開。她沒多久就看完字跡潦草的內容，過了一會兒才瞭解自己看了什麼。她抬起頭來，鬆了一大口氣。不是桑利頓的消息，和她兒子毫無關聯，那表示她能相信他還活著，就算只是多相信一天。

凱潔蘭側頭問道：「好消息？」

「好消息不會像被踢過的狗一樣爬來。」妮拉說，警惕地看著艾黛兒。「說出來，女人。」

艾黛兒緩緩將視線拉回信上。欣慰感已經開始流逝，取而代之的是某樣更冷酷危險的東西——平衡在刀尖上，位於希望和恐懼間的感覺。

「他回來了。」她說。

妮拉上前，突然一臉飢渴，如同發現獵物。「伊爾・同恩佳？」

艾黛兒搖頭。「凱登，我弟弟。和崔絲蒂一起回來了。」

57

凱卓於午夜過後抵達安努，此時月亮的刀刃已經嵌入漆黑的地平線。葛雯娜在安努北牆南面一座廣場上降落。廣場中央有座噴泉，旁邊有兩座雕像基座，上面的雕像被人推倒或搬走了。噴泉還在運作，水從管口噴湧而出，在夜空中噴灑明亮的弧線，然後落入大沙石碗中。巨鳥擺脫了士兵的束縛後紛紛聚往噴泉，鳥喙不斷往水裡啄。那個動作很奇特，很制式，但又很靈巧。

「我們的準備區。」葛雯娜說。「皇帝送的。」她指向廣場旁的幾棟建築。「軍營、指揮部、鳥房、醫務所、補給處，這是我們在安努城中的小猛禽。」

瓦林打量寂靜的建築。窗戶裡沒有透出提燈或蠟燭的火光，煙囪也沒有冒煙。他閉上雙眼，傾聽睡夢中的翻覆聲或低喃。什麼都沒有。

「人呢？」他問。「誰住在這裡？」

葛雯娜搖頭。「我哪知道？我向你姊姊說我需要準備區，她就把這裡分配給我們。」

跳蚤點頭。「好地點，離戰場近，空間足夠讓鳥同時降落。」

「西邊還有一座更大的廣場。」葛雯娜說。「但這裡離皇帝自己的指揮中心近一點。」她指向北方一百步外的堅固塔樓。「我認為有必要鞏固指揮權。」她瞥了一眼兩名士兵把紐特抬過去的建築。「夠了，別再扯後勤了。你的小隊必須接受治療，比我們臨時處置更完善的治療。」

「照顧紐特和席格利，」跳蚤開口。「我沒事……」

「胡說。」葛雯娜說。「你連繃帶都在滲血。」

「我知道我的身體能夠承受多少傷害，葛雯娜。我用這具身體作戰很久了。」

「而我需要你繼續用它作戰。我可不要折損最強的戰士，只因為你固執己見。就算我要把你綁起來踢進去，你也要給我去醫務所。」

附近的凱卓紛紛轉頭，一邊做事一邊不著痕跡地留意這場衝突。他們都知道跳蚤，不管有沒有被退訓，所有人都知道跳蚤，而這可不是和跳蚤說話該有的態度。就連瓦林也往後退一步。然而，片刻過後，年長男人輕笑。

「我不會對床或幾小時休息說不，妳只要確保別讓我睡到戰爭結束。」

葛雯娜咕噥一聲。「不用擔心那個。開打之後，我打算全程躲在你背後。」她轉頭面對瓦林。「你也一樣。你們這些人都有什麼問題？去醫務所報到，把頭放在天殺的枕頭上。」

葛雯娜直到瓦林和跳蚤抵達醫務所才終於轉頭，朝還在廣場上的凱卓大聲下令。

「當初真不該讓她負責安特凱爾的。」跳蚤喃喃說道，故作悔恨地搖頭。「現在只要有城要守，她就一副那裡是她在管的樣子。」

瓦林只是點頭。

葛雯娜已經不是他印象中那個剛愎任性的學員，這點毫無疑問。從前那把火還在，和往常一樣熾熱，但她找出辦法駕馭它。在奎林群島，她幾乎有一半時間都在失控，給自己和身邊所有人帶來危險。現在不是了。她依然危險，更加危險，從她的動作和語氣就能明顯看出來，但她找出辦法將憤怒鑄造成劍，她能拿、能舉、能善用的劍。

這就是應該發生的改變，應該發生在我們所有人身上的改變。他發現。

逃離奎林群島時，小隊所有成員都是菜鳥，青澀且毫無準備。戰鬥和鮮血改變了他們，改變最大的是瓦林，但葛雯娜、塔拉爾和安妮克都成長為真正的凱卓，守紀律、有目標、共同奮鬥，並且有了更深刻的羈絆，而瓦林卻成了獨來獨往的怪物，黑影中的產物，嗜血、暴力、毀滅。

他回頭，看見葛雯娜在照料鳥。她正與安妮克吵嘴，兩人一起滾動牆邊一大桶飼料，然後撬開桶蓋。其他凱卓聚集過去，一邊工作一邊拌嘴。瓦林猶豫了一下，等跳蚤進入醫務所後才回頭繼續凝望眼前的景象。他這麼獨自站在陰影中許久，看著，聽著。沒什麼特別的，只是一群疲憊的士兵忙著日常瑣事，他卻在星光下感覺自己正在凝視著一道無法跨越的鴻溝，打量著另外一種截然不同的生活，他應該擁有的生活，本可以擁有的生活，如果沒犯那麼多錯的話。

有那麼一瞬間，他差點就走回廣場，穿越寬敞的空間去加入他們。總是有工作可以給另外一雙手去做，總是有事要忙，他可以推木桶、檢查鳥的安全皮帶、熟悉新人的名字，或和塔拉爾互道別來之情……

他搖頭。他的故事充滿黑暗與死亡。現在他又能看見了，他看到了人們看待他的方式：目光警戒，每當他走近就會伸手摸武器。凱卓離他不過十幾步，分隔他們的就只有寬敞的石板地和空氣。幾十年來，幾世紀以來，每天都有男男女女走過這座廣場，趕著去做生活中各式鮮明或無趣的事情，買麵包、跑腿、提水等小孩就能做的事。但是對瓦林而言，卻沒有路可走。

塔拉爾抬頭，發現瓦林在看自己，瓦林卻把目光移開了，從廣場轉移到上方的塔樓，皇帝指揮所，艾黛兒每天都會來監督全城警戒工作的地方。他說會等到戰爭結束，但話說回來，他說過很多話。

皇帝的守衛比瓦林想像中森嚴，畢竟他們身處安努，她自己的城市，安安穩穩在城牆後，厄古爾人至少還要一天才會出現。他以為只會看到幾對艾道林護衛軍，或許六人，結果是十二名全副武裝的火焰之子護送她過街。就像葛雯娜說的，每天都騎馬從黎明皇宮前往城牆塔樓。

殺了他們，他腦中有個聲音說。

他辦得到，他能一條一條折斷他們的肢體，把屍體弄得滿地都是。出奇不意地解決十二個人很容易，這些人幾年下來只受過祭司指揮官拼湊出來的訓練。他提起腰帶上的斧頭，然後搖頭，把斧頭掛回原位。他心裡有一部分很想直接衝入護衛群，這樣做卻有可能讓艾黛兒趁亂逃脫，或更糟的情況，她可能會死。瓦林當然打算殺了她，但必須先和她談談，弄清楚她把凱登怎麼了，他的兄弟是否還活著，是在某間地牢裡腐爛，或已經死了。再說，現在他又回到凱卓之中，能採取其他更優雅的手段。他的手從斧頭移向他從葛雯娜的倉庫裡拿來的火藥，一枚煙幕彈和一枚閃光彈，足以製造必要的混亂。

整個行動不到二十下心跳。他同時點燃兩枚火藥丟到馬群之間，等嗆鼻的濃煙瀰漫整條街道後，深吸一口新鮮空氣，步入濃煙中。他又一次瞎了，就連那不可思議的視覺在濃煙中也不管用，但無所謂，長期處於黑暗讓他學會傾聽，利用聲音研判周遭環境。左手邊有匹馬在亂踢，右手邊鋼鐵摩擦皮革。他矮身閃過某人盲目的攻擊，遇上一匹受驚的馬，隨即抵達隊伍中央。他聞到姊姊的味道，肥皂和壓抑的恐懼。他聽見她劇烈的心跳。

他一躍而起，落在她身後的馬鞍上，用黑頭套罩住她的頭，然後用膝蓋頂馬前進，遠離看不見任何東西的混亂現場。艾黛兒掙扎著試圖尖叫，伸手想扯開頭套，但頭套被她的髮簪卡住了。瓦林出手摀住布料和她的嘴，從腰帶拔出一把匕首抵住她身側，幾個月前她刺他一刀的位置。

「妳決定。」他湊到她耳朵旁邊低聲說道。「安靜，或死。」

「凱登在哪裡？」

艾黛兒唯一的反應就是難看地扭動，左右擺頭試圖甩開頭套。

「甩不掉的，不必白費力氣。」瓦林說。「也不必大叫，我們在地下二十步深的排水道裡。」

這是整個計畫中最麻煩的部分。火藥唾手可得，頭套也是，不過前一晚上他花了很多時間研究能迅速把他姊姊綁架到安全審問地的路徑。這條狹窄通道的高度剛好能讓人站著通過，腳下流過幾吋深的髒水，排向其中一條運河。沿牆有塊顏色較深的污垢，是之前風暴來襲的高水位線。這裡並不完美，他們很可能會遇上幾個流浪漢，落魄到在乾旱季節跑來排水道中居住的人。但話說回來，沒有什麼是完美的，他可以嚇跑大部分的人，也可以殺了他們，這不會花他多少時間。

「你是誰？」艾黛兒問，聲音尖銳刺耳。「你想幹嘛？」

「我想知道凱登在哪裡。」他又說一次。「妳殺了他？」

艾黛兒左右轉頭，動作比之前慢，彷彿她在黑暗中看得見東西。她身上散發出刺鼻恐慌的紅色氣味，外加一股腐油般的困惑，兩種味道都很濃，她還沒崩潰簡直算是奇蹟。

要是妳再懦弱點就好了，他陰鬱地想著。

「他們會來找我，」她說。「他們會找……」

「他們會追妳的馬，此刻應該已經跑出一里外的馬。」

「他們會折返……」

他點頭。「回來就會發現妳的屍體。」

艾黛兒僵立不動，彷彿直到此刻才理解狀況。站在污水裡，頭戴頭套，手腕被綁在身後，她看起來不像皇帝，而是被人從家裡拖出來的受驚女子，遠離所有熟悉的事物。

「你是誰？」她低聲問。

他有點想慢慢來，讓她猜，在她終於開始發抖時享受她的恐懼。

「我是妳的弟弟。」結果他說。「妳動手殺掉的那個。」

流水在死寂中刻蝕出一條濕漉漉的河道。艾黛兒又急又淺的呼吸刮過密閉的牆壁。

「瓦林。」她終於輕聲道。

他的名字聽起來像詛咒。

「哈囉，姊姊。」

「你怎麼……」

「還活著？」

「我站在碼頭邊，」她聲音很輕，彷彿在自言自語，彷彿他根本不在場。「我看著他們在湖裡搜索半天。每當撈起屍體，我就開始發抖，以為是你。」

「這可真奇怪，當初拿刀捅我的人明明是妳。」

她深吸口氣，像是要辯駁，接著搖頭。她一開始很刺鼻的恐懼現在幾乎蕩然無存，恐懼病態的臭味被疲憊感取代。

「所以你是來復仇的。」

「還有其他事。首先，我要知道妳把凱登怎麼了。」

艾黛兒再度搖頭。「我沒把他怎麼樣。」

瓦林咬牙。「我不信。他本來在這裡的，在安努，葛雯娜見過他。後來她回來，他人就不見了，沒人知道他在哪裡。」

「他來來去去很多次，」艾黛兒說，怒氣又回到語氣中。「用那些天殺的傳送門，所以才沒人看到他。」

「真是方便。」瓦林說。

「對我來說不方便。我努力不讓這座天殺的城市分崩離析，準備迎戰厄古爾人，不讓安努摧毀自己，而那個議會首席發言人卻單憑個人喜好來來去去，追蹤自己的怪物，出現幾個小時，然後又去追那個關在牢裡的婊子……」

她越說越小聲，彷彿擔心自己說太多。瓦林閉上雙眼，細聞她糾結的氣味：憤怒、藍灰色的哀傷、困惑，還有濃重的悔恨氣味。但是沒有欺騙，至少他聞不出來。他咬一咬牙，伸手摘掉頭套。她大部分黑髮都還固定在腦後，不過有幾絲垂在臉旁。她試著甩開它們，然後放棄，透過汗濕的頭髮瞪著他。她眼中的火焰比印象中炙烈，在漆黑的排水道中閃耀，似乎整張臉都要著火了。她開口時，瓦林以為她會破口大罵，但她的聲音很輕，輕到他都聽不清楚。

「對不起。」

他後退一步，彷彿這話會燒傷他。

「現在求饒太晚了……」

「我不是在求饒，那刀刺下去我就後悔了。」她搖頭，透過他看向自己的回憶牢籠。「一切發生得太快。弗頓死了，你又要殺伊爾．同恩佳，而當時戰爭還沒結束。我手裡握著匕首，我以為你會摧毀一切，你會摧毀安努，所以我……我就失控了。」

瓦林瞪著她。他的心臟在胸口一再發出凶殘的節奏，拒絕放棄。

「每天早上醒來，」艾黛兒停頓了一下，然後繼續說。「就會想到我殺了你。最瘋狂的部分在於大部分時候我都認為我做得對。你完全瘋了，你打算殺掉唯一能阻擋厄古爾人的人。」她搖頭。「結果，說到底，對不對根本不是重點。」

瓦林接下來的話像碎玻璃般被拖了出來。「妳以為我會為了妳這種遲來的悲痛就饒過妳？」

「我不在乎你饒不饒恕我。」她爆發道。「我根本不在乎你怎麼想。你現在比當初還瘋，這用看的就知道了。我說這些話不是為了你，而是因為幾個月來我沒辦法說，沒辦法對你說，而現在我可以說了。」她揚起下巴，露出喉嚨。「來呀，殺了我，報你的仇，然後再去研究怎麼拯救這座城市，這片從前是帝國，現在變成別的……另一個樣子的該死的土地……你得想辦法修補，讓它恢復正常，拯救數百萬個即將在梅許坎特祭壇上慘遭屠殺的人，因為我不知道該怎麼做。」

她開始流淚，臉頰反光，在眼睛的火光下宛如熔化的玻璃。她疲倦又憤怒地搖頭。

「凱登在凱潔蘭家，殺了我之後去找他，如果你真的關心安努。他需要你。」

「需要我幹嘛？」瓦林問。他低頭看著手中已經出鞘的匕首。他不記得自己有拔出匕首。

了結此事，野獸的聲音在嘶吼。你已經講太多了。

他上前一步，刀刃抵住她喉嚨。

她瑟縮了一下，但雙眼直直望著他。

「動手。」

了結此事。

他再度嚐到漆黑如夜的史朗獸蛋入喉的噁心滋味。他感覺到荷．林癱倒在自己懷裡，心跳停止，頭髮充滿海味。他聽見安努傳信兵死前的猛咳聲，感覺到匕首劃破氣管和肌腱時對方喉嚨塌陷。他能聞到安特凱爾焦屍的味道，感覺自己口中的熱血，還有胡楚發出恐怖歡愉叫床聲時的血。他再度聽見在密爾頓的斷垣殘壁上，那些被自己殺死之人的恐懼。他能感到斧頭沉入人體時那種腐爛柔軟的觸感，能品嚐到自己急切想拔出匕首的滋味。不管他本來可以成為什麼人，現在都是頭野獸，就如潛伏在浩爾大洞裡的史朗獸一樣，是由鮮血、黑暗和死亡組成的怪物。

了結此事。

他感覺到姊姊在刀刃下發抖，感覺到恐懼的銅臭味。此事甚至已經無關正義、復仇，或任何人類言語可以形容之事。此事完全出於血液中的衝動、需求，難以抗拒的邪惡意志。

了結此事。

阻止他動手的並非慈悲。他的慈悲已經蕩然無存，被鑿光、燒光、挖得一乾二淨，隨其他所有曾經生而為人的東西一起消失。阻止他動手的也並非正義或愛，甚至不是同為人類的情感。那一切都沒了。可以用以平衡那股怒意的只剩下愚蠢的固執，不願意服從的動物意志，讓他度過北境冬季、檢查陷阱，在嘴裡塞生肉的那股固執，讓他的心臟繼續愚蠢跳動的固執。

挖出她的心臟！

瓦林慢慢地、顫抖著、小心翼翼地放下匕首，深怕劃破皮膚。

「不。」

58

很長一段時間，凱登就這麼看著他兄弟，努力判斷瓦林是否相信神和女神受困於人體，是否相信瑟斯特利姆天才打定主意找出神、逼出神、獵殺神、摧毀神，以及伊爾·同恩佳已經趕來，他們只剩下一點時間的事情。

從瓦林的臉上很難看出他的想法，那雙瞎眼不會透露任何資訊。凱登努力想在面前如受困動物般在凱潔蘭酒窖中來回踱步的人身上，找出他所認識的哥哥。那個男孩消失了，被長年訓練和嚴厲的生活挖空，就連在骸骨山脈短短相遇的那個男人，凱卓小隊長，彷彿也消失了。凱登努力想要形容眼前這個削瘦憔悴、疤痕滿布、神情飢渴的怪物。

瓦林於一小時前抵達，在正午鑼響後和艾黛兒一起出現，由凱潔蘭親自護送到大宅底下的迷宮中。凱登和崔絲蒂一直待在這裡，試圖找出一條能躲過伊爾·同恩佳的士兵，溜進英塔拉之矛的路。

「真是暖心，」街頭女王一邊說，一邊推開門，接著大手摀住胸口。「家人重逢。世界上有什麼愛可以跟兄弟姊妹之愛相比？」

凱登不會用愛來形容他們家人的關係。

瓦林緊繃的肩膀和脖子、不斷掠過腰帶上那兩把鋒利匕首的雙手、在凱登講話時一直背靠牆壁的模樣，都透露出厭惡、警覺和不信任。總之沒有愛。

「現在這個神在你體內？」瓦林終於問，聲音聽起來像鏽鋼。

凱登點頭。他感覺到梅許坎特在擠壓，測試牢籠的界線。

「你為什麼必須進入英塔拉之矛？」瓦林問。「為什麼不能在這裡進行儀式？」

「事情不是那樣運作的。」凱登回答。「英塔拉之矛是某種……聖地，我們的世界和神界之間的導體。一座祭壇。」

瓦林咕噥：「有人死在祭壇上。」

「有風險。」凱登輕聲說道，沒有把話說完：死亡是必要條件，死亡是目標。

問題在於凱登不知道怎麼死。自從凱登把神困在心裡後，梅許坎特由怒轉靜，再由靜轉怒，循環了上百次。神咒罵他、大吼大叫、連哄帶騙，但就是拒絕透露大消除的細節。根據基爾的說法，瑟斯特利姆人幾千年前是在塔頂發現諸神宿主的屍體，但那些人是怎麼死的，歷史學家毫無概念。只要前往塔頂，站在那裡，等神解開束縛，任由人類軀體倒地就夠了嗎？還是有咒語，要屈膝膜拜，有神祕的步驟要做？凱登不知道。

在其他情況下，合理的做法或許是等，試圖從神的心裡挖出細節，但他們沒時間了，伊爾・同恩佳太接近了，他的陷阱已經在收網。

崔絲蒂在凱登身旁改變站姿，朝他靠去。瓦林和艾黛兒抵達後，她幾乎沒開口過，警惕地看著他們，肩膀緊繃，彷彿隨時準備戰鬥或逃跑。

「你們進不去英塔拉之矛。」艾黛兒說。「伊爾・同恩佳的手下將整座塔封鎖了。」

凱登搖頭。「非進去不可，沒有其他辦法。」

「我告訴你其他辦法。」瓦林冷冷說道。「找出伊爾·同恩佳，在他眉心埋把斧頭，聽起來如何？」

「不夠好。」凱登回答。「就算你真的殺了伊爾·同恩佳，神還是困在我們體內。我這段期間一直在對抗梅許坎特，就連睡夢中也一樣。我現在就在對抗祂，維持控制權。」

艾黛兒打量他的眼睛，彷彿能夠透過虹膜看見神。「為什麼不釋放梅許坎特？如果梅許坎特真的是神，就能自保，對吧？」

「妳不懂。」凱登面無表情地回答。「我體內的是痛苦之王。祂來這裡，降臨凡間，就是要在大地上創建痛苦帝國，在所有田野和森林建立祭壇，血染大地，讓空氣中充滿慘叫聲。如果我釋放祂，讓出這具身體，祂就會成功或是遭到摧毀。我們不能允這兩種情況發生。對抗伊爾·同恩佳並不表示和梅許坎特站在同一陣線。要解決此事只有一個辦法，就是大消除。」

他不再說話，同時發現瓦林已經停止移動。他靜止到不自然，一動也不動地站在窄室的對面，瞎眼注視著凱登。

「你想嗎？」他輕聲問。

凱登打量他弟弟。「想做什麼？」

「想走另一條路，痛苦或毀滅。」

崔絲蒂摟住凱登的腰。他與這個世界的連結實在太脆弱了。

他點頭回應瓦林的問題，想起站在拉桑伯台地邊緣時的感覺，想起匕首插入皮膚的感覺。

「之前想過，現在不想了。」

「為什麼不想？」他驚訝地發現這話不是瓦林問的，而是艾黛兒。她眼中火光炙烈，雙手握拳。「你的信念從何而來？」

「這算信念嗎？」凱登問。他搜尋自我，但在梅許坎特的憤怒和空無境界的空虛之間，只找到回憶和期望。在凱卓幫助下抵達英塔拉之矛塔頂的希望，以及伊爾·同恩佳的士兵早已等在塔頂的絕望混雜在一起，崔絲蒂觸摸所帶來的強大歡愉，以及之後必須發生之事所帶來的悲痛。在那一切裡，他完全找不出能稱之為信念的東西。「我不認為那算信念。」

「他的武器。」艾黛兒語氣憤怒地輕聲說道。

凱登搖頭，有些困惑。

「他這麼稱呼我們，」她繼續說。「我們的父親，在他最後的信裡。」她齜牙咧嘴，彷彿那段回憶讓她的肉體產生痛楚。「就某方面而言，他在發現我們有多殘缺前死去也算是好事。」

凱登沒想到瓦林會笑。笑聲很醜陋，很難聽，但凱登發現那個聲音中帶有某種類似希望的東西。艾黛兒轉頭看他。

「安努即將毀滅，凱登和崔絲蒂或許會害死自己，我們的一切都岌岌可危，而你還在笑？」

瓦林不理會她的怒氣。「我只覺得那個詞很好笑：殘缺。最近有個比我好很多的人對我說，有時候必須打破一樣東西，才能看見裡面有些什麼。」

凱登望向他的兄弟。

「那你以為，」艾黛兒低聲問。「我們裡面他媽的有什麼？」

「我不知道。」瓦林回答。「但我告訴你們，不管它是什麼，它都還沒放棄。它或許很醜陋，會背叛，很頑固，但至今都沒人能殺死它，不論是凱卓、顱誓祭司、瑟斯特利姆人、史朗獸，還是整個厄古爾大軍。」

艾黛兒嘴角正要上揚，酒窖的門突然開啟。凱潔蘭站在門口。凱登尚未眨眼，瓦林已經拔出斧頭。他兩個箭步來到門邊，斧刃抵住女人脖子。街頭女王胸口起伏，但目光堅定。

「別把武器浪費在我身上，士兵。」她說。

「怎麼回事？」艾黛兒問。

「北境軍團來了。」

「他們已經來好幾天了。」艾黛兒回道。

「我不是說來安努。」凱潔蘭說。「他們跑到我家來了。現在。他們要來找妳。」

59

凱潔蘭宅邸的地下室看來不像地下室，比較像是由縱橫交錯的走道、樓梯井、儲藏室所組成的迷宮，如同遠古巨樹的樹根在街道下方蔓延開來。顯然從街上能看見的宅院只是龐大地底建築的門面，部分是堡壘，部分是倉庫，部分是密道，為了運送各式各樣非法物品。瓦林在街頭女王的催趕下穿越迷宮，瞥見許多房間裡堆滿沒有標籤的木箱和衣物，以及大型陶罐，像陰影中的士兵般耐心聳立。鋼製閘門擋住最主要的路口，每道閘門都和城堡門差不多厚，還有好幾個人在看守。凱潔蘭的手下都很醜，有很長的疤和很短的牙，但似乎都很擅長使用自己的武器，而且反應迅速，一看到胖女人出現立刻動作，捲動鎖鏈，推開門閂。

「他們怎麼會知道？」崔絲蒂在第二道閘門關閉後問。「軍團怎麼會知道我們在這裡？」

「我不知道。」凱潔蘭簡短回答。女人身穿雅緻的紅絲袍，手指戴滿閃亮戒指，脖子上的肥肉會隨著身體抖動，看起來一點也不像士兵。她和奎林群島上厄拉的大眼女祭司一樣不協調，但說話的語氣、舉手投足的氣勢、帶領他們穿越狹窄走道的信念與決心，還是讓瓦林聯想到他的凱卓訓練官。不管外表如何，這個女人都很危險。問題在於，她對誰而言是危險的？

「可能是你們被跟蹤了。」凱潔蘭推測。

瓦林輕輕搖頭。「沒有。」

「那可能是你們來的時候被人發現。就連後門也有人監視，雖然我承認我沒發現軍團的人有在留意寒舍。」

艾黛兒回頭看向來時的路，彷彿期待看見追殺而來的士兵。「我們的臉都有遮住。」她說。「他們兩個都有。」

凱潔蘭聳肩，繼續前進。「他們怎麼知道的不重要，之後的行動才是關鍵。」

瓦林深吸一口氣，排除掉發霉石塊、上好香水、困惑和恐懼的氣味，他聞到凱潔蘭身上的急迫感和明亮清晰的匆忙氣息，不過似乎沒有欺瞞之意。如果她在說謊，她必須知道如何在他的感官前隱藏，再說，如果女人的目的是要把他們交給北境軍團，那她根本不用跑來警告他們，更無須穿越眾多走道逃命。

「伊爾．同恩佳來了。」凱登說。「是他。」

瓦林轉頭看向凱登。其他人顯然一聽到肯拿倫就感到恐懼，但瓦林自己已經很久沒有害怕的感覺，反而有股……渴望。如果凱登說的對，如果伊爾．同恩佳已經入城，那表示他又獲得一個機會，彌補在安特凱爾塔上錯誤的最後機會。

「這不可能。」艾黛兒爭論。「你說伊爾．同恩佳在安卡斯……多久？一週前？更久？除非他使用——」

凱登搖頭打斷她。「他沒有。坎它對他而言太冒險了。他不能帶士兵通過，表示他必須自行通過，而伊辛恩很可能埋伏在傳送島，這對他們來說很容易。」

「我以為伊辛恩都死了。」艾黛兒反駁。「他殺光了他們。」

「沒全殺光。只要有一個人拿平板弓就能守住整座島。」

凱潔蘭散發出好奇的氣味，但沒有開口，在前領路，任由他們交談。

「那個吸魔師，」崔絲蒂提出其他可能性。「或許是吸魔師幫他回來的。」

瓦林皺眉，思索心中的地圖。「你在拉桑伯的那些日子，沒人見過他。」

凱登搖頭。「他有可能在派兒救走我們後就返回安努。」

「為什麼？」崔絲蒂問。「他為什麼要那麼做？他怎麼會知道？」

「就和他知道其他事情一樣，」艾黛兒冷冷說道。「就像妳一逃離英塔拉之矛立刻就被他發現一樣，就像他知道上哪去找妳一樣。」她在沿著走道行走時凝視黑暗，彷彿等著肯拿倫步出陰影。「他已經玩這個遊戲很久了，比我們都強得多。」

「他知道我們要去哪裡進行大消除，」凱登說。「而且他有阿克漢拿斯。」

艾黛兒點頭。「第一點把他引來安努，第二點帶他來到凱潔蘭這裡。」

他們說話時，瓦林暗自查看心靈地圖，計算每一條路所需的時間。「只有安卡斯到莫爾這段他必須徒步，之後便全是經由河道、湖面、運河行進。他可以整日整夜趕路，而且水的流向對他有利。他有可能已經趕到了，他和吸魔師還有那些天殺的阿克漢拿斯。」

眾人陷入一片死寂。瓦林在走道中失去了方向感，但凱潔蘭繼續往前走，每條岔路都毫不遲疑地轉彎。

「他們要跟蹤可不容易。」凱潔蘭指出。「我的地下室很……複雜，就算沒有閘門和守衛也一樣。」

「他們不是跟蹤，」凱登回道。「至少不是所有人都在跟蹤。」他指向石廊的拱頂。「大部分都在上面的街道上跟隨我們。」

凱潔蘭揚起一邊眉毛。「那可真厲害，也很不方便。」

「我們會從哪裡出去？」艾黛兒問。

「我們往東走，朝妳在城牆上的指揮中心前進。地道出口離那裡很遠，但至少可以拋開我家附近的伏兵。」

「我們必須前往英塔拉之矛。」凱登說。

艾黛兒搖頭。「不行，我已經說過了，那裡都是伊爾．同恩佳的人。從幾天前他們入城以來就是如此。」

「凱卓。」瓦林說。「我們乘鳥前往塔頂。」

凱登點頭。「好。」

「凱卓在哪裡？」凱潔蘭問。

「城牆南邊一座廣場。」瓦林回答。

「太不幸了。」女人說。「你們至少得在街上移動兩里。」

「那就移動兩里。」艾黛兒說。「我們可以領先這群混蛋兩里。」

這話說得大膽，但瓦林聞到她身上散發出不確定的氣味。

「不，」凱登說。「阿克漢拿斯在追蹤崔絲蒂，或許還加上我。那表示如果我們分開，艾黛兒就有機會趁我們潛伏在凱潔蘭地窖中時，去找凱卓。」

「好。」艾黛兒緩緩說道。「等我找到凱卓之後要怎麼做？」

瓦林在腦中計算時間。兩里路，穿越擁擠的街道。艾黛兒穿硬底靴，但沒受過凱卓或辛恩的訓練。這段路約莫要花二十分鐘，但艾黛兒比外表堅強，她燃燒之眼中的火焰表明她會盡可能更快地趕到。「我們數心跳。」他說。「從艾黛兒出去後開始數一千下心跳，這就是她所需的時間。她去找葛雯娜，告知我們的位置。我們上去時，如果情況還沒到不可收拾的地步，葛雯娜應該會在天上，準備帶我們走。」

艾黛兒搖了搖頭。「我以為情況早已經不可收拾了。我以為那就是我們現在在地道中逃命的原因。」

「我認為妳一回到地上就會覺得地道裡的情況好多了。」瓦林說。

「你隨她去。」凱登說。「她需要你的保護。」

瓦林搖頭。「絕對不幹。艾黛兒可以犧牲，你不能。」

「我們需要她去找凱卓。」凱登堅持道。「如果軍隊追到我們，而我們又沒鳥的話，你也無能為力。」

「沒那回事。」瓦林回答。「我可以殺光他們。」

♛

葛雯娜一整個早上都在努力想搞清楚現在究竟是什麼情況。厄古爾人在艾黛兒摧毀的安努城北部三分之一城區外紮營，雖然一天前才剛抵達，但馬背民族已經忙著在悶燒的廢墟間開闢通道。至於包蘭丁，他始終沒有露臉，這種情況令人擔心，但她和其他凱卓並沒有派鳥出去打探敵情，而是在想辦法查出天殺的皇帝究竟出了什麼事。

「瓦林，」跳蚤推測。「他有能力，也有動機。」

沒錯，早上攻擊事件的種種跡象都顯示皇帝失蹤是凱卓幹的——在箝制點展開伏擊，煙霧彈和閃光彈，皇帝在所有守衛都沒發現的情況下不見了……當然，瓦林自己也失蹤了，昨晚開始就不見人影。一切都說的通，除了一個明顯的問題：如果瓦林擅自行動溜出營區處決他姊，那她為什麼還沒被處決？屍體在哪裡？

葛雯娜讓五支小隊全部出動去查找艾黛兒失蹤處附近，徒步和空中搜索都有。然而，直到現在都還一無所獲。

*不，並非一無所獲。*她面無表情地盯著天井內指揮部桌上攤開的地圖，研究一個早上不斷添加到地圖上的黑石棋子。每顆棋子都代表她手下發現的安努士兵，梵將軍指揮的人馬。為了因應城牆北面的厄古爾威脅，這些士兵本該在那座該死的城牆上備戰以保衛城市，但那些石頭顯示出一個明顯的包圍線，安努軍似乎也在搜尋艾黛兒，而對方的搜查行動遠比葛雯娜有系統多了，看來梵將軍的手下掌握了她沒有的情報。

「我們錯過了什麼？」葛雯娜凝視地圖，喃喃自語。

跳蚤搖頭。他在葛雯娜的竭力反對下仍和席格利離開了醫務所。小隊長手臂上的新繃帶還是有些血斑，但臉色已經比昨晚好多了。吸魔師氣色看起來也比葛雯娜想像中好，一身黑衣又變得一塵不染，金長髮整齊服貼，像是用拉賓梳梳了一整個早上一樣。

「妳是用法術整理儀容的，是不是？」葛雯娜問，在女人步出醫務所時瞇眼看她。

「我們都有自己一套展現紀律的方式。」跳蚤輕聲說道。

如果席格利把她的法力用在找出天殺的皇帝上，而不是用來梳頭的話，葛雯娜會開心很多。但是話說回來，正如塔拉爾常說的，吸魔師並非無所不能。太陽移動到黎明皇宮眾多高塔上方，爬過英塔拉之矛，慢慢朝西方垂落。艾黛兒依然不見蹤影，北境軍團依然分散在半座城裡，厄古爾人依然在城北集結，準備展開進攻。

葛雯娜再度看向地圖。「去浩爾的，下次有鳥回報，我就要派他們去打探北方敵情。打仗可不需要皇帝在場。」

跳蚤研究著黑棋的布署。「如果不知道自己人在搞什麼鬼，想打贏仗就很難。黛兒卡聽說伊爾・同恩佳回城了。」

「如果那是真的，你會以為那個混蛋有花點心思關注北方的野蠻人。畢竟他是肯拿倫，在毀滅威脅之前守護安努是他的工作。最少——」

她在天井邊緣傳來叫聲時住嘴，尋找騷動的源頭。

「好了，」跳蚤片刻後道。「解開一個答案了。」

艾黛兒。皇帝。她跑過廣場的石板地，身旁有一隊冷酷、衣衫不整的人跟著。葛雯娜本來以為他們在挾持她，但不是……他們以某種防禦隊形移動，是在保護她。

葛雯娜離開桌子跑了過去，在廣場中央和艾黛兒碰面。跳蚤和席格利跟在一邊。

「凱登，」艾黛兒喘著氣說。她滿臉是汗，袍子都濕了，上氣不接下氣，彎腰猛喘，但她還是把話帶到。「崔絲蒂和瓦林。就在……羊毛區和鮮花區的轉角……安拉頓老市集過去。他們需要……一隻鳥……」

葛雯娜很想問明原因，但艾黛兒跑到半死不活可不是為了玩問答遊戲。

「帶她進去。」葛雯娜說著，轉向跳蚤。「確保她沒事。其他鳥回報時，直接派往北方，高空偵察厄古爾人，我們必須開始備戰。傑克，」她離開艾黛兒，邊喊邊衝過天井，趕往阿拉拉在城牆陰影下等候之處。「升空。」

塔拉爾和安妮克都在艾黛兒的塔上觀察厄古爾人的布署，同時也能看清後方天井的情況，所以當葛雯娜跑到傑克和鳥旁邊時，他們已經疾衝而下，狙擊手一手持弓。艾黛兒抵達後不到一百下心跳他們就立刻升空了，但葛雯娜還是一直覺得胃在絞痛。

太慢了，她在他們掠過石板和銅製屋頂時搖頭，回想艾黛兒精疲力竭、情急絕望的模樣。萬一我們太遲了呢？

他們轉眼抵達羊毛區街角。艾黛兒徒步奔過的路程瞬間消失在巨鳥的翅膀下。

「我們要找什麼？」塔拉爾喊道，在他們接近目標時掃視下方街道。

「八成是很醜陋的東西。凱登和瓦林。崔絲蒂。或許在打鬥。」她搖頭，無聲期待鳥能再飛快一點。「我不知道。」

對面鳥爪上，安妮克冷靜地側身向下，拉弓搭箭，神情專注，甚至有點寧靜，彷彿他們只是升空來吹風的。葛雯娜很想跳下鳥爪開始狂奔。

葛雯娜在逐漸逼近目的地時開始掃視下方街道。安努城有其邏輯，城中的居民有一套模式，是由數千個小互動中產生的規律，但她發現那些規律已經分崩離析。一開始她以為只是其中一條街道出現異常，接著她注意到其他一個又一個的異常：部隊，安努人，衝過下方的大街小巷。

「他們沒有在羊毛區會合。」塔拉爾邊指邊說。

葛雯娜順著他的手指看過去，咬牙咒罵。

「他們不是在找人。」她說。「他們在追人。」

他們微微轉向，傑克似乎準備高空盤旋。葛雯娜拉扯皮帶，連拉好幾下。片刻過後，巨鳥收緊翅膀，他們開始下降。

「妳看到他們了？」

葛雯娜指向半里外一座低矮石屋。她無法清楚表達自己觀察到的事物，無法精準解讀這些模式，以及形成這種模式的數十種變數，但那並不表示她看不見。「他們在那裡，凱登和其他人。士兵要去的地方就是那裡。」

「妳打算怎麼接人？」

葛雯娜皺眉。「我們必須降落。你負責那個女孩，我負責凱登，瓦林可以自己上鳥。安妮克，射殺所有須要射殺的人。我們讓他們上鳥，升空，然後再弄清楚究竟是怎麼回事。」

她邊說邊對快傑克下達指令。阿拉拉鳥頭朝下，他們隨即下降，順著空中無形的斜坡下滑，在最高的屋頂上拉平。在五千呎的高空上很容易忘記凱卓鳥飛得有多快，但在屋頂上方十呎處，飛行速度突然就變得非常有實感。磁磚、煙囪、屋瓦全都在他們腳下化為殘影。葛雯娜目光集中在地平線上，等候轉彎的時機。

她瞥見了他們的身影：凱登和崔絲蒂並肩奔跑，瓦林領先幾步，兩手上的斧頭血跡斑斑。接著，在巨鳥離地面四十呎時，某樣很硬又很猛的東西從旁撞來。

葛雯娜的世界整個顛倒，掛在安全皮帶上，右側朝上，在狂風中掙扎。巨鳥在尖叫，塔拉爾被自己的皮帶纏住，安妮克則在隔壁鳥爪上努力讓自己回到適當的位置。

「還有隻鳥。」葛雯娜大叫，雙腳回到下方，奮力轉頭要看清阿拉拉的翅膀後方。「有人弄到一隻天殺的鳥。」

這是唯一合理的解釋，但周圍沒有第二隻鳥，只有幾片雲、煙囪冒出的炊煙，以及一望無際的藍天。就在她左顧右盼時，巨鳥又被撞了一下。

「沒有其他凱卓鳥，是法術。」塔拉爾咆哮，手指往下指，不是往上。「有人在施法。」

葛雯娜利用半下心跳的時間消化這則情報。

「新計畫，」她說。「我們下——」

又是狠狠一擊砸在阿拉拉身上，撞得牠右翅刮過一棟房子的牆壁，接著他們轉向東行。

「傑克，你這個狗娘養的。」葛雯娜罵道。

「他做得對。」塔拉爾搖頭大叫。「我們在天上太顯眼了。」

「我知道。」葛雯娜啐道。「所以我才要他降落。我們進行地面戰。」

她伸手想去抓指示皮帶，但皮帶在剛剛的混亂中被扯斷了。不管有什麼計畫，現在她都沒辦法傳達給傑克，什麼都不能做，只能掛在安全皮帶上，期望瓦林能帶另外兩人逃離追兵，期望鳥不會被人直接擊落在下面的街道上。她在皮帶中扭轉時，巨鳥再次遭受攻擊。阿拉拉張喙尖叫，快傑克駕鳥下降，高度低到他們沿著一條大街飛行，窗戶和陽台自兩側迅速掠過。

接下來的時間是葛雯娜這輩子經歷過最可怕的飛行經驗。她不知道阿拉拉承受的攻擊來自何方，不知道能不能抵擋或格開那些攻擊，什麼都不知道，只知道有個他們看不見的吸魔師就要將他們擊倒了。她沒辦法和傑克交流，但那無關緊要，他已經在做唯一能做的事——讓他們降得夠低，以便躲藏保命。

凱卓成鳥的翅膀至少有七十呎長，即使在安努最寬敞的街道上也沒有多少飛行空間。葛雯娜感覺到巨鳥在自己的體重下苦撐，努力在不完全展翅的情況下飛到建築物上空。然而，當他們飛到最高的房屋上時，吸魔師的攻擊再次襲來，打得巨鳥在空中平移數步。

阿拉拉的叫聲充滿憤怒和沮喪。葛雯娜不知道鳥的傷勢有多重，他們還能飛在空中幾乎算是天殺的奇蹟了，只有白痴膽敢繼續仰賴的奇蹟。傑克似乎也同意這一點。他讓鳥自行飛行，巨鳥振翅拉升七、八下，接著經歷一段顛簸的滑翔，阿拉拉的翅膀縮到一半，城市街道又朝他們迅速逼近。那是很極限的飛法，爬升到足以維持滯空速度的高度，然後下降藏身在屋頂線下，在狹窄的空間中急速掠過街道，任何錯誤都會讓他們變成民房或神殿牆上的血污點。這種做法既瘋狂又高明，卻保住他們的性命。

當他們終於衝出街頭，來到安努低矮港口寬闊的空間，沒有東西再攻擊他們。快傑克小心駕鳥爬升，然後持續升高。依然沒事。

葛雯娜望向塔拉爾。「這裡安全了？」

吸魔師無奈攤手。「不知道。就算全世界都變成鋼鐵，我還是沒辦法施展那種法術。」

太棒了，葛雯娜心想。此時傑克轉向西北朝他們的臨時指揮所前進。不知名的吸魔師，力量難以估計，還不站在我們這一邊。

♛

艾黛兒爬上塔樓的石階，覺得自己像步向刑場的死刑犯。塔頂當然沒有絞刑台，只是一片能瞭望北方的平台，不過北方的景象，就某方面而言，比絞刑索還要可怕。絞刑索可能代表一個女人的死亡，但等候攻擊的厄古爾大軍，可能代表全安努的末日。而那還不包括被她拋在腦後的災難，遺棄在凱潔蘭宅邸地道中的兩個弟弟。

剛剛那場穿街過巷的狂奔依然令她氣喘吁吁，只能勉強站立。他們賭贏了，至少對她而言是如此。不管伊爾·同恩佳的追兵用什麼辦法在地底迷宮中追蹤她，一和其他人分開立刻失去效用。凱潔蘭派了十幾個人護送艾黛兒，但他們除了跑步和裝出凶神惡煞的模樣外什麼都不用做。逃出生天本應令她感到更欣慰，如果事實沒有如此明顯的話——安努軍根本不是在找她。正如凱登所說，他們在找的人是凱登和崔絲蒂。

艾黛兒一邊爬塔，一邊望向南方，金色凱卓巨鳥消失的方向。葛雯娜和那三名士兵早已證明過他們的實力。如果誰有辦法從伊爾·同恩佳的部隊前救出凱登和崔絲蒂，肯定就是乘鳥的凱卓小隊。計畫生效了，他們的決定正確，但艾黛兒內心深處仍感到難受、骯髒、懦弱。她以最快的速度跑來找凱卓，為了拯救被她拋下的人，但那不能改變最基本的事實：她跑了。

現在妳什麼都不能做，她狠狠地告訴自己。無論南方正在上演的是勝利還是悲劇，相比之下，與厄古爾的戰爭都只不過是學者的一行註解，她此刻不管怎麼做都無濟於事。葛雯娜也許能及時救出凱登和崔絲蒂，帶他們前往英塔拉之矛進行大消除，也許不能。艾黛兒現在的工作就是確保如果其他人成功，如果伊爾．同恩佳沒有消滅那些神，存活下來的人能面對除了厄古爾人充滿痛苦與灰燼的野蠻國度以外的日子。

抵達塔頂時，妮拉的聲音將她拉回現實。

「如果妳要挑時間鬧失蹤，」老女人說。「這時間挑得很爛。」

老女人獨自站在塔頂，強風拉扯打結的灰髮。她撐著枴杖，十分吃力地轉身面對艾黛兒，彷彿數百年的歲月突然開始影響她。她的眼依然明亮，但深陷眼眶中。她停留在艾黛兒身上的目光，猶如畫中人的凝視，曾經強壯、剛毅、堅韌，但已死去多時。

「情況如何？」艾黛兒問。

「除了有支厄古爾大軍準備把妳美好的城市變成馬廄之外？」

艾黛兒一步跨上最後兩級台階，然後停步，凝視城北的廢墟及其後的厄古爾大軍。今年大部分時間她都待在前線附近，距離最激烈的戰事不過數十里，但自從安特凱爾之役後，她再也沒有親眼見過這麼多馬背民族。眼前的景象同時令她恐懼又著迷。他們擁上矮丘，人數越來越多，直到似乎要填滿她設置的燒燬屏障以北的所有土地。

「有多少人？」她問。

「夠多了。」妮拉咕噥，彷彿這個問題沒必要多說。「是他嗎？」

艾黛兒困惑搖頭。「他？」

「伊爾·同恩佳。」妮拉回答。「是他抓走妳的嗎？」

妮拉正看向南方，而非北方，不是厄古爾人，而是安努數不清的牆壁和屋頂。艾黛兒感到心下一涼。

「我們猜想他或許回來了。是真的嗎？」

妮拉面色疲憊地緩緩點頭。「我弟弟和他一起。」

「妳怎麼知道？」

「首先，我能感應到他。」妮拉輕聲回道。「歐希。我沒告訴過妳，但他就是我的魔力源。我能感覺到他在城裡移動，南方某處。」

艾黛兒順著老女人的目光看去。「如果歐希在這裡，就表示伊爾·同恩佳也在。」

「那個不需要我告訴妳。」妮拉說著，在她的衣服裡翻找片刻，然後伸出蒼老的手。「他送了封情書過來。」

艾黛兒盯著那封摺起來的信。她最近接到的信都帶來災難。「妳開過了。」她說。

妮拉點頭。「我當然開了，我以為妳死了。」

「信上怎麼說？」

艾黛兒在問這個問題時，感覺心臟被恐懼包覆，不停擠壓，直到她的脈搏在耳中狂捶，淹沒所有北方馬背民族發出的擾人聲響。戰爭和比戰爭更可怕的東西降臨安努，但是那封信還是比所有厄古爾人和下方街道上發生的戰鬥更令她害怕。

「信上怎麼說？」她又問，這話在她嘴裡像沙一樣乾。

妮拉皺眉。「就說妳兒子在他手裡。」

她覺得有人用手捏緊她的肺。那一刻，她唯一能做的事情就是喘氣，看著妮拉，宛如從深海中被拖出來的笨魚，在塔頂垂死掙扎。最後，她擠出幾個字。「還有呢？」

「專心對付厄古爾人，」妮拉說。「別管城裡的事，妳兒子就不會有事。」

艾黛兒緩緩吐氣，空氣在咯咯聲中離體。

專心對付厄古爾人。她爬上塔來就是為了這個，但她已經派葛雯娜趕往南方，伊爾・同恩佳不可能錯過破空而來的金鳥，他會看出這背後的主使者是艾黛兒嗎？事情已經太遲了嗎？

她渾身發抖，雙手放在石牆上，想在古老建築上找尋力量。她看見李海夫在城牆西側集結火焰之子，突然很希望弗頓在此，對他沉穩可靠的存在是如此渴望，竟讓她一時間說不出話來。

「那麼。」妮拉說，這個音節既簡單又如鐵砧般冷酷無情。

「那麼？」艾黛兒回應，努力壓下體內那股尖叫的衝動。

「妳打算怎麼做？」

「就做我來此要做的事。抵擋厄古爾人，讓凱卓解決城裡的問題。」

妮拉瞇起雙眼。「那城裡究竟是什麼問題？大家到底在忙什麼？搞得好像天殺的軍隊都沒人注意到厄古爾人已經兵臨城下。」

艾黛兒搖頭，不確定該怎麼說，不確定怎麼說才足夠。「努力拯救我們。」她終於說。

妮拉打量她片刻，然後點頭。「如果要在妳弟弟和兒子之間做選擇，妳怎麼選？」

「不會走到那個地步。」

「用說的不會讓事情成為事實……」

「不是……」艾黛兒越說越小聲。

她望著北方。她站在塔頂時，厄古爾人已經兵分兩路，以一條大道作為分隔。她之前沒在注意那些動靜，因為她覺得他們應該還要幾天才能展開攻擊，至少她是這麼想的。

她目不轉睛地盯著厄古爾人，一邊在身上摸索，摸出一個長筒望遠鏡舉到眼前。一道身影映入眼簾，騎馬走在那條大道中間。她聽人提起過此人上千次，但從未親眼見過。他身穿厄古爾服飾，全身都是皮革和毛皮，皮膚和髮色卻深到不像厄古爾人。艾黛兒心中開出一朵噁心的絕望灰花。透過長筒望遠鏡，她看見對方臉上冷酷的笑容、垂在馬鞍旁的繩索，還有被綁在繩索末端那十幾個赤身裸體的囚犯。那些面色恐懼、渾身是血的男男女女，全部都是安努人。

「包蘭丁。」艾黛兒輕聲說道。

這話終於引起妮拉注意。老女人轉身，拿起自己的長筒望遠鏡，默不吭聲地打量對方。

「他就是那個吸魔師？」她搖頭。「情緒。很強大的魔力源。最強大的魔力源之一。」

「他有什麼能力？」艾黛兒問。據說他在安特凱爾運用恐怖的力量抬起整座橋讓厄古爾人通過。艾黛兒不確定該不該相信那種傳聞，她抵達時橋已經毀了，包蘭丁也跑了。

妮拉皺著眉頭。「非常多。他不光只是從那些可憐的混蛋身上汲取魔力。」她用枴杖指著城牆。「這座牆上起碼有五千人，全都聽過他。這座天殺的城裡沒有人不知道他。等他們發現他出現在這裡，等他接收到那些恨、憤怒，還有恐懼——」她再度搖了搖頭。「就連北境軍團也未必能改變局勢。」

♛

快傑克終於讓阿拉拉降落在凱卓臨時指揮部時，這裡已經亂成一團。所有小隊都在，全都從各自的搜查任務中歸隊了，顯然沒人找到凱登，但所有人都在牆北看見同樣的景象——厄古爾人分道兩旁讓包蘭丁和他的血腥受害者通過。席格利和跳蚤勉力維持了現場的秩序，而站在塔樓上的艾黛兒手指向北方，一群害怕的傳信兵等在石板地上，全都收到同樣的指令：殺死吸魔師。

「狗娘養的，」葛雯娜咒罵著跳下鳥爪。「他出現多久了？」

「不久，」跳蚤回答。「聽起來還在準備。」他朝南方點頭。「你們怎麼回事？」

葛雯娜搖頭，不確定該如何長話短說。「情況不妙。瓦林跟凱登和崔絲蒂在一起。根據艾黛兒的說法，他們必須趕去英塔拉之矛。我不知道原因，但大家似乎都認為那重要得不得了，包括在獵殺他們的北境軍團。」

「妳沒辦法救他們脫困？」

「那些混蛋有吸魔師，差點把我們擊落，而我們根本沒看見他人。」

「吸魔師？」跳蚤問，一邊轉頭望向席格利。金髮女子只是搖頭，喉嚨深處發出怒吼。「這下有兩個了。」跳蚤冷冷說道。「那傢伙在城牆南邊，包蘭丁在城牆北邊。席格認為只要挖半個下午人心，他就能有足夠的力量清開艾黛兒努力設置的廢墟，甚至強大到能打穿城牆。」

「那聽起來可不妙。」葛雯娜說。她急於想出一個能同時拯救凱登和崔絲蒂，以及全安努的對策。

「瓦林和凱登最後的位置在哪？」跳蚤打斷她的思緒。

「羊毛區西側，正在往西前進。」

小隊長皺起眉頭。「我以為妳說他們要前往英塔拉之矛。」

「是啊。好吧，看來保命的需求還是高於英塔拉之矛。瓦林帶著他們向西逃跑，從部隊的安排來看，似乎是還不錯的決定。」

跳蚤看向席格利。金髮女子與他對視一眼，然後點頭。

「我們去找他們。」他說，回頭看著葛雯娜。「我們本來就沒鳥，而且這是地面任務。妳去對付包蘭丁。」

葛雯娜瞪著他。「對付他？你有辦法嗎？」

「沒有，所以才是妳的工作。」跳蚤指向鳥。「妳有五支小隊，善用他們。」

葛雯娜一時之間動彈不得。這個想法太龐大了，責任太艱鉅了。跳蚤上前一步，一手堅定地按住了她的肩膀。「妳是好士兵，葛雯娜。」

她看著他的眼，說不出話來。

「這就是妳受訓的目的，」跳蚤繼續說，穩健的聲音輕而低沉，彷彿打在岸上的海浪。「不會有人自認準備好面對這種情況，但我現在就要告訴妳，而我只會說一次，所以聽清楚了……」

他停頓，露出慣有的笑容。「妳準備好了。」

接著，在葛雯娜有機會回應前，他和席格利已經走了，直奔南方去追趕瓦林，衝向北境軍團，衝向力量強大的吸魔師，還很有可能會衝向永生不死、所有曾試圖殺他之人通通失敗的瑟斯特利姆將軍。

「好吧，狗屎。」葛雯娜喃喃說道。

「我同意。」塔拉爾說。他站在一步外，安妮克在他旁邊。

「我們可以跟他去，」葛雯娜說。「提供空中支援。」

「上次不算很順利，」吸魔師指出這一點。「再說，包蘭丁來了，我們不能每場仗都打。」

葛雯娜點頭，越過他看向快傑克，他正在檢查阿拉拉的翅膀，雙手在羽毛下找尋傷口。

「牠還能飛嗎？」葛雯娜朝他喊。

飛行兵遲疑了一下，回道：「能飛，但我需要時間查看傷勢……」

「我們沒時間，必須現在就攻擊包蘭丁。等他擊垮半座城牆，再做什麼都沒意義了。」她指向其他凱卓，大部分人都已經下鳥檢查武器和鳥。「飛行兵和小隊長過來。」

計畫很爛，也很簡單。他們有五隻鳥，包蘭丁不可能同時面對五個方向。四隻鳥分從四方進攻，另一隻從正上方俯衝。

「包蘭丁會用護盾保護自己。」塔拉爾指出問題。「至少在安特凱爾時他曾這麼做過。如果南邊的吸魔師是用大錘攻擊我們，包蘭丁的法術就等於是隱形牆壁。」

葛雯娜點頭，思考她是不是完全想錯了。「他的護盾能應付箭、平板弓矢和矛。你認為他對付得了八噸重的鳥以比戰馬衝鋒還快的速度衝向他？」

塔拉爾猶豫地說：「我不知道，或許可以，或許不行。」

其他凱卓都很緊張，前一刻還在駕鳥飛行的快傑克也開始驚慌。他摳拇指摳到指甲上都是血，而他還在繼續摳，完全沒有發現。

「聽著，」葛雯娜說著，上前一步。「包蘭丁只會越來越強。城裡越多人知道他出現，知道他是誰，知道他會做什麼，要殺他就越困難。我不敢保證計畫能成功，或許我們運氣好，或許有人能突破他的防禦，或許我們全都會死。」

「不過我可以告訴各位，你們是凱卓，所有人都是。我們把你們退訓，但你們不是退訓學員了，再也不是。你們深入浩爾大洞，對抗史朗獸，喝了史朗獸蛋汁，走出大洞，那讓你們成為凱卓。你們這群瘋狂的混蛋，讓我告訴各位身為凱卓的重點：輕鬆的任務輪不到我們，城牆巡哨和守護行李也不是我們的工作，乘坐這些殺人巨鳥的代價就是必須執行真正危險的任務，會害人喪命的任務。如果你們不是為此而來，現在就告訴我。」她頓了一下，一一注視每位士兵。「你們有誰不是凱卓？有誰想要再度退訓？」

沒人上前，沒人吭氣。

終於，葛雯娜面露微笑。「很好，上鳥。」

他們匆忙擬訂的計畫幾乎在步出凱潔蘭的地面倉庫、踏入大街上後立刻失敗。要讓鳥找到，他們就必須到戶外，但當他們進入午後的高溫和陽光下後，天上並沒有凱卓。凱登跟瓦林和崔絲蒂站在有行道樹的大街上，安努最大的街道之一，兩旁建築的一樓都是商店，從擺設的商品來看，大部分都是皮革匠。街道上擠滿了人，或在討價還價，或推著裝滿貨物的手推車，或採購，或送貨。這幾乎算是平日午後大城街道的正常景象，只不過街上有安努士兵，至少十幾名，從南方大街奔跑而來。他們還沒發現獵物，但他們不打算停步，甚至沒有停下來搜查店內，一副清楚知道獵物在何方的模樣。

瓦林看了士兵一眼，然後朝凱登和崔絲蒂比了個手勢。「往北走。先快步走，被他們發現再開始跑。」

「凱卓在哪裡？」崔絲蒂嘶聲問道。

「不知道。」

「我們可以撤退。」凱登說，朝凱潔蘭的倉庫點頭。街頭女王和一群護衛留在裡面。

「不，」瓦林吼道，拖著他進入人群。「不能撤退。只要伊爾・同恩佳還掌握著那些天殺的蜘蛛，你就無處可躲。回到那些地道裡，你就會死在裡面。他有整個北境軍團能圍困你，把你逼出來。」

說話的同時，瓦林眼睛一直在觀察前方街道。他尚未拔出斧頭，但那雙瞎眼就足以讓任何看見他的人退縮，人們匆忙轉頭，找別的東西看，往別的地方去。

「要去英塔拉之矛塔頂，最好的辦法就是凱卓鳥。」

「如果鳥沒來呢？」

「那就換困難的辦法。」

「什麼意思？」崔絲蒂問。

「徒步入塔，」瓦林說。「一路打上去。現在別無選擇，我們必須保持移動。」

崔絲蒂停步，轉頭瞪著瓦林。「一路打上去？」

「我們有三個人。」凱登輕聲說道，邊說邊拉崔絲蒂的手肘，催促她繼續移動。「三個人對抗伊爾．同恩佳所有部隊。」

瓦林的笑容就像用刀子在臉上刻出來的一般。「我不確定你們瞭解。」

「不確定我們瞭解什麼？」

「過去這一年裡發生的一切。」瓦林回答，然後搖了搖頭。「我不是你印象中的人了，凱登。我……不一樣了。等你去統計這場戰爭裡的好人、高貴之人、一直在做正確之事的人，你就會發現我不在那份名單上，再也不在了。我已經不在那份名單上很久了。」

這話說得很迷惘，讓人心神不寧，彷彿有人挖空了這位戰士，他穿過街道，手上拿著一把斧頭，傷痕累累。

「那個無所謂。」凱登說。「現在無所謂。」

「不，有所謂。」

他們身後，一陣突如其來的叫喊劃破街上的日常喧囂。士兵在喊叫，大聲提問和下令。凱登冒險回頭瞄了一眼。那些人不是小跑步，他們在狂奔，手指直指凱登。再轉回來面對北方時，他發現街道盡頭被一群臨時聚集而來的武裝人員封鎖了。瓦林還在笑。

「我沉著冷靜的兄弟，你不瞭解的部分在於有時候善良和高貴還不夠，有時候怪物來襲時，你需要黑暗可怕的猛獸對付他們。」他從腰帶套環上拔出一把斧頭，然後是另一把。路人驚叫出聲，紛紛讓道。瓦林無視他們。「我就是那頭猛獸，凱登。我體內的人性……應該感受到同志情誼、友情、愛情……」他搖頭。「已經沒了。我只剩下黑暗。我不是你兄弟，不是朋友，不是盟友或兒子，我不知道要怎麼成為那些人，只知道鮮血和掙扎，那是我的一切。此時此刻，這場仗，就是我的使命。」

然後，戰鬥開始了。

凱登在骸骨山脈當過多年侍僧，會隱身禽爪岩的花崗岩頂觀察崖貓狩獵。他認為牠們是完美的獵食者，像冬季陰影般在石頭上滑動，無聲地接近獵物，輕盈流暢地在岩架和巨石間移動，看起來超凡脫俗，彷彿步出狩獵夢境的生物。他見過牠們靜止不動站上一個小時，然後突然行動，躍出十餘步，執行精準無比的攻擊。死亡，肯定就是那樣，完美，有耐心，前一刻等候，下一刻出擊，迅速準確地縮放肌腱，讓垂死的獵物，一頭熊或一隻山羊，倒地之前便已死去。然而，那些崖貓儘管技巧完美、狩獵無聲、動作優雅，當凱登拿牠們去和現在的瓦林相比時，還是顯得笨拙、緩慢、近乎滑稽。

瓦林沒有攻擊堵住北邊的士兵。「攻擊」並非正確的用詞，攻擊表示有抵抗，表示有某種程度的防禦，就算很微弱很抽象，遭受攻擊的人還是會有反應。然而，安努士兵毫無防禦，他們彷彿站在海邊，企圖靠小矛阻擋鋼灰色的大海。瓦林在二十步外就拋出斧頭，一把接著一把。凱登隱約看見斧刃旋轉而出的閃光，但在兩把斧頭擊中目標前，瓦林已經從黑衣中摸出飛刀，射向對方。不久後，凱登聽見擊中目標的聲響——四下噁心濕潤的撞擊聲，鋼鐵插入毫無準備的血肉中。

士兵陣線在中央四人痛苦倒地時分崩離析，而瓦林並沒有停止衝鋒。

他和安努人之間有輛放滿鍋碗瓢盆的鐵器馬車，拖車的騾子被血腥味嚇得嘶吼著胡亂跺腳，拖著車上的貨物四處亂竄。大鬍子鐵器商人遲疑片刻，一方面想保護他的貨，一方面又很明白在街上如此騷亂的狀況下根本不可能護得了貨。不知所措的商人撲倒在地，瓦林跳過馬車，扯下兩個重鐵鍋，肩膀著地翻滾起身，擊落飛至眼前的箭，然後衝入兵陣之中，打塌人臉，重擊手臂，吼著要凱登和崔絲蒂跟上。

他們相距不過十餘步，但兩人追上瓦林時，安努軍已經全死光，噁心醜陋的傷口噴出滿地鮮血，瓦林手裡又握回他的斧頭。

「我們走，」他吼道。「這次跟緊一點。」

在血腥瘋狂之中，凱登瞥見一隻金鳥。巨鳥尖叫，宛如被隱形牽線猛力扯落的木偶般側身下墜，然後消失在房舍屋頂之後。他繼續跑，在數十名手持矛劍的士兵擁入街道時，等著凱卓鳥再度出現。

「鳥呢？」他問。

「走了。」瓦林說。「沒辦法來接我們。」

話音剛落，前方十餘步外的側巷裡冒出另一批武裝人員。本來就在狂奔的瓦林加快速度。凱登從未見過任何人跑得這麼快過，從未見過任何東西移動得如此迅速。瓦林使斧的模樣彷彿斧頭是他身體的一部分，彷彿他生下來就握著它們，而安努人完全無法抵抗那些恐怖的鋼刃。瓦林越過他們的防禦，或者趴下閃避，找到對付這些脆弱攻擊的破綻，有時候會直擊舉起的劍，將其打斷或架開，彷彿三呎長的利刃和茅草沒什麼兩樣。

「快來。」他邊吼邊指他殺出的那條血路。鮮血濺得他滿臉。

接下來的逃亡過程混亂至極。打從艾道林士兵跑去阿希克蘭殺害凱登以來，這是他第一次跑得如此吃力。這一次，敵人還是安努士兵；這一次，崔絲蒂依然在他身邊，呼吸急促但穩健；這一次，他同樣瞭解風險，只要踏錯一步或扭傷腳踝，追逐就結束了。一切都和上次一樣，偏偏又完全不一樣。

骸骨山脈的地形對僧侶有利，所以他們有希望逃出生天。凱登在安努街道上沒有那種優勢。更糟的是，伊爾．同恩佳的士兵不是在後面追趕，他們無所不在，衝出門廊或巷道，在路口出沒，用震耳欲聾的號角集結兵力。要不是有瓦林在，安努軍早就殺死凱登和崔絲蒂十幾次了，但瓦林不知道用了什麼手法，和敵人同樣無所不在。

當安努軍騎馬來襲時，他就殺馬。當他們出矛攻擊，他會滾過矛下，砍斷攻擊者的手臂。有一次，凱登跑過轉角，發現有兩名安努兵以平板弓瞄準自己胸口，瓦林衝到他身前，一把斧頭旋轉而出，砍中一名弓箭手的臉。凱登沒看見接下來的情況，也可能他有看見，但心靈難以理解。一支箭疾飛而來，然後就消失了。瓦林看似徒手接下了箭，但那是不可能的事。凱登沒時間多想，瓦林已經衝到另一名弓箭手面前，掐住他的喉嚨，拔出第二把斧頭，然後再度揮手招呼他們前進。

瓦林的表情令凱登止步。儘管雙臂染血、浸濕衣物，他看起來並不像拚命作戰，而是……很開心。

不，凱登心想。不是開心，是其他情緒。

他沒時間思索用字遣詞。他停頓時，安努軍還在持續逼近。

「快點，凱登，」崔絲蒂說，抓住他的手腕往前拉。「快點。」

凱登面對她的目光，看見恐懼和決心，他開始跑。

黎明皇宮的紅牆差點害死他們。他們從西南方抵達堡壘，穿街走巷，衝出最後一條擁擠的街道，來到牆前的廣場和通往水門的短橋。

水門和皇宮西側通往大街的巨大諸神之門完全不能比。這是小官員入宮、運送食物和酒、工人前來修補屋頂出入的小門。這是個小門，但被一座鋼製閘門擋住，雖然瓦林有辦法在人群中殺出一條血路，他的斧頭還是無法應付閘門上的鋼條。

「往西。」瓦林說，在抵達護城河上的小橋前停止衝勢。「我們走大門進去。」

話沒說完，二、三十名士兵從一條側巷奔出，半數手持平板弓，擋住往西的路。

「往東。」凱登喘道。「走碼頭。」

但東邊也有士兵，把街道守得密不透風。

瓦林舉起斧頭，彷彿在測它們的重量。「我們能突破他們。」

「太瘋狂了。」崔絲蒂嘶聲道。

「她說的對。」凱登說。「不管你有多強，我們都不可能在那種情況下活下來。」

「那就活不下來。」瓦林說。「大不了一死。」

他的語氣令凱登不寒而慄。

「運河。」凱登說，比向在城牆底部翻騰的污水。

有個沉不住氣的弓箭手突然放箭，箭落在二十步外，鋼箭頭在石板地上擦出點點火星。

「我們到不了，」崔絲蒂輕聲道。「我們到不了。」

接著，在凱登回應前，西線的士兵陷入混亂。男人發出痛苦和驚訝的叫聲，轉過身，試圖舉起箭和弓，對抗看不見的新敵人，在同伴倒地時大聲下達相互衝突的命令。那排士兵片刻前還軍紀嚴明，突然就亂了陣腳，向內崩塌，宛如河流高岸面對洪水來襲，先是土地鬆脫，隨即坍塌。凱登在混亂中央看見兩道身影，在揚起的塵土中兩道陰影貼背作戰，在驚呆的安努士兵中殺出一條血路。

「另外一支部隊……」凱登開口，然後在一陣風吹開塵土時閉嘴。

沒有部隊。沒有新來的部隊衝向另外一批致命的部隊，就只有兩道黑影，兩人動作都沒有瓦林快，但是已經夠快了，各持兩把裸劍，一步一步殺出來，在身後留下慘叫扭動的殘軀。沒過多久，兩人突圍衝出安努軍的陣線，直奔向短橋。他們身穿凱卓黑衣，但是相似之處僅止於此。男人身材短小，滿臉麻子，剃光頭；女人身材高挑，相貌美艷，皮膚白得可怕，金髮在身後飄逸。

「好啊，神聖的浩爾。」這是瓦林絕望逃命以來首度面露驚訝。

「不是浩爾。」男人在和他們會合時說。「只是兩名疲憊的士兵。」如果瓦林是在安努街道上潛行的超自然獵人，這兩個人看起來就是活死人。他們渾身是血，火焰燒焦了女人半邊頭髮，男人的劍上有十幾處凹痕，不過仍然設法通過半座城，穿越北境軍團。男人再度開口時，語氣堅決、平穩且專注。「現在要怎樣？」

瓦林伸手一指。「我們必須進去，要通過閘門。」

兩個凱卓都沒問原因。金髮女子漫不經心地揚起一手，像是在甩乾手上的水。凱登身後傳來一陣聲響，彷彿大地正在崩裂呻吟，之後是驚天動地的轟隆聲。他轉身看見鋼閘門擠壓變形，被推到一旁。

「走。」瓦林抓住凱登的肩膀，在箭矢齊落時將他丟上橋。「走。」

「崔絲蒂。」凱登說。矮個子男人抓住她手臂，拖著她一起跑。

他們是凱卓，這點毫無疑問，除此之外，凱登完全摸不透他們。不重要，現在只剩下一件重要的事。

「英塔拉之矛。」他喘著氣說，指向聳立眼前的玻璃巨塔。「我們必須前往英塔拉之矛。」

♛

艾黛兒在城牆上觀察凱卓的進攻。

包蘭丁站在一座焦黑的小丘上，幾天前那裡還是座神殿，遺留下來的斷壁殘垣和牆垛讓他不必擔心來自後方的攻擊。他已經在那裡進行了將近半天令人作嘔的暴行，把男人和女人當成布娃娃拆卸，剝開皮膚，舉起還在鼓動的深色器官，沐浴在周遭厄古爾人的歡呼中，多半也包括城牆上士兵的恐懼之中。

當他拔出另外一個無助囚犯的舌頭時，五隻凱卓鳥展開攻擊，羅盤上的四個方位各有一隻，還有一隻從天而降。這種攻擊看起來勢不可當，每隻巨鳥體型都可比大運河船，還有巨翅、巨喙和巨爪。透過長筒望遠鏡，艾黛兒看見爪上全副武裝的凱卓士兵，配備弓劍。他們開始放箭，並在逼近時持續射擊。

「他們會成功。」艾黛兒輕聲喘息。「他們會殺了那個天殺的混蛋。」

妮拉默默站在她身邊，透過她的長筒望遠鏡觀察戰況。接著她搖頭。

「不，」她冷冷回道，壓低望遠鏡。「他們不會成功。」

第一隻凱卓鳥在距離吸魔師一百步外炸成火球，一下心跳後，第二隻也遭遇同樣的命運。前一刻鳥還在飛，挑釁鳴叫，下一刻就烤焦死亡，從空中墜落，著火的凱卓士兵則努力割斷皮帶，但徒勞無功。

「親愛的英塔拉之光啊。」艾黛兒輕聲道。

「他們此刻就需要那個。」妮拉同意。

不知道吸魔師是短時間內過度消耗魔力，還是沒有察覺其他凱卓來襲，總之另外三隻凱卓鳥飛得更近。更近，但還是不夠近。包蘭丁舉手，揮落，最近一支凱卓鳥本來已經降落到足以展開攻擊的高度，直接摔落地面，撞翻馬匹和騎兵，捲起大片塵土。馬背上的厄古爾人朝鳥圍攻，大吼大叫，如眾多螞蟻奔向腐屍般衝向傷殘的凱卓鳥。

第四隻鳥撞上隱形牆，牠奮力待在空中，但就連艾黛兒也能從牠振翅的模樣中看出牠受傷了，傷得不輕。然而，這隻鳥還是想辦法往北飛去，雖然有一群騎兵追趕而去，不過看起來至少鳥上的士兵能活下來，能逃出生天。

只剩下第五隻鳥了，從雲端俯衝而下的那隻。

是葛雯娜的鳥，最大的鳥，金色那隻，她的鳥。艾黛兒透過望遠鏡注視著。

艾黛兒允許自己懷抱一絲期望。包蘭丁有可能正忙著應付前四隻鳥，沒留意到第五隻。他不可能同時看見一切，終究會有疏漏之處。艾黛兒手中的長筒望遠鏡抖得厲害，根本看不清楚吸魔師的臉。她把望遠鏡靠在石牆頂，花點時間調整焦距，接著胃部一陣翻江倒海。包蘭丁仰頭看天，面露微笑。

艾黛兒咬緊牙關，等著無可避免的狀況，等著這隻鳥，最後的希望，爆成火球或摔在地上。然而，在最後關頭，巨鳥改變路線，轉而向東，放棄攻擊。那並沒有造成多大不同，一記和擊中其他四隻凱卓鳥同樣猛烈的攻擊，從側面撞上金色巨鳥。巨鳥平移翻滾，尖叫，拉平身體，然後消失在屋頂後，飛向破碎灣。

一時之間，艾黛兒只能硬撐著不摔倒。

「他們連近身都辦不到。」她輕聲道。「五隻凱卓鳥同時進攻，卻連近身都辦不到。」

「情況比那樣還糟。」妮拉說。「那場勝利把他的魔力源挖得更深，填得更滿。」

艾黛兒轉向老女人。

「想想妳此刻有多敬畏。」妮拉繼續低聲解釋，比向厄古爾人，比向城牆上的安努人。「然後乘上十萬倍。」

快傑克降落在城牆南邊的臨時凱卓指揮部廣場時，葛雯娜還在破口大罵，但那裡只剩她自己的小隊，其他凱卓已經全軍覆沒了。

「那個天殺的婊子養的，」葛雯娜吼道。「那個混蛋，那個狗娘養的。」這些髒話不是對著任何人罵，罵得也很沒條理，但這樣罵可以讓她不會哭出來。

她知道這次行動有風險。他們都知道。下達攻擊命令時，她很清楚很多人會回不來，包蘭丁會反擊，有人會死。她知道那個吸魔師有可能強得過火，而她還是決定要去殺他，在他變得更強大之前。她清楚這一切，但眼睜睜看著巨鳥化為火球，眼看著她臨時訓練出來的士兵全身是火、墜落、死亡……她不知道她的心會這麼痛。

她的小隊存活下來只讓情況變得更糟，葛雯娜在快傑克跳下阿拉拉時，氣沖沖地衝向他，抓住他的喉嚨，把他摔到地上。看見他眼中的恐懼，聞到驚慌失措的氣味，她很想立刻殺了他，一了百了。

「你為什麼轉向？」她問。

「葛雯娜。」塔拉爾低聲說。

「別插手，塔拉爾。」她目光停在飛行兵身上。「你為什麼轉向？」

傑克輕輕搖頭。「他……瞄準我們。妳看到……」

「你不知道。」葛雯娜大叫。「你不知道，你這個一無是處的廢物。我們的計畫，天殺的計畫，就是要正面攻擊，持續攻擊。其他小隊都這麼做，還是你忙著屁滾尿流，根本沒注意到。」

傑克面紅耳赤，但沒有反抗或試圖掙脫。

「其他小隊……」他說。「死了。」

「有時候會這樣。」葛雯娜尖叫。「作戰有時候確實會死人，但那不表示你要停止作戰。你停止作戰的唯一理由就是你怕了，因為你是懦夫，因為體內有東西壞掉了。」

飛行兵張開嘴，接著閉上嘴，閉上眼。

「葛雯娜，」塔拉爾又說，這次抓住她的肩膀，把她往後拉。「放開他。我們還活著是因為他救了我們。」

葛雯娜把飛行兵的頭推去撞地，然後站起身來，伸手指向塔拉爾。

「他救了我們，」她嘶聲道。「透過逃跑。我命令其他小隊作戰，我告訴他們我們全部都會動手，我們協同進攻，一起進攻，然後我卻跑了。」

「我們死了會比較好嗎？」

「會！」她說，接著被她自己的信念嚇到。「會。」

塔拉爾慢慢搖頭。「不會。」

他們身後的快傑克搖晃起身。葛雯娜深深吸了口氣，屏息幾下心跳，吐氣，然後重複一次，再一次。戰鬥時，人會死。在乎他們是人性的表現，但你必須切斷那種人性。如果太在意那些，你就會輸。韓德倫寫道。

葛雯娜等到自認為可以心平氣和說話時，才轉而面對她的小隊。

「待在鳥附近。」她說，然後比向城牆和突起的塔樓。「我去回報皇帝我們失敗了。」

♛

艾黛兒派出十幾名傳信兵往城牆東西兩側傳令。士兵不太可能錯過凱卓的作戰行動，但無所謂，她要火焰之子瞭解接下來要面對的情況。

吸魔師今天就會攻擊我們，她對傳信兵說。我們認為他會攻擊這裡，這座塔樓。

至少，妮拉如此相信，基於艾黛兒並不完全瞭解的理由。或許老女人猜得對，又或許她終於徹底瘋了，但目睹凱卓在空中被殲滅後，艾黛兒必須有所行動，而發出警告就是在行動。她正在想還有什麼可做時，葛雯娜推開活板門踏上塔頂。

「光輝陛下。」她鞠躬說道。這種謙恭的態度很不尋常。

艾黛兒壓下出言諷刺的衝動。「我看見了。」她說。「我對妳的手下深表遺憾。」

這生硬的話聽起來既沒用又俗套，但她還能說些什麼？吸魔師剛剛摧毀了她用來對付他最強大的武器，摧毀得毫不費力。

「感謝妳，光輝陛下。我們可以晚點再哀悼逝者。我們還剩一隻鳥。妳有什麼命令？」

艾黛兒尚未決定如何回應，突然有名傳信兵爬出活板門，滿頭大汗，氣喘吁吁。

「肯拿倫，」他於片刻後說道。「光輝陛下，我從皇宮來。基爾派我來的。他說他發現了肯拿倫……」

在艾黛兒身旁的妮拉身體一僵。「在哪？」她大聲問道。

「英塔拉之矛……塔中。」男人喘道。「他帶了一百名士兵入塔。」

艾黛兒瞪著他。她能感受到伊爾·同恩佳的警告，在她口袋裡的那張信紙。

「凱登要去那裡。」她喃喃說道。「那個混蛋，他總是搶先一步。」

葛雯娜打量她。「看在浩爾的份上，我不知道凱登為什麼會想跑去英塔拉之矛，但他不是往那個方向走。我們有看見他。瓦林帶他往西，遠離皇宮。那樣也好，因為整個天殺的北境軍團都在東邊。」

「往西，」艾黛兒低語。「他們改變計畫？」

妮拉嗤之以鼻。「面對整個北境軍團，妳不會改變計畫嗎？」

艾黛兒深吸口氣，心中燃起一股火熱明亮又可怕的希望。不要干涉，城牆以南的事。伊爾·同恩佳警告她。妳兒子在我手裡。

但你在我手裡。此時此刻。難得一次，我困住你了。艾黛兒渾身顫抖，無聲回應。

「什麼時候？」她逼問傳信兵。「他什麼時候進去的？」

「進去很久了。」男人回答。「趕來這裡……需要時間。」他疲憊地搖頭。「我很抱歉，光輝陛下。」

「進去很久了。」艾黛兒說，希望的火星變成火苗。「而他尚未離開？」

男人搖頭。「據我所知沒有，光輝陛下。」

「很好，」艾黛兒緩緩點頭說道。「很好。」

「肯拿倫控制妳的皇宮是好在哪裡？」妮拉問。

「他不在皇宮裡，」艾黛兒笑著回答。「他在英塔拉之矛裡。該是英塔拉出手干預此事的時候了。」

「什麼意思？」

「奇蹟出現的時候到了。」

妮拉透過半垂的眼簾打量艾黛兒。「如果女神不合作呢？」

「喔，我已經等夠那個天殺的女神了。」

「什麼意思？」妮拉又問，這次聲音更輕。

「意思是我要放火燒了祂的矛。」

♛

我們在殺好人，瓦林在皇宮守衛癱倒在斧頭下時心想。他用金屬斧頭的鈍面打人，利用士兵的頭盔減輕力道。這名士兵或許能活下來。運氣好的話，大部分守衛都能活下來。跳蚤同樣是用刃面作戰，席格利也一樣，但有時候唯一通過某個人的辦法就是砍倒他，而瓦林寧死也不要因為不願濺灑必要之血而搞砸最後這場瘋狂衝鋒。

席格利摧毀水門後，黎明皇宮全面陷入混戰。不瞭解衝突起因的一般守衛，從四面八方擁向他們，長矛愚蠢地在空中揮舞。如果有時間，凱登或許會和他們談判。他擁有燃燒之眼，他們會讓他進入他自己的皇宮。但沒有時間解釋一切。伊爾．同恩佳的士兵也已進入紅牆，緊跟在後，直逼而來。彷彿這樣還不夠，聞聲而來的艾道林護衛軍也兩人或四人一組不停攻擊他們。

至少凱登和崔絲蒂沒有驚慌失措。他們在凱卓的三角陣形中央移動，凱登還試圖用身體保護崔絲蒂。*試圖保護她，或體內的女神。*瓦林至今仍認為凱登的說法既荒謬又瘋狂，但無暇多想。他們像鴨子一樣在皇宮眾多走道和庭院中穿梭。英塔拉之矛中將會發生什麼並不重要，此時此刻不重要，到達那裡只是很單純的戰術決定。巨塔底層以上的旋轉梯幾乎是完美的防禦地點，高度優勢加上垂直的箝制點，不管伊爾．同恩佳派出再多人，他們三個凱卓都能抵擋得住。他們只要闖進去就好。

茱莉殿是英塔拉之矛前最後的開闊空間，他們全速衝刺過去。跳蚤趁亂搶了一把弓，在跑到庭院的途中半跪而下，朝塔入口的士兵射出六支箭。

*不是皇宮守衛，是伊爾．同恩佳的手下。*瓦林冷冷地發現。

「安努軍。」跳蚤喊道。他也注意到這一點，放下弓，再度拔劍。

「待在我身後，」瓦林囑咐凱登。「身體放低。」

還剩下七到八個人，其中三個有平板弓。他看出他們的恐懼，聽見他們驚慌的雜亂心跳。他們是安努軍團，就像他在街上殺的那些人一樣，但那並不表示他們邪惡。他們只是聽命行事，服從過去一年裡一再拯救安努的將軍號令。或許他們是好人，或許不是，但不該為了忠誠而落得送命的下場。這個世界已經很久沒人得到應得的下場了。

瓦林毫不停步，拋出一斧，跟著又一斧。兩名士兵倒地。第三名士兵沒有瞄準就放箭，箭大幅偏離目標，下一秒跳蚤和席格利就衝到他們面前，動作宛如舞者，劍拳齊下，砍斷膝蓋，打爛臉頰，剖開身體，讓安南夏爾安靜地進行最後的儀式。

他們一直殺入塔內才終於停止打鬥。那感覺就像逃出暴動，進入安靜的禮拜堂，四周都是明亮的木材和銅器，腳踏拖鞋身穿長袍的細皮嫩肉之人瞪大眼睛看著他們走近，然後退到樓梯兩側，像鹿一樣無聲地僵在原地，等待死亡找上他們。

「我們到了。」崔絲蒂喃喃道。

「還沒。」凱登回答。「我們要上塔頂。」

跳蚤咕噥一聲，沒有收劍。「到塔頂要爬很多樓梯。動起來。」

於是他們動起來，爬上在古塔中增建的人造樓層，然後拋下凡人的工程，進入只有光線和空氣的塔內空間。瓦林稍停片刻，胸口起伏。他已經將近十年沒有進入英塔拉之矛了，上次和凱登一起爬這些樓梯已經是十年前的事，他們一起停在平台上往下面吐口水，無視艾道林護衛軍的告誡，眼看口水墜落，分散，在碰觸下方的屋頂前消失。那段回憶如匕首般在他體內扭轉。那個孩子好陌生，只是另外一個死在戰爭裡的安努人，徹底消失，連屍體都沒留下。

他看向他的兄弟。凱登雙眼燃燒。*比我印象中更炙熱，也更明亮*，瓦林心想。他依然冷靜，對於一個剛在安努街道上逃命、眼看幾十人被砍成肉醬、深懷痛苦之王的人而言，他顯然太過冷靜了。然而，瓦林在骸骨山脈聞到的那股如冰山的冷漠已經消失。凱登摟著崔絲蒂纖瘦肩膀的手臂沒有遵從任何修道院的清規戒律。凱登在乎這裡發生的事情。瓦林能嗅到他身上的悲傷，即將來臨的失落帶來的濕潤雨水氣味。

「有動靜。」跳蚤表示。他和席格利跟在他們身後。「伊爾·同恩佳的朋友和我們一樣能爬樓梯。」

其實根本無須警告，瓦林聽見了沉重的腳步聲。聲音仍在下方十層樓，或許二十層，但一直在逼近。他回頭望向凱登。

「哪裡？」他問。

凱登豎起一根手指。「上面。」他又說一次。「我們必須到塔頂。」

瓦林點頭。「去牢房層。席格利、跳蚤和我能在那裡阻止他們。這個儀式要多久？」

凱登緩緩搖頭。「我也不清楚。」他似乎突然間在和某樣東西角力，一股體內突如其來的痛苦。他臉部抽動，然後平靜下來。「讓我們上去就是了。」

他和瓦林對看片刻，然後轉頭面對崔絲蒂。她在哭，紫眼泛出淚光，顯然疲憊至極。儘管如此，她還是點頭。他們繼續移動。支撐瓦林度過整場安努城追逐戰的強大猛烈極樂感，隨著打鬥停止而消退。他步伐沉重地爬上樓梯，呼吸灼燒著胸口。從其他人的聲音聽來，大家都很吃力，但都在繼續努力。等抵達牢房層關上鋼門，下面的士兵就再也動不了他們了。

他看向凱登。

「我們會成功的。」他說。

接著他聞到煙味。一開始味道很淡，微微刺鼻，接著越來越濃。他停步，手緊握欄杆以防墜樓，然後閉上眼，側耳傾聽。瞭解他聽見什麼之後，他感到腹部扭成一團。在迴盪樓梯的腳步聲後，在四周人絕望的呼吸聲後，在他自己耳中的血液鼓動聲後，他隱約聽見了更危險的聲音——火焰的嘶吼聲。英塔拉之矛內部的火焰，燒穿下方的樓層，聲音很輕，但是越來越響亮。

♛

葛雯娜回來時，快傑克正在檢查阿拉拉尾部的羽毛。安妮克和塔拉爾在距離飛行兵幾步外的地方輕聲交談，葛雯娜聽不太清楚他們說了些什麼。她在大廣場旁猶豫了一會兒，在城牆清涼的陰影下停留片刻。待在這裡比再度面對他們輕鬆，比在他們眼中看見自己的失敗輕鬆。她斜倚靠著牆，然後挺直身子。

「夠了，婊子。」她對自己說。

她抬頭挺胸，調整好雙劍，從陰影步入廣場。

「我們失敗了。」她說。其他三人轉身看她走近。塔拉爾看起來很擔心，原先警惕的快傑克面露恐懼。葛雯娜壓下自己的怒氣。「我們失敗了，」她又說一次。「但我們還沒結束。現在，我要聽你們的意見，所有能在包蘭丁炸爛天殺的城門前除掉他的好意見。」

「徒步行動。」安妮克想了一下後說。「他有看到鳥，知道我們逃了，所以他會準備應付另外一次空襲。如果我們可以混進囚犯裡面，接近他……」

「那我們就更好被殺。」塔拉爾輕聲道，搖了搖頭。「他太強了，能夠取用所有厄古爾人的敬畏情緒，還有安努全城居民逐漸增長的恐懼。此時此刻，他很可能是阿特曼尼人之後最強大的吸魔師，而那股力量不會消失，除非上百萬人突然將他遺忘。」他再度搖頭。「我會跟你們去，我會嘗試安妮克的做法，只不過我看不出有任何勝算。」

傑克沒說話，葛雯娜回來後，他就沒再與她對視過。

「你呢？」她的語氣比想像中嚴厲一點。

他沉默了很長一段時間。之後，他沒有轉身面對她，而是伸出顫抖的手指向她肩膀後的東方——英塔拉之矛。「那裡，」他輕聲問。「出了什麼事？」

葛雯娜知道會出什麼事，但她還是忍不住轉頭去看。巨塔底部開始發光，也許是反光的錯覺，低角度的陽光閃過牢不可破的玻璃。然而，那道光在移動，在巨塔中扭曲，越來越亮，直到整座塔彷彿都被照亮。

「皇帝，」葛雯娜冷冷回應。「她聽說伊爾·同恩佳進去了，所以放火燒塔。」

那個瘋狂的計畫感覺很莽撞，孤注一擲，但話說回來，葛雯娜自己的計畫也不怎麼樣，所以她在艾黛兒下令時沒有吭聲。畢竟，她是皇帝。她喜歡的話當然可以放火燒她自己的塔。

但那火看起來不像普通的火。玻璃塔壁吸收火光，雖然火光起初是從底層開始的，但如今整座矛已經被紅金色的火焰籠罩，就像一根刺入雲層的火焰矛。快傑克看得目瞪口呆，就連安妮克也為之色變。艾黛兒想要奇蹟，而她如願以償，得到與天一樣高的燃燒金柱。葛雯娜聽見城牆上傳來驚歎聲，士兵驚呼，轉身指向城中的火柱，暫時忘記北方大軍。

接著，她看見了。

「鳥，」葛雯娜吼道，語氣急迫到喉嚨發痛。她一手推傑克，一手拉塔拉爾。「上鳥，這是我們天殺的機會。」

所有凱卓都用看瘋子的眼神看著她。

「他們都在看英塔拉之矛！」她大叫。「厄古爾人，安努人，所有人。」一時之間沒人移動，然後塔拉爾點頭。「神聖的浩爾呀，」他低聲說道。「現在沒人在想包蘭丁了。」

這是葛雯娜成為學員後最難看的一次起飛。所有皮帶交纏，眾人大吼大叫，沒扣好的皮帶在風中亂竄，但傑克在開始奔跑後二十下心跳內就帶他們升空。

一定要夠快，葛雯娜在他們飛越安努城牆時心想。拜託，浩爾，讓我們夠快。

他們身後的英塔拉之矛還在燃燒，當然，燒的不是玻璃牆，而是架在塔底的木質樓層，照亮整座塔身。一時間，葛雯娜只能愣愣地望向塔。那感覺就像英塔拉終於降臨人間，把祂的旗幟插在安努城中央，宣告這座古老建築的所有權。街上擠滿了人，每棟房屋、神殿、酒館都空了，安努的貴族和平民都啞口無言，瞪大雙眼，面露痴迷。

葛雯娜將自己的視線扯回北方，移向厄古爾人。她清楚看見那座燒焦神殿的矮丘，以及站在眾多受害者中間的包蘭丁。厄古爾人也都在凝望南方，注視奇蹟般的火柱。傑克駕鳥轉彎，瞄準目標，迅速低空逼近。

「會成功嗎？」葛雯娜對塔拉爾叫。

吸魔師垂眼注視地面。「我不知道。英塔拉之矛會偷走他很多力量，但不是全部。在他身旁的垂死之人可能根本沒注意到火光。就算有注意，也不可能消滅所有的恐懼。他很虛弱，比之前虛弱多了，但虛弱並不表示不堪一擊。」

「甜蜜的夏爾插在木樁上。塔拉爾，你就不能跟我說會成功嗎？」

吸魔師對她露出一抹冷酷的輕笑。「會成功的。」

她覺得好像應該再說點什麼，但就在此時，她身體歪向一邊，差點摔落鳥爪。傑克突然操縱阿拉拉急速攀升。葛雯娜站穩腳步，驚恐地看著地面越來越遠——地面，還有包蘭丁。她抓過臨時修補的皮帶，猛力拉扯，重複同樣的暗號：攻擊。攻擊。攻擊。

快傑克沒有攻擊。他們持續攀升，每下振翅都讓他們遠離目標。

「那個婊子養的，」葛雯娜怒吼。「我們只有一次機會，只有一次天殺的機會，而他逃了。」

塔拉爾臉色陰沉，下巴緊繃。另外一隻鳥爪上，安妮克難以置信地搖頭。

「我要挖出他的心臟塞進他嘴裡。」葛雯娜咆哮。無所謂了。這是很愚蠢的威脅，傑克在鳥背上，她在鳥下，根本動不到他，沒辦法逆轉此刻災難性的爬升，也沒辦法強迫鳥回頭。就算她降落後把飛行兵抓來殺個十幾次，依然於事無補。攻擊的窗口很小，她已經感覺窗戶正在關閉。

阿拉拉在他們飛上雲端後持續振翅。他們爬升的過程越來越顛簸，好似傑克驚慌之下打算強迫巨鳥衝向星空。葛雯娜感覺到肺部空氣變得稀薄，皮膚冰冷。鳥的爬升角度陡到她幾乎難以待在鳥爪上。

「不。」塔拉爾說，那個音節幾乎消散在風中。

葛雯娜轉向他，心臟像石頭一樣壓在胸口。「他聽不見，說什麼都沒用。」

「不，」塔拉爾又說，盯著她，腦袋側向一旁，彷彿在傾聽遙不可及的音律。「他不是在逃跑。」這話說得緩慢且平靜，但充滿冷酷的勝利感。

葛雯娜凝視他。「你他媽在說什麼？」

「他不是在逃跑。」塔拉爾又說。「他在增加高度。」

鳥已經變成垂直爬升，鳥喙刺穿了天空中心，接著，霎時間，葛雯娜失重了。

在還沒前往奎林群島前，葛雯娜的工作之一是要幫家裡的農場劈柴。她春天最後幾週都在做這個工作，而她還記得劈柴斧在自己手中的感覺，她必須使勁掄起斧頭，經歷揮斧期間完美的失重感，斧頭劃過弧頂，在稍縱即逝的瞬間掠過藍天……

「我們是斧頭。」葛雯娜輕聲道。

有那麼一瞬間，時間彷彿靜止，四周萬籟俱寂。然後，她聽見快傑克的聲音，顫抖卻堅決，不斷重複同一句話：

「我是凱卓。我是凱卓。我是凱卓。」

巨鳥再度尖叫，叫聲宛如太陽般明亮。他們開始扭轉、翻覆，向後墜落，阿拉拉的翅膀緊縮在身側，俯衝向雲層，直擊下方的地面，直擊包蘭丁。

吸魔師只剩拚命一搏的時間。葛雯娜在他漆黑的大眼中看見驚訝和恐懼，看見他舉起手，感受到他們周圍的空氣變得僵硬，然後碎裂，彷彿他們撞碎了一堵冰牆。她拔出雙劍準備跳下鳥爪，並認定自己不可能在那種速度下存活。接著，就像春天隱藏在溫暖泥土下的第一根嫩芽突然破土而出一般，一支箭從包蘭丁眼中長了出來。他困惑地抬手摸箭，緩緩轉了半圈，彷彿在打量屠殺現場，看著堆在他身邊的屍體。然後他倒下了。他應該要有更多動作，更多憤怒，更多抵抗，更多不確定和暴力，但是人說到底只是脆弱的生物，靈魂和肉體僅有微弱的羈絆，只要一支箭，一塊金屬鑲在木柄上，就足以斬斷羈絆。這個人原先是包蘭丁，造成如此多痛苦和恐懼，就這麼消失在一下心跳和另一下心跳之間。

快傑克拉平鳥身時，葛雯娜轉頭去看，安妮克站在對面的鳥爪上，弓弦宛如豎琴般在風中抖動，臉上掛著兩行淚水。

♛

一切發生得太快，快到艾黛兒無法理解。前一刻巨鳥似乎準備發起攻擊，下一刻牠就消失到雲層之上。艾黛兒差點要回頭去看英塔拉之矛的漫天大火，但妮拉把她拉回來。

「那裡。」老女人才說完，巨鳥就破雲而出，在厄古爾騎兵頭上拉平，繞向東方。艾黛兒將長筒望遠鏡放到眼前，花了一點時間才看見吸魔師的屍體躺在泥濘中。他的囚犯，有些殘缺不全，有些瀕臨垂死邊緣，全都衝向他，將其碎屍萬段。艾黛兒聽不見他們的聲音，但他們的表情都不像人。那些都是猛獸的臉。

「他們殺了他。」艾黛兒輕聲說道，放下長筒望遠鏡。

妮拉點頭。「是英塔拉之矛。所有人都在看高塔，削弱了那混蛋的魔力源。」

艾黛兒斷斷續續吐出一口長氣，終於瞭解出了什麼事。她再度舉起長筒望遠鏡，打量北方的形勢。「現在怎麼樣？」

厄古爾人陷入混亂，有些在遠離事發現場，有些則強迫坐騎奔向矮丘。有一件事很明顯，少了吸魔師，他們沒辦法突破安努北方的廢墟，至少得花上幾天搬運木材，清空道路。

「現在就等妳的將軍和我弟弟死掉。」妮拉輕聲回應，凝視英塔拉之矛，目光遙遠而堅決。

艾黛兒轉身。「他們已經死了，妮拉。」她伸手搭上老女人的肩膀。「我很抱歉，但沒人能在那種火勢下生存。」

「洛辛還沒死。」妮拉回道。「我感覺得到我的魔力源。這種距離下，他如果死了我會知道。如果感覺到他……消失。」她用枴杖比向英塔拉之矛。「塔頂樓層在燃燒，但火勢沒有擴及頂層，那只是牆壁上的反光。」

艾黛兒緩緩點頭，咬牙切齒。「如果歐希還活著……」

「伊爾・同恩佳就還活著。」

艾黛兒閉上雙眼，看著火焰在眼瞼上留下的殘影，然後睜眼。「妳能殺了他嗎？」

「伊爾・同恩佳，還是我弟弟？」

「都殺。」艾黛兒說。

妮拉透過發黃的牙齒吸了一口長而不穩定的氣息。她有可能是在看著千年的歲月掠過眼前，她看顧歐希、守護他、愛他，一直搜尋解藥的那一千年。

「我能殺了他們，」她說。「只要離得夠近。我弟弟很強，但他的力量就是我的。」她搖頭，突然發出的笑聲宛如某樣東西粉碎般尖銳。「而他天殺的瘋了。」

「凱卓鳥，」艾黛兒說話的同時胃部翻騰。凱卓巨鳥飛過城牆，降落於下方的天井。葛雯娜和其他人正在下鳥。「凱卓能帶我們到塔頂。」

「不是我們，」妮拉吼道。「妳要待在城牆上，負責守城。妳難道忘記伊爾·同恩佳的警告了嗎？」

「沒有。」艾黛兒低聲說。「我沒忘記。」

妮拉瞪著她。「他不玩遊戲，孩子。如果妳反抗他，他會殺了妳兒子。」

艾黛兒無助地看向對方。「他可能已經殺了他。就算我照他的話做，他還是有可能殺他。」

她覺得自己彷彿被人開腸剖肚，將所有器官縫在一起，扯緊縫線，然後綁起來，令她每一刻都很痛苦，呼吸困難。想起桑利頓握著她的小手和明亮迷惘的雙眼，全都讓她痛不欲生。「我兒子不是城內唯一的孩子。」她強迫自己將這宛如利刃的話說下去。「我或許救得了桑利頓，或許不能。伊爾·同恩佳是人類的敵人，如果我放他走，我要怎麼面對我兒子，要怎麼面對所有人？」

「妳不是要放他走，」妮拉吼道。「妳派我去。」

「我們一起去。」艾黛兒說，沒想到自己的語氣會如此堅決。「謀殺我父親、弄瞎我弟弟、偷走我兒子的怪物就在那座塔裡。我要去。」

妮拉啐道：「妳去了也沒用。」

「我可以親眼看他死。」

「或是自己死。」

艾黛兒點頭。再度開口時，那話聽起來很合理。「或我自己死。」

監獄的鋼鐵阻擋了火勢，至少能擋上一陣子。囚犯在牢籠中慘叫，瓦林猛力關上金屬大門，用鎖鏈將之鎖死，把伊爾·同恩佳的士兵困在底下的火爐中。奇怪的是，這裡沒有監獄守衛的蹤影，他們似乎在巨塔起火前就已擅離職守。凱登不清楚原因，但沒時間多想這個問題。即使在爬塔期間，他都聽見木梁和支撐地板的金屬鋼板在嗚嗚尖叫、折斷、被高溫烤得彎曲。最後，整座監獄變形、尖叫、龜裂，然後坍塌。

凱登緊抓住欄杆。樓梯劇烈搖晃，等著隨監獄其他部分一起被扯入下方的煉獄。片刻後，熱浪襲來，將他震回樓梯的陰影中。那感覺像是站在阿希克蘭的巨石火爐中，儘管火焰遠得燒不到他們，空氣還是灼傷了他的喉嚨，燙傷了他的肺。他緊閉雙眼，對抗下方的高溫。崔絲蒂雙臂環抱他，一方面尋求慰藉，一方面放棄掙扎。

凱卓正在用急切的語氣低聲交談。他們的聲音中沒有恐懼，只有疲憊和決心。不久後，樓梯停止晃動，瓦林湊到欄杆邊緣往下望去，然後縮身。

「沒了。墜落約莫五百呎。士兵都被解決掉了。」

「至少不必對付他們。」

崔絲蒂看向上方的旋轉梯。「我們為什麼沒掉下去？」

「鋼纜。」瓦林說，看都不看就往上比。「下面的樓梯是從塔底往上蓋，接下來的樓梯都掛在監獄層上面。下層樓梯和監獄層都沒了。我們在最後一段樓梯上。這裡掛在塔頂下，不是從底層往上蓋的。但我們必須繼續爬，遠離高溫層。」

他們爬得肺部灼痛，雙腳疲憊到超越極限。凱登數了一百級台階，然後又一千級，但是下方的火焰不但沒有消退，反而越竄越高，越燒越猛烈，穿越廢墟，將塔內所有人造物品燒成灰燼，彷彿女神下凡來淨化這座遺跡，以完美的火焰為之賦予神性。有那麼一瞬間，火焰彷彿要吞噬他們，淹沒他們，但除了繼續爬之外沒有其他事情可做，於是在渾身血汗、樓梯搖晃的情況下，他們繼續往上爬。

終於，又爬了上千級台階後，氣溫開始下降。凱登深吸一口氣，回味著這種舒暢的感覺，然後又一口，再一口，停下來大口呼吸。他開口想喊住手握兩把血淋淋斧頭、還在往上衝的瓦林，但他的聲音乾枯空洞。凱登舔舔嘴唇，嚥了口口水，然後又喊了一次。

「我們得停下來。」他說。「我們得停下來。」

瓦林停步，一臉迷惘地轉身，彷彿忘記他們身在何處，為何而來。那雙殘破的眼睛凝視凱登許久，最後他點頭。

「這裡是停下來的好地方。」

崔絲蒂靠著欄杆呻吟，然後身體下滑，半坐半癱。她放聲嘔吐，一直吐到胃裡空空如也。跳蚤和席格利採取相對的防禦位置，分別守在平台上下兩方十幾步遠處。凱登不知道他們期待會遇上什麼敵人，這兩名士兵都沒問過他們為什麼要跑來英塔拉之塔，是來做什麼的。他們的出現理應令他欣慰，因為少了他們，伊爾．同恩佳早就贏了。儘管如此，士兵願意在完全不提問也不需要理由的情況下殺人感覺很可怕。凱登不知道他們如何看待沿路留下的大量屍體，或許他們毫無所感，或許當凱卓就該那樣，或許如同辛恩，他們受過擺脫情緒的訓練。

「現在怎麼辦？」瓦林問。

凱登看了他一眼，然後轉向崔絲蒂。她已經吐完，擦了擦嘴角，然後閉上眼點頭。

「大消除，」凱登說得緩慢，試圖用幾個字解釋遠比人類世界更遼闊的真相。「是時候釋放……我們體內的東西了。」

跳蚤沒有轉身，席格利也沒有，他們是兩名盡忠職守的士兵。凱登突然忌妒他們單純的生活——殺人、逃命、防守。他們已經面對了數以千計的危險，但那些都是人類的危險，劍、箭、火，人類理應面對的威脅。他們可能在戰鬥中死去，但沒人會要求他們付出自己的性命。

「這座塔是連結。」凱登停頓了一下後繼續說。「橋梁。連接這個世界和另外一個世界。」

「天知道那是什麼意思。」瓦林吼道。

「我和你一樣不瞭解，我只知道諸神僅能從這裡升天。」

瓦林看起來想要反駁，想要繼續質疑此事，接著他搖了搖頭。「太好了，我們在這裡。我們會帶你們去塔頂，到時候會怎麼樣？」

崔絲蒂發出了一個輕微的聲響，聽起來有點像啜泣，也可能是在笑。

凱登伸手搭上她的肩膀，但心靈卻轉向鎖在自己內心深處的那道思緒。

我們快到了，他對神說。時候到了，解釋大消除，告訴我要怎麼做才能釋放祢。

凱登等了很久，但梅許坎特似乎並不打算回答。下方數百呎處的火焰飢渴地燒穿重達數噸的血肉和木頭，邊咆哮邊大快朵頤。每一口呼吸都是灰燼和熾熱的鐵。凱登雙腳顫抖，崔絲蒂汗涔涔的皮膚在他手中彷彿融化了一般。

告訴我，不然祢就會死在這裡。凱登說。

體內一片死寂，而外界的火勢猛烈翻騰。終於，神開口了。

臣服，我就把你的敵人燒成灰燼。

凱登冷冷搖頭，放開崔絲蒂，走到欄杆旁。

解釋大消除，不然我就親自了結祢。

梅許坎特的叫聲就像一把帶了缺口的劍刃在他腦中轉動。

你要用死忤逆你的神？

凱登看著下方的大火。我在比祢古老之神的腳下受訓。

我要用慘叫之刃剝你的皮。

凱登搖頭。祢剝不了觸碰不到的東西。

接著，他透過思緒的動作拔出自我空無的利刃，抵住神的喉嚨，給出一道承諾和一道威脅。

我容忍祢很久了，不要測試我的極限。

梅許坎特顫抖著、怒吼著，然後癱軟下來。終於說出大消除的真相時，痛苦之王的聲音在凱登心中宛如小孩在大洞窟中迷路般迴盪。

「我們到塔頂後會怎麼樣？」瓦林終於問。「神就直接……飄走？」

「不算。」凱登輕聲說道，真相在他心中既沉重又簡單。

「什麼意思？」

「要進行一場儀式，唸幾句禱文。」凱登停頓，強迫自己看著瓦林，把剩下的話說完。「然後我們赴死。」

一時之間沒人說話。瓦林的臉上扭曲著一種可能是憤怒或困惑的表情，彷彿某種人性正在試圖從他橫跨整座城市時所表現的獸性狂怒中解脫出來。有那麼一瞬間，他臉上流露出一絲困惑、哀傷和憤怒，接著情感被抹去，就像許多血液一樣，一旦流出就變得骯髒而不必要。

「還有什麼辦法？」瓦林問。

凱登搖頭。他在凱潔蘭的宅邸中沒有解釋過這部分。他沒理由解釋，現在也無話可說。「沒有其他辦法。人類仰賴席娜和梅許坎特，在祂們獲釋前，沒有人能真的安全，而只要我們活著，祂們就無法獲釋。」

「看在浩爾的份上，那個混蛋是怎麼跑進你體內的？」瓦林吼道。

「我說過了，是我讓祂進來的。」

「那就讓那個混蛋出去。」

「這是唯一讓祂出去的辦法。」

「好，那我們想想別的辦法。」瓦林低吼。「我們在這裡很安全，我們有時間，我們——」

他說到一半突然住口，腦袋側向一邊，閉上雙眼，彷彿在聽什麼聲音。凱登看見他的下巴繃緊。瓦林舉起一把斧頭，看似要攻擊凱登。

「不，」他說，拖長音調輕聲吼道。然後又一次：「不。」

「怎麼了？」凱登問，不過他隱約可以猜出答案。

瓦林睜開雙眼，一臉茫然，令人不安。

「他們在上面。」

崔絲蒂站起身來。「誰？」

「伊爾．同恩佳。」

「一個人？」跳蚤問。他沒往下看，沒舉劍，完全沒動，彷彿在養精蓄銳，盡量儲備體力，享受最後的寧靜，準備面對接下來的情況。

「不，」瓦林冷冷回答。「至少有五十個人。」

「你怎麼知道？」凱登問。

「我聞得到他，聞得到他們。」

恐懼像火一樣在凱登體內高竄。他把恐懼握在手中，一把捏碎。現在沒時間恐懼。他湊到樓梯欄杆外，仰頭探看。

「我們離塔頂還有約莫三百呎。」

瓦林點頭。「他們要下來。」

「你們能擋住嗎？」

跳蚤搖頭。「撐不了多久，他們有高度優勢。」

「還有個吸魔師。」瓦林說。

席格利突然轉頭。瓦林點頭。

「他差點擊落葛雯娜的鳥。我本來以為他在街上。我錯了。」

席格利露出牙齒，自喉嚨深處發出可怕的喉音，然後離開下方的崗位，爬上樓梯，和跳蚤並肩而立。她的黑衣滿是鮮血、腦漿和碎骨頭，汗水弄花了臉上的煤灰。她閉上雙眼，一手搭上跳蚤肩頭，接著，那些污垢當著凱登的面從她的衣服、臉、手臂上浮起，飄離她的身體滑向旁邊，宛如陰影般滯空片刻，隨即分崩離析，被熱風吹散。女人恢復乾淨無瑕的狀態，彷彿洗了一整天澡，剛剛出浴，就連頭髮也在臉頰兩側形成優雅的波浪。然而，她的眼睛卻冷得像冰。

跳蚤轉頭看她，輕笑幾聲。「妳每次都說要美美地死。好吧，我跟妳說，席格，妳現在美艷無方。」

崔絲蒂無視那個女人，她如困獸般在狹窄的平台上來回踱步。「我們在這裡動手。」她終於說。「就在這裡做。」她轉向凱卓。「只要你們能擋住他們，我們就在這裡進行大消除。」接著她面對凱登。「你知道該怎麼做是不是？他告訴你了。」

他回答前，她走向他，牽起他的手，輕輕一握。

凱登與她對視，回握她的手，然後點點頭。

「這裡夠高嗎？」瓦林粗聲粗氣地問。「你說要到塔頂。」

「我不知道，」凱登輕聲回答。「但我們最多只能到這裡了。」

「我聽見他們了。」跳蚤說。凱卓小隊長轉向席格利，他聲音很輕，但凱登還是能清楚聽見他的話。「妳需要什麼？」

女人直視他雙眼，然後伸手搭上他雙肩。她沒有說話。

「動手。」跳蚤說。

她沒動手。

「動手，」他又說。「我準備好了。」

她還是不動。

「他死後我就已經準備好了，席格。」他的聲很輕很柔。「動手。」

接著，女人從腰帶拔出一把匕首，猛地刺向男人側腹，動作快到凱登完全跟不上。跳蚤渾身僵硬，差點跌倒，接著穩住身體。

「怎麼……」崔絲蒂說著，忍不住撲上前去。

凱登抓住她，雙臂勾緊她的肩膀。他能感覺到她的心臟在胸腔裡劇烈跳動。

「她的魔力源是痛苦。」瓦林冷冷解釋。「他在給她力量對抗伊爾．同恩佳的吸魔師。」他緩緩吐氣。「我也要。」

「不，」跳蚤咬牙道，聲音瀕臨崩潰。「你必須作戰……在她施法時……保護她。」

瓦林咬緊牙關。現在連凱登也聽見腳步聲了，數十個人沿著上方的樓梯逼近。

席格利拔出另一把匕首，這一次動作較緩慢，然後她將這把匕首也插到跳蚤身上。他跪在地上。死了，凱登心想，然後停頓了一下，強迫自己仔細觀察那些傷，觀察鋼刃刺入體內的角度。那些傷口淒慘、凶殘、慘不忍睹，卻不致命。跳蚤緩緩起身，直視吸魔師雙眼，發出動物般的叫聲。不，凱登發現那不是叫聲，他是在說話。再來。

於是金髮女子拿出第三把匕首插入小隊長體內，他第三度摔倒，第三度慢慢起身。

「這樣夠了嗎？」他低聲問。

席格利凝視他片刻，然後握住他肩膀，湊上完美的朱唇親吻他染血的額頭。她點頭，兩人一起轉向樓梯，準備抵擋從上而下的敵人。

「我們必須動手，凱登。」崔絲蒂終於大聲說道，把他從噩夢的場景中喚醒。「我們現在就得動手。」

凱登點頭。在跑了這麼久、打這麼久、爬這麼久、這麼多大火和死亡後，終於來到這一步感覺很不真實。整個人生都被濃縮到這最後的時刻。他雙腳顫抖，慢慢地在狹窄的平台上跪下。崔絲蒂跪在他旁邊。

「我們要如何……」她問。

「閉上眼睛。」他回答。上方有人大叫，重踏台階而來。凱登不理會他們。

「等等！」崔絲蒂說，雙掌捧著他的臉。

凱登搖頭。「沒時間了，崔絲蒂。不管我們在一起一年還是十年，現在都沒時間了。」他伸手撫摸她的臉頰。「沒關係，妳沒必要說出口。」

她淚如雨下。他又一次看見了阿希克蘭那晚的她，同樣的紫羅蘭色眼睛，同樣完美的容顏，同樣的恐懼……

不，他看著她，一點也不一樣。她的臉現在疤痕滿布，而她的眼睛……她眼中有恐懼，但這一次她並不是在害怕他。這一次，當她伸手觸碰他時，完全沒有那晚在帳篷中的瘋狂絕望，沒有那種動物般的狂亂和急迫感。

*我這輩子，我這輩子都會記得她。*凱登心想。那是很瘋狂的想法，因為他們兩個都快死了，

但這個事實並不重要。每個人都會死，總是離死亡只差一口氣、十幾口氣、一萬口氣，那就是顱誓祭司的教誨，安南夏爾出奇溫柔的指導。

「我一輩子都會記得妳。」凱登說。基於某種原因，他想要大聲把話說出口。

辛恩在很多事物上的看法都是錯的，但那句古諺還是湧入他腦海，透過譚粗啞的嗓音說道：活在當下。未來只是一場夢。

崔絲蒂對他微笑，透過淚水微笑，湊上前，吻了他一下，然後回到原位，閉上雙眼。

上方的樓梯傳來鋼鐵交擊的聲音。動物般的殘暴吼叫聲傳來，充滿挑釁與饑渴。是瓦林，凱登發現。瓦林在獨自對抗伊爾．同恩佳和他的部隊，席格利則吸收跳蚤的痛苦阻擋另一名吸魔師。凱登傾聽兄弟發出的刺耳音律片刻——尖叫聲、出劍聲——那一切也透過自己的方式展現美感。曾經有段時間他希望他兄弟能夠擁有些什麼，或許是好運，或許是力量，但現在，這些都只能停留在願望之外。凱登封閉心眼，不理會上方的屠殺，專注在自我內心。

「女神進入妳的體內時，」他重複梅許坎特告訴他的話。「有建造一扇門戶。妳只要打開門就行了。」

他聽見崔絲蒂在幾吋外喘氣。「門戶？什麼樣的門戶？」

「類似坎它。」凱登說。「但是在妳心裡。」

「怎麼找？怎麼開？」

「我們的語言無法說明，再也沒有了。」他閉上自己的眼睛。「*Ac lanza, ta diamen.*」

他感覺到體內有某樣東西開始抖動，彷彿那種語言是根鐵撬，彷彿深埋內心的存在地基開始動搖了。

「我是神的門戶。」崔絲蒂翻譯，聲音又恐懼又敬畏。「我要消除我的心智，讓神通過。」

凱登點頭，接著，他們一起唸誦那句可怕的話。

上方傳來嘶吼慘叫，有人墜樓，空氣在大火中抖動。那一切都無關緊要，只有這些話才重要，它們在發酵、擴散、直到它們與世界本身一樣遼闊。

「我是神的門戶，我要消除我的心智，讓神通過。」

樓梯震動，彷彿即將墜入深淵。

「我是神的門戶。我要消除我的心智，讓神通過。」

伊爾・同恩佳在喊著什麼，聲音堅定自信。

「我是神的門戶。我要消除我的心智，讓神通過。」

崔絲蒂邊唸邊哭，雙手緊握凱登的手。他也握著她，彷彿這個動作能阻止她面對深不可測的深淵，彷彿她也能在世界崩潰時撐起他。

「我是神的門戶。我要消除我的心智，讓神通過。」

他們每唸一遍，凱登就感覺內心的門戶逐漸開啟。一開始不太舒服，接著痛苦來襲，一把明亮無形的匕首在他心中挖開一個洞。他顫抖著。那把刀比凡塵的光線更加明亮。太亮了。

「我是神的門戶。我要消除我的心智，讓神通過。」

梅許坎特在他心中吼叫。不。不！不能在這裡！地點不對！

太遲了，凱登心想，門戶已經自動開啟，撬開他的內心，摧毀他。他緊握崔絲蒂的雙手，那是唯一剩下的東西。

太遲了。

掛在巨鳥爪的安全皮帶上隨凱卓飛越城市，是艾黛兒此生經歷過最可怕又最刺激的體驗。她瞪大雙眼，心臟幾乎要跳到喉嚨。安努在她腳下越來越小，街道、廣場、巷弄，她努力想要保護的一切突然都變得微不足道。她看見英塔拉神殿，小得宛如寶石，在陽光下閃閃發光。寬敞的諸神道貫穿城市中心，諸神雕像比蟲還小。綠棕色的運河從貝辛區蜿蜒通往大海，下錨的船隻在貝辛湖上起伏漂動。她看見香水區的曲折小巷，還有港口那一長排碼頭。她看見皇宮的紅牆和綠意盎然、百花齊放的涼亭。她的城市在這種高度顯得如此渺小，怎麼看都不像是上百萬人的家園，如此脆弱，彷彿隨手一擊就能打爛。要不是葛雯娜伸手粗魯地拉住她，她可能會永遠看下去。

「他們占領了塔頂。」她指著英塔拉之矛叫道。

艾黛兒瞇起雙眼。巨鳥飛得又高又快，就連英塔拉之矛塔頂都在他們底下，在困住塔的大火中閃閃發光。她在這種距離下幾乎什麼都看不清楚，不知道葛雯娜怎麼能看得見。但隨著凱卓逐漸接近，她也看見了，數十道小身影散布在塔頂，其中之一肯定是伊爾·同恩佳。即使火勢洶湧，他還是逃出生天，再度逃出來了。*再也逃不了了*，她暗自發誓，將注意力轉回葛雯娜身上。

「妳能……」

「殺了他們？」她問。

艾黛兒點頭。

凱卓女人露出凶狠的笑容。「妳以為他們在奎林群島都教我們些什麼？寫情書嗎？」

「我該……」

「妳待在鳥上，不要礙事。妳和那個老太婆都一樣。我們會在第一次通過時跳鳥，傑克會盤旋，等我們清出空間後再帶妳們下來。」

艾黛兒想抗議，想堅持和他們一起下去，但那純粹是高傲和愚蠢之舉，況且他們沒時間了，鳥已經下降千呎，與塔頂平行。艾黛兒看著英塔拉之矛接近。現在她有辦法判斷速度了，速度實在快得驚人。他們會死，全都會撞死在塔頂，沒人能在那種速度下存活。接著，當他們掃過上空，距離塔頂只剩一步時，葛雯娜消失了，還有狙擊手和吸魔師，他們三人跳下鳥爪，竄入部隊之中。她看見刀光劍影，聽見慘叫聲，巨鳥隨即掠過塔頂，飛向另外一側。

艾黛兒感覺胃卡在胸口，轉頭看向妮拉。

「妳有看見歐希嗎？」

老女人神色凝重。她以爪般的手掌抓住上方的皮帶，不過和艾黛兒不同的是，她似乎並不怕高。

「不，沒看見他和瑟斯特利姆人。」

「他們一定在下面。」艾黛兒說。「在塔裡。」

「那三個剛剛跳下去的白痴最好希望他們待在塔裡。我不管他們劍技有多高超，歐希都會把他們打成肉醬。」

幸好，當巨鳥繞回塔頂時，三個凱卓都沒變成肉醬。他們在塔頂中央分站三角，手上的劍都在滴血。他們身旁的士兵都死了，或是垂死，凝固在被殺害的可怕姿勢中。安妮克和塔拉爾開始沿著塔頂奔走，割斷喉嚨，像田裡農民一樣以最有效率的方式工作，要在下雨前收割所有穀粒。

「甜美的英塔拉之光。」艾黛兒輕聲道。

「那個光鮮亮麗的婊子女神已經完事了，」妮拉指著底下的光塔說。「現在輪到我們了。」

這一次，飛行兵直接把鳥降落在塔頂，無視滿地屍體。整座塔頂都是血腥味和尿騷味。艾黛兒落地後想穿越空蕩蕩的塔頂，還差點因為踩到地上的內臟而滑倒。

「他們在下面，」葛雯娜說著，指向通往塔內的活板門。「聽起來底下激戰正酣。」

艾黛兒用鼻子緩緩吸了口氣，努力不讓自己吐出來。他們在做來此要做的事，殺死伊爾·同恩佳的手下，找出肯拿倫，但她發現自己的目光刻意避開死者。她冷酷地強迫自己看著屍體，哪怕只有一瞬間，也要見證她親自下令去執行的屠殺。動手的或許是凱卓，但艾黛兒是幫凶。而且他們還沒殺完。她看向活板門，這才意識到對方剛剛說了什麼。

「激戰？」艾黛兒問。「應該只有伊爾·同恩佳在這裡。他在跟誰打？」

「我他媽哪知道？」葛雯娜啐道。「妳要站在這裡一邊自慰一邊聊天嗎？」

艾黛兒發現自己正惡狠狠地笑著回應。「不，」她說。「我不要，我要下去。」

一踏入塔內，她的笑容立刻消失。有別於塔外的刺骨寒風，塔裡如磚頭般迎面砸來的則是大火、慘叫和高溫。大部分信徒認為英塔拉是光明女神，但女神還有另一面，更殘酷的一面，烏英尼恩在神殿中慘遭焚燒時所呈現的一面，是艾黛兒在永恆燃燒之泉被燒傷時銘記於肌膚上的真相：英塔拉不僅是光明女神，還是所有烈焰和它所帶來之毀滅的可怕主宰。

「他在這裡。」妮拉說，跟著凱卓沿梯而下，打斷艾黛兒的思緒。「歐希，他在附近。」

「他也能感應到妳嗎？」艾黛兒突然停步詢問。

妮拉搖頭。「他是我的魔力源，但我不是他的。」

抵達第一座平台時，老女人擠過凱卓，然後停步，低頭看向下方的煉獄。

「現在是我的戰爭了。」她說。話說得很輕，彷彿不是說給人聽的。

「等等……」葛雯娜開口。

「不，」妮拉說，轉身面對年輕女子。「我不等。我要下去殺我弟弟，然後殺掉把我們變成這樣的怪物，而且要自己去。」她語氣轉為柔和。「孩子，妳是個勇猛好勝的婊子，我喜歡。但相信我，妳到下面什麼都不能做，只是去送死而已。」

葛雯娜張口欲言，顯然想要爭辯，但艾黛兒伸手拉住她。

「讓她去，」她說。「這件事情比妳想像中更複雜。」

葛雯娜咬咬牙，然後點頭。「給妳兩百下心跳的時間。」她說。「然後我們就下去。」

艾黛兒想要說點什麼。妮拉把她從諸神道上的人群中拉出來，看出了沒人發現的真相，恍如上輩子的事了。經過幾個月來的戰鬥和趕路，艾黛兒只記得老女人罵人、嘲弄、指控人的模樣。她曾上百次考慮要遣走妮拉，擺脫她的冷言冷語。*但她不會走*，艾黛兒看著對方蒼老的面孔想。*她沒有丟下歐希，也沒有丟下我*。

「謝謝妳。」她說。

「喔，去你媽的謝……」妮拉還沒說完，突然搖了搖頭，閉上雙眼，挺直背脊。睜開眼時，灰色的目光變得沉穩莊嚴。再度開口說話時，污言穢語蕩然無存，從第一次見面就有的那股粗俗氣息也消失無蹤。她曾經是女王，統領數百萬人，而此刻的她正散發著那股氣勢。

「妳是個好皇帝，艾黛兒．修馬金尼恩。」她說。「妳是比我正直很多的統治者。現在給我聽好了，因為接下來就是我會對妳說的最後幾句話。如果妳能活過今天，妳將會成為妳的人民之光。不管妳對妳的女神抱持何等信念，在妳眼中綻放的都是自己的火焰。」

她凝視艾黛兒一會兒，然後點頭，彷彿完成某樣任務，做得不錯，徹底了結了。接著她微笑，拋開枴杖，轉身步下樓梯，迎向慘叫、垂死和火焰。

葛雯娜長吸口氣，屏息片刻，然後吐出。

「這人哪裡找來的？」

艾黛兒只是搖頭，暗數心跳，每一下都宛如父親葬禮時的喪鐘般帶來終結之意。樓梯晃動，鋼鐵交擊，彷彿被一隻可怕的手扭彎。艾黛兒踉蹌了一下，抓緊欄杆穩住身形。她聽見雷鳴巨響，然後一聲接著一聲。色彩詭異的火舌從四周竄上來，在火熱的空氣中熄滅。葛雯娜揮手下令前進時，下方的打鬥聲安靜了下來。

「看看誰死了。」凱卓女人冷冷說道。「還有誰要殺。」

他們先找到了妮拉和歐希，位於下方兩百呎處。他們兩人坐著，倚靠著低矮欄杆，緊緊擁抱對方。一開始，艾黛兒以為他們還活著，接著她看見歐希衣服上的血跡、身體下的血泊，還有妮拉腦側的大洞。

他們看起來好平凡，她心想。

皇宮裡有很多阿特曼尼人的畫像，目光犀利，肌肉結實，大地會在他們腳下碎裂哀鳴。相形之下，妮拉和歐希看來渺小灰暗又瘦弱，像是誰的祖父母，就和城裡的居民沒什麼兩樣。他們不像一代統治者，只是度過平凡一生的姊弟。當然，他們確實有度過平凡的一生，不光只有一生，他們經歷過十幾個世代，並肩度過無數世紀，假扮成販夫走卒、裁縫、漁夫，用過數十個名字和偽裝，一個接著一個。儘管死法淒慘，他們死得瞑目。他們或許在打鬥中死去，但妮拉的手摟著弟弟，就和從前一樣擁抱著他，哄他入睡。

葛雯娜看了屍體一眼。

「他就是那個吸魔師？」她問。

艾黛兒默默點頭。

女人跨越屍體，彷彿他們只是一堆木柴。「伊爾・同恩佳在下面。」

艾黛兒慢慢放開欄杆。她在冒汗，心跳劇烈到她以為自己要死了。「那我們就去殺他。」

四人一起走下搖晃的樓梯。

再往下二十呎的一座狹窄平台上，戰鬥還在持續進行，至少僅存的人還在打鬥。那裡有很多屍體，好幾十具，全都支離破碎癱落一地，血濃得溢出平台，落入大火深淵。安努人，艾黛兒無神地想著。他們全都身穿北境軍團的制服。

屠殺現場中央只剩下兩個男人還站著，一個手持優雅的細劍，另一個雙手各持一把滴血的斧頭——瓦林和伊爾・同恩佳。他們再度展開對決，就像那日在安特凱爾塔上的恐怖對峙一樣。儘管手下死傷慘重，肯拿倫還是非常冷靜，溫文儒雅，耐心無限。另一方面，瓦林看起來就像來自噩夢的猛獸，身穿骯髒羊毛皮革的恐怖怪物。他頭髮貼在臉上，殘破的雙眼如冬夜般空洞。伊爾·同恩佳站在原地，神態自若，瓦林則來回移動，體重在兩腳之間轉移，彷彿在努力克制體內的暴戾之氣。

接著，就在艾黛兒的注視下，他展開攻擊。

她幾乎看不清楚接下來發生的事。儘管在部隊裡待了一年，見證過安努史上最重要的戰役之一，艾黛兒仍然對打仗、格鬥或劍技一無所知。無所謂，即使在她沒有受過訓練的眼中，即使在那陣眼花撩亂的旋風中，這兩名戰士的差異還是很明顯。

瓦林動作較快。他的斧頭無所不在，時高時低，有時同向出擊，有時反向進攻，宛如鋼鐵冰雹般猛擊向伊爾·同恩佳的防禦。但對方不知透過什麼方法全都守住了。那把優雅長劍總是會出現在血斧頭之前。瓦林憤怒吼叫，伊爾·同恩佳卻似置身冷靜漩渦中。他動作比對手慢很多，不過總能及時出現在必要的位置，能擠進瓦林的斧頭不存在的狹窄縫隙，彷彿他事先見過整場打鬥，研究數年，反覆排練過這段凶殘的舞步。

但他手上有道傷痕，艾黛兒在瓦林停止攻擊時發現。瓦林胸口起伏，染血的牙齒上露出類似笑容的表情。

「哈囉，艾黛兒。」伊爾·同恩佳趁著短暫休兵時打了聲招呼，目光一直保持在她弟身上。

「殺了他，安妮克。」葛雯娜說。

艾黛兒難以置信地看著肯拿倫丟下長劍，舉手轉身。「我投降。」他迎上她的目光，面露微笑，那是她曾見過無數次的笑容。他的語氣毫不擔憂。「我這裡的事情已經結束了，還有厄古爾人要對付。」他揚起一邊眉毛。「不需要我提醒妳，妳兒子在我手中。」

瓦林如獵食者般上前一步，卻被艾黛兒抬手止住。「不要殺他。」

她半轉過身，看見狙擊手舉起那把奇特的凱卓骨弓，弓弦拉到耳邊，箭頭瞄準伊爾・同恩佳。安妮克眼睛盯著目標，但是沒有放箭。

「喔，看在夏爾的份上。」葛雯娜啐道。

「不要殺他。」艾黛兒又說了一次，比之前大聲，態度更強硬。

瓦林移步上前，手持雙斧。和安妮克一樣，他以殘破的眼睛盯著伊爾・同恩佳，同時對艾黛兒說：「這個情況似曾相識，姊姊。」

「沒錯。」瑟斯特利姆人語氣愉快。「你或許記得在安特凱爾那次，我勸你放下你的劍。就和我當時說的一樣，世界上有太多你不瞭解的事。」他攤開雙手，彷彿歡迎眾人的到來。「有很多你們不瞭解的事。」

「那是之前，」瓦林說，掂了掂斧頭的重量。「我們現在瞭解很多。」

接著，沒等艾黛兒出言反對，甚至沒讓她有機會思考，他轉身出手，動作快到肉眼難察，如同飛向伊爾・同恩佳的那把斧頭。但不知瑟斯特利姆人怎麼辦到的，她完全沒辦法理解原因，總之他預見斧頭來襲，及時側身，讓鋼刃劃過腦袋旁數吋外的空氣。他回過身來，毫無懼色地看著斧頭墜入深淵，消失在底下的猛烈大火中。

「我請你放下武器時，」他回頭對瓦林說。「並不是那個意思。」

瓦林咧開嘴唇露出牙齒。「我要殺了你，」他說。「我要把你碎屍萬段。」

「不。」艾黛兒堅持道，邁步上前。

「讓開。」瓦林說。

她無視他的語氣散發出的死亡威脅，繼續上前。「不讓。」

「怎麼了？」瓦林問。「妳還要他幫妳打仗？妳還認為妳需要他？經過這一切，妳還打算玩妳的政治手段？」

「不，」艾黛兒說，面對弟弟憤怒的目光，拔下頭上的毒髮簪——凱潔蘭的禮物——然後一個轉身將之插入肯拿倫腹部，在尖叫聲中將它插得更深，拔出，再猛地插入。瑟斯特利姆人半舉手掌，彷彿在抗議，接著垂下手。艾黛兒瞪著傷口滲出的鮮血浸濕衣料，然後抬眼看著伊爾·同恩佳。「你不能殺他，」她輕聲道。「因為我要殺他。」她手掌顫抖，緊握毒髮簪，再度插入他的肋骨之間。

伊爾·同恩佳的雙眼宛如無星夜空般空洞，玩世不恭的態度消失了，長久以來假裝的諷刺神情被他真正的表情取代，那是無法解讀和理解的奇異目光。即使在這種情況下，那種目光還是令艾黛兒不寒而慄。

「但妳兒子在我手裡。」他喃喃說道。

「你把他怎麼了？」艾黛兒嘶聲問道，抓住肯拿倫外套的翻領。「你把他怎麼了？」

瑟斯特利姆人搖頭。「沒什麼，他安然無恙。」

艾黛兒瞪著他，在非人的目光中搜索真相。「我不相信你。」她低聲道。「為什麼？你殺了這麼多人，有什麼裡由饒過一個嬰兒？」

伊爾．同恩佳越過她，越過平台和樓梯，看向巨塔明亮的空間。「人總會厭倦，」他終於輕聲說道。「一直殺自己的孩子。」

艾黛兒的哭聲像從喉嚨中扯出的碎片。她淚流滿面。伊爾．同恩佳側頭看她，彷彿植物學家研究一朵莫名其妙的怪花。

「壞掉了，」他喃喃自語，癱倒在地。「這麼多年來，我一直努力修補你們，但你們還是徹底壞掉了。」

♛

一雙輕如空氣的強壯手掌托起他的手和腳，抱起他，扛起他。

凱登試圖發出一聲悲鳴，但他體內已經沒有任何東西可以發出聲音。從前心靈所在的位置，現在只剩下一個大洞，通往空無遺忘之路。梅許坎特還在怒吼，伸出利爪抓住凱登的殘破身體，但凱登自己也在墜落，分崩離析。他沒有辦法取消剛剛所做的事。再過幾下心跳，再過些時間，一切就會結束。

我們失敗了。

這話很含糊，比較像是音節，而非真的文字。他努力在話裡賦予意義，然後放棄。

「……起。去塔頂。兩個都……」

兄弟的聲音，激烈而急切，與凡塵緊密連結在一起。

「……呼吸微弱。沒有心跳。等等……」

這個聲音來自一個紅髮如火的女人。

「……走。走。走……」

他在飄。殘暴的打鬥結束了，他在往上飄，輕如煙霧，飄入光明。

我們失敗了。

梅許坎特在他體內拚命怒吼。

凱登透過僅存的生命感覺到一把悔恨的利刃，但就連那點感覺都在消逝。

「……那裡。打開。打開！出去……」

「凱登。」是姊姊的聲音。「凱登！」

他試著睜開眼睛，還是失敗了。那雙手把他放在堅硬又遙遠的東西上。

梅許坎特——陷入可怕的死寂。

我們失敗了。

接著是神的聲音，這一次冷靜、自由，宏大如整個世界，冷酷而帶著勝利：不。

凱登心裡的洞，剛才一片漆黑，現在卻充滿光明，非常強烈的光。凱登睜開雙眼，想避開強光，然後他看見了躺在一步外鐵玻璃上的崔絲蒂，正瞪大紫眼注視著自己。

她微笑。

在凱登的記憶中曾有樣東西墜落，落入一個充滿岩石和雪的冰冷之地。和此刻的墜落感很相似。他等待落地的時刻到來，但這一次，沒有地面。那雙眼和那張臉就是全世界。她的名字消失了，但名字無所謂，從來都不重要。全世界就只剩下墜落、無止盡、毫不費力，只剩下與愛一樣寬廣、強烈、明亮的死亡。

60

晨光的藍斧劈開了長眠之谷。在大地白灰而慵懶的皺褶中，涓細的河水沿著古老的河道流動。幾年前，艾黛兒努力看完一篇水利學的論文，那篇論文著重在建造運河上，但還是有一部分描述河流的自然歷史，解釋只要時間足夠，就連一條小溪也能沖刷出峽谷。她試著想像長眠之谷還不是河谷之前，在河水蝕穿最上層土壤、露出下方成為他們家族墓穴的石灰岩壁之前的模樣。水經過多久才貫穿那塊土地？數萬年？數十萬年？

而且尚未完工。

即使現在，聚集在谷中的安努人站在那裡，靜靜地等待她發言時，河水仍在流動，耐心地執行它的工作，沖刷河床，挖深，再挖深。有朝一日，谷壁上的石墓穴會高到無法觸及，到時候會有旅人站在谷底仰頭，困惑地看著馬金尼恩皇帝的墓穴，看著偉人阿利爾的石獅風化的殘骸、歐蘭諾的戰爭浮雕、刻在她父親墓穴周邊的東昇旭日，奇怪怎麼會有人在岩壁這麼高的位置建造這種東西，為什麼，還有那些人去哪裡了。

他們或許完全不會留意凱登的墓，到那時，巨大的雪松木門早已腐朽，只餘一個簡單的洞口通向懸崖深處的黑暗。即使那個未來的旅人爬上石灰岩壁，進洞探險，他的屍體也早就沒了，被時間的無聲鏈頭磨成塵土。就算數千年後還有人記得他，記得安努或馬金尼恩之類的名詞，也不會有任何證據能揭穿艾黛兒即將說出的謊言——躺在最後那座墓穴中的馬金尼恩不是馬金尼恩。

她早在十天前，英塔拉之矛大火隔天晚上，就火化了凱登的屍體。她本來可以請葛雯娜把屍體帶下來的。凱卓鳥已經飛了兩趟，第一趟把跳蚤和席格利送去皇宮醫務所，第二趟運送妮拉、歐希和伊爾．同恩佳的屍體。

「我下一趟就來帶妳弟弟。」葛雯娜語氣生硬地說。「他和崔絲蒂。」

艾黛兒搖頭。「我們在這裡火化。」

她腳下的巨塔還在悶燒的火舌中發光，而頭頂上被濃煙籠罩的星星緩緩地在黑暗中劃出弧線。瓦林用他那帶傷的眼睛注視著她。

「在這裡？」葛雯娜問。

艾黛兒點了點頭。「在這裡。」她對自己的堅定意志感到驚訝。「他們窮盡心力抵達這裡，他們在這裡進行最後的決戰，他們在這裡幫我們打贏這場仗，為什麼要帶他們下去？為什麼要用土埋葬他們？」

於是她花了半個晚上，與葛雯娜、安妮克、塔拉爾和瓦林用下方樓梯的殘骸堆了一個火葬台。終於完工後，她的手在流血，背部也在尖叫。

「妳走路一拐一拐的。」葛雯娜輕聲指出，彷彿那是什麼值得擔心的事，彷彿和當天發生的一切相比，那能稱得上是什麼犧牲。

「我會活下來。」

他們在黎明前將兩具屍體放上火葬堆。吸魔師點燃了火花，火光搖曳了一下，火葬堆燃燒起來。火焰的利刃把死者化成煙。凱卓安安靜靜站著守靈，瓦林也凝視著火焰，彷彿期待這樣可以變瞎。艾黛兒張口欲言，隨即閉嘴。她對凱登和崔絲蒂瞭解多少？她說的一切都可能是謊言。沉默是唯一最真誠的頌詞，而她很慶幸能保持沉默。接下來的幾週會有很多時間發表演說，發表很多聽起來高貴華麗的謊言。

現在，時候到了。

她看向聚集在谷裡的人群。

她深吸口氣，穩住情緒，開始演說。

「某些聚集來此的人會在見識莊嚴的葬禮後輕聲說道：『浪費。』」

她指向一排一排的士兵——強壯的艾道林護衛軍、安努軍團、身穿亮銅護甲的火焰之子——他們從安努穿越城牆北方的殘破城區，爬過矮丘，進入蜿蜒的長河谷，步履蹣跚，最後來到她面前，宛如石像般靜止不動。上千把長矛的矛頭在晨光下宛如火炬。

「你們看著這些戰士，心裡會想他們也該去勞動，服務活人，而不是毫無意義地站著為死者守靈。」

「你們看著那些鍍金的牛角，心想：『死人要黃金做什麼？』」

那些牛，八頭黑色巨獸，表皮抹油，光滑柔順，從黎明皇宮把靈柩拉來。牠們此刻面對西方，動也不動地扛著挽具，圓圓的大黑眼宛如石頭般深不可測。艾道林護衛軍很快就會扛起那座氣味清香的雪松靈柩，將裹著絲布的屍體抬入山壁上寒冷的通道，輕輕放在石棺台上，步出洞外，肩膀頂上阻擋所有人進入墓穴的巨門，然後就結束了。經過這麼久，一切終於要結束了。

艾黛兒本來可以更早來到這裡，但英塔拉之矛大火後的幾天，他們都沒辦法前往長眠之谷。成千上萬的厄古爾人還在城牆北方。少了長拳或包蘭丁開道，馬背民族沒有可行的進攻策略，沒路讓馬通過，但他們還是繼續攻城，每天都來，努力穿越安努北區的廢墟，以他們奇特的語言吼叫，在臨時搭建的屏障前揮舞長矛，任由安努弓箭手射殺他們。

艾黛兒從北牆的塔樓上看著這場屠殺。「太瘋狂了。」她在第二天中午時喃喃說道。

瓦林站在一步外，殘破的眼睛盯著那裡。一段時間過後，他搖頭。「不瘋狂，那是獻祭。」

「在不可能成功的瘋狂作戰中送死？」

「不是送死，是戰鬥，是變堅強。」

艾黛兒瞧見一名太陽金髮戰士胸口插著幾支箭，在下方的街道上引吭高歌。更多箭。歌聲變成他口中的鮮血。

整整一週後，在城牆北方的廢墟街道上躺滿厄古爾人屍體後，馬背民族才終於停止攻城。很難說他們為什麼停手。艾黛兒透過長筒望遠鏡看見一個女人，和其他人一樣有著金髮和渾身疤痕的中年女子，與木材一樣堅韌。她赤腳站在馬背上，攤開雙臂，彷彿歡迎敵人拿矛射她胸口，高喊艾黛兒無法理解的言語。

「胡楚。」瓦林說。他的嘴角揚起一抹難以解讀的表情。

艾黛兒看著她。「那是人名？」

他緩緩點頭。

「你認識她？」

他又點頭。

「看在夏爾的份上，她在做什麼？」

他側頭，彷彿能從一里外聽見她的話。「她在叫他們回家。」

艾黛兒打量那個女人，打量著數千名像狼一樣圍著她繞圈的馬背民族。「他們要殺她。」

「有可能，但我認為不會。」

接著，艾黛兒難以置信地看著瓦林踏上塔樓的矮牆。

「你要做什麼？」

他比向北方。「過去。」

「去哪？」

「胡楚幫過我一次，現在我也要去幫她，如果還幫得了。」

「天殺的厄古爾人會殺了你，瓦林。」

他凝視她，看穿她，考慮這話的可能性。她覺得這個陌生人，這個由肌肉、傷疤、黑暗組成的怪物根本不可能是她弟弟。

「或許。」

接著，在艾黛兒反應過來前，他跳下矮牆。塔樓距離下方地面三十呎，但瓦林像貓一樣著地，起身，就像任何來自夢魘中殺不死的怪物一樣可怕，然後消失在廢墟中。不知怎麼地，艾黛兒當時就明白，他永遠不會回來了。

她本來可以不舉辦葬禮。全安努除了葛雯娜和她的凱卓隊員外，沒人知道凱登去世了。況且，凱登是自願放棄繼承王座的。然而，葬禮不是為死人舉行，在厄古爾人消失於北方地平線，騎馬回大草原後，安努需要一些東西，一場儀式，所有人一起分享的時刻，來標示這個轉捩點。

墓穴早就建好了。艾黛兒父親下葬當天，石匠就已經挖空了這個洞穴。不過墓裡沒有雕飾，也沒有石像或裝飾石壁的浮雕。按照傳統，那些都是皇帝死前親自挑選的，但凱登沒有任何指示，而所有真正認識他的人，倫普利・譚、崔絲蒂，以及他一起生活許久的辛恩僧侶，全都死了。或許根本無所謂，他早已灰飛煙滅，但人民期待墓穴中會有雕飾，所以艾黛兒去找了基爾，那個瑟斯特利姆人。

「他想要什麼？他喜歡什麼？」

死亡的語言總是曖昧不明。

歷史學家睜大難以解讀的雙眼看著她。

「妳是說妳弟弟，還是會占據這座墓穴的人？」

艾黛兒眨眼。這件事她只有告訴瓦林和葛雯娜，屍體也是她親手纏裹的，用如水般柔順的絲布繞過裸露的屍首，先從腳掌開始，然後是腿，停頓了一下，最後才緊緊纏住那雙睜開的雙眼。謊言很簡單——他的傷口太淒慘了，人民不該看見這種慘狀的馬金尼恩。

「你怎麼……」

「放輕鬆，光輝陛下。」瑟斯特利姆人說。「我研究這個世界很久了，不太可能有其他人發現。」他在臉上擠出笑容。「你弟弟不需要石頭裝飾墓穴。但話說回來，這妳早就知道了。凱登的紀念碑，還有崔絲蒂的，都刻劃在所有人類的心裡。」

艾黛兒遲疑了一下，比向纏絲的屍體。「他呢？」

歷史學家閉眼側頭，彷彿在聆聽她聽不見的音樂。

「我們沒有想要的東西，就你們能夠理解的方式而言沒有。」

「我總得做點什麼。」

「不，妳不用。墓穴的空洞就夠了。」

於是艾黛兒發現自己站在毫無裝飾的門前，眼前是鑿在岩壁上的一個完美矩形。她本來想保持沉默，就像在塔頂火化凱登時一樣，但沉默的時刻已過，這裡又沒有其他人會開口。

「或許你們會看著我，」她繼續說，提高音量蓋過風聲。「心想：『她在這裡做什麼？如果她要統治安努，就讓她統治。讓她去照顧活下來的數百萬人。死人不需要她的幫助。』」

她點頭。

「這是真的。逝者歸塵土。」

這話令群眾擾動，彷彿谷裡數千人化為同一個生物，而那個生物開始不安。這些男女有可能基於十幾種不同的原因大老遠從安努走來，但經歷一整年的瘋狂，一整週厄古爾人毫無理性的攻擊，以及他們終於潰敗的血腥事實之下，大部分人都想尋求慰藉，想聽些陳腔濫調，所以他們都和綿羊一樣溫馴。英雄壯烈成仁……為了安努的榮譽……永遠在我們心裡。

他們以為皇帝會站在她父親的墓前，上演傳統皇家戲碼。他們想聽先知開口，除了言語外，還想看英塔拉之光奔流而出，洗刷卡在心中的黑暗。

但我不是先知，艾黛兒心想。

英塔拉之矛的奇蹟根本不是奇蹟，只是計算得宜的縱火行動。馬金尼恩的火焰在她眼中焚燒，但她皮膚上的疤痕還是難以解讀。她記得永恆燃燒之泉那道閃電，那個字——*贏*——依然刻在她心中，但那究竟真是女神的聲音，或是別的較低等的東西，艾黛兒無法肯定。她對女神旨意的瞭解不比目光空洞站在土地上的牛多。

一時之間，她想像著把真相說出來：*我不是先知。女神沒有開口，沒透過我說話，也沒對我說話。我的疤痕就只是疤痕，我的祝福都是謊言。*

然後呢？虔誠的信徒會衝上來殺她，其他人會把殺她的人殺掉，宣稱她是殉道烈士。這是老故事，在歷史上一再發生——屍體被從家中拖出，在街上被殺害，被活活燒死，宗教對抗宗教，信仰對抗信仰。唯一逃離那種命運的辦法就是活下來，繼續披著光鮮亮麗的謊言斗篷。她有一輩子的時間去找到讓位的方式，拆除壞掉的帝國機器，想辦法避免將隨著地位而來的恐懼傳承給她的兒子。此時此刻正有人從艾爾加德那座冰天雪地的堡壘把小嬰兒帶來給她。

「逝者歸塵土。」她又說一次。「但這點你們已經知道了，你們都見過了。」

她指向靈柩。

「我弟弟，凱登・修馬金尼恩，為了拯救這座城市而犧牲，在安努城市中心對抗叛徒。他走了，前往人類無法觸及的地方，前往我的言語無法形容的地方。」

「在千湖被厄古爾人砍死的樵夫也一樣，在北境血腥祭壇上被獻祭的士兵也一樣，在唐班封鎖期間餓死的錢納利人也一樣。在魏斯特起義時，死在我們軍團手上的戰士，以及死在他們手上的安努軍都一樣。還有埋葬在安努城北，無以計數的無名厄古爾人。」

「我弟弟躺在這裡，我腳下——」這回說謊比較容易了。「但他不會聽見我今天所說的話，其他瓦許和伊利卓亞各地我們永遠計算不清的死者也都不會。」

妮拉，在海邊一場小儀式中和她弟弟一起下葬……

殉職的凱卓，在巨鳥爪中由葛雯娜帶回奎林群島安葬……

弗頓，風光大葬在北境森林裡；麥莉，從垂吊牢籠被拖出來，無聲無息地下葬……

「逝者不會說話，也聽不見，那我為何演說？我們今天為何來此？」

「我告訴各位，忘記逝者，葬禮是讓活人和活人交談的時刻。」

她再度想到瓦林離開時的情況，想到厄古爾人終於策馬北歸，如暴風般消失在地平線上。

「那我們這些存活下來的人又該說些什麼？我們應該說些陳腔濫調嗎？」

「我們不會遺忘逝者……」

「他們死去是為了讓我們活下來……」

「倖存者將重建家園……」

她搖頭。

「不。」

「每個死亡都是摔爛的玻璃、燒過的柴堆、斷掉的弓，沒有辦法重建。」

她父親正安靜地躺在二十餘步外的墓穴裡，而在艾黛兒面前，幾乎就在她腳邊，裹在利國絲布裡的傢伙，是殺了他的凶手。

*他會是最後一個，*艾黛兒下定決心。她打量整座河谷，馬金尼恩家族最後的安息地。*反正這個人稱安努的帝國也是他的，他創建了這個帝國，而現在他死了。*

她揚起下巴。

臉上的陽光感覺很冰冷。

當她開口，她的話聽起來像是許久以前就寫好的，彷彿她在遙遠的地方聽自己說話。

「現在剩下的是最古老的工作，唯一的勞動，逝者終於得以倖免的無盡任務：進入這個悶燒破碎的世界，從廢墟中建立起某種奇特又新穎的東西，時至今日對我們而言都還未知的東西。」

尾聲

雙眼像火一樣熾熱的女人走到橋梁中央，橋下的水又深又急。女人有名字，河有名字，橋也有名字——艾黛兒．修馬金尼恩、白河、和平橋——但名字並非重點。這是歷史學家要面對的眾多挑戰中的第一項挑戰。

所有紀錄都是譯本，他沒辦法在書頁中壓印那個女人，也沒辦法把走向她的那個渾身傷疤的男人保存下來，除了利用文字。所有的呈現方式都不完美：

瓦林．修馬金尼恩，桑利頓．修馬金尼恩之子，瓦林一世……

渾身傷疤的年輕人，深色皮膚上肌肉糾結，走過那座橋……

浩爾在伊斯克島下的洞穴中親自挑選，比所有人類更快更強的戰士先知……

背叛安努，投身白河北方厄古爾人的凱卓小隊長……

屠殺數百人，背叛族人的叛徒……

忠誠的弟弟……

野獸……

角色隨著焦點而改變，就像雲朵在天空的碗狀空間中飄動，就像在橋墩下不斷變化的河水。

如同波浪，男人和女人的存在隨時都在動，在變化。把他們放入書頁，你就已經失敗了。

以下是他們交談的內容：

「這座橋，」皇帝說，姊姊，母親，先知，指向腳下的石板。「這座建築，是安努和厄古爾之間最近達成和平協議的紀念碑。」

那是謊話。接下來的歲月裡，這座橋對不同的人會代表不同的意義。此刻對艾黛兒而言，橋是讓厄古爾人不要入侵安努的代價。她的弟弟臉上露出類似微笑的表情。該如何形容？

「一個連結，」他同意。「連結兩片偉大的土地。」

這也是謊話。對瓦林而言，這座橋是他架在姊姊喉嚨上的匕首。他並非厄古爾大祭司。凱卓殺死領導他們的吸魔師時，他們就分裂成上百個彼此對立的部落，攻城行動突然變成一盤散沙，毫無希望。他不是他們的大酋長，但身為他們之中唯一的安努人，他能代表所有蒼白騎兵說話。他將他們的厄古爾語翻譯成安努語，然後再度將直白的真相翻譯成說給他姊姊聽的謊言。

「橋能拉近我們的距離。」

這座橋是他的主意。這座石板橋花了半年建成，橋寬足以讓二十名厄古爾人並駕齊驅，而他們也會這麼做，如果皇帝以極端的手法統治帝國，如果她還有帝國可以統治。

歷史學家或許會用「羈絆」來形容這座橋，這座橋的羈絆和所有鎖鏈一樣牢靠，但歷史學家無權用自己的話來形容這座橋。當他記載這一刻時，他會採用當事人的用字遣詞：和平紀念碑。兩塊土地的連結。

他還會記載什麼？細節無窮無盡。鉅細靡遺地描述現場，描述聚集在北岸的數萬匹馬，還有皇帝身後一排排的帝國軍，那是不可能的。在兩個馬金尼恩中間嗡嗡作響的綠金蜻蜓，牠細紋密布的翅膀上，牠複眼的折射中，蘊含一個世界的真理。盡責的歷史學家能從一朵搖擺的修女花中看出人的一生，從白花瓣中的紋路裡……

數千年來，這就是瑟斯特利姆之道：記錄冰川，記錄洪水和乾旱期的水位，研究星星運行的軌道，調查遺傳、數值模式和河流的形成，每一項都有其表格、計數、圖表、地圖和曲線圖。

他們沒有故事——在創造虛幻的過程中加入故事是不理性的。他們的歷史，在人類出現之前只是日期和事件清單。即使人類出現後，歷史學家還是運用這種做法，直至這種做法不堪用。

姊弟兩人四目相對。他的眼睛漆黑殘破，她的在燃燒。在南北兩岸見證此刻的數千人將會試圖以這一刻解讀未來，但他們會失敗。根據歷史學家長久以來的經驗，未來不是他能解讀的。就連現在都難以捉摸。即使對他而言，此刻的發展都太複雜，太明亮，有太多層次了。過去、現在、未來，全都超出他的掌握。一個譯本的譯本的譯本。就連說出口的話在抵達他耳中時都已經遲了，受困在空氣的透明琥珀中。

如果他的工作根本無法執行，那他該怎麼做？

歷史學家微笑。他花了好幾百年才學會微笑。

世界就是世界，他的歷史是另外一回事。他該怎麼做？他將編故事。

《未成形的王座3 最後凡塵羈絆》完

致謝

如果沒有我的經紀人漢娜·包曼和我的編輯馬可·帕爾梅利的信心與努力，這個故事絕不可能面世。我將永遠感激他們兩人給我機會撰寫這套書，以及這一路上給予我的所有支持。

我同時也十分感激每一位拿起這部作品的讀者。每當我寫作遇到難關，覺得寫不下去，我就會想到你們，所有的讀者——縮在被單下或在上班途中的車裡聽書，趁小孩睡覺時在走廊上閱讀，或坐在荒郊野外的岩石上翻閱故事。接著我就逼屁股坐回椅子上去繼續創作。

最後，感謝我的妻子喬。或許看來不像，但這是個愛情故事，而我對愛情故事一無所知，不知道該怎麼寫，不知道該怎麼愛——如果沒有她的話。

〔附錄〕

安努人民認知下的諸神及種族

種族

內瓦利姆人——永生、美麗、田園鄉民。瑟斯特利姆之敵。人類出現前數千年就已滅絕。很可能出於虛構。

瑟斯特利姆人——永生、邪惡、毫無情緒。文明、科學與醫療的創造者。被人類摧毀。數千年前滅絕。

人類——外表與瑟斯特利姆人一樣，但會老死，擁有情緒。

古神（依照年代先後順序）

空無之神——最古老的神，在一切創造之前就已存在。辛恩僧侶崇拜的神。

阿伊——空無之神的配偶，創造女神，所有世間一切的創造者。

阿絲塔倫——法律女神，秩序與架構之母。有些人稱之為「蜘蛛」，但卡維拉的信徒宣稱那個頭銜屬於他們的女神。

普塔——混亂、無序、隨機之神。有人認為祂只是個騙徒，有人則認為祂是毀滅性的中立勢力。

英塔拉——光明女神，火焰女神，星光，太陽。同時也是安努馬金尼恩皇室家族的守護神，皇族成員宣稱祂是他們的祖先。

浩爾——貓頭鷹王，蝙蝠，黑暗之王，黑夜之王，庇護凱卓部隊，盜賊的守護神。

貝迪莎——生育之神，祂編織所有生物的靈魂。

安南夏爾——死亡之神，骸骨之王，解開配偶貝迪莎所編織的靈魂，將所有生物化為虛無。拉桑伯的顱誓祭司所崇拜的神。

席娜——歡愉女神，有些人相信祂是新神之母。

梅許坎特——貓，痛苦與哭喊之王，席娜的配偶，有些人相信祂是新神之父。崇拜祂的有厄古爾人、部分曼加利人，還有叢林部落。

新神（所有與人類同時代的神）

厄拉——愛與慈悲女神。

麥特——憤怒與仇恨之王。

卡維拉——驚駭女神，恐懼女神。

黑奎特——勇氣與戰鬥之神。

奧雷拉——希望女神。

奧利龍——絕望之神。

未成形的王座

中英文名詞對照表

A

Acolyte 侍僧

Adamanth 阿達曼斯

Adare 艾黛兒

Ae 阿伊

Aedolian 艾道林護衛軍

Aergad 艾爾加德

Akalla 阿卡拉（新神）

ak'hanath 阿克漢拿斯

Akiil 阿基爾

Alial the Great 偉人阿利爾

Allar'ra 阿拉拉（凱卓鳥）

Ananshael 安南夏爾

Ancaz 安卡斯（山）

Andt-Kyl 安特凱爾

Anjin Serrata 安金・瑟拉塔

Annick Frencha 安妮克・富蘭察

Annur 安努（帝國）

Annurian 安努人

Aphorist 警語家

Aragat 阿拉加特

Arin 阿林島

Ariq 阿利克

Ashk'lan 阿希克蘭

Assare 阿塞爾

Atmani 阿特曼尼

B

Baird 拜德

Balendin Ainhoa 包蘭丁・安豪

Basin 貝辛區

Bedisa 貝迪莎（古神）

beshra'an 貝許拉恩（拋擲之心）

Black 黑河

Blackfeather Finn 黑羽蜚恩

Bloody Horm 血腥霍姆

Bone Mountains 骸骨山脈

Bouraa Bouree 包拉・包里

Breata 布利塔

Broken Bay 破碎灣

Brynt 布蘭特

C

Channary 錢納利

Chapterhouse 禮拜堂

Chem 錢姆

Chilten 奇爾頓

Ciena 席娜（古神）

Circuit of Ravens 渡鴉環

Csestriim 瑟斯特利姆人

D

Daveen Shaleel 妲文・夏利爾

Dawn King 黎明之王

Dawn Palace 黎明皇宮

Dead Heart 死亡之心

Dead Salts 死鹽地

Delka 黛兒卡

Demivalle 黛米薇兒

Dombâng 唐班

Dumb Tom 笨湯姆

E

Edish 伊迪許

Eira 厄拉（新神）

Ekhard Matol 伊克哈・馬托爾

Eridroa 伊利卓亞

Error and Improvisation: How to Learn From a Total Goat Fuck《犯錯與隨機應變：如何從爛攤子中記取教訓》

Everburning Well 永恆燃燒之泉

Eyrie 猛禽（凱卓指揮部）

F

Fent 芬特

Fiarzin Qaid's *The House of Death* 菲亞辛・奎德〈死亡之屋〉

Flier 飛行兵

Fulton 弗頓

G

Ganaboa 干納波亞

Gelly 蓋莉

Gent Herren 甘特・赫倫

Gerra the Bald 禿頭蓋拉

Ghannan 干城人

Godsgate 諸神之門

Godsway 諸神道

Gruin the Brick 磚塊葛魯恩

Gwenna Sharpe 葛雯娜・夏普

H

Ha Lin Cha 荷・林・察

Haag 哈格河

Hall of a Thousand Trees 千樹大殿

Hall of the Chosen 神選大殿

Helten 赫爾頓

Hendran's Tactics 《韓德倫兵法》

Heqet 黑奎特（新神）

Ho Chan 霍張

Hobb 哈伯

Hook 虎克島

Horonius Van 霍朗尼爾斯・梵

hui'Malkeenian 修馬金尼恩

Hull's Trail 浩爾試煉

Huutsuu 胡楚

Huy Heng 胡・亨

I

Intarra 英塔拉（古神）

Intarra's Spear 英塔拉之矛

Irsk 伊斯克島

Ishien 伊辛恩（第一代辛恩）

J

Jakob Rallen 賈卡伯・拉蘭

Jal 賈爾

Jan Belton 簡・貝爾頓

Jasmine Court 茉莉殿

Jes the Gray 灰髮潔絲

Jia Chem 賈・成

K

Kaden 凱登

Kaveraa 卡維拉（新神）

Kel 凱爾

kenarang 肯拿倫

kenta 坎它

Kettral 凱卓部隊

Kiel 基爾

Korin 柯林（新神）

Kreshkan 克拉希坎

ksaabe 克沙貝

Kwihna 克維納

L

Laith Atenkor 萊斯・阿坦可

Leach 吸魔師

Lehav 李海夫

leina 黎娜（席娜高階女祭司）

Liran 利國制

Long Fist 長拳

Louette Morjeta 洛伊蒂・莫潔塔

Lowan 勞溫

Ludgven 路吉凡

M

Maat 麥特（新神）

Mailly 麥莉

Manjari 曼加利人

Manthe 曼絲

Meshkent 梅許坎特（古神）

Micijah Ut 密希賈・烏特

Mierten 密爾頓

Mo'ir 莫爾

Mole 鼴鼠彈

N

naczal 納克賽爾（矛）

Nameless 無名者

Neck 內克

Nevariim 內瓦利姆人

Newt 紐特

Nira 妮拉

Nish 尼許

Nishan hills 尼山丘陵

Novice 見習僧

O

Oberan 歐伯隆

obviate 大消除

Olanon 歐蘭諾

Orella 奧雷拉（新神）

Orilon 奧利龍（新神）

Oshi 歐希

P

Phirum Prumm 法朗・普魯姆

Priest of Pain 痛苦大祭司

Pta 普塔（古神）

Pyrre Lakatur 派兒・拉卡圖

Q

Qarsh 夸希島

Qirin Islands 奎林群島

Qora 克拉

Queen of the Streets 街頭女王

Quick Jak 快傑克

R

Raalte 拉爾特

Rabin 拉賓

Rampuri Tan 倫普利・譚

Randi Helti 蘭迪・海帝

Rassambur 拉桑伯

Romsdals 羅姆斯戴爾山脈

Ran il Tornja 朗・伊爾・同恩佳

Roshin 洛辛

S

saama'an 沙曼恩（刻劃之心）

Sami Yurl 山米・姚爾

Sander 山德

Sanlitun 桑利頓

Sarkiin 沙金

Scar Lake 疤湖

Scial Nin 希歐・寧

Serise 瑟利斯

shaman 薩滿

Shin 辛恩（教派）

Shirvian 雪維安

Shura'ka 蘇拉卡（凱卓鳥）

Sia 席亞

Sianburi's *Stages of Death* 錫安布里〈死亡舞台〉

Sigrid sa'Karnya 席格利・沙坎亞

Skullsworn 顱誓祭司

Slarn 史朗獸

Span of Peace 和平橋

Starshatter 碎星彈

Stunner 擊暈箭

Sweet Kegellen 絲薇特・凱潔蘭

T

ta 塔茶

taabe 塔貝

Talal M'hirith 塔拉爾・姆希利斯

Tarik Adiv 塔利克・阿迪夫

Tem 譚姆

tenebral 聖樹

Terial 特利爾

The Blank God 空無之神

The Crane 天鶴塔

The Flea 跳蚤

The Lady of Light 光明女神

the Rift 大裂縫

The Sons of Flame 火焰之子

The Talon 禽爪岩

Thousand Lakes 千湖

Torrel 特瑞爾

Trea Bel 崔雅・貝爾

Triste 崔絲蒂

U

Uinian 烏英尼恩

Ulli 烏里

Umial 烏米爾

Urghul 厄古爾

Urri 烏莉

V

Valley of Eternal Repose 長眠之谷

Valyn 瓦林

vaniate 空無境界

Vash 瓦許

W

Waist 魏斯特

Water Gate 水門

Well 魔力源

West Bluffs 西峭壁

White River 白河

Y

Yemmer 楊墨

Z

Ziav Moss 亞夫・摩斯

國家圖書館出版品預行編目資料

末成形的王座3 最後凡塵羈絆 下 / 布萊恩・史戴華利（Brian Staveley）作；
威建邦 譯——初版・——台北市：蓋亞文化，2024.04
冊；　公分. --（Fever ; 090）
譯自：Chronicle of the Unhewn Throne 3 The Last Mortal Bond
ISBN 978-626-384-084-3（下冊：平裝）

874.57　　113001066

Fever 090

末成形的王座〔3〕最後凡塵羈絆 The Last Mortal Bond 下 完

作　　者　布萊恩・史戴華利（Brian Staveley）
譯　　者　戚建邦
封面設計　莊謹銘
總 編 輯　沈育如
發 行 人　陳常智
出 版 社　蓋亞文化有限公司
地址：台北市 103 承德路二段 75 巷 35 號 1 樓
電話：02-2558-5438　傳真：02-2558-5439
電子信箱：gaea@gaeabooks.com.tw
投稿信箱：editor@gaeabooks.com.tw
郵撥帳號 19769541　戶名：蓋亞文化有限公司
法律顧問　宇達經貿法律事務所
總 經 銷　聯合發行股份有限公司
地址：新北市新店區寶橋路二三五巷六弄六號二樓
電話：02-2917-8022　傳真：02-2915-6275
港澳地區　一代匯集
地址：九龍旺角塘尾道 64 號龍駒企業大廈 10 樓 B&D 室
電話：+852-2783-8102　傳真：+852-2396-0050
初版一刷　2024年04月
定　　價　新台幣470元
Published and printed in Taiwan

ISBN／978-626-384-084-3